Knaur.

Über die Autorin:
Mary Stanley wurde als Tochter einer irischen Hockeyspielerin in London geboren und wuchs in Dublin auf. Klosterinternate prägten ihre Jugend, und eine ihrer Lehrerinnen war die spätere Bestsellerautorin Maeve Binchy. Zum Studium ging Mary Stanley unter anderem nach Tübingen, arbeitete danach in der elterlichen Buchhandlung und konzentriert sich seit einiger Zeit aufs Schreiben. Sie lebt mit ihren beiden Kindern in Dublin.

Mary Stanley

OHNE EINE SPUR

Roman

Aus dem Englischen von
Michaela Grabinger

Knaur Taschenbuch Verlag

Die englische Originalausgabe erschien 2002 unter dem Titel
»Missing« bei Headline Book Publishing, London.

Besuchen Sie uns im Internet:
www.knaur.de

Vollständige Taschenbuch-Neuausgabe Juli 2010

Redaktion: Andrea Hartmann
Umschlaggestaltung: ZERO Werbeagentur, München
Umschlagabbildung: FinePic®, München
Satz: Adobe InDesign im Verlag
Druck und Bindung: GGP Media GmbH, Pößneck
Printed in Germany
ISBN 978-3-426-50748-3

2 4 5 3 1

Für Lucy,
die mir mein Leben lang
die Hand hielt

Prolog

Der Gesprächslärm, durchsetzt von Gelächter, schwoll an. In der Diele hingen Pelzmäntel. Die Mädchen gingen mit Tabletts herum und boten Appetithäppchen an. Das Stimmengewirr wurde immer dichter.

»Noch ein bisschen Champagner, Mr Robinson?«, fragte Bella den australischen Botschafter.

»Aber gern.« Er blickte die hinreißende älteste Dunville-Tochter an, während sie ihm nachschenkte.

»Auf Ihr Wohl, Mr Robinson«, sagte sie und hob die Flasche kurz hoch.

»Und auf deins!«

»Haben Sie sich inzwischen von dem Aufprall erholt?« Bella sah ihm direkt in die Augen.

»Wie bitte?« Er neigte leicht den Kopf, um sie bei dem Lärm verstehen zu können.

»Ach, da ist ja Mrs Robinson«, sagte Bella und sah zur Tür, wo sich ihre Mutter mit Magda Robinson unterhielt.

»Wenn die Katze aus dem Haus ist«, sagte er kichernd.

»Blechen die Mäuse.«

»Tanzen.«

»Nein, blechen. Sie haben vergessen, meine Schwester Becky fürs Babysitten zu bezahlen.«

»Ach …« Mr Robinson wirkte überrascht. »Na so was … Äh … Gibst du's ihr bitte?«

Er griff in die Tasche, zog ein Bündel Geldscheine hervor, entnahm eine Ein-Pfund-Note und reichte sie Bella.

»Das ist nicht genug für einen Kuss«, entgegnete Bella, den Blick auf den Geldschein gerichtet.

»Ach, bekomme ich einen Kuss?« Mr Robinson betrachtete lächelnd Bellas rosige Lippen.

»Ich meine den Kuss, den Sie Becky gegeben haben.« Bellas Mund lächelte; ihre Augen nicht.

»Ach so … Also, das …«

»Aber vielleicht gehört das ja Mrs Robinsons Ansicht nach zum Babysitten dazu«, sagte Bella. »Ich frag sie am besten gleich mal.«

Mr Robinson zog verstohlen zwei Fünf-Pfund-Noten aus dem Bündel und gab sie Bella.

»Damit dürfte jetzt aber alles abgegolten sein«, sagte er hastig und wandte sich von ihr ab.

»Ja«, erwiderte Bella, das Geld in ihrer Hand musternd. »Das denke ich auch.«

Erstes Kapitel

Die Aulatür öffnete sich. Zunächst strömten die Sechstklässlerinnen von St Martin's in den Korridor. Bella Dunville mit den strahlend blauen Augen und dem langen, blonden, zum Pferdeschwanz gebundenen Lockenhaar war die Erste. Der dunkelgrüne Trägerrock über der weißen Bluse und der grünen Krawatte konnte die Rundung ihrer Hüften und die vollen Brüste nicht verbergen, und ihr Gang hob ihre Anmut noch hervor.

»Fröhliche Weihnachten, Mutter Oberin«, sagte sie und schlug die Augen nieder, als sie an der Schulleiterin vorbeikam. Gut möglich, dass in ihrer Stimme kaum hörbar ein ironischer Unterton mitschwang.

»Im Gänsemarsch, Mädchen!«, entgegnete Mutter Immaculata unerbittlich. Sie stand in bodenlangem schwarzem Habit und mit hoher weißer Haube dicht an der Tür und überwachte die hinausgehenden Mädchen. Die anderen, ähnlich gekleideten Nonnen sahen von der Bühne aus zu.

Kaum war Bella Dunville draußen, streifte sie das Gummiband von ihrem Pferdeschwanz ab und fuhr sich mit der Hand durch die Locken, damit sie schöner über ihre Schultern fielen. Unmittelbar hinter der Tür löste sich der Gänsemarsch auf, und Bellas beste Freundin, Anne Marie

O'Mahony, drängte sich an ihren Klassenkameradinnen vorbei zu Bella vor. Die beiden sahen sich an und verdrehten die Augen.

»Gelobt seien Weihnachten, Alk und Ziggies …«, murmelte Anne Marie.

»Und die männliche Anatomie«, fügte Bella leise, fast ohne die Lippen zu bewegen, hinzu.

»Sechs Monate noch, dann sind wir frei.«

»So sprach der Herr«, erwiderte Bella mit nunmehr unverkennbar schneidender Ironie.

Die Mädchen, beide etwas größer als ihre Klassenkameradinnen, eilten zur Garderobe, um ihre Mäntel zu holen. Der letzte Schultag war zu Ende, die Weihnachtsferien hatten begonnen.

Bella begutachtete ihr Gesicht in dem kleinen Spiegel, den sie an der Innenseite ihrer Spindtür befestigt hatte, und strich mit einem Finger den perfekten Wangenknochen und den Unterkiefer entlang. Gut siehst du aus, dachte sie. Sie nahm die Krawatte ab, rollte sie ein und steckte sie in die Tasche. Bella Dunvilles Haut war weich und rein, eine wahre Pfirsichhaut; zusammen mit den blauen Augen, den blonden Locken und dem Herzmund hatte sie ein engelsgleiches Äußeres.

»Willst du mitfahren?«, fragte Anne Marie. Ihre Beine waren genauso lang wie die von Bella Dunville, aber sie hatte nicht die Kurven, mit denen ihre Freundin ausgestattet war.

»Holt Adam dich ab?«

»Ja. Ich habe ihn heute Morgen gebeten.« Adam war der Chauffeur der O'Mahonys.

»Super, dann spare ich mir den Weg zur Bushaltestelle. Warum mit dem gemeinen Volk gehen und schwitzen, wenn man bequem gefahren werden kann?« Dieser Satz gab ihre ganze Lebenseinstellung wieder.

Damit sie sich nicht durch den Pulk der Schülerinnen aus den verschiedenen Klassen kämpfen mussten, setzten sie sich auf eine Bank in der Garderobe und warteten, bis die Tür frei war. Bella Dunville schlug die Beine übereinander und beobachtete reglos und mit leicht süffisantem Grinsen das Chaos um sie herum.

»Wenn nur Mack nicht sieht, dass du dein Haar offen trägst und die Krawatte abgenommen hast«, sagte Anne Marie. Einer alten Tradition folgend hatte jede Klasse einen eigenen Spitznamen für die Mutter Oberin. Die Schülerinnen der sechsten nannten sie Mack oder Mackie Messer.

»Letzter Schultag vor den Ferien – was kann sie mir schon anhaben?«, erwiderte Bella. Als fast Achtzehnjährige scherten sie die Schulregeln kaum mehr. Die Mutter Oberin und Schwester Rodriguez, deren rechte Hand, hätten an dieser Stelle angemerkt, dass Bella sich noch nie um die Regeln geschert habe, außer zu dem Zweck, sich durch ihre Befolgung Ärger zu ersparen.

Anne Marie zuckte mit den Schultern.

Sobald der erste Schub Mädchen den Raum verlassen hatte, standen die beiden auf und gingen hinaus.

Im Korridor stießen sie auf Mutter Immaculata, die sich gerade Bellas jüngste Schwester Brona geschnappt hatte.

»Brona Dunville«, hörten Bella und Anne Marie sie sagen,

während sie sich unbemerkt an ihr vorbeischlichen, »ist das Kaugummi, was du da im Mund hast?«
Brona Dunville, vierzehn Jahre alt, trug einen hochgezogenen und einen heruntergerutschten Kniestrumpf. An ihrer Bluse fehlte der oberste Knopf, und die Krawatte hing auf halbmast. Sie war gewissermaßen die kleinere, jüngere und weniger propere Ausgabe von Bella. Von einem Fuß auf den anderen tretend, versuchte sie erfolglos, den anstößigen Kaugummi hinunterzuschlucken. Ihr langes, lockiges Haar war dunkler als das von Bella, und obwohl ihre Augen genauso blau waren, ließ sich in ihrem Gesicht ein bisschen leichter lesen. Es drückte eher Dreistigkeit als Hochmut aus.
Mutter Immaculata zog ein Stück Papier aus der Tasche und hielt es Brona vor den Mund. Widerwillig beförderte das Mädchen den Kaugummi mit der Zunge auf das Papier.
»Stell dich an die Wand und warte, bis alle Mädchen das Schulgebäude verlassen haben!«, befahl Mutter Immaculata, während sie den Kaugummi in das Papier wickelte. »Und denk über die Widerwärtigkeit deines Vergehens nach!«
»Ja, Mutter Oberin«, sagte Brona mit finsterer Miene.
Bella Dunville warf ihr einen flüchtigen Blick zu, als würde sie ihre Schwester nicht erkennen, schleuderte das blonde Haar nach hinten, schritt zur Tür hinaus und eilte die Treppe hinunter.
»Hast du eine Ahnung, wer die Kleine war?«, fragte sie Anne Marie, die nur laut auflachte.

Dann gelangten sie über die Treppe vor dem Hauptgebäude der vier miteinander verbundenen georgianischen Bauten, aus denen St Martin's, die beste Mädchenschule Dublins, bestand, nach draußen.

Bella Dunville traf, da Adam, der Chauffeur der O'Mahonys, sie mitgenommen hatte, als Erste zu Hause ein und schloss die Tür des großen Hauses in der Lansdowne Road auf. Den Schlüssel legte sie wieder unter den Terrakottatopf auf der Veranda. In der Diele blieb sie stehen und lauschte, ob jemand daheim war. Bella war an den Messingtisch auf dem dicken roten Teppich in der Mitte der Diele getreten. Über ihr glitzerte und funkelte der Kristalllüster mit dem zweihundertteiligen Behang. Erst vor kurzem war er von der Decke genommen und im Zuge der Weihnachtsvorbereitungen gereinigt worden. Der Raum strahlte eine altmodische Vornehmheit aus, nicht zuletzt wegen der Schwarz-Weiß-Fotos der Mädchen an der Wand neben der Treppe mit dem auf Hochglanz polierten Geländer. Nachdem sie ein paar Sekunden lang konzentriert gelauscht hatte, rief Bella: »Hallo! Ist irgendwer da?« Es blieb still.
Sie hob die Post auf, die vor der Haustür auf dem Dielenboden lag, sah sie rasch durch, ging in die Küche und öffnete mit Wasserdampf den Umschlag, in dem die Zeugnisse der Dunville-Mädchen steckten. Sie las sie aufmerksam durch, schob sie wieder in den Umschlag und legte ihn an die Stelle zurück, wo sie ihn gefunden hatte. Dann stieg sie die Stufen hoch. Erst nachdem sie sich auf dem Treppenabsatz flüchtig umgesehen hatte, ging sie weiter zu ihrem

Zimmer unter dem Dach und entkleidete sich mit der üblichen Sorgfalt. Sie zog die Schuluniform aus und hängte den Trägerrock in den Schrank. Die Krawatte, die sie aus der Manteltasche gezogen hatte, wurde ordentlich eingerollt und in ein Regalfach gelegt. Bluse, Unterhose und Strumpfhose kamen in den Wäschekorb. Sie stieg in eine Jeans und zog einen weißen Pullover an. Dann legte sie sich aufs Bett und dachte über die Ferien nach. Schließlich stand sie auf, trat an den Schreibtisch und zog einen Block aus der obersten Schublade. Aus dem Schulranzen holte sie einen Füller.

Lieber H, schrieb sie. *Bin ich froh, dass endlich Ferien sind, auch wenn ich dich natürlich vermissen werde! Gestern Nacht war toll. Den Pflanzen geht es super. Wenn du das liest, bist du schon aus England zurück.*

Sie lutschte am Füllerende. Ihr fiel nichts mehr ein. Sie legte den Block in die Schublade, verbarg ihn unter einem Lateinbuch, lehnte sich zurück und kippelte mit dem Stuhl.

Und jetzt?, dachte sie.

Sie ging zum Bett, hob das Kissen hoch und betrachtete die Sachen, die darunter lagen. Schließlich entschied sie sich für einen Briefumschlag, öffnete ihn und zog das Blatt heraus. Sie lächelte, während sie las.

Hmmmmm, unanständig – und teuer, dachte sie.

Sie ging ins Frühstückszimmer hinunter, klappte das Bügelbrett aus und schob den Bügeleisenstecker in die Steckdose. In der Küche nahm sie sich ein sauberes Geschirrtuch und machte es unter dem Wasserhahn tropfnass. Während sie es auswrang, überlegte sie, wo die anderen blieben. Wieder im Frühstückszimmer, breitete sie die rechte Hälfte ihres langen, blondgelockten Haars auf dem Bügelbrett aus und bedeckte es sorgfältig mit dem feuchten Tuch. Dann stellte sie das Bügeleisen dicht neben ihrem Ohr auf das Tuch und lauschte dem Zischen, mit dem die Hitze auf die Nässe traf.

Als sie fertig und ihr Haar geglättet war, räumte sie auf und ging zum Telefon in der Diele.

»Hallo, Anne Marie«, sagte sie, als abgenommen wurde. »Ich bin's. Alles bereit für heute Abend?«

Sie lauschte der Stimme am anderen Ende der Leitung und versuchte gleichzeitig, nur ja kein Geräusch im Haus zu überhören.

»Nein, ich habe es noch nicht gesagt. Bei mir ist noch niemand zu Hause. Aber ich wollte sowieso erst wissen, ob bei dir alles klappt ... Nein, wird schon schiefgehen. In meinem Zeugnis steht nichts Unerwartetes. Ich habe es gleich über Wasserdampf aufgemacht, alles bestens. Ich darf heute Abend bestimmt zu dir, aber ich muss eben warten, bis sie zurück sind.«

Becky, die mittlere Dunville-Tochter, war kleiner, gepflegter und zarter als ihre Schwestern. Verglichen mit Bella und Brona wirkte die Fünfzehnjährige wie ein völlig anderes Wesen. Ihr dunkles, sorgfältig gebürstetes glattes Haar war auf Schulterhöhe in Bob-Fasson geschnitten und umrahmte das ovale Gesicht. Sie hatte einen blassen Teint. Ihre Krawatte war auch nach einem langen Unterrichtstag noch schön geknotet und saß korrekt, die Strümpfe waren hochgezogen. Sie ging sofort in ihr Zimmer, als sie nach der Schule nach Hause kam. Dann hörte sie ihre ältere Schwester in der Diele telefonieren. Bella war wohl in ihrem Zimmer, als ich heimkam, dachte sie. Becky verstand nicht alles von dem Gespräch, denn die Diele war ziemlich weit entfernt und durch Wände, Gänge und die Treppe akustisch bis zu einem gewissen Grad abgeschirmt. Trotzdem hatte sie den starken Eindruck, dass Bella allein zu sein glaubte – und dass sie abends weggehen wollte.

Becky lag reglos da, starrte an die Decke und dachte darüber nach, ob ihr Vater heute Abend den Baum mitbringen würde. Er hatte es angekündigt, falls er die Zeit dafür fände.

Sie hoffte es sehr.

Der Baum würde dann über Nacht auf der Veranda stehen und am nächsten Tag im Wohnzimmer aufgestellt und von den Mädchen geschmückt werden. Sie machte das so gern. Sie freute sich auf den Duft des Baums, auf die Weihnachtsmusik im Hintergrund – vielleicht würden sie ja nach dem Abendessen sogar Scrabble spielen.

Lächelnd stellte sie sich vor, wie der Baum im abgedunkelten Zimmer aussehen würde, wenn erst die weißen Lämpchen brannten.

Märchenhaft.

Sie drehte sich auf den Bauch und zupfte verträumt an der Stickerei auf der Tagesdecke. Sie dachte an Bella. Schwer zu sagen, was Bella vorhatte, wenn sie denn etwas vorhatte, aber Becky wurde das Gefühl nicht los, dass sie irgendetwas ausheckte.

Die Haustür wurde aufgestoßen und knallte gegen die Garderobe.
Dreimal darfst du raten, wer das ist, dachte Becky.

In der Diele stand in zerknitterter Uniform, mit schlampig gebundenen Zöpfen und nach wie vor heruntergerutschten Kniestrümpfen, Brona Dunville und starrte Bella an, die immer noch telefonierte.
»Ich hab den Bus verpasst«, sagte sie.
»Und – was kann ich dafür?«, erwiderte Bella eisig. Sie hatte die Hand auf die Sprechmuschel gelegt.
»Ach, halt doch die Klappe!«, rief Brona, ließ den Schulranzen mitten in der Diele auf den Boden fallen und stieg, immer zwei Stufen auf einmal nehmend, die Treppe hoch.
»Ich hab den verdammten Bus verpasst!«, schrie sie vor Beckys angelehnter Zimmertür. »Und ich weiß, dass du gesehen hast, wie ich hingelaufen bin. Du hättest ihn bitten können, dass er auf mich wartet!«
Sie schlug ihre Zimmertür hinter sich zu, zog die Uniform aus, kickte Schuhe, Trägerrock, Bluse, Krawatte und Strümpfe in die Ecke hinter der Tür und warf sich rücklings aufs Bett.
»Blöde Kuh«, sagte sie laut. Damit war ihre Schwester gemeint. Doch sie wusste, dass das nicht fair war – der Busfahrer hätte nie im Leben wegen ihr oder wegen eines anderen Mädchens noch einmal angehalten.

Wenig später rief der Gong in der Diele zum Abendessen. Bella, deren langes blondes Haar jetzt glattgebügelt war, kam gemächlich und lautlos vom obersten Stockwerk des Hauses herunter. Vor ihr ging Brona, die mittlerweile eine grüne Jeans, einen roten Pulli und Hausschuhe trug. Becky saß schon an dem für drei gedeckten Tisch im Frühstückszimmer. Sie hatte noch immer ihre Schuluniform an; alles saß tadellos.

»*Alle Jahre wieder wird die Becky fett …*«, sang Brona, als sie den Raum betrat.

»Was hast du gesagt?«, fragte Becky wütend.

»Nichts. Ich habe nichts gesagt, ich habe *gesungen*. Und außerdem habe ich nicht von dir gesungen, sondern *wird die Bella fett*«, gab Brona grinsend zurück.

»Was sagst du da?«, fauchte Bella, die in diesem Augenblick eintrat. Sie packte Brona an den Haaren und zog kräftig daran.

Brona brüllte. »Mummy, Mummy, Hilfe!«

In der Tür zur Küche erschien Elizabeth, ihre Mutter, groß, elegant, zartgliedrig. Ihr Gesicht hatte einen sanften, leicht geistesabwesenden Ausdruck.

»Mäuschen, ich bitte euch!«, sagte sie leichthin. »Helft mir das Essen reintragen, ja?«

»Riecht ja grauenhaft«, sagte Brona, die sich, nachdem Bella sie abrupt losgelassen hatte, den Kopf rieb.

»Das Essen?«, fragte ihre Mutter erstaunt.

»Nein«, erwiderte Brona, »Bellas Achselhöhle.«

»Ich bring dich um!«, zischte Bella, während Elizabeth wieder in der Küche verschwand.

Brona lief ihrer Mutter nach und trug eilfertig die Teller ins Frühstückszimmer.

»Mmmm, das da riecht himmlisch«, sagte sie und lächelte Bella an, die nichts erwiderte, sondern einfach auf ihre nächste Chance wartete.

»Wie ist mein Zeugnis ausgefallen?«, fragte Bella ihre Eltern nach dem Essen im Wohnzimmer. Die Mädchen hatten allein im Frühstückszimmer gegessen, während die Eltern ihre Mahlzeit wie an jedem Wochentag später im Speisezimmer einnehmen würden. Der Haushalt wurde wie in längst vergangenen Zeiten geführt: Mrs O'Doody, die Haushälterin, putzte und bereitete meist auch das Essen zu. John und Elizabeth Dunville dinierten allein; nur am Wochenende durften sich die Mädchen – angemessen gekleidet – im Speisezimmer zu ihnen gesellen.
John Dunville, in Anzug und weißem Hemd mit blauer Seidenkrawatte, lächelte sie an. »Eins a.«
»Dieses Schuljahr ist wirklich schwer«, sagte Bella mitleidheischend. »Ich bin richtig erleichtert, dass das Zeugnis gut geworden ist. Wegen Latein und Geschichte hatte ich ja schon ein bisschen Angst.« Sie ließ einen besorgten Unterton mitschwingen, weil sie wusste, dass sie in diesen beiden Fächern am besten abgeschnitten hatte.
»Keine Sorge, Bella«, sagte ihre Mutter. »Dein Vater ist mit dem Zeugnis zufrieden und sieht dich auf dem richtigen Weg.«
Elizabeth Dunville überließ diese Dinge ihrem Mann und vertraute seinem Urteil voll und ganz. Sie nippte an ihrem Drink und wischte eine Staubfluse vom gerade geschnittenen dunklen Rock. Sie hatte ihre schlanken Beine überein-

andergeschlagen und strahlte, obwohl sie körperlich zweifellos anwesend war und ihrem Mann gegenübersaß, eine schwer zu bestimmende Distanziertheit, etwas Ätherisches aus.

»Das beruhigt mich sehr«, erklärte Bella besorgt. Sie achtete darauf, immer beide Eltern anzusprechen, auch wenn sie aus Erfahrung wusste, dass letztlich John das Sagen hatte. Ihr Vater, der fast zehn Jahre älter als ihre Mutter war, forderte von den Töchtern vollendete Höflichkeit gegenüber sich und Elizabeth, und die drei Mädchen verhielten sich entsprechend.

»Gibt es irgendwelche Schwachstellen? Kann ich aus dem Zeugnis eine Lehre ziehen – für das nächste Trimester?« Es klang pflichtbewusst und ehrlich.

»In Mathematik könntest du etwas mehr tun«, antwortete ihr Vater in seinem vornehmen englischen Tonfall.

Bella nickte, als wollte sie sich diese Aufforderung gut einprägen. »Ich übe in den Ferien jeden Tag eine Stunde. Mathe, meine ich. Aber natürlich werde ich auch an allen anderen Fächern systematisch arbeiten.«

»Man kann es auch übertreiben ...«, murmelte Elizabeth, den Blick auf ihren Gin Tonic gerichtet.

»Stimmt«, sagte Bella, als wäre ihr plötzlich der Gedanke gekommen, sich mal eine Pause zu gönnen. »Apropos, Mummy – ich würde gern zu Anne Marie gehen. Ich könnte bei ihr übernachten. Darf ich?«

»Übernachten nicht«, warf ihr Vater ein und musterte sie über den Brillenrand hinweg. »Du kannst sie besuchen, aber um halb elf bist du zurück!«

»Mensch, Dad!«, sagte Bella, wechselte aber sofort den Ton. »Ich hatte mich schon so aufs Übernachten gefreut. Aber wenn ich schon heimkommen muss, dann wenigstens ein bisschen später.«

»Wie viel später?«

»Wie wär's mit halb eins?«, fragte sie erwartungsvoll.

»Elf«, sagte er.

»Sagen wir zwölf?«

»Halb zwölf – Diskussion beendet.«

Beide lächelten. Das war ein altes Spiel zwischen ihnen, ein unumgängliches Ritual, an dessen Ende man sich stets in der Mitte traf.

»Mit einem kleinen Spielraum – fünfzehn Minuten?«, fragte sie.

»Mit fünfzehn Minuten Spielraum. Soll ich dich abholen?«

»Nein, nein.« Bella sah ihn liebevoll an. »Adam fährt mich nach Hause – du weißt schon, der Chauffeur.«

»Na gut, Bella. Gib mir einen Kuss und verzieh dich!«

Ihre Eltern sahen einander lächelnd an.

Bella küsste beide. Dann ging sie aus dem Zimmer. John und Elizabeth Dunville blieben in ihren behaglichen Armsesseln rechts und links vom Kamin sitzen.

Becky saß in ihrem Zimmer im ersten Stock am Schreibtisch und erstellte eine Liste der Leute, für die sie noch Weihnachtsgeschenke besorgen wollte. Sie warf einen Blick auf ihre Armbanduhr. Um acht musste sie zum Babysitten.

Ich ziehe mal besser los, dachte sie. Vielleicht sind sie heute besonders großzügig, weil Weihnachten vor der Tür steht – vielleicht sind fünfzehn Shilling drin.«

Sie bürstete sich rasch das Haar, damit es glatt war und glänzte, steckte die vorderen Strähnen hinter die Ohren, legte die Liste in die Schreibtischschublade und lief leichtfüßig die Treppe hinunter.

»Ich gehe jetzt, Mum und Dad.« Sie steckte den Kopf durch die Wohnzimmertür.

»Wann bist du zurück?«, fragten beide Eltern wie aus einem Mund.

»Es wird spät – heute ist Mr Robinsons Weihnachtsfeier. Ein Uhr wahrscheinlich. Aber sie fahren mich heim.«

»Und wie kommst du dorthin?«, wollte ihr Vater wissen.

»Zu Fuß. Ist ja nicht weit«, beruhigte sie ihn.

»Gib Bescheid, wenn du zurück bist«, sagte ihr Vater.

»Ach, sind unsere Zeugnisse eigentlich gekommen?«

»Ja, Becky.«

»Ist meins in Ordnung?«

»Es ist wie immer«, sagte ihre Mutter.

»Du kannst es dir morgen früh ansehen«, meinte ihr Vater.

Sie hätte sich gefreut, wenn einer von beiden »Gut gemacht« gesagt hätte, denn sie war wieder Klassenbeste geworden; aber keiner sagte etwas. Einmal hatte sie gefragt, warum sie ihr nie zu ihren Leistungen gratulierten. Die Antwort war streng gewesen. Solange jede Tochter ihren Fähigkeiten gemäß lerne, sei es ungerecht, eine besonders zu loben, nur weil ihr das Lernen leichter falle. Das hatte ihr eingeleuchtet, aber sie fand trotzdem, dass ein bisschen Anerkennung nicht schaden würde.

Sie nahm ihren Gabardinemantel aus dem Kämmerchen in der Diele und schlang sich den geringelten Schal um den Hals, den sie in der ersten Klasse gestrickt hatte.
Auf der Veranda strich sie mit der Hand über den Weihnachtsbaum, der an der Hauswand lehnte und schon den Duft feuchter Fichtennadeln verströmte.
Es war eine eiskalte Nacht mit klarem Himmel. Über ihr funkelten Hunderte von Sternen. Vor dem Botanischen Garten in der Lansdowne Road blieb sie stehen und spähte zwischen den Gitterstäben hindurch nach dem kleinen, von knorrigen Bäumen umgebenen Haus. Die dahinterliegende efeubewachsene Mauer, die sich um den Garten zog, war im hellen Mondlicht deutlich zu sehen. Das Häuschen hatte etwas Märchenhaftes für sie.
Hänsel und Gretel fielen ihr ein, wie sooft. Kleine Fenster mit Butzenscheiben aus Zucker und einer Hexe, die hinter der Tür lauerte.
Sie ging rasch weiter und überlegte, ob ihr Vater Bella mit dem Auto zu Anne Maries nahegelegenem Haus bringen würde. Schnell versuchte sie die Gefühle, die dieser Gedanke in ihr hervorrief, beiseitezuschieben. Ihr war es jedenfalls lieber, den Weg zu den Robinsons zu Fuß zurückzulegen, sagte sie sich.
Als sie dort ankam, waren die Robinsons schon im Aufbruch begriffen.
»Die Kinder schlafen«, sagte Mr Robinson mit seinem näselnden australischen Akzent. »Die Telefonnummer haben wir aufgeschrieben. Wenn du Glück hast, schlafen die kleinen Räuber durch.«

Die kleinen Räuber schliefen durch. Becky saß in einem weichen Sessel und las eine Zeit lang. Dann schaltete sie den Fernseher ein – ein seltenes Vergnügen, denn die Dunvilles hatten noch keinen. Da Becky keine wirklichen Freundinnen hatte, genoss sie die Gesellschaft des Fernsehers und fragte sich, ob ihr Vater je einen kaufen würde. Was Unterhaltung und Zerstreuung betraf, hatte er, so wie in Bezug auf eigentlich alles, strenge Grundsätze. Aber vielleicht hat er ja recht, dachte sie noch; dann richtete sie ihre Aufmerksamkeit ganz auf den Fernseher.

Bella wurde von ihrem Vater zu Anne Marie gefahren. Ehe sie ausstieg, beugte sie sich vor und gab ihm einen flüchtigen Kuss auf die Wange.

»Bis dann, Daddy. Du kannst gleich losfahren«, sagte sie, und ihre strahlend blauen Augen lachten. »Warte noch, bis ich oben auf der Treppe bin, und fahr dann zurück. Du weißt ja, wie lang es immer dauert, bis die O'Mahonys aufmachen. Daheim steht das Abendessen auf dem Tisch. Lass Mum nicht warten.«

Und er sagte lachend: »Du hast recht. Also, zieh Leine!«

Oben auf der Treppe drehte sie sich um, winkte ihm zu und legte den Finger auf den Klingelknopf, drückte aber nicht.

Er winkte zurück und fuhr davon. Bella wartete, bis das Motorengeräusch verklungen war, lief die Treppe hinunter und öffnete das Kellerfenster, das Anne Marie angelehnt hatte. Trotz der Dunkelheit stieg sie sicheren Fußes hinein und setzte sich auf einen Stuhl.

Wenig später tauchte Anne Marie an der Tür auf.
»Bist du da?«, rief sie ins Dunkel.
»Ja«, antwortete Bella. »Können wir?«
»Alles klar. Ich muss mich nur schnell von meinen Eltern verabschieden. Da, ich habe ein paar Klamotten von dir aus meinem Zimmer mitgebracht.«
Anne Marie reichte Bella mehrere Kleidungsstücke.
»Wie viel Zeit haben wir?«
»Um Viertel vor zwölf muss ich zurück sein«, antwortete Bella.
»Steig wieder raus, wir treffen uns dann an der Ecke. Ich muss nur noch sagen, dass ich zu dir gehe, dann sind alle glücklich und zufrieden.«

Becky machte es sich auf dem Sofa bequem und schaute sich die Nachrichten an. Nachrichten im Fernsehen waren etwas völlig anderes, als die Meldungen nur im Radio zu hören, das erstaunte sie immer wieder. Man sah Lieutenant Calley, der wegen des zwei Jahre zuvor in My Lai begangenen Massakers an fünfhundertsiebenundsechzig Menschen verhaftet worden war. »Er hat nur Befehle befolgt«, behauptete sein Verteidiger.
Das allein ist ja wohl kein Grund, fand sie. Sie starrte ins Feuer, folgte mit dem Blick den Flammen, die in den Kamin hochzüngelten.
Ich darf mich nie in eine Lage bringen, in der ich für meine eigenen Taten nicht verantwortlich bin. *Will nicht Soldat, nicht Nonne sein, bin Becky Dunville ganz allein.*
Sie murmelte laut vor sich hin, während sie aufstand und

die Treppe hochstieg, um nach den Robinson-Kindern zu sehen. Sie schliefen tief und fest.
Sie blieb an der Kinderzimmertür stehen und lauschte den gleichmäßigen Atemzügen. Vom Gang her fiel Licht auf die Betten. Sie konnte die pausbäckigen Gesichter mit den geschlossenen Augen gerade so eben erkennen.

Als John und Elizabeth mit dem Hauptgang fertig waren, kam Brona ins Speisezimmer und setzte sich zu ihnen.
»Was dagegen, dass ich ein bisschen Musik mache?«, fragte sie.
»Was dagegen, dass wir uns über dein Zeugnis unterhalten?«, gab ihr Vater zurück.
»Ist es gut?«, fragte sie mit gespielter Neugierde. »Bitte sag, dass es gut ist. Ich habe mir solche Mühe gegeben.«
»Teilweise ist es recht gut ausgefallen.« Er nickte. »Es liegt auf dem kleinen Tisch im Wohnzimmer. Bring es mal her.«
»Das kann doch warten, bis wir mit dem Essen fertig sind«, wandte Elizabeth sanft ein.
»Bringen wir's hinter uns«, erwiderte er und nahm Brona, die gerade aus dem Wohnzimmer zurückkam, das Zeugnis ab.
»In der Bemerkung heißt es, du lässt dich leicht ablenken und bringst nicht dieselbe Konzentration auf wie deine Schwestern.«
»Es ist nicht fair, dass ich immer mit Bella und Becky verglichen werde«, murrte Brona. »Ständig heißt es: ›Du bist nicht so gescheit wie Becky‹ oder ›Du bist nicht so hübsch

wie Bella‹. Das ist einfach ungerecht!« Sie zog einen Schmollmund.
»Natürlich ist es ungerecht«, stimmte ihr Vater zu. »Aber es geht nun einmal darum, dass du dich besser konzentrieren solltest.«
»Ist doch nicht meine Schuld, wenn ich mich nicht so gut konzentrieren kann wie Becky«, jammerte Brona.
»Da.« Er reichte ihr das Zeugnis. »Lies es dir durch, und dann sprechen wir darüber.«

Bella und Anne Marie fuhren mit dem Bus in die Innenstadt. Beim Einsteigen und als sie sich freie Sitzplätze suchten, ertönten hinten im Bus Pfiffe. Die Mädchen ignorierten sie und setzten sich lässig hin.
»Ist Hugo über die Ferien nach Hause gefahren?«, fragte Anne Marie. Hugo war Bellas Freund.
»Ja. Sie haben heute Morgen mit der Fähre übergesetzt. Er war sauer, weil er zwei Wochen mit seinen Eltern verbringen muss, aber mir kommt es natürlich gelegen. Jetzt kann ich von einer Party zur nächsten.«
»Ach, wenn wir nur in London wohnen würden«, sagte Anne Marie. »Hier ist es doch stinklangweilig an Weihnachten.«
Bella brummte zustimmend und sah aus dem Fenster.
»Was wohl die Nonnen machen?«, sagte Anne Marie, um Bellas Aufmerksamkeit wieder auf sich zu lenken.
»Die beten garantiert für dein Seelenheil. Wie ist dein Zeugnis ausgefallen?«
»Keine Ahnung, hab's nicht gesehen. Vielleicht war es heute noch nicht in der Post.«

»Meins schon, habe ich dir ja erzählt. Alle drei Zeugnisse in einem Umschlag. Die Nonnen wollen Porto sparen, aber zahlen dürfen wir schon für drei. Beckys Zeugnis ist wirklich zum Kotzen, einfach perfekt.«

»Und das von Brona?«

»Hab ich mir gar nicht erst angesehen. Aber sie wird wohl Schwierigkeiten kriegen. Mummy hat nämlich gesagt, dass Daddy ›sich mal mit der jungen Dame unterhalten wird‹, wenn er heimkommt.«

Anne Marie lachte.

»Was meinst du, welches Zeugnis war das mieseste?«

»In der ganzen Schule? Das von Rhona Brophy wahrscheinlich.« Bella lächelte. »Die sollte man einsperren und den Schlüssel wegschmeißen.«

»Ich finde sie eigentlich ganz witzig«, wandte Anne Marie ein.

»Das kannst du aber auch nur sagen, weil sie nicht die beste Freundin deiner Schwester ist und nicht ständig anruft oder zu Besuch kommt.«

Wenig später saßen Bella und Anne Marie, die langen Beine so übereinandergeschlagen, dass ziemlich viel Schenkel zu sehen war, in einem Pub in der Nähe der Grafton Street und rauchten.

»Darf ich mich zu Ihnen setzen?«, fragte ein Mann.

»Wir warten auf Freunde«, erwiderte Bella und musterte ihn interessiert.

Er war groß, dunkelhaarig und mindestens Mitte dreißig.

»Na gut«, sagte er. »Aber darf ich Ihnen vielleicht einen

Drink bestellen, während Sie auf Ihre Freunde warten? Ich muss sowieso bald gehen.«
»Ja, super«, sagte Bella. »Für mich ein Guinness, und meine Freundin Anne Marie trinkt gern Dubonnet. Übrigens, ich heiße Bella.«

Als Becky müde wurde, machte sie das Licht aus, legte sich wieder aufs Sofa, um die Spätnachrichten anzusehen, schlief aber sofort ein.
Geraume Zeit später erwachte sie vom Geräusch der Haustür, die geschlossen wurde, von Schritten auf dem edlen Teppichboden in der Diele und murmelnden Stimmen. Das Feuer war ausgegangen; das einzige Licht im Raum kam vom flimmernden Bildschirm des Fernsehers.
Die Lampen in der Diele waren ausgeschaltet. Als sie Schritte hörte, die sich treppauf entfernten, erstarrte sie vor Schreck.
Wenn das die Robinsons sind, würden sie doch erst mal hier reinkommen. O Gott, was soll ich tun?
Ihr Herz hämmerte. Sie hatte das Gefühl, ihre Nackenhärchen richteten sich auf, und ihr war fürchterlich kalt. Einen entsetzlichen Augenblick lang bezweifelte sie, sich überhaupt noch bewegen zu können, doch der Gedanke an die oben schlafenden Kinder rüttelte sie schlagartig auf. Lautlos schwang sie die Beine vom Sofa und tastete nach ihren Schuhen. Sie ging zum Kamin und griff sich den Schürhaken. Ihre Wahrnehmung war mit einem Mal so geschärft, dass sie viel besser als unter normalen Umständen wusste, wo sich was befand.

In der Diele blieb sie stehen und lauschte angestrengt. Oben im ersten Stock brannte Licht.
Sie wusste nicht, ob sie zur Haustür gehen und auf der Straße um Hilfe rufen oder die Treppe hochsteigen sollte. Was mache ich jetzt?
Sie richtete all ihre Gedanken auf die schlafenden Kinder und ging mit leisen Schritten und pochendem Herzen zur Treppe.
Da trat plötzlich oben Mr Robinson aus dem Bad.
»Ach, du meine Güte!«, sagte er mit ziemlich verwaschener Aussprache. »Bist du immer noch da?«
Becky blieb auf der obersten Stufe stehen. Der Schreck, den sie bei seinem Anblick bekommen hatte, wich einer großen Erleichterung.
»Ja, natürlich«, antwortete sie. »Ich sollte doch auf die Kinder aufpassen, bis Sie zurückkommen …«
Ihre Stimme erstarb. Am liebsten hätte sie sich auf den Boden gehockt und geweint.
»Das haben wir glatt vergessen«, gestand Mr Robinson. »Magda hat bisschen zu viel getrunken, sie ist schon im Bett, und ich hab glatt vergessen, dass du da bist.«
Plötzlich bemerkte er, dass der Reißverschluss an seiner Hose offen stand. Er zog ihn hastig hoch.
»Na, dann bring ich dich jetzt wohl besser mal nach Hause.«
Erst als Becky die Treppe hinuntertrottete, registrierte er den Schürhaken in ihrer Hand.
»Willst du mir damit eins über den Zädel schien? Ich mein, über den Schädel ziehn?«, fragte er und nahm ihr das Ding ab. Becky roch seine Fahne.

Sie schüttelte den Kopf.
»Ich dachte, Sie wären ein Einbrecher ... die Kinder ...«
»Hast geglaubt, die kleinen Räuber werden gekidnappt?«, fragte er scherzhaft. »Na komm, hol deinen Mantel, ich fahr dich heim.«
Im Auto hätte Becky am liebsten losgeheult, doch das Unheil setzte sich fort, als ihr klar wurde, dass Mr Robinson kaum die Straße erkennen konnte. In der ersten Kurve schrammte er haarscharf an einem geparkten Wagen vorbei, hoppelte auf den Gehsteig, touchierte einen Laternenpfahl, steuerte mit erstaunlichem Geschick auf die Fahrbahn zurück und fuhr in Richtung ihres Hauses weiter.
Becky wurde hin und her geschleudert. Sie bekam nichts zu fassen, woran sie sich hätte festhalten können. Einmal krachte sie mit dem Kopf gegen das Armaturenbrett, und als es ganz schlimm wurde, überlegte sie kurz, ob sie nicht ins Steuer greifen solle.
»Sie können mich hier absetzen, Mr Robinson. Wirklich, lassen Sie mich ruhig hier raus.«
Als Mr Robinson einmal mehr den Gehsteig erstürmte, schrie Becky nur noch. Diesmal allerdings krachte der Wagen in eine Gartenmauer. Becky konnte nicht aussteigen, die Beifahrertür ließ sich wegen der Mauer nicht öffnen. Sie war fix und fertig, geschockt, aber unverletzt. Diese Nacht würde sie nicht so schnell vergessen.
Mr Robinson beugte sich zu ihr hinüber und sagte: »Mensch, du bist schöner als Magda.« Und dann drückte er seine feuchten Sufflippen auf ihren kleinen rosa Mund.
Becky versuchte ihn abzuwehren.

Mr Robinson war ein stattlicher Mann, und es gelang ihr nur mit großer Mühe, ihn von sich zu schieben. Sie stieg über den Beifahrersitz hinweg auf die Rückbank, öffnete die hintere Tür und sprang auf die Straße.

So schnell sie konnte rannte sie immer geradeaus bis zur Einfahrt ihres Hauses.

Auf der Veranda tastete sie nach dem Schlüssel. Zuerst fand sie den Topf nicht, unter dem er immer versteckt war, doch nach einer Weile hatte sie es geschafft, sperrte auf und schloss die Tür hinter sich.

Auf ihrer Armbanduhr war es nach drei.

Sie setzte sich auf die Treppe. Den Schlüssel hielt sie fest umklammert. Tränen stiegen ihr in die Augen. Sie zitterte, und plötzlich wurde ihr übel. Sie rannte ins Bad und übergab sich.

Sie war viel zu fertig, um noch einen klaren Gedanken zu fassen. Als sie genug Kraft gesammelt hatte, ging sie die Treppe hoch und legte sich ins Bett. Mantel und Schlüssel blieben auf dem Badezimmerboden liegen.

Im Bett überlegte sie, ob sie zu Bella raufgehen sollte. Mit ihren Eltern konnte sie jetzt jedenfalls nicht reden.

Wie sollte ich es ihnen denn erklären? Noch dazu sind sie mit den Robinsons befreundet. Bei der Erinnerung an Mr Robinsons Mund schüttelte es sie.

Mein erster Kuss, dachte sie. O Gott!

Beinahe wäre sie aufgestanden und zu Bella hochgegangen, so sehr sehnte sie sich nach Zuneigung und Mitgefühl, und Bella war immer noch besser als gar niemand.

Doch der Gedanke an die dunkle Treppe machte ihr Angst,

und überhaupt, dachte sie, ist Bella sowieso nie besonders gesprächsbereit, am allerwenigsten mitten in der Nacht.
So lag Becky in dieser Nacht zitternd in ihrem Bett.
Und nicht mal mein Geld habe ich gekriegt, dachte sie traurig.

John und Elizabeth Dunville schliefen tief und ahnten nichts vom Leid ihrer mittleren Tochter. Elizabeth wälzte sich, von einem immer wieder aufflackernden Alptraum gequält, im Bett hin und her.
Ihr Unbewusstes wehrte sich gegen die immer wiederkehrenden Bilder aus einer längst vergangenen Zeit, als sie ein junges Mädchen war und zu ihrem Bruder James Fitzgerald und seiner Frau Nancy nach London zog.
Achtzehn war sie damals gewesen, ein sanftes Mädchen, das gerade die Mauern des Klosters verlassen hatte, in dem es zur Schule gegangen war. Im Traum hörte sie die Stimme des Pfarrers, der am Altar vorlas: *»Schauet die Lilien auf dem Felde; sie säen nicht, sie ernten nicht ...«* , und sie war wieder achtzehn und kniete mit gesenktem Kopf in der Holzbank. Die Lilien sind durch ihre eigene Schönheit verdorben, hatte sie damals gedacht. Denn das sagten die Nonnen: Wir wurden mit der Ursünde geboren. Wir sind mit Makeln behaftete Wesen.
Sie erinnerte sich, dass an einem lang zurückliegenden Tag eine der Nonnen im Kloster, eine intelligente Frau mit freundlichem Gesicht, ihr sagte, sie dürfe sich nicht durch ihre Jugend und ihre Schönheit von Gottes Plan abbringen lassen.

Sie hatte sich gefragt, was die Nonne damit meinte.

War es Gottes Plan, dass ich Unrecht tue? Hatte ich denn eine Wahl? Hat überhaupt irgendwer eine Wahl? Im Traum streckte sie den Arm aus, um eine Tür zu öffnen, doch in diesem Augenblick drehte John sich zu ihr um und legte den Arm um sie, und der Traum veränderte sich. Elizabeth geriet auf eine andere Bewusstseinsebene und schlief ruhig weiter.

Zweites Kapitel

Elizabeth Fitzgerald, ein ernstes Mädchen aus gutbürgerlicher Dubliner Familie, fuhr 1950 nach London, um ihren Bruder James und seine Ehefrau Nancy zu besuchen. Gleich am ersten Tag lernte sie beim Abendessen John kennen, einen unterhaltsamen, geistreichen Mann, der in die zivile Luftfahrt abkommandiert worden war, nachdem er zwei Jahre lang Kampfeinsätze im Zweiten Weltkrieg geflogen und danach an der Berliner Luftbrücke teilgenommen hatte. Während ihr Bruder über Gott und die Welt schwadronierte, betrachtete John sie von der anderen Tischseite aus und blinzelte ihr zu.

John Delaware hatte, wie man so sagte, in einem gerechten Krieg gekämpft.

»Und was meinen Sie?«, fragte John, doch als sie antworten wollte, fiel James ihr mit einer Bemerkung über das Wetter ins Wort.

Elizabeth errötete. Sie hatte an diesem Abend aus Mangel an Gelegenheit noch keinen einzigen Satz gesagt. Sie senkte rasch den Kopf und hoffte, nicht ganz so rot zu sein, wie sie sich fühlte.

Als sie nach dem Essen ins Wohnzimmer gingen, wo der Kaffee serviert wurde, sprach John sie an.

»Probieren wir's noch mal«, sagte er und betrachtete ihren langen, schneeweißen Hals und den glatten, hellen Teint. Er ließ sich neben ihr auf dem Zweisitzersofa nieder, auf dessen Kante sie angespannt saß. Elizabeth hob ihre schmale Hand und berührte ihr blondes, seitlich mit Klemmen festgestecktes Haar. Man hätte die Geste als einen Ausdruck von Selbstsicherheit deuten können, hätte sie dabei nicht so unverkennbar schüchtern gewirkt.

Sie bemühte sich um ein gewinnendes Lächeln und hoffte inständig, wie eine Frau von Welt zu wirken, für die Einladungen zum Abendessen keine Seltenheit waren, was natürlich nicht stimmte.

»Was ich meine?«, fragte sie und überlegte, worauf er sich eigentlich bezog.

»Ja, was meinen Sie?«

»Du lieber Himmel – ich weiß ja gar nicht, worum es geht.«

Er lachte.

»Ich auch nicht. Ich wollte nur wissen, wie Ihre Stimme klingt.«

James Fitzgerald kam zu ihnen hinüber. »Was sagst du da zu meiner kleinen Schwester?«

»Wir unterhalten uns über die Benzinknappheit und die Lebensmittelmarken und wie du das Essen heute Abend hingekriegt hast«, antwortete John lachend.

»Ach, die Hälfte hat Elizabeth aus Irland mitgebracht«, erwiderte James scherzhaft. »Deshalb haben wir ihr ja angeboten, bei uns zu wohnen. Ist doch lächerlich, dass Bonn die Lebensmittelrationierung in Deutschland beenden will,

während ich meine Mutter in Dublin immer noch bitten muss, mir dünn zwischen Pergamentpapier ausgerollte und in eine Zeitung gewickelte Butter zu schicken!«
»Wie bitte?«, sagte John erstaunt.
»Schinken auch«, fügte Elizabeth hinzu. Sie war froh, etwas zum Gespräch beitragen zu können. »So schicken wir James und Nancy Schinken.«
»Das ist ja die reinste Schieberei!«, sagte John lachend. »Sie müssen mir auch mal was schicken.«
Elizabeth lächelte erfreut.
»Waren Sie schon mal hier?« John konzentrierte sich ganz auf sie.
»Nein, das ist mein erster Besuch.«
»Sie hat gerade erst die Schule abgeschlossen«, erklärte James. Elizabeth zuckte zusammen, weil sie glaubte, durch diese Information wie ein kleines Kind zu wirken. »*Kloster*schule«, merkte James an, und Elizabeth fühlte sich, als stünde ihr das Wort *Jungfrau* auf die Stirn geschrieben.
»Vor fünf Monaten.« Wenn ihr Bruder sie doch einfach in Ruhe lassen würde!
»Dann ist das ja alles noch sehr aufregend für Sie«, versuchte es John noch einmal.
Sie nickte schüchtern, hob den Blick und sah ihn mit ihren blauen, von dichten dunklen Wimpern umrahmten Augen an. Ja, es war aufregend! Der Krieg – der »Notstand«, wie man ihn in Irland genannt hatte – war vorbei. Eisenhower war Oberbefehlshaber der NATO-Streitkräfte in Europa geworden. Neue Kriege waren ausgebrochen. Nordkorea war in Südkorea einmarschiert, und britische Truppen waren

nach Korea gegangen, um bei der Offensive des Westens mitzuwirken. Von James und Nancy wusste sie, was draußen in der Welt geschah. Ein Fingerschnipsen konnte über Leben und Tod entscheiden. Das Leben wollte gelebt werden. Und Elizabeth Fitzgerald wollte es leben.
John führte sie aus. John lud sie in teure Restaurants ein, hielt im Zoo Händchen mit ihr, schickte ihr Blumen, warb um sie.

Bei einem kurzen Aufenthalt in Irland vermisste sie ihn so sehr, dass sie schon nach sechs Wochen wieder in London war. Sie suchte sich einen Job und quartierte sich bei ihrem Bruder und ihrer Schwägerin ein.
James und Nancy Fitzgerald freuten sich über ihre Rückkehr, und Elizabeth und Nancy verbrachten viel Zeit zusammen, obwohl sie kaum etwas miteinander gemein hatten. Sie unterschieden sich sowohl in ihren Wertvorstellungen als auch in ihren Ansichten über das Leben, aber Elizabeth, die Jüngere, hatte nur wenig Selbstbewusstsein und lernte bereitwillig von Älteren.
»Ich liebe ihn«, vertraute sie ihrer Schwägerin an.
Die fünf Jahre ältere Nancy versicherte ihr lächelnd: »Er ist in dich verliebt.«
»Woher willst du das wissen?«, fragte Elizabeth.
»Das sieht man doch«, lautete die Antwort. »Und er ist eine wirklich gute Partie. Diese ›Ich rette die Welt‹-Ausstrahlung – wunderbar! Nachtflüge von und nach Berlin – findest du das nicht auch großartig?«
Wenn John am Wochenende einmal nicht da war, ging Eli-

zabeth mit James und Nancy von einer Party zur nächsten und wartete auf seine Rückkehr nach London. Und er kehrte immer wieder zurück.

»Schlaf mit mir«, bat er Elizabeth kurz vor ihrem neunzehnten Geburtstag.

»Ich kann nicht. Ich bin katholisch. Das geht nicht … du weißt schon. Es geht einfach nicht.«

Eine Woche später trafen sie ihn zufällig bei einer Dinnerparty. Er hielt ein Mädchen namens June im Arm. Er warf Elizabeth quer durchs Zimmer einen Blick zu und lächelte sein Schlafzimmerlächeln. Elizabeths Magen krampfte sich zusammen. Ihre Lippen wurden schmal.

»Was soll ich nur tun, Nancy?«

Nancy, die gerade die Blumen im Wohnzimmer arrangierte, fragte: »Worum geht es denn?«

Elizabeth lief rot an.

»Ach, nichts.«

»Nun sag schon – worum geht es?«

»Er … Also … Er will … Also …« Sie brachte es nicht über die Lippen, aber Nancy verstand. Nancy war es auch einmal so ergangen, sie wusste, worauf Elizabeth anspielte.

»Wenn er dich liebt«, sagte sie, »wenn er dich wirklich liebt, dann respektiert er dich und wartet.«

»Hat James … Also … Habt ihr, du und James … Habt ihr gewartet?«

»Ja«, antwortete Nancy entschieden.

Kurze Zeit darauf gab John seine Verlobung mit June bekannt. Das Fitzgerald-Trio war erschüttert.

»Aber ich liebe ihn doch!«, sagte Elizabeth verzweifelt zu

Nancy. »Ich wollte den Rest meines Lebens mit ihm verbringen. Er hat mich so glücklich gemacht.«
Elizabeth lag im Bett, streichelte die Haut über ihren Brüsten, die das Nachthemd freiließ, und dachte daran, wie John einmal einen Knopf an ihrer Bluse geöffnet und einen Finger hatte hineingleiten lassen, immer tiefer hinunter … O Gott, dachte sie, wie soll ich das Leben ohne ihn ertragen?

John Delaware, der gewandte, gepflegte, elegante John Delaware, heiratete wenige Wochen später, und als sechs Monate vergangen waren, gebar June ein Kind.
Elizabeth setzte sich zu Nancy und sagte: »Ist es zu früh gekommen? Ich meine … Wurde es zu früh geboren?«
Nancy schüttelte den Kopf.
»Nein, es ist ganz pünktlich gekommen.« Sie schluckte und verzog verlegen den Mund. »Er war wohl doch nicht ganz so, wie man ihn sich gewünscht hätte.«
Elizabeth zählte an den Fingern die Monate ab und erkannte, dass er etwa zur selben Zeit, als er versucht hatte, sie herumzukriegen, June herumgekriegt hatte. Es tat weh.
Und wenn ich es doch erlaubt hätte?, überlegte sie. Hätte er dann mich geheiratet? Aber wie wäre es mir später damit gegangen?

Sie lag im Bett. Sie hatte immer in den Kategorien von Ehe und gegenseitiger Liebe, von Zärtlichkeit, Freundlichkeit und Hoffnung gedacht. Jetzt war da nur Trauer.
Nancy gab ein Essen, um die niedergeschlagene Elizabeth

auf andere Gedanken zu bringen. An diesem Abend lernte Elizabeth John Dunville kennen.
Derselbe Name, der mir ohnehin ständig durch den Kopf geht, dachte sie, als John Dunville sie nach dem Kino vor der Haustür küsste.
Derselbe Name, dunkles Haar, freundlich … Aber ich liebe einen anderen.
Doch der andere John war verheiratet, und John Dunville machte ihr hartnäckig den Hof. Wenn sie von der Arbeit heimkam, lag immer ein Brief für sie da …
»Ja«, sagte sie, als er sie bat, ihn zu heiraten.
Warum nicht?, dachte sie. Er ist ein anständiger Mensch. Ich glaube nicht, dass es in seinem Leben noch eine andere gibt. Also, warum nicht?
»Was meinst du, Nancy?«, fragte sie ihre Schwägerin.
»Ich finde ihn wundervoll«, antwortete Nancy. »Er sieht gut aus, ist nett, intelligent und hilfsbereit. Außerdem ist er Arzt und wird dich gut versorgen.«
Was will ich mehr?, sagte sich die neunzehnjährige Elizabeth. Wenn er mich küsst, schlägt mein Herz fast ein bisschen schneller. Ich finde es schön, dass er immer für mich da ist. Und er drängt mich nicht, mit ihm zu schlafen.
John Dunville strich ihr mit einem Finger über die Wange, fuhr mit der Hand durch ihr Haar und flüsterte: »Ich kann es kaum erwarten.«
Aber er wartete. Und darüber war sie froh.

Sie heirateten noch im selben Jahr in Dublin. Die Kirchenglocken läuteten, die Orgel dröhnte, und Elizabeth schätzte sich glücklich. John Dunville war ein netter Mann, wenn auch ein wenig streng und unnahbar. Die Aufgabe, für sie zu sorgen, ging nun von ihrem Bruder James an ihn über, und sie kehrten nach London zurück. Sie führten ein reges gesellschaftliches Leben, und wie es der Zufall wollte, bewegten sich John und June Delaware in denselben Kreisen wie sie.

John Delaware versuchte bei diesen Abendessen und Partys immer wieder, Elizabeth zur Seite zu ziehen, um mit ihr zu sprechen, doch sie ging ihm bewusst aus dem Weg oder bat, wenn es ihm doch einmal gelungen war, sofort ihren Mann, James oder Nancy dazu.

»Ich will das nicht«, vertraute sie ihrer Schwägerin an.

»Er ist ein Schuft«, erklärte Nancy. »Er hat nicht das geringste Recht, dir das anzutun. Soll James ihn zur Rede stellen?«

»Nein, nein! Dann denkt er doch nur, ich wäre immer noch Feuer und Glut für ihn und würde ihn deshalb meiden. Er soll mich einfach in Ruhe lassen.«

»Nur keine Angst«, sagte Nancy. »Solange wir dabei sind, sorge ich dafür, dass er dich nicht wieder in die Enge treibt. Übrigens heißt es, glaube ich, ›Feuer und Flamme‹.«

Nancy lächelte ihre Schwägerin liebevoll an.

Bella Dunville wurde 1953 in London geboren, in dem Jahr, in dem James und Nancy nach Dublin zogen, während John und Elizabeth in London blieben. Insgeheim hatten sich die Dunvilles einen Jungen gewünscht, aber als Bella mit ihrem Engelsgesicht, den Händchen am Mund, in ihrem kleinen Bett lag, war dieser Wunsch wie fortgeblasen.

Glucksend und schnaufend suchte sie nach der Brust und schlummerte, sobald der Hunger gestillt war, so friedlich, dass ihre Mutter vor Freude nicht schlafen konnte und das kleine Bündel noch lange im Arm hielt.

»Bist du glücklich, mein Liebling?«, fragte John Dunville seine Frau eines Nachts nach einer Party. Sie hatten gerade nach Bella gesehen, deren blonde Locken über das Leintuch gebreitet waren. Sie duftete nach schlummerndem Kind und nach Babypuder, und noch im Schlaf schloss und öffnete sich ihre kleine Hand, während sie ihr Traumland durcheilte.

»Ja«, sagte Elizabeth behaglich seufzend, während sie sich zum Schlafen zurechtmachte. »Ja, ich bin glücklich.«

Es sollte die letzte Nacht sein, in der sie glücklich war.

Am nächsten Morgen verabschiedete sich John Dunville von Elizabeth und Bella und fuhr in die Arbeit.

»Bis heute Abend, meine beiden Lieblinge!«, rief er an der Tür. Dann war er weg.

Elizabeth und Bella verbrachten den Vormittag mit Einkaufen, Abstauben, Putzen, Spielen und Vorlesen. Gegen zwei begann Bella zu gähnen; es war Zeit für ihren Nachmittagsschlaf. Die frühreife Kleine hatte mit neun Monaten stehen und mit zehn Monaten gehen können und sprach mit einem Jahr und drei Monaten schon ganze Wörter.

»Auf, auf!«, sagte sie, als Elizabeth Dunville sie die Treppe hochtrug und in ihr Babybett legte.

»Bella müde.« Sie gähnte noch einmal.

Elizabeth verließ das Zimmer und ging hinunter. Sie wollte

ein Nickerchen auf dem Wohnzimmersofa machen, denn in der Nacht zuvor war es spät geworden.
Sie ließ den vergangenen Abend Revue passieren und wünschte, Nancy wäre dabei gewesen.
Es ist wirklich peinlich, dachte sie. Was June wohl von ihrem Mann denkt, wenn er sich so benimmt? Mir so nachzulaufen! Das ist nicht schmeichelhaft, das ist grauenvoll. Und ich habe ihn einmal … Und irgendwie immer noch …
Es fiel ihr schwer, den Gedanken zu Ende zu denken. Ihr war bewusst, dass ihr Herz immer noch zu pochen begann, wenn John Delaware ihr die Hand auf die Schulter legte. Es wäre ihr lieber gewesen, sie hätte anders empfunden.
Sie seufzte. Und gerade als sie es sich auf dem Sofa bequem machen wollte, klopfte es.
Zuerst wollte sie nicht an die Tür gehen; doch dann stand sie auf, schlüpfte in die Schuhe und öffnete.
Es war John Delaware.
»Hallo«, sagte er.
»Was willst du?«, fragte sie verdutzt.
»Ich muss mit dir reden. Bitte lass mich kurz rein.«
Sie gingen ins Wohnzimmer.
»So ein Zimmer hätten wir zusammen haben können«, sagte er und sah sich um.
»Du hast so ein Zimmer mit June«, antwortete sie und fügte, wie um ihn daran zu erinnern, hinzu: »Mit deiner Frau.«
»Aber June ist eben nicht du. Unser Wohnzimmer hat nichts von dir.«

Elizabeth Dunville erwiderte darauf nichts. Verlegen stand sie da und sah John an.
Er stützte einen Ellbogen auf den Kaminsims und zündete sich eine Zigarette an.
»Was willst du?«, fragte Elizabeth noch einmal. Es klang nervös, zaghaft.
»Ich will ein bisschen mit dir zusammen sein«, antwortete er. »Es ist die reinste Qual, dich ständig bei diesen Partys zu sehen, und nie hast du Zeit, dich mit mir zu unterhalten, immer sind andere Leute um dich herum. Und ich will mit dir reden.«
»Worüber denn?«, fragte sie hastig. »Sag, worum es geht, und dann geh bitte. John kommt bald nach Hause. Und was ist mit June? Was würde sie wohl sagen, wenn sie wüsste, dass du hier bist?«
»Ach, hör mir mit June auf«, sagte er verächtlich. »Und John – der kommt doch erst in ein paar Stunden heim.«
Elizabeth bewegte sich langsam Richtung Haustür. »Bitte geh jetzt, John.«
Er warf die Kippe ins Kaminfeuer.
»Erst musst du mich küssen.« Als sie die Hand auf den Türknauf legte, war er bei ihr.
Er drehte sie zu sich um. Sie verlor den Halt und war plötzlich von seinen Armen umfangen. Er drückte seinen Mund auf ihren.
»Nein, nein!« Sie rang nach Luft und versuchte ihn wegzustoßen. »Nein, nicht, nein, nein!«
Oben war Bella aufgewacht und stieß einen zornigen Schrei aus.

Sie drehte und wendete die Geschichte, um eine Version zu finden, mit der sie leben könnte. Eine Zeitlang versuchte sie es mit dieser:

»Bitte geh! Geh doch!« Elizabeth schlug mit den Händen auf ihn ein.
»Hör auf damit!«, sagte er verärgert und presste ihr die Arme an den Körper.
Sie wand sich in seinem Griff, und während sie sich loszureißen versuchte, ging hinter ihr die Tür auf. Im selben Augenblick verlor sie ganz den Halt und stieß im Fallen mit dem Kopf an den Türknauf. Vor der Tür brüllte die zornige Bella: »Tür aufmach!«
Es war, als stünde die Zeit still. Eine winzige Pause entstand, in der sie nur das Dröhnen in ihrem Kopf spürte, und dann lag John Delaware auf ihr. Er küsste sie, zärtlich, dann wieder aggressiv. Er öffnete die kleinen Perlmuttknöpfe, und seine Finger bahnten sich einen Weg durch die zarte Unterwäsche, bis er schließlich mit roher Gewalt ihren Rock hochschob, ihre Bluse zerriss und grob in sie eindrang.
Ihre ohnehin klägliche Gegenwehr war zwar durch den Aufprall mit dem Kopf geschwächt, aber sie protestierte weiter. Immer wieder hörte sie sich nein sagen.
Dann war es vorbei, und er war weg. Die Tür wurde zugeknallt. Stille senkte sich über das Haus.
Sie lag auf dem Wohnzimmerboden und versuchte, sich die zerrissene dünne Seide über die Brüste zu ziehen. Benommen, verängstigt, von Blutergüssen und einer Platzwunde

geplagt, lauschte sie der Stille im Haus, und plötzlich hörte sie aus der Ferne den Widerhall von Bellas Stimme. Das war eine von vielen Varianten des wahren Geschehens, die Elizabeth sich immer wieder durch den Kopf gehen ließ, um mit sich selbst weiterleben zu können.

Als Bella zwei Jahre alt war, kam Rebecca zur Welt. Ein kleines, blasses Kind mit dunklem Haar und braunen Augen; Becky Dunville war leise und genügsam, sie beobachtete sehr genau die in der Familie herrschende Hackordnung.
Als sie nach Irland zurückzogen, wo das dritte Kind gezeugt und geboren werden sollte, waren John, Elizabeth und Bella eine enge Dreiergemeinschaft.
»Lass sie«, sagte Bella, die bisher die uneingeschränkte Herrscherin gewesen war, zu Elizabeth Dunville, wenn Becky schrie, um sich Aufmerksamkeit zu verschaffen.
»Spiel mit mir!«, forderte sie John auf, wenn er von der Arbeit nach Hause kam.
»Becker soll runter!«, befahl sie, wenn Rebecca auf dem Schoß des Elternteils saß, den Bella gerade für sich haben wollte.
Und die Eltern taten ihr Bestes.
»Du darfst ihr nicht so viel durchgehen lassen«, mahnten Elizabeths Mutter und Schwiegermutter, wenn Bella Becky hinter das Wohnzimmersofa setzte.
Doch Elizabeth entgegnete nur: »Sie weiß eben, was sie will.«
Mutter und Schwiegermutter sahen sie dann jedes Mal leicht erstaunt an. Zu ihrer Verwunderung besaß Elizabeth

nicht mehr die einstige Kraft und Entschiedenheit. Sie hatte etwas Unsicheres, Zerbrechliches an sich, das die zwei Frauen zuvor noch nie an ihr bemerkt hatten. Während es ihr früher nur ein wenig an Selbstvertrauen gefehlt hatte, wirkte sie jetzt geschwächt, labil, ruhelos.
Bella hatte mittlerweile kapiert, dass ihre Schwester zwar nicht wieder verschwinden würde, dass sie sie aber einfach nicht anzusehen brauchte, wenn sie keine Lust dazu verspürte – ganz nach dem Motto »Aus den Augen, aus dem Sinn«.

Elizabeth bemühte sich nach Kräften, sowohl eine gute Ehefrau als auch eine gute Mutter zu sein; aber sie hatte etwas verloren – ihre Unschuld vielleicht –, oder etwas war in sie gedrungen, das sie nicht mehr loswurde. Schuldgefühle nagten an ihr, denn es gab eine der Wahrheit eher entsprechende Version dessen, was sich an jenem Nachmittag in London abgespielt hatte, und mit dieser Wahrheit wurde sie nicht fertig. Lust war Sünde, sie hatte gesündigt. Sie schob diese Wahrheit von sich, hielt sie in Schach, so gut es ging, doch auch wenn es ihr nie ganz bewusst wurde, quälte und bedrückte diese Wahrheit sie ohne Unterlass und fraß sich selbst in ihren Schlaf.

Als die Familie nach Dublin gezogen war, wurde Brona geboren, und das Mädchentrio war komplett. »Meine drei süßen Mädchen«, sagte John immer, wenn Bella auf seinem Schoß saß, Brona an der Brust ihrer Mutter trank und Becky, still auf dem Boden hockend, alles beobachtete. Brona war ein sehr forderndes Kind, aber Bella ließ sich ihre Stellung und die Aufmerksamkeit und Liebe ihrer Eltern nicht streitig machen. Ständig drängte sie sich in den Vordergrund, sang Lieder und tanzte, damit sich alle Blicke auf sie richteten. Die Menschen fühlten sich durch ihre Schönheit und Selbstsicherheit zu ihr hingezogen. Beckys Selbstgenügsamkeit half ihr, keinen Schaden zu nehmen; sie zog sich in ihre Bücher und in ihre Phantasie zurück, schuf eine eigene Welt, in der sie sich still und unbemerkt entwickelte. Brona wiederum, die wie eine kleinere Ausgabe von Bella aussah, nur mit hellbraunem Haar, behauptete sich, weil sie die Jüngste war und eine starke Persönlichkeit hatte. Die drei Schwestern gerieten ununterbrochen aneinander, und immer ging Bella als Siegerin aus diesen Kämpfen hervor.

»Was soll ich dir zum Weihnachtsfest bringen?«, fragte Santa Claus sie in seiner Grotte in Pims, einem großen Kaufhaus am Südufer der Liffey.

»Keine neuen Babys«, antwortete sie ernst. Ihre blonden Locken wippten auf und ab, während sie Santa mit ihren rosigen Händchen am Bart zupfte. »Und alle Spielsachen in dem Geschäft hier«, fügte sie hinzu, als würde die Nichtexistenz weiterer Kinder in ihrem Haus Platz lassen, der gefüllt sein wollte.

»Sind das dort deine Schwestern?«, fragte er die Fünfjährige, erstaunt über ihre Frühreife.

Sie warf einen Blick auf ihre Mutter, die, an der einen Hand die dreijährige Becky, an der anderen die zweijährige Brona, ganz vorn in der Schlange stand, sie aber nicht hören konnte, und sagte entschieden: »Nein.«

»Du«, sagte Bella Dunville zu ihrer Schwester Becky am Morgen von Bronas Erstkommunion, »hast als Einzige von uns Dunville-Schwestern kein neues Kommunionkleid bekommen!«
Becky, der diese Tatsache durchaus bekannt war, erwiderte nichts.
»Und, wie ist das so für dich?«
Becky zuckte mit den Schultern. Sie konnte sich nur mit Mühe beherrschen.
»Ich habe ein neues Kleid bekommen, weil ich die Älteste bin«, sagte Bella.
»Und ich habe eines bekommen, weil ich die Jüngste bin«, warf Brona ein.
Die beiden Schwestern beobachteten Becky. Sie waren gespannt, wie lange sie brauchen würden, bis Becky weinte.
Becky nagte an ihrer Unterlippe und verbiss sich jede Reaktion.
»Becky aus zweiter Hand«, triezte sie Bella.
In Becky begann es zu gären. Ihr Gesichtsausdruck veränderte sich, ihre Augen wurden schmal.
»Muss ja ein scheußliches Gefühl sein«, fuhr Bella, den Blick erwartungsvoll auf ihre Schwester gerichtet, fort.
»Ich bin nicht aus zweiter Hand«, erwiderte Becky. »Genauso wenig, wie Brona aus dritter Hand wäre, wenn ihr das Kleid passen würde.«
»Aber es passt ihr nun mal nicht«, stichelte Bella. »Mummy musste mein Kleid kürzen, weil du kleinwüchsig bist; deshalb passt es Brona nicht, und deshalb hat sie ein neues bekommen und du nicht.«

»Ist doch nur ein Kleid«, sagte Becky und unterdrückte mühsam das Zittern in ihrer Stimme. »Außerdem bin ich nicht kleinwüchsig, sondern einfach klein.«
»Sehr klein, für dein Alter«, ergänzte Bella. »Also kleinwüchsig.«
Becky wusste, wie das Ganze enden würde: So, wie es immer endete, mit Tränen. Deshalb schluckte sie die Entgegnungen hinunter, drängte die Tränen zurück und versuchte unbeteiligt zu wirken.
»Aber es macht uns nichts aus, dass du kleinwüchsig bist, oder, Brona?«, spöttelte Bella weiter. Brona schüttelte den Kopf und freute sich, auf Bellas Seite zu stehen, denn dass Bellas Seite die siegreiche war, wusste sie aus Erfahrung.
»Brona macht es überhaupt nichts aus, dass du bei ihrer Erstkommunion kleiner bist als sie, stimmt's, Brona?«
»Überhaupt nichts«, bestätigte Brona.
Am Abend erklärte Becky ihrer Mutter und ihrem Vater, dass sie nicht zu Bronas Erstkommunion mitkommen wolle. Die anderen Klassen hätten ohnehin Unterricht, den wolle sie stattdessen besuchen.
»Das kannst du nicht machen«, sagte Elizabeth. »Das ist Bronas großer Tag. Wir werden vollzählig dabei sein.«
»Muss ich unbedingt? Ich möchte in der Schule nichts verpassen.«
»Sei nicht so egoistisch, Becky«, warf John Dunville ein. »Deine Mutter hat dir gerade erklärt, dass das Bronas Tag ist und wir alle da sein sollten, um ihr beizustehen.«
»Brona will mich ja selbst nicht dabeihaben«, entgegnete Becky beleidigt.

»Hör auf zu jammern!«, befahl ihr Vater. »Ist doch klar, dass Brona dich nicht dabeihaben will, wenn du dich so aufführst. Lass sie zur Schule gehen, Elizabeth, dann haben wir unsere Ruhe.«
Bella, die mit einem Buch auf dem Sofa saß, blätterte lächelnd um.

Mit zwölf wechselte Bella auf die weiterführende Schule und schwang auch dort das Zepter.
»Den Winter über sitze ich vorn am Kamin«, erklärte sie ihrem Gefolge. »Und im Frühling dann am Fenster.«
Die Mitschülerinnen stritten sich um den Platz neben ihr.
Die Nonnen fielen darauf herein.
»Die Fleißigen erkennt man immer daran, dass sie in der ersten Reihe sitzen wollen«, sagten sie.
Sie bedachten nicht, dass Bella es gern warm und gemütlich hatte und die erste Reihe dem offenen Feuer am nächsten war. Bella nahm es auf sich, als fleißig zu gelten, wenn sie dafür bekam, was sie wollte.

Becky dagegen fand in der Grundschule und auch zu Beginn der weiterführenden Schule keinen Kontakt zu ihren Mitschülerinnen, so gut hatte sie daheim gelernt, unsichtbar zu werden und still zu sein. Wie mit ständig eingezogenem Kopf lebte sie in ihrer selbst geschaffenen Welt und schützte sich, so gut sie konnte.

Als Bella vierzehn Jahre und neun Monate alt war, saß sie zu Füßen ihres Vaters auf dem Wohnzimmerboden.

»Daddy«, sagte sie geziert und blickte zu ihm hoch.

»Ja, Bella.«

John Dunville ließ die Zeitung so weit sinken, dass er ihr goldgelocktes Köpfchen und die großen blauen Augen sehen konnte.

»Daddy«, sagte sie noch einmal, sobald sie sich seiner ungeteilten Aufmerksamkeit sicher war, »in zwei Monaten und siebenundzwanzig Tagen werde ich fünfzehn.«

»Stimmt.« Still lächelnd bewunderte er die engelsgleiche Schönheit, die da vor ihm saß. »Und was wünscht sich mein kleines Mädchen zum Geburtstag?«

»Ich will nicht, dass du wahnsinnig viel Geld für mich ausgibst«, erklärte Bella fürsorglich und sah ihn liebevoll an. »Mein einziger Wunsch ist, dass sich was mit meinem Zimmer verändert.«

»Du willst, dass es renoviert wird?«

»Nein, das meine ich nicht. Weißt du, ich denke immer an die ungenutzten Zimmer unterm Dach, und immerhin bin ich die Älteste und brauche mehr Platz und Ruhe als die Kleinen …«

»Die Kleinen« waren bei diesem Gespräch selbstverständlich nicht anwesend.

»Ich hätte gern eins von diesen Zimmern.«

»Wäre es da oben nicht ein bisschen einsam für dich?«

»Ich fände es toll. Der Blick – und dann hätte ich endlich Ruhe und könnte meine Hausaufgaben viel gründlicher machen.«

»Ich spreche mit deiner Mutter darüber.«

An ihrem fünfzehnten Geburtstag zog Bella in ihr neues Zimmer unterm Dach. Die beiden Räume dort oben erstreckten sich über die gesamte Grundfläche des Hauses. Die Fenster gingen auf die Küste hinaus. In dem einen Raum lagerten leere Koffer, Kartons, Tüten mit Kleinkind-Spielzeug und alte, nicht benutzte Möbel. Der andere war mit honiggelber und weißer Farbe frisch gestrichen worden. Ein Schreiner hatte einen weißen Kleiderschrank mit Schiebetür und jede Menge Regale eingebaut.
Bella lächelte überglücklich.
»Aber Mrs O'Doody darf nicht hier raufkommen und putzen, Mummy! Die vielen Stufen wären viel zu anstrengend für sie. Ich werde einmal in der Woche staubsaugen und auch selbst staubwischen.«
So bekam Bella die Abgeschiedenheit, die sie gewollt hatte, und herrschte nunmehr von den höchsten Gefilden aus über das Haus.

In Bellas erstem Zeugnis wurde ihre offensichtliche Führernatur ausdrücklich erwähnt. Ihre Noten waren gut, aber nicht sensationell.
Als sie fünfzehn war, standen im Zeugnis immer noch Bemerkungen über ihre Führernatur, allerdings mit dem Zusatz, dass die Nonnen es gerne sähen, wenn sie diese positiv einsetzen würde.
»Das Mädchen tut nicht gut«, sagte Schwester Rodriguez zu Mutter Immaculata. »Sie hat so etwas Undurchsichtiges … Ich weiß nie genau, was sie denkt.«
»Sie bringt allerdings konstante Leistungen«, erwiderte

Mutter Immaculata, während sie das Zeugnis unterschrieb.
»Man weiß einfach nie genau, was sie denkt«, sagte Schwester Rodriguez noch einmal.
»Sie ist beliebt. Sie macht keinen Ärger. Ich musste sie bisher nur selten ermahnen, wenn überhaupt«, erklärte die Oberin. »Gibt es dazu noch irgendetwas zu sagen?«
Schwester Rodriguez schüttelte den Kopf.
Sie mochte Bella Dunville nicht, und je älter Bella wurde, umso größer wurde diese Abneigung.

Bella Dunville hatte eine beste Freundin. Die Auswahl war immens gewesen, die meisten Schülerinnen ihres Jahrgangs hatten sie umworben. Doch Bella traf ihre Wahl sehr bewusst. Das Mädchen sollte ebenso wohlhabend sein wie sie selbst, mit vergleichbarem familiärem Hintergrund. Und sie brauchte jemanden, der daheim kaum, am besten überhaupt nicht beaufsichtigt wurde. Sie wusste, was sie brauchte, und hatte einen Blick für die Schwächen und Stärken anderer Menschen. Über diese Fähigkeit hatte sie nie nachgedacht; sie gehörte einfach zu ihrer Persönlichkeit. Sie sah sich unter ihren Bewunderinnen um, und Anne Marie O'Mahony entsprach ihren Vorstellungen.
Anne Marie wohnte in der Raglan Road, keinen Kilometer von Bella entfernt, und ihr Vater hatte einen Chauffeur. Mr und Mrs O'Mahony waren oft im Ausland, und Anne Maries ältere Brüder brachten nur mäßiges Interesse für ihre Schwester auf, obwohl sie eigentlich ein Auge auf sie haben sollten, wenn die Eltern verreist waren.

Anne Marie ging ihrer eigenen Wege. Das große, dunkelhaarige Mädchen bildete einen starken Kontrast zu Bella Dunville. Die ersten gemeinsamen Teenagerjahre der beiden pubertierenden Freundinnen waren von typischen Mädchenthemen geprägt. Sie erzählten sich alles, was sie über die heftigen Veränderungen ihrer Körper aufgeschnappt hatten. Sie machten Pläne in Bezug auf »Jungs« – wie man sie kennenlernen konnte und was dann mit ihnen zu tun war.

Beide waren Spätentwickler. Ständig befragten sie sich gegenseitig nach Anzeichen der heißersehnten Periode. Im Sommer nach ihrem vierzehnten Geburtstag setzte dann bei beiden innerhalb von zwei Wochen die erste Menstruation ein.
»Super«, sagte Bella Dunville. »Das hätten wir schon mal geschafft.«
Sie lagen auf der Wiese im Garten der O'Mahonys.
»Und jetzt?«
»Na, jetzt kann's losgehen.«
»Was kann losgehen?«
»Also bitte, Anne Marie! Die nächste Phase. Das Leben. Tanzen, Partys, Rendezvous und so«, sagte Bella souverän. »Kaffee und Drinks und das alles.«
»Die erlauben dir doch nie und nimmer, dass du zum Tanzen gehst«, wandte Anne Marie ein.
»Ha!« Bella Dunville grinste spöttisch. »Aber sie erlauben, dass ich zu dir gehe. Haben sie doch immer erlaubt. Und schon sind wir weg.«

Ganz so klar war die Sache für Anne Marie bisher nicht gewesen. Sie sah da ein paar Probleme.
»Aber ich weiß nicht, ob meine Eltern es mir erlauben, wenn sie da sind.«
»Du bist vielleicht dämlich! Erstens sind deine Eltern nie da. Und zweitens können wir, wenn sie wirklich mal da sind, sagen, dass du zu mir gehst. Dann sind alle zufrieden«, erklärte Bella Dunville, die sorgfältig und gut zu planen pflegte.
»Und für diesen Kinderkram sind wir jetzt auch zu erwachsen«, fuhr sie fort. »Lass dir das Zeug noch einmal schmecken, aber es wird das letzte Mal für uns sein.«
Diese Bemerkung bezog sich auf das hohe, mit Eiscreme und Limonade gefüllte Glas, aus dem sie, in der Nachmittagshitze auf dem Rasen lümmelnd, mit Strohhalmen tranken.
Anne Marie seufzte zwar, nickte aber zustimmend und saugte ein bisschen zaghafter, um den Genuss zu verlängern.
»Außerdem« – Bella war nicht mehr zu halten – »dürfen wir uns keine Gelegenheit entgehen lassen. Wir müssen jetzt lernen und Erfahrungen machen. Also saug nicht nur am Strohhalm, sondern leck und küss ihn erst mal, bevor du daran saugst.«
»Was?«, rief Anne Marie verblüfft.
»Das heißt so ähnlich wie Flatio. Das macht man mit Jungs.«
»Was?« Anne Marie war völlig verwirrt.
»Ehrlich, du kannst es mir glauben. Habe ich in der Schule

gehört. Zwei Schülerinnern haben sich im Garten darüber unterhalten, zwei Sechstklässlerinnen. Man macht das so mit dem Pimmel.«

»Das ist nicht dein Ernst!«

»Doch, natürlich. Die haben es jedenfalls gesagt.«

Anne Marie betrachtete ihren Strohhalm und begann zu kichern.

An ihrem ersten Tanzabend wurde als letztes Stück »Can't Take My Eyes off You« gespielt. Bella tanzte eng umschlungen Schieber mit einem Jungen. Über seine Schulter hinweg fiel ihr Blick auf Anne Marie, die ebenfalls fest umarmt tanzte. Bella zwinkerte ihr zu. Es war ein erfolgreicher Abend gewesen.

Begonnen hatte er um halb acht, als Bella bei den O'Mahonys eintraf. Sie hatte nicht nur eine Tasche mit den Sachen dabei, die sie zum Übernachten brauchte, sondern auch einen Haufen Schminkzeug, von dem ihre Mutter nicht wusste, dass sie es besaß.

»Sind deine Brüder schon weg?«, fragte sie Anne Marie, als sie die Treppe des Hauses in der Raglan Road hinaufstiegen.

»Nein, noch nicht. Aber sie gehen gleich.«

In diesem Moment tauchten Anne Maries Brüder, zwanzig und einundzwanzig Jahre alt, vor ihnen auf.

»Kommt ihr zurecht?«, fragte Brian, der ältere.

»Na klar!«, ertönte es wie aus einem Munde.

»Macht bloß keine Dummheiten.«

»Wann kommt ihr denn zurück, Brian?«, fragte Bella und sah ihn mit ihren großen, unschuldig blauen Augen an.

»Es wird spät, ein oder zwei Uhr«, anwortete er. »Kommt ihr wirklich allein zurecht?« Er musterte die beiden Mädchen von Kopf bis Fuß und dachte, wie erwachsen Bella wirkte in ihrem knappen Minirock und dem engen Pullover.

»Keine Sorge, Brian«, beruhigte sie ihn. »Wir wollen nur ein bisschen Musik hören.«

Es stimmte sogar, das hatten sie vor. Allerdings nicht im Haus der O'Mahonys.

Die Brüder gingen. Die Mädchen gaben ihnen zwanzig Minuten, um aus der Gegend zu verschwinden, dann machten sie sich selbst auf den Weg.

Kaum traten sie auf den Gehsteig, kam Adam, der Chauffeur von Anne Maries Vater, zurück. Er wohnte in der zu einer Wohnung umgebauten Stallung hinter dem Haus.

Er hielt den Wagen vor dem Haus an.

»Wo wollt ihr hin?«

»Ach, wir gehen nur ein bisschen aus«, sagte Anne Marie lässig.

Adam schien das nicht zu überzeugen. Er kannte die Regeln, so lax sie auch gehandhabt wurden. Er wusste, dass Anne Maries Eltern nicht da waren und die Brüder ausgehen wollten.

»Wisst ihr, was? Ich fahre euch hin.«

Anne Marie wollte widersprechen, doch Bella kam ihr zuvor: »Super. Vielen Dank«, sagte sie und teilte ihm mit, wohin sie wollten.

»Und wie kommt ihr nach Hause zurück?«, hakte er nach.

»Zu Fuß, dachten wir.«

»Wissen eure Eltern, dass ihr ausgeht?«, fragte er nach hinten gewandt, wo die beiden saßen.
Ein paar Sekunden lang herrschte Schweigen. Das sagte alles.
»Gebt mir lieber keine Antwort. Wie lange dauert dieser Tanzabend denn? Ich hol euch ab. Ich warte an der nächsten Ecke, dann muss es euch nicht peinlich sein.«
»Und Sie verraten nichts?«, fragte Anne Marie.
»Wem denn?«, gab Adam zurück. »Wem sollte ich was verraten?« Er zwinkerte den Mädchen im Rückspiegel zu.

»So muss es laufen!«, sagte Bella Dunville zu Anne Marie, als die Tanzveranstaltung zu Ende war und sie auf Adams langen schwarzen Wagen zuschlenderten. Und schon ging es bequem und elegant heimwärts.
»Und wenn er doch was sagt?«, gab Anne Marie zu bedenken.
»Macht er nicht«, erwiderte Bella. »Kann er gar nicht. Er hat uns hingefahren, er ist schuld.«
Dieser Logik konnte Anne Marie zwar nicht ganz folgen, aber es klappte alles bestens. Als die Brüder zurückkamen, lagen die Mädchen bereits im Bett.
»Was habt ihr denn gestern gemacht?«, fragte John Dunville seine Tochter am Abend darauf.
»Ach, nichts Besonderes«, antwortete sie. »Musik gehört und miteinander geredet. War richtig schön.«

»Das machen wir nächste Woche wieder«, sagte Bella zu Anne Marie. »Ich habe einen gesehen, der mir gefällt. Er hat einen ausländischen Akzent. Ist er dir auch aufgefallen?«

Anne Marie nickte.

»Wäre es nicht einfacher, wenn wir unsere Eltern fragen würden, ob wir hindürfen?«, fragte sie. »Meine würden es bestimmt erlauben.«

»Meine aber nicht«, entgegnete Bella. »Garantiert nicht. Die sind immer so pingelig, was uns angeht. Ich bin mir hundertprozentig sicher. Du kennst sie doch. Die in ihrer idyllischen kleinen Welt …«

Anne Marie erwiderte nichts. Eltern waren ihr ein ebenso großes Rätsel wie das, was es eigentlich bedeutete, ein Kind zu erziehen.

Die Wochen vergingen, ein Trimester folgte dem nächsten. Adam chauffierte die Mädchen immer wieder bereitwillig, und nach einiger Zeit hatte Bella Dunville Hugo Mombay Humphries kennengelernt.

»Bei dem bricht man sich fast die Zunge«, sagte sie einen Monat später.

Und sie bezog das nicht auf seinen Namen.

Drittes Kapitel

Am Morgen nach dem ersten Tag der Weihnachtsferien lag Elizabeth Dunville im Bett und starrte auf das Fenster mit den zugezogenen Vorhängen.

»Haben dich die Mädchen geweckt, als sie gestern Abend heimkamen?«, fragte sie. »Ich habe gar nichts gehört.«

John überlegte schweigend.

»Nein«, sagte er schließlich. »Nein …« Erst dann dämmerte ihm, was das bedeutete.

Beide sprangen aus dem Bett.

»Leg dich wieder hin und bleib noch ein bisschen im Bett«, sagte John. »Ich sehe nach.«

Beckys Tür war geschlossen. Er öffnete sie hastig und sah Beckys Kopf auf dem Kissen liegen. Das glatte, dunkle Haar umrahmte das schlafende Gesicht.

Er vermutete, dass Becky ihn doch geweckt hatte, als sie heimkam, und er sich einfach nicht daran erinnerte. War eine lange Woche, dachte er. Und ich war müde.

Als er die Tür schließen wollte, setzte sich Becky ruckartig auf.

»Hallo, Dad.«

Sie wirkte zerfahren, nervös, unsicher.

»Hast du mich beim Heimkommen geweckt?«, fragte er.

»Nein, tut mir leid.« Sie zögerte. Dann sagte sie ihm die Wahrheit. »Es war so spät, dass ich dich und Mum nicht wecken wollte.« Dass sie es vor lauter Übelkeit und weil sie so schockiert und verängstigt gewesen war, einfach vergessen hatte, sagte sie nicht.

»Du solltest mich aber wecken. So lautet die Abmachung. Und Bella hat es auch nicht getan. Ich seh mal besser nach ihr.«

Er eilte die Treppe hoch zu Bellas wenig einladender Zimmertür, an der ein Schild mit der Aufschrift BEI EINTRITT TOD hing, öffnete sie leise, um Bella nicht zu wecken, und stellte bestürzt fest, dass das Bett gemacht und von seiner ältesten Tochter keine Spur zu sehen war.

»Becky liegt im Bett, aber Bella ist noch nicht zurück, Elizabeth«, sagte er, als er ins Schlafzimmer trat. »Rufst du mal die O'Mahonys an und fragst, ob sie dort ist?«

Elizabeth rief sofort bei den O'Mahonys an. Mürrisch meldete sich einer der Brüder und erklärte, die Mädchen lägen in Anne Maries Zimmer und schliefen.

»Die sind völlig k.o.«, teilte er Elizabeth Dunville mit. »Soll ich sie weiterschlafen lassen oder soll Bella gleich nach Hause kommen?«

Elizabeth zögerte.

»Augenblick, bitte«, sagte sie. »Ich muss erst meinen Mann fragen.«

»Bella ist bei Anne Marie und schläft«, sagte sie zu John. »Soll Anne Maries Bruder sie wecken und nach Hause schicken?«

»Ach, lass sie weiterschlafen. Aber um die Mittagszeit soll sie zu Hause sein.«
»Es reicht, wenn sie zum Mittagessen wieder da ist«, gab Elizabeth gehorsam weiter.

Währenddessen wusch sich Becky, zog sich an und überlegte, was sie tun sollte. Ständig hatte sie das Gefühl, es würde gleich an der Haustür klopfen und sie müsste erklären, was in der Nacht geschehen war. Ich hätte ihn nicht einfach im Auto zurücklassen dürfen, dachte sie. Vielleicht ist er ja schwer verletzt. Der Tee, den sie sich in der Küche aus der Kanne einschenkte, war kalt geworden.
Soll ich nachsehen, ob Mr Robinson immer noch im Wagen sitzt?, überlegte sie. Ihre Hände zitterten leicht. Sie schüttete den kalten Tee in den Ausguss.
Ihr Vater kam in die Küche.
»Dass du es nie wieder versäumst, mich zu wecken!«, ermahnte er sie.
»Entschuldigung. Ich … Es war schon so spät … Ich dachte, Mum und du, ihr … Es tut mir leid.«
»Dieses Verhalten ist nicht akzeptabel.«
»Ich weiß. Es tut mir auch wirklich leid.«
Sie machte frischen Tee und trug ihn ins Frühstückszimmer. Schweigend aßen sie Toast.
Becky hob immer wieder den Blick, um die Stimmung ihres Vaters einzuschätzen. Sie ertrug es nicht, wenn er sie so schroff behandelte.
»Warst du zufrieden mit meinem Zeugnis?«, fragte sie hoffnungsvoll.

»Ja«, antwortete er kurz angebunden und blickte von seiner Zeitung auf. »Aber in Mathe hast du nur eine Eins minus.«
»Oh.« Sie schwieg eine Weile. »Heißt das, dass ich sonst überall Einser habe?« Sie war unsicher, wie er es gemeint hatte.
Er nickte. Dann widmete er sich wieder seiner Zeitung, und Becky fragte sich, warum er mit ihr immer so hart ins Gericht ging. Sie bezweifelte, dass ihre Schwestern genauso gute Noten erzielt hatten, wusste aber, dass es falsch war, Vergleiche zu ziehen.
Sie nahm einen weiteren Anlauf. »Darf ich mein Zeugnis sehen?«
»Ja. Es liegt auf meinem Schreibtisch, ich gebe es dir nachher. Woran liegt es denn, dass du nur eine Eins minus hast?«
»Ich weiß nicht«, antwortete sie kläglich.
Sie konnte es offenbar nie irgendwem recht machen.

Um halb zwölf hielt sie es nicht mehr aus. Entschlossen, zum Auto der Robinsons zu gehen und nachzusehen, ob Mr Robinson immer noch darin saß, trat sie in die Diele, um ihren Mantel zu holen, den sie aber zunächst nicht finden konnte. Dann fiel ihr wieder ein, dass sie sich oben im Badezimmer übergeben hatte. Auf dem Boden lag der Mantel, daneben der Schlüssel.
Schon wieder was falsch gemacht, dachte sie. Nur gut, dass es niemand bemerkt hat.
Sie nahm den Schlüssel und legte ihn unter den Blumentopf auf der Veranda. Sie war so verzweifelt, dass sie nicht

einmal den Duft des an der Wand lehnenden Weihnachtsbaums wahrnahm, der sie unter normalen Umständen mit Freude erfüllt hätte.

In der Lansdowne Road konnte sie den Wagen zu ihrer großen Verwunderung nirgendwo entdecken. Sie gelangte an die Mauer, an die Mr Robinson das Auto gefahren hatte, und registrierte fast ungläubig, aber sehr erleichtert, dass es nicht mehr da war. An der Mauer war dunkelblauer Lack zu sehen, und die Backsteine waren voller Kratzer und Schrammen.

Sie ging weiter und bog in die Northumberland Road ein. Dort stand der Wagen, zwar stark beschädigt, aber immerhin war er direkt vor dem Haus der Robinsons geparkt. Beruhigt machte sie kehrt und ging denselben Weg zurück. An der Kreuzung Lansdowne Road sah sie Bella, mit Jeans, Pulli und Jacke bekleidet, auf die Ecke zulaufen. Sie blieb stehen und wartete, damit ihre Schwester sie entdeckte. Bella, die gehetzt und ungelenk lief, prallte fast mit ihr zusammen.

»Hallo, Bella«, sagte Becky.

Bella sah sie verblüfft an.

»Alles in Ordnung?«, fragte Becky.

»Mir ist schlecht«, antwortete Bella. Ihre übliche Blasiertheit war wie weggewischt.

»Sind die Eltern sauer, weil ich gestern Nacht nicht heimgekommen bin?«, fügte sie hinzu.

»Keine Ahnung«, erwiderte Becky kleinlaut, während sie gemeinsam weitergingen. »Jedenfalls sind sie auf mich sauer, weil ich sie beim Heimkommen nicht geweckt habe.«

»Ich bin bei Anne Marie eingeschlafen«, erklärte Bella. »Ich war so müde. Einfach eingeschlafen und erst heute Vormittag aufgewacht. Und du? Kommst du auch erst jetzt nach Hause?«

»Nein, nein. Ich war spätnachts zurück. Dad war wütend.«

»Die beruhigen sich schon wieder.«

Becky zuckte schweigend mit den Schultern.

»Wo kommst du jetzt eigentlich her?«, erkundigte sich Bella mit einem Anflug von Interesse an Beckys Freizeitaktivitäten.

»Das glaubst du mir nie.«

»Also, was hast du gestern Abend gemacht?«, hakte Bella nach.

»Kinder gehütet … Bei den Robinsons.«

»Bei diesem Känguru Charlie und der affigen Magda? Und von da kommst du jetzt erst zurück?«

»Nein, ich hab's dir doch gesagt – ich bin gestern Nacht zurückgekommen, aber ich habe die Eltern nicht geweckt, und jetzt sind sie mir böse.«

Bellas Interesse stieg schlagartig. Das sah ja ganz danach aus, als zielte der elterliche Zorn in eine völlig andere Richtung.

»Und wo warst du jetzt eben?«, wollte Bella wissen.

»Mir ist was ganz Blödes passiert«, antwortete Becky. »Aber nicht so wichtig.«

Sie näherten sich ihrem Elternhaus.

»Erzähl's mir doch«, forderte Bella ihre Schwester auf und warf ihr einen Blick von der Seite zu.

»Mr Robinson hat mich nach Hause gefahren. Er war sturzbetrunken und ist da hinten in eine Mauer gefahren. Ich musste auf den Rücksitz steigen und zur hinteren Tür raus, anders ging es nicht. Ich habe ihn einfach im Auto sitzen lassen«, sprudelte es schwallartig aus Becky heraus. Der Drang war so stark, wenigstens einen Teil der schrecklichen Geschichte mitzuteilen.

»Ich hatte Angst, er könnte im Auto erfroren sein oder sonst was, weil ich einfach nach Hause gegangen bin und mich ins Bett gelegt habe. Deshalb bin ich zurück. Ich wollte nachsehen, ob er noch im Auto sitzt, aber es steht vor seinem Haus.«

Bella lächelte.

»Du hast ihn einfach im Auto sitzen lassen?«, fragte sie interessiert. »Wie schlimm war denn der Unfall?«

»Nicht besonders schlimm. Er fuhr sehr langsam, aber in Schlangenlinien. Ich weiß wirklich nicht, wie er es nach Hause geschafft hat. Er war total betrunken. Als Mrs Robinson und er heimkamen, hatten sie ganz vergessen, dass ich da war, und sind gleich ins Bett. Ich war eingeschlafen und hörte etwas und dachte, es wäre ein Einbrecher. Weil ich solche Angst hatte, bin ich mit dem Schürhaken raufgegangen …«, platzte es aus Becky heraus.

»Du hast *was* gemacht?«, fragte Bella in einem seltenen Anfall von Bewunderung für ihre Schwester. »Also, ich wäre schreiend aus dem Haus gelaufen.«

»Hätte ich's nur getan. Es war grauenhaft. Und im Auto hat er mich dann auch noch abgeknutscht.«

»Scheißkerl«, sagte Bella verächtlich.

»Und ich hab nicht mal mein Geld gekriegt.«

»Fürs Geknutschtwerden?«
»Nein, fürs Babysitten. Und jetzt denken sie bestimmt nicht mehr dran. Dabei hätte ich das Geld für Weihnachtsgeschenke gebraucht.« Sie waren vor der Haustür angekommen.
»Ich beschaffe dir das Geld«, sagte Bella. »Aber nur, wenn du mir mit den Eltern hilfst.«
»Ach, das ist kein Problem«, erwiderte Becky und holte den Schlüssel unter dem Blumentopf hervor. »Sag einfach, du wärst bei Anne Marie eingeschlafen und irgendwann nach drei aufgewacht. Um diese Zeit bin ich nämlich zurückgekommen. Sag, du wärst nach Hause gelaufen, aber der Schlüssel lag nicht unter dem Topf. Ich war so durcheinander, dass ich nicht daran dachte, ihn zurückzulegen, und du wolltest nicht das ganze Haus wecken und bist zu Anne Marie zurück, verstehst du?«
Beckys Logik war immer wieder bestechend.
»Genial«, sagte Bella voll ehrlicher Bewunderung. »Aber glaubst du, sie nehmen mir ab, dass ich den ganzen Weg zu Fuß gelaufen bin?«
Becky überdachte Bellas ausgeprägten Hang zur Bequemlichkeit und musste zugeben, dass ihre Eltern die Behauptung, Bella sei von der Raglan Road nach Hause gelaufen, nicht glauben würden.
»Nein«, sagte Bella, »ich sage, der Chauffeur hätte mich heimgebracht und mich dann zu den O'Mahonys zurückgefahren. Ich sage Anne Marie, dass sie ihn einweihen soll, falls jemand die Geschichte bestätigen muss.«
»Und du beschaffst mir auch wirklich das Geld, ja?«, sagte Becky hoffnungsvoll.

So kam es, dass Bella und Becky Dunville das elterliche Haus in seltener Übereinstimmung betraten.
Becky war erleichtert, weil sie jemandem erzählt hatte, was passiert war, und Bella ihr obendrein das Geld beschaffen wollte.
Bella, die auf dem Heimweg von Anne Marie noch geglaubt hatte, gleich sterben zu müssen, fühlte sich jetzt weit weniger unter Druck. Sie war dankbar, dass Becky ihr nicht nur eine Lösung für ihr Problem aufgezeigt, sondern auch offen erzählt hatte, dass eine ziemlich schreckliche Nacht hinter ihr lag. Bella fand das irgendwie tröstlich. Sie wusste nicht genau – und es war ihr auch egal –, ob das Tröstliche daher rührte, dass ausgerechnet die sonst so verschlossene Becky sich ihr anvertraut hatte, oder daher, dass Becky Ärger mit den Eltern hatte und sie, Bella, sich deshalb wohl leichter aus der Affäre würde ziehen können.
Denn so lief es in den meisten Fällen ab, darüber war sie sich völlig im Klaren.
Bella konnte sich alles erlauben, Brona einiges und Becky nichts. Anne Marie hatte einmal eine Bemerkung darüber gemacht, und Bella hatte mit feinem Lächeln erwidert: »Tja, so ist das nun mal in einer Familie.«
Jede der drei Schwestern war sich dieser Tatsache auf ihre Weise bewusst und nutzte sie auch. Wenn Brona jammerte: »Das ist ungerecht, nur weil ich die Jüngste bin …«, entgegnete Elizabeth: »Natürlich ist es nicht ungerecht. Aber schauen wir mal, was wir da machen können.«
Früher hatte Becky dieselbe »Das ist ungerecht«-Masche ausprobiert, war aber von ihrem Vater fast immer mit den

Worten »Das ganze Leben ist ungerecht, Becky, und je eher du dich daran gewöhnst, umso besser« abgespeist worden. Bella wandte weit raffiniertere Tricks an. Sie bog alles so hin, dass es ihren Wünschen entsprach und für sie durchaus fair war, mussten auch die beiden anderen auf Gerechtigkeit verzichten. Wirklich problematisch war eigentlich nur offener Ungehorsam, deshalb verwischte sie stets ihre Spuren. Die anstehende Sache aber bereitete ihr Sorgen, denn sie wollte ihre Pläne für die Weihnachtsferien nicht durch einen schiefgelaufenen Abend ruinieren.

»Du bist aber blass, Bella«, sagten beide Eltern wie aus einem Mund.

Kein Wunder, dachte Bella und erwiderte: »Tut mir leid, dass ihr euch Sorgen gemacht habt.«

Innerlich stellte sie bereits Überlegungen an, wann das Ganze abgehandelt sein würde und sie in ihr Zimmer verschwinden könnte.

»Warum bist du nicht nach Hause gekommen?«, fragten beide gleichzeitig.

»Ach, Daddy, Mummy …« Sie begann fast zu weinen, während sie ihnen erzählte, dass sie eingeschlafen und erst spät aufgewacht sei.

»Es war schon nach drei, und natürlich bin ich nach Hause. Adam hat mich gefahren, ihr wisst schon, der Chauffeur. Aber dann war der Schlüssel nicht da. Und ich konnte … Ich wollte euch nicht aufwecken, es war doch schon nach drei. Da bin ich zu Anne Marie zurück. Adam, der Chauffeur, hatte Gott sei Dank gewartet, sonst wäre ich auf der

Veranda erfroren. Ich kann euch gar nicht sagen, wie müde ich bin …«

»Das war meine Schuld«, warf Becky ein. »Ich hatte beim Heimkommen vergessen, den Schlüssel zurückzulegen. Es tut mir leid.«

Bella hatte wenigstens den Anstand, rot zu werden, als ihre Eltern sich völlig synchron der armen Becky zuwandten und sie gehörig abkanzelten.

»Was fällt dir ein!«, brüllten beide.

»Es tut mir leid, es tut mir leid«, wimmerte Becky verzweifelt. Sie glaubte plötzlich, das alles nicht mehr ertragen zu können. »Es tut mir ja so leid. Ich habe einfach nicht daran gedacht.«

»Du denkst doch nie!«, schrien ihre Eltern, und wieder einmal war es ungerecht.

Rhona und Brona saßen bei den Brophys in Sandymount auf dem Boden in Rhonas Zimmer. Sie trugen Schlaghosen und enge Wollpullis. Beide hatten ihr langes braunes Haar zu einem Pferdeschwanz gebunden. Rhonas Zimmer war klein, kleiner als das von Brona, aber das elektrische Heizgerät und der dicke Teppichboden machten es schön warm.

»Woher hast du die?«, fragte Rhona, den Blick auf die Schachtel gerichtet, die ihre Freundin in der Hand hielt.

»Dad hat sie aus Holland oder Deutschland oder so mitgebracht. Er hat da einen Vortrag gehalten«, antwortete Brona und öffnete die erste Packung.

»Die sind wirklich schön«, sagte Rhona. »Aber was willst du damit machen?«

Brona schüttete das folienumwickelte Schokoladenkonfekt aus der Schachtel auf den Boden.
»Wir müssen es geschickt anstellen«, erklärte sie Rhona. »Wenn wir fertig sind, darf niemand erkennen, was wir gemacht haben.«
»Versteh ich nicht.«
»Pass auf, es ist ganz einfach. Wir essen die Schokodinger und tun dafür das hier rein.«
Sie zog eine kleine Schachtel Nougat aus ihrer Umhängetasche.
»Nougat mag bei uns niemand. Das Zeug steht schon seit Jahren ganz hinten im Küchenschrank. Wir schneiden das Nougat einfach in dieselben Formen – Glocken, Weihnachtsmänner und so weiter – und wickeln es in die Folie ein.«
»Puh!«, sagte Rhona erstaunt. »Aber merken die das denn nicht?«
»Bestimmt nicht. Wir müssen es eben sehr sorgfältig machen. Die Folie darf nicht reißen, und die kleinen Goldfäden müssen wieder so drangemacht werden, dass man die Dinger heute Nachmittag an den Baum hängen kann.«
»Ach so, deswegen sollte ich ein scharfes Messer und ein Schneidebrett in meinem Zimmer haben …«, sagte Rhona und holte beides unter dem Bett hervor.
»Hier ist Fingerfertigkeit gefragt«, erklärte Brona lachend. »So nennt man das doch, oder?«
»Keine Ahnung. Hab ich noch nie gehört.«
Die beiden Mädchen machten sich an die Arbeit und lösten vorsichtig die ersten Schokoanhänger aus der Folie.

»Noch nicht essen!«, sagte Brona, als Rhona einen in den Mund stecken wollte. »Erst wenn wir wissen, ob wir die Folien wieder richtig füllen können.«
Sie nahm das Messer, schnitzte ein Stück Nougat so zurecht, dass es annähernd die Form des ursprünglichen Konfektstücks hatte, und umwickelte es mit der Folie.
»Siehst du?« Sie war sehr mit sich zufrieden. »Toll, was?«
»Ja, wirklich«, sagte Rhona voll Bewunderung. »Wie viele sind es eigentlich?«
»Drei Packungen mit je zwölf Stück«, antwortete Brona grinsend. »Und wir haben jede Menge Nougat zum Austauschen.«
Sie legten los.
»Schade, dass wir in St Martin's nicht Tischlern lernen«, meinte Rhona. »Da wären wir richtig gut, was?«
»Wir würden nur Einser kriegen«, erwiderte Brona, ganz auf ihre Arbeit konzentriert.

Zur selben Zeit lag Bella tief schlafend in ihrem Bett. Ihr glattgebügeltes blondes Haar war lose über das Kissen gebreitet, die weiche, reine Haut verlor allmählich ihre grünliche Fahlheit. Auch Becky versuchte, den in der Nacht zuvor verpassten Schlaf nachzuholen, döste aber nur unruhig.
Sie fühlte sich gekränkt von ihrer Familie, von den schrecklichen Freunden ihrer Eltern, deren Kinder sie gehütet hatte, und zu allem Übel kam sie sich auch noch trotz ihres hervorragenden Zeugnisses abgelehnt vor.
Ob Bella mir wirklich das Geld beschafft?, dachte sie, wäh-

rend sie sich von einer Seite auf die andere wälzte. Und sie grübelte darüber nach, wie es den Robinsons ging.

Für die hüte ich nie wieder Kinder, sagte sie sich. Aber wahrscheinlich fragen sie mich sowieso nie wieder.

Sie warf einen Blick auf die Uhr neben dem Bett.

Noch drei Stunden, bis der Baum geschmückt wird. Ich muss schlafen.

Sie fing bei hundert an und zählte langsam rückwärts, doch der Schlaf wollte nicht kommen. Sie fiel in eine Art Halbschlummer, aus dem sie immer wieder hochschreckte. Wach- und Traumbilder vermischten sich so, dass sie nicht mehr wusste, in welchem Zustand sie sich eigentlich befand.

»Becky! Becky!« Die Stimme ihrer Mutter riss sie aus dem Schlummer. »Es ist drei Uhr. Kommst du?«

Becky sah verwundert auf ihren Wecker. Es war tatsächlich drei. Sie konnte kaum glauben, dass dieser anstrengende Halbschlaf drei Stunden gedauert hatte.

»Mumsy, Mumsy, darf ich dir helfen?«, fragte Brona.

Ihr war ein bisschen mulmig zumute, als die Schachteln mit dem Christbaumschmuck hinuntergebracht und auf dem Wohnzimmerboden geöffnet wurden. Elizabeth Dunville saß, einen Gin Tonic in der Hand, entspannt vor dem Kamin.

»Das darfst du mich nicht fragen, Brona«, erwiderte sie. »Das müsst ihr schon selbst machen. Ich sitze nur da und sehe euch zu.«

»Nein, ich meine doch morgen«, sagte Brona aufgekratzt, um die anderen abzulenken, denn der Augenblick der Wahrheit stand unmittelbar bevor. Sie hatte die folienumwickelten Nougatstückchen mit nach Hause genommen und in den Küchenschrank gelegt. Da die Anhänger jetzt nicht mehr originalverpackt waren, wollte sie, wenn es so weit war, hinauslaufen und sie holen, um beim Zurückkommen so zu tun, als ob sie die Packungen gerade geöffnet hätte. »Ob irgendwas für eure Party zu tun ist, meine ich …«

»Da ist eine ganze Menge zu tun«, antwortete Elizabeth lächelnd. »Aber das kann man alles erst morgen erledigen, kurz bevor es beginnt – die Würstchen einstechen, den Käse und die Ananas schneiden und was sonst noch auf die Cocktailstäbchen kommt.«

»Also gut, dann mache ich das«, sagte Brona.

»Was ist denn mit dir los?«, fragten Bella und Becky gleichzeitig, und Brona wurde klar, dass sie es übertrieben hatte mit der Begeisterung und Hilfsbereitschaft.

»Ich werde eben erwachsen«, entgegnete sie geschickt, weil sie wusste, dass diese Bemerkung ihre beiden älteren Schwestern zum Lachen bringen würde.

Bella und Becky warfen sich einen Blick zu und kicherten los.

Normalerweise hätte Brona sich jetzt an ihre Eltern gewandt und gejammert, die beiden anderen hätten sich gegen sie verbündet. Diesmal aber hatte sie alles genau so hingebogen, wie sie es haben wollte, und verkniff sich zu Bellas und Beckys Erstaunen die übliche »Ich Arme!«-Ansprache.

»Wo sind die Schokoladendinger, die du uns mitgebracht hast, Daddy?«, fragte Bella. Sie sah immer noch blass aus, aber die grünliche Färbung war verschwunden, und nichts deutete mehr auf den Riesenkater hin, den sie gehabt hatte. Zwei Schmerztabletten und ein großes Glas Orangensaft, drei Stunden Schlaf und eine Dusche hatten Bella Dunville wieder in Form gebracht, ihr die alte Pracht und Herrlichkeit fast ganz zurückgegeben.

»Ich hole sie«, sagte Brona und stürzte aus dem Zimmer.

Sie brachte sie in einer Schüssel zurück.

»Die Verpackung hab ich weggeworfen«, erklärte sie beflissen. »Die sind aber wirklich schön, findet ihr nicht?«

»Ich kann es kaum erwarten, eins zu essen«, sagte Bella.

»Wir essen sie aber erst nach Weihnachten«, sagte Brona streng. »Die gehören schließlich an den Baum, und den anderen Baumschmuck essen wir ja sonst auch nicht.«

»Das ist doch gerade der Witz an den Dingern, dass man sie essen kann, Dummkopf«, erwiderte Bella.

Der Baum hatte sich inzwischen gemacht. Die Kerzen waren befestigt, Lametta hing herab, Girlanden lagen über die Äste gebreitet. Jetzt brachten die Mädchen die letzten Dekorationsstücke an – sechsunddreißig folienumhüllte Schokoladenanhänger.

Die drei bewunderten ihr Werk – am meisten aber tat dies Brona, die den zuletzt aufgehängten Baumschmuck ja wirklich eigenhändig geschnitzt hatte, wenn auch aus hartem altem Nougat.

Es war ein beglückender Augenblick.

»Ich liebe diese letzten Tage vor Weihnachten«, sagte Becky.

»Den Fichtennadelduft, das warme Haus, und wenn man rausgeht ist es bitterkalt, aber man weiß ja, man kann wieder rein.«

»Und was gefällt dir, Bella?«, fragte John Dunville seine älteste Tochter.

Bella betrachtete lächelnd den Baum.

»Ich finde es schon allein schön, hier bei dir und Mummy zu sein.« Sie sah ihn liebevoll an.

»Und du, Brona?«, fragte er seine Jüngste.

»Brona denkt doch nur an die Geschenke, die sie kriegt«, sagte Bella altklug.

»Das glaubst auch nur du!«, fauchte Brona. »Ich habe überhaupt nicht an die Geschenke gedacht oder an die Schokoladenanhänger oder an irgendsowas.«

Becky kicherte.

»Kein Mensch hat behauptet, dass du an Schokolade denkst, Brona. Das hast *du* gesagt – was nur beweist, dass du gierige Gedanken hattest.«

»Hatte ich nicht«, entgegnete Brona.

»Hattest du doch«, sagte Becky.

»Hatte ich nicht!«, wiederholte Brona. »Daddy, bitte sag du's ihr!«

»Hör auf zu kichern, Becky!«, befahl John Dunville. »Lass Brona in Ruhe. Ich weiß wirklich nicht, warum du die friedliche Stimmung unbedingt zerstören musst.«

Das Abendessen wurde wie an jedem Wochenende im Speisezimmer eingenommen. Es war eine feierliche Angelegenheit, ein Rückfall in altertümliche Zeiten und in eine Formalität, die beide Elternteile genossen. An diesem Abend hatte jede ihrer Töchter, wie schon an vielen Abenden zuvor, eine Freundin eingeladen. Alle waren schön gekleidet. Das Abendessen verlief wie immer sehr förmlich. Kaum war der Gong ertönt, kamen die Mädchen aus den diversen Stockwerken herunter.

»Stinklangweilig«, flüsterte Brona ihrer Freundin Rhona auf der Treppe zu.

»Sieh's doch mal so, Bro«, sagte Rhona. »Wenn du Internatsschülerin wärst, würdest du jetzt beim Abendessen sitzen, und die Todeserfahrung – das war der Spitzname der beiden Mädchen für Mutter Immaculata – würde ganz hinten im Refektorium stehen und dich beobachten, und vor dir würde eine Schüssel mit Kohl und eine mit Kartoffeln stehen, die entweder noch nicht gar oder völlig zerkocht wären. Und es würde Stillschweigen herrschen, während du dein zähes Stück Leber kaust, und du müsstest einer Nonne zuhören, wie sie aus den Heiligenlegenden oder aus dem Evangelium vorliest …«

John und Elizabeth hatten ihre Sherrygläser geleert und schlossen sich den Mädchen an, die bereits im Speisezimmer standen.

»Habt ihr einen schönen Nachmittag verbracht?«, fragte John Dunville die vor ihm aufgereihten Mädchen. »Du bist wohl Gabriela«, begrüßte er ein fünfzehnjähriges Mädchen, das vor kurzem aus Deutschland zugezogen war und in Beckys Klasse ging. »Wie schön, dich hier bei uns zu haben. Du weißt ja, dass ich deinen Vater von der Arbeit her kenne, nicht wahr?«

Gabriela schüttelte John und Elizabeth die Hand.
»Gute Grüße von meinem Vater«, erlaubte sie sich zu sagen.
»Er sieht Sie morgen mit seiner Mutter.«
»Mit seiner Mutter?«, fragte Bella erstaunt.
»Aber nein, mein Schatz«, warf Elizabeth rasch ein. Gabrielas Englisch war weiß Gott verbesserungswürdig.
»Mit meiner Mutter, meine ich.« Gabriela lief rot an.
Becky warf Bella, die Gabriela offensichtlich durcheinanderbringen wollte, einen wütenden Blick zu, während Brona und Rhona sich belustigt ansahen.
»Viel besser als die Heiligenlegenden«, pflichtete Brona ihrer Freundin Rhona flüsternd bei, als sie vor ihren Stühlen standen, um das Tischgebet zu sprechen.
»Sprich du es, Bella«, sagte John Dunville.
Bella senkte den goldgelockten Kopf und betete vor.
»Herr, segne uns und diese Gaben, die wir von deiner Güte empfangen durch Christus, unsern Herrn, Amen.«
Elizabeth und die Mädchen bekreuzigten sich und nahmen Platz.

Viertes Kapitel

Das Abendessen neigte sich dem Ende zu. Die Mädchen ließen sich gerade die letzten Bissen ihres Zitronen-Baiser-Kuchens schmecken, als Mrs O'Doody, die jeden Vormittag im Haushalt der Dunvilles arbeitete, an den Wochenenden das Abendessen kochte und sonntagmorgens Frühstück machte, das Speisezimmer betrat und Kaffee für Elizabeth, John, Bella und Anne Marie brachte. Die anderen Mädchen hatten dankend abgelehnt.

Als Bella einen Schluck getrunken hatte, sagte sie plötzlich: »Ach, dazu würde jetzt ein Stück Schokolade gut schmecken!«

»In der Schublade müssten noch Schoko-Minz-Täfelchen sein«, erwiderte Elizabeth und sah zur Anrichte hinüber.

»Kriegt jede von uns einen Schokoanhänger vom Baum?«, fragte Bella erwartungsvoll und schenkte ihren Eltern ein strahlendes Lächeln.

»Gute Idee«, meinte John.

Brona und Rhona erstarrten unmerklich.

»Mmmm, lecker!«, sagte Brona schnell, als ihr klarwurde, dass der Lauf der Geschichte an diesem Tag nicht mehr umzukehren war.

»Ihr könnt reingehen und euch jeweils einen aussuchen«,

sagte Elizabeth. »Und bringt eurem Vater auch einen mit. Für mich nichts.«

Die Mädchen marschierten durchs abgedunkelte Wohnzimmer zum beleuchteten Weihnachtsbaum, und jede nahm sich einen folienumwickelten Schokoladenanhänger von den Zweigen.

Rhona stupste Brona und warf ihr einen besorgten Blick zu. Brona starrte sie nur wütend an und schüttelte den Kopf.

Als alle wieder am Tisch saßen, wurden die Anhänger ausgepackt.

»Schade, meiner sieht nach Nougat aus«, verkündete Bella enttäuscht.

»Meiner auch«, sagte Becky.

»Meiner *ist* aus Nougat«, warf Anne Marie ein. »Was ist daran so schlimm?«

»Ich dachte, ich hätte Schokolade gekauft«, sagte John verwundert. »Nougat hätte ich nie gekauft – ich weiß doch, dass ihr das nicht mögt.«

»Die *waren* aus Schokolade«, erklärte Bella. »Ich weiß noch genau, dass ich mir die Verpackung angesehen habe, als du sie mitgebracht hast, Daddy, ich bin mir ganz sicher.«

Becky wurde in die Küche geschickt, um im Abfalleimer nachzusehen, in den Brona die Verpackung geworfen hatte.

»Hier, bitte!«, rief sie, eine leere Packung hochhaltend. »Es steht ›Schokolade‹ drauf.«

»Das heißt wahrscheinlich ›Nougat‹ auf Deutsch«, versuchte Brona, die Sache hinzubiegen.

»Nein«, widersprach Gabriela, der deutsche Gast, »›Schokolade‹ heißt Schokolade und nichts anderes.«
»Mein Nougat sieht aus, als hätte ihn jemand in diese Form geschnitzt«, sagte Bella schulterzuckend.
»Sehr merkwürdig«, hieß es ringsum.
Das Rätsel blieb ungelöst.

Am Sonntagnachmittag vor dem Weihnachtsfest des Jahres 1970 begann die Party der Dunvilles pünktlich mit dem Eintreffen der von Veckers. Schlag drei standen Herr Doktor, Frau Doktor, der achtzehnjährige Sohn Friedrich und Gabriela vor der Tür.
»Das darf doch nicht wahr sein!«, flüsterte Brona Becky zu. »Stell dir mal vor, Mummy würde sich Mrs Doctor nennen, nur weil Dad Arzt ist!«
Becky kicherte.
»Mum ist eben nicht so anmaßend, und in unserer Kultur ist das einfach nicht üblich.«
»Mensch, das ist ja der einsame Ziegenhirt aus ›The Sound of Music‹«, flüsterte Bella Anne Marie bei Friedrichs Anblick zu, als die Gäste ins Wohnzimmer traten und vorgestellt wurden.
»Sind wir auch pünktlich?«, fragte Doktor von Vecker seinen Kollegen John Dunville.
»Und wie.«
Doktor von Vecker verneigte sich höflich, als er der Familie vorgestellt wurde, und Friedrich ging sofort auf Bella zu, die, rätselhaft lächelnd, beim Weihnachtsbaum stand.

Der Gesprächslärm, durchsetzt von Gelächter, schwoll an. In der Diele hingen Pelzmäntel. Die Mädchen gingen mit Tabletts herum und boten Appetithäppchen an. Das Stimmengewirr wurde immer dichter.

»Noch ein bisschen Champagner, Mr Robinson?«, fragte Bella den australischen Botschafter.

»Aber gern.« Er blickte die hinreißende älteste Dunville-Tochter an, während sie ihm nachschenkte.

»Auf Ihr Wohl, Mr Robinson«, sagte sie und hob die Flasche kurz hoch.

»Und auf *deins!*«

»Haben Sie sich inzwischen von dem Aufprall erholt?« Bella sah ihm direkt in die Augen.

»Wie bitte?« Er neigte leicht den Kopf, um sie bei dem Lärm verstehen zu können.

»Ach, da ist ja Mrs Robinson«, sagte Bella und sah zur Tür, wo sich ihre Mutter mit Magda Robinson unterhielt.

»Wenn die Katze aus dem Haus ist«, sagte er kichernd.

»Blechen die Mäuse.«

»Tanzen.«

»Nein, blechen. Sie haben vergessen, meine Schwester Becky fürs Babysitten zu bezahlen.«

»Ach …«

Mr Robinson wirkte überrascht. »Na so was … Äh … Gibst du's ihr bitte?«

Er griff in die Tasche, holte ein Bündel Geldscheine hervor, entnahm eine Ein-Pfund-Note und reichte sie Bella.

»Das ist nicht genug für einen Kuss«, entgegnete Bella, den Blick auf den Geldschein gerichtet.

»Ach, bekomme ich einen Kuss?« Mr Robinson betrachtete lächelnd Bellas rosige Lippen.
»Ich meine den Kuss, den Sie Becky gegeben haben.« Bellas Mund lächelte; ihre Augen nicht.
»Ach so ... Also, das ...«
»Aber vielleicht gehört das ja Mrs Robinsons Ansicht nach zum Babysitten dazu«, sagte Bella. »Ich frag sie am besten gleich mal.«
Mr Robinson zog verstohlen zwei Fünf-Pfund-Noten aus dem Bündel und gab sie Bella.
»Damit dürfte jetzt aber alles abgegolten sein, oder?«, sagte er hastig und wandte sich von ihr ab.
»Ja«, erwiderte Bella, das Geld in ihrer Hand musternd. »Das denke ich auch.«

»Nur gut, dass unsere Eltern sich nicht kennen. Das könnten wir überhaupt nicht gebrauchen, dass die alle zusammenhocken«, sagte Anne Marie zu Bella. Die beiden saßen hinter der Falttür zwischen den beiden Zimmern und tranken Champagner.
»Stimmt«, erwiderte Bella. »Gestern Abend habe ich schon befürchtet, Daddy würde dich bitten, deine Eltern mitzubringen. Daddy war es nämlich peinlich, als Gabriela erzählte, dass ihre Eltern kommen, und ich habe fest damit gerechnet, dass er etwas sagen würde.«
»Aber die von Veckers und dein Vater kennen sich doch aus dem Krankenhaus, oder?«
»Ja, klar. Deshalb wurden sie ja eingeladen. Obwohl Daddy es zum Schießen findet, dass er und dieser von Vecker sich

immer noch so förmlich anreden, als ob sie sich siezen würden.«

»Doktor von Vecker sieht aus, als hätte man ihm einen Schürhaken den Arsch hochgeschoben«, sagte Anne Marie.

»*Was* ist mit meinem Vater?« Friedrich von Vecker steckte den Kopf hinter der Falttür hervor und sah die Mädchen an, die sofort loslachten.

»Die Fitzgeralds sind da«, informierte John Dunville seine Frau auf dem Weg zur Diele.

Becky stand bereits in der Diele und umarmte ihren Onkel James und ihre Tante Nancy.

»Hi, Eleanor«, begrüßte sie ihre Cousine.

»Hallo, Becks.«

Eleanor war ein Jahr jünger als Becky, dank der gemeinsamen Bemühungen von Tante Nancy und Mutter Immaculata aber eine Klasse weiter als sie.

Die beiden Mädchen blickten sich mit gemischten Gefühlen an. Als sehr viel kleinere Kinder waren sie einmal nebeneinander vor dem Spiegel gestanden und hatten sich gegenseitig genau betrachtet. Es gab ausgeprägte Ähnlichkeiten zwischen ihnen. Beide waren klein und zierlich, zartknochig, hatten schmale Handgelenke und Fußknöchel, ein scheues Lächeln und dunkles Haar, das ihre feinen, blassen Gesichter umrahmte; allerdings neigte nur Eleanor zu Sommersprossen.

»Du bist eine Fitzgerald!«, hatte Eleanor damals verkündet. »Du hast alle Merkmale der Fitzgeralds, genau wie ich!«

»Und warum sehe ich nicht Bella und Brona ähnlich?«

»Die haben offenbar extrem viele Dunville-Gene.«

»Aber warum habe ich braune Augen?«, hatte Becky nachgehakt. »In meiner Familie hat keiner braune Augen – in deiner übrigens auch nicht.«

»Dazu kann ich nichts sagen«, hatte Eleanor erwidert. »Da schlagen wohl irgendwelche Vorfahren durch.«

Jetzt, vier Jahre später in der Diele der Dunvilles, sahen die beiden Mädchen einander lächelnd an. Ihre Zuneigung war gegenseitig, litt jedoch ein wenig unter der leistungsfixierten Weltsicht von Eleanors Mutter.

»Na, wie geht's dir, Rebecca?«, fragte Tante Nancy. »In welcher Klasse bist du jetzt gleich noch mal?«

Eleanor zog hinter dem Rücken ihrer Mutter Grimassen und verdrehte die Augen.

Becky lächelte höflich.

»Ich bin immer noch eine Klasse unter Eleanor, Tante Nancy.«

»Dabei ist sie ein Jahr jünger als du!«, rief Tante Nancy mit gespieltem Erstaunen.

»Ich bitte dich, Nancy«, warf John Dunville ein. »Hör doch bitte auf damit.« Er umarmte Eleanor und gab Nancy einen Kuss.

»Mensch – tut mir leid«, sagte Eleanor auf dem Weg ins Speisezimmer zu Becky. »Sie kann es einfach nicht lassen.«

Becky lachte.

»Ich weiß.«

»Die liebe Verwandtschaft!«, sagte Eleanor. »Wer würde sie sich freiwillig antun?«

»Ich nicht, wenn es nach mir ginge. Aber du bist wenigstens

Einzelkind. Kannst du dir vorstellen, Bella und Brona als Schwestern zu haben?«
»Immerhin sind sie meine Cousinen.«
»Ziemlich grauslig, was?«
»Bella lässt mich in Ruhe, muss ich ehrlich sagen. In der Schule ignoriert sie mich, und das ist in Ordnung. Und Brona streckt mir einfach die Zunge raus, wenn wir uns begegnen.«
»Bronas Problem ist, dass du immer als Muster an Tugendhaftigkeit und Fleiß hingestellt wirst«, sagte Becky lachend. »Ich glaube, das zieht sie manchmal ziemlich runter.«
In Wahrheit sagte Brona immer: »Jedes Mal, wenn ich meine Cousine Eleanor in der Schule treffe, würde ich am liebsten kotzen.« Doch Becky beschloss, Eleanor das nicht zu erzählen.
»Soll ich euch helfen und auch mit einem Tablett durch die Zimmer gehen?«, fragte Eleanor. »Ich finde es blöd, nur herumzustehen.«

Pater Monaghan von der Schwesternkapelle von St Martin's traf ein.
»Mensch, schau mal, wer da ist!«, sagte Eleanor Fitzgerald zu ihrer Cousine Becky.
»Ich weiß. Mummy hat darauf bestanden. Und dann hat Daddy darauf bestanden, dass auch der Pastor von *seiner* Kirche eingeladen wird.«
»Geht ihr denn in seine Kirche?«, fragte Eleanor erstaunt.
»Ja, hin und wieder. Mutter Immaculata findet, dass das der Weg der Verdammnis ist«, flüsterte Becky. »Aber Daddy

sagt, es geht um Ausgleich. Er begleitet uns ja immer in die Messe. Und ab und zu nimmt er uns eben in seine Kirche mit. Mummy begleitet uns da natürlich nie. Ist ein ständiger Zankapfel.«

»Kann ich mir vorstellen«, sagte Eleanor.

Die Mädchen trennten sich und gingen mit den Tabletts herum. Die Tür zur Diele stand einen Spaltbreit offen; als Becky daran vorbeiging, hörte sie die Stimme ihrer Tante.

»Elizabeth«, sagte Nancy Fitzgerald, »wir haben vorhin jemanden getroffen – das errätst du nie.«

»Wen denn?«, fragte Elizabeth, ihren Gin Tonic in der Hand.

»John Delaware!«, antwortete Nancy vernehmlich. »Erinnerst du dich? James hat ihm gesagt, dass wir hierhergehen, und ihn gefragt, ob er nicht auch kommen will.«

In der Diele fiel ein Glas zu Boden und zerbrach klirrend. Becky trat einen Schritt zurück und lugte durch den Türspalt. Ihre Mutter kauerte am Boden und sammelte Glasscherben und Zitronenschnitze auf.

»Ich hole ein Wischtuch und Schaufel und Besen«, sagte Becky beflissen. »Lass ruhig, Mum, ich mache das schon.«

Ihre Mutter und Nancy Fitzgerald wandten sich zu ihr um und sahen sie an.

»Bist ein gutes Kind«, sagte Nancy. Aber ihre Miene sagte etwas anderes, etwas, das Becky nicht verstand.

»Immer schön langsam mit dem Schampus!«, ermahnte Bella Anne Marie, die leicht schwankte und einen Schluckauf hatte.

»Mmmmmm«, murmelte Anne Marie vor sich hin, während das Zimmer vor ihren Augen zu verschwimmen begann.

»Die ist blau«, sagte Bella zu Friedrich von Vecker. »Hilf mir mal, wir müssen sie hier rausschaffen.«

»Blau?«, fragte Friedrich von Vecker interessiert. »Den Ausdruck kenne ich noch nicht. Erklär mal!«

Er legte Anne Marie einen Arm um die Schultern und bugsierte sie von der Party der Dunvilles weg ins Frühstückszimmer.

»Sie ist sternhagelvoll«, erklärte Bella. »Bleib du bei ihr. Ich rufe schnell jemanden an, der sie holen soll, bevor mein Vater sie sieht, sonst lässt er mich nie wieder mit ihr ausgehen.«

Anne Marie sank in einen Sessel.

»Du bist betrunken, oder?«, fragte Friedrich sie.

Sie antwortete mit einem gewaltigen, sehr undamenhaften Rülpser.

Bella kam zurück und sondierte die Lage.

»Sie ist wohl nicht gewöhnt, Alkohol zu trinken«, mutmaßte Friedrich von Vecker.

»Weiß Gott nicht«, erwiderte Bella mit Unschuldsmiene. »Wir sind Klosterschülerinnen – der einzige Alkohol, den wir kriegen, ist Christi Blut.«

»Den Schwachsinn kannst du dir sparen«, sagte Friedrich von Vecker und schnaubte verächtlich. »Ich gehe auch auf eine römisch-katholische Schule.«

»Huch, ich hatte ganz vergessen, dass du Gabrielas Bruder bist«, sagte Bella. »Aber Anne Marie verträgt einfach keinen

Alkohol, der sprudelt. Wirkt sich irgendwie ungünstig auf sie aus, wie man sieht.«

Keine zehn Minuten später steckte Becky den Kopf zur Tür herein.

»Da ist ein gewisser Adam gekommen und will Anne Marie abholen.«

»Hilf mir mal, Friedrich«, sagte Bella. Gemeinsam zogen sie Anne Marie aus dem Sessel.

»Wartet noch!« Wieder erschien Beckys Kopf im Türspalt. »Dad ist in der Diele – so könnt ihr sie nicht rausbringen.«

»Halt sie fest, Friedrich!«, befahl Bella, trat in die Diele und hörte gerade noch, wie sich ihr Vater bei Adam dafür bedankte, dass er sie Freitagnacht zuerst nach Hause und dann wieder zurückgefahren hatte. Sie standen in der Öffnung der Haustür.

»Gern geschehen, Sir«, sagte Adam lässig und warf Bella einen Blick zu. Im Gespräch mit ihrem Vater hatte er eine höflich-ernste Miene aufgesetzt, doch als er Bella ansah, deutete er ein Lächeln an.

»Hallo, Adam«, sagte Bella. »Ach, Daddy, du wirst im Wohnzimmer gebraucht – Mummy …«

Ihr Vater entschuldigte sich und ging. Bella zog Adam ins Frühstückszimmer.

»Wir müssen Anne Marie schnell von hier wegbringen, bevor meine Eltern sie sehen. Sie ist ein bisschen betrunken«, gestand sie Adam.

Er nahm Friedrich das Mädchen ab und hatte sie innerhalb einer Minute im Auto.

»Danke«, sagte Bella.

»Gern geschehen.«
Kaum merklich lächelnd ließ er sich auf dem Fahrersitz nieder.
Bella zwinkerte ihm zu.
Er beugte sich über den Beifahrersitz und kurbelte das Fenster hinunter. »Und, was habt ihr Freitagnacht angestellt?«
»Freitag? Nichts«, sagte Bella, ohne mit der Wimper zu zucken. »Und Sie?«
»Ihr solltet vorsichtig sein«, riet ihr der Chauffeur. »Schlimmen Mädchen passieren schlimme Sachen.«
Bella beugte sich hinunter und blickte durch die schmale Fensteröffnung.
»Das sehe ich anders«, erklärte sie. »Schlimme Mädchen haben mehr Spaß. Passen Sie gut auf Anne Marie auf! Ihr Vater sähe es nicht gern, wenn ihr etwas zustoßen würde.«

In der Diele traf Becky auf einen neuen Gast, der gerade von ihren Eltern begrüßt wurde.
»John Delaware!«, sagte ihr Vater. »Meine Güte, ist das lange her!«
»Ihr habt doch nichts dagegen, dass ich komme?«, fragte der großgewachsene Mann mit den lachenden braunen Augen, während er Schal und Mantel ablegte.
»Wir freuen uns, nicht wahr, Liebling?«, sagte John Dunville zu seiner Frau.
»Ja, natürlich.« Elizabeth wirkte ein wenig nervös.
John Dunville stellte dem Gast seine Tochter Becky vor.
»Das ist Rebecca, unsere mittlere Tochter – von Freunden und Verwandten Becky genannt.«

Elizabeth nahm ihr das Tablett ab.
»Schön, dich kennenzulernen, Rebecca«, sagte John Delaware und streckte ihr die Hand entgegen, eine große, feste, kühle Hand. »Kalte Hand, warmes Herz«, sagte er lachend zu ihr, als hätte er ihre Gedanken gelesen.
Er hatte einen englischen Akzent, der dem von John Dunville ähnelte.
»Sie klingen genau wie Dad«, sagte Becky und lächelte ihn an. Normalerweise wäre sie viel zu schüchtern gewesen, um etwas so Persönliches von sich zu geben, aber es war ihr herausgeplatzt.
»Wir waren zusammen in der Schule«, sagte ihr Vater.
»Und im Krieg«, fügte John Delaware hinzu. »Wie alt bist du denn, Rebecca? Oder bist du schon zu groß, als dass man dich das fragen dürfte?«
Becky lächelte ihn an.
»Nächsten Monat werde ich sechzehn. Bella und ich haben am selben Tag Geburtstag. Sie ist meine ältere Schwester.«
»Ich kann mich an sie erinnern«, sagte John Delaware. »Sie hatte blonde Haare, als sie klein war. Überhaupt – in eurer Familie haben alle wunderschönes Haar.«
Sie lächelte ihn an. Er war so offen und ungezwungen. Ihr Vater führte ihn ins Wohnzimmer. An der Tür drehte sich John Delaware um und sagte zu ihr: »Brünett mit einem Hauch poliertem Kupfer.« Sie spürte, dass er diese Worte sehr bewusst gewählt hatte.
So hatte sie ihr Haar noch nie betrachtet. Sie sah in den Dielenspiegel und verglich es mit seinen Worten. Sie hatte immer geglaubt, langweiliges dunkelbraunes Haar zu haben.

Sie fand, dass sie aussah wie sonst auch. Blass, wie immer im Winter. Ihr volles, dichtes Haar umrahmte sorgsam gekämmt das Gesicht und hatte nach dem Föhnen immer einen leichten Schwung.
Poliertes Kupfer, dachte sie, sehr exotisch. Ihr Haar reflektierte das Licht in der Diele. Sie betrachtete es mit seinen Augen, und eine unglaubliche Freude erfasste sie.
Plötzlich bemerkte sie, dass ihre Mutter sie ansah.
»Alles in Ordnung, Mum?«, fragte Becky.
»Ja, alles in Ordnung, alles in Ordnung«, antwortete ihre Mutter. »Ich bin nur plötzlich so müde. Das viele Vorbereiten, weißt du …«
Becky nahm ihr das Tablett ab.
»Setz dich ein bisschen ins Wohnzimmer«, schlug sie vor. »Da stehen Stühle, und wenn man sich hinsetzt, setzen sich auch andere Leute hin. Sagt Daddy immer«, fügte sie lächelnd hinzu. »Du lockst sie mit deinem Reiz«, zitierte sie ihren Vater, wenn auch ein bisschen falsch. John Dunville sprach oft von den weiblichen Reizen und dem Zauber, den sie ausübten.
»Gute Idee«, sagte ihre Mutter gedankenverloren und ging – aber nicht ins Wohnzimmer, sondern in die Küche.

Becky sah nach, was sich im Wohnzimmer tat. John Delaware und Bella wurden miteinander bekannt gemacht, und Becky beobachtete, wie Bella mit ihm flirtete, wie sie mit den Wimpern klimperte und ihre rosigen Lippen zu einem Schmollmund schürzte.

Becky schielte nach rechts hinüber und bemerkte, dass Pater Monaghan Bella anstarrte.
Wenn Blicke töten könnten, dachte sie.
In diesem Moment richtete Bella den Blick ein wenig zur Seite und sah den Priester an. Sie zog eine Braue hoch, wobei sich eine Seite ihrer Oberlippe kaum merklich abhob.
Sie verhöhnt ihn, dachte Becky.
Es erstaunte sie immer wieder, wie sehr sich ihre ältere Schwester im Griff hatte.
Im Speisezimmer betrachteten Brona und Rhona gerade den Inhalt einer Vitrine und zogen LPs heraus.
»Wir gehen ins Frühstückszimmer und hören Musik«, sagte Brona zu Becky. »Du kannst uns nicht daran hindern.«
»Das hatte ich auch gar nicht vor«, erwiderte Becky. »Warum sollte ich?«
Die Stimmung ist so feindselig, dachte Becky und fragte sich, wohin ihre Cousine Eleanor verschwunden war. Sie wäre gern mit Brona und Rhona ins Frühstückszimmer gegangen; sie hatte auf einmal genug von der Party. Alles so belanglos, dachte sie. Alles nur Small Talk.
Sie spürte, dass ihr die Geduld dafür fehlte; gleichzeitig wusste sie, dass es nun einmal so war, das Leben, wie die Menschen es lebten. Sie wäre jetzt lieber in ihrem Zimmer gewesen und hätte gelesen oder geschrieben.
Alles, nur nicht das hier, dachte sie.
Die Abgeschiedenheit ihres Zimmers lockte. Doch dann wurde sie durch Bella abgelenkt, die sich angeregt mit Magda Robinson unterhielt. Ihr war völlig schleierhaft, worüber Bella mit der Frau sprach.

Mehrere Gäste hatten es ihrer Mutter nachgetan und sich ins Wohnzimmer gesetzt. Becky stellte das Tablett auf dem Tisch ab und ging hinaus.

Oben legte sie sich auf ihr Bett und dachte an das, was sie sich erträumte – jemanden, der ihr das Gefühl gab, ein besonderer Mensch zu sein, und sie verstand. Sanft musste er sein, aber auch erwachsen. Einer, der mir Liebe gibt und Hoffnung. Ich bin wie ein Weber, dachte sie, ich versuche mir ein Leben zu weben. Aber vielleicht macht das ja jeder. Da unten passe ich nicht hin. Bella schon. Ihre Gedanken jagten einander. Vielleicht weil sie älter ist. Aber ich werde bestimmt nie zu den Menschen gehören, die das können, sich ein paar Minuten lang mit jemandem unterhalten und dann zum nächsten weitergehen. Das ist so banal …

Fünftes Kapitel

Elizabeth hatte noch schlechter geschlafen als sonst. Nachdem sie am Montagmorgen aufgewacht war, sprach John sie darauf an.

»Alles in Ordnung?«

»Nur alte Alpträume.«

»Willst du sie mir erzählen?« Die Frage hatte er ihr in all den Jahren oft gestellt. Sie schüttelte den Kopf.

»Wir werden heute Morgen beichten«, sagte sie. »Die Mädchen und ich. Danach geht es mir bestimmt besser. Aber danke.«

»Nun gut. Ich fahre jetzt ins Krankenhaus. Leg dich ein bisschen hin, wenn ihr zurück seid. Du siehst müde aus.«

Elizabeth rief die Mädchen.

»Kommt, wir gehen zur Beichte.«

»Ich habe nichts zu beichten«, rief Bella von oben.

»Ich auch nicht«, sagte Brona.

»Wenn ihr gründlich nachdenkt, fällt euch bestimmt etwas ein. Aber wir gehen so oder so. In der Woche vor Weihnachten wird gebeichtet, da können wir es auch gleich heute tun.«

»Wenn wir bis morgen warten, habe ich vielleicht was zu beichten«, gab Brona zu bedenken.

Becky seufzte. Zu diesem Streit kam es mindestens zweimal im Monat, wobei die Argumente immer wieder wechselten. Ihre Mutter ging stets als Siegerin daraus hervor, aber manchmal hatte Becky den Eindruck, dass Elizabeth nur deshalb gewann, weil es Bella und Brona im Grunde egal war. Sie behandelten die Sache wie ein Drehbuch, das alle vierzehn Tage durchgespielt werden musste.

Bella ging in ihr Zimmer zurück, um sich fertig zu machen. Auf dem Schreibtisch lag ein Notizbuch, das sie gerade gründlich durchgesehen hatte, als ihre Mutter rief. Sie nahm es und schob es unters Kopfkissen. Dann strich sie das Kissen schön glatt und stieg gemächlich die Treppe hinunter.

Becky und Brona waren schon in der Diele.

Alle drei trugen Röcke und Pullover sowie kniehohe Stiefel. Sie holten ihre Mäntel aus dem Dielenschrank.

»Ich hasse meinen Mantel«, sagte Brona.

»Halt die Klappe!«, fuhren Bella und Becky sie gleichzeitig an.

Sie knieten nebeneinander vor dem Beichtstuhl. Becky versuchte sich zu konzentrieren. Sie warf einen Blick zur Seite und sah, dass Brona an einem Faden in ihrer Strumpfhose zupfte.

Wenn sie so weitermacht, hat sie bald ein Loch drin, dachte sie.

Als sie den Kopf zur anderen Seite wandte, fiel ihr Blick auf Bellas makelloses Profil. Unvermittelt drehte Bella ihr das Gesicht zu, und sie sahen sich an. Bella lächelte. Sie begann

zu strahlen. Ihr rosiger Mund öffnete sich, und ihre ebenmäßigen weißen Zähne glitzerten.
Sie ist wunderschön, dachte Becky.
In dem Augenblick, als sie Bellas Lächeln erwidern wollte, beugte sich ihre Schwester zu ihr hinüber und flüsterte: »Beichtest du den Kuss, den dir Charlie Robinson gegeben hat?«
Becky war verdutzt und wollte etwas erwidern, doch Bellas Lächeln war inzwischen boshaft geworden.
Genauso hat sie Pater Monaghan bei der Party angelächelt, dachte Becky. So … grausam, irgendwie.
Sie schauderte unwillkürlich.
»Ist immerhin der erste Schritt zur Entjungferung«, wisperte Bella kaum hörbar.
Du gemeines Biest, dachte Becky, bohrte die Fingernägel in die Handflächen und bemühte sich, unbeteiligt zu wirken. Du fieses, hundsgemeines Biest.
Sie wusste aus Erfahrung, dass es besser war, Bella gegenüber möglichst keine Reaktion zu zeigen.

»Ich bitte um den Segen, Pater, denn ich habe gesündigt.« Brona ratterte die Worte herunter. »Vor zwei Wochen habe ich das letzte Mal gebeichtet. Ich habe meine Schwestern geärgert und einmal gelogen. Für diese und alle Sünden meines bisherigen Lebens empfinde ich tiefe Reue.«
Keine eineinhalb Minuten später war sie wieder draußen und überlegte, ob sie den Rekord für die kürzeste Beichte gebrochen hatte, der im zurückliegenden Jahr von Rhona aufgestellt worden war. Sie ärgerte sich, weil sie vergessen

hatte, beim Hineingehen einen Blick auf die Uhr zu werfen. Ach, was soll's, dachte sie. Dann eben beim nächsten Mal.

Eine nach der anderen betrat den Beichtstuhl. Dann war Elizabeth an der Reihe.
»Ich bitte um den Segen, Pater, denn ich habe gesündigt.« Elizabeth stockte, schluckte.
»Ja, Kind.«
Durch das Holzgeflecht sah sie verschwommen sein Profil. Sie kniete sich ein wenig anders hin. Das Holzbänkchen tat weh. Während der Bewegung spürte sie, wie ihre Zehen über den Boden des Beichtstuhls scharrten.
»Vor vier Wochen habe ich das letzte Mal gebeichtet.«
»Ja, Kind.«
Sie versuchte, noch einmal zu schlucken. Ihr Mund war so schrecklich trocken.
»Sprechen Sie weiter, mein Kind.«
»Vor vier Wochen, Pater«, wiederholte sie. »Und in dieser Zeit habe ich alles getan, was man immer tut.«
»Sagen Sie es mir, mein Kind.«
»Ach, Sie wissen schon, Pater, was man so tut, ohne es eigentlich zu wollen – gereizt sein, schlecht gelaunt sein und so weiter … Was einem hinterher leidtut, Sie wissen schon.«
»Weiter, mein Kind.«
»Pater, ich habe gesündigt.« Sie stockte. Es war so plötzlich da, so unausweichlich. Hier und jetzt – die Gelegenheit, es zu sagen, Reue zu zeigen, alles zu erklären, Erlösung von der Sünde zu erfahren.

»Ich spüre, dass Sie etwas quält. Sagen Sie mir, welche Sünde Sie begangen haben.«

»Pater, ich habe so schwer gesündigt, dass es dafür keine Absolution geben kann. Alle zwei Wochen komme ich mit meinen Töchtern hierher, aber manchmal bringe ich es einfach nicht über mich, zu beichten. Tausendmal war ich schon hier, um meine Seele zu läutern und um Vergebung zu bitten, aber mir wird nie vergeben werden.«

»Jede Sünde kann vergeben werden, liebes Kind. Wenn Sie ehrlich bereuen und Gott um Vergebung bitten, wird er Ihnen verzeihen. Dann und nur dann kann es Erlösung geben.«

»Aber, Pater, was ist, wenn die Sünde Folgen hat – Folgen, die nicht nur die eigene Seele betreffen … Was dann?«

»Mein liebes Kind, jede Sünde hat Folgen. Gott verzeiht alles. Wenn Sie beichten und um Vergebung bitten, werden Sie durch seine unendliche Güte von der Sünde reingewaschen.«

»Aber, Pater, wenn man etwas getan hat, das so unrecht ist, dass es nicht wiedergutgemacht werden kann, wie soll man da Vergebung erlangen? Wie kann es Absolution geben für so etwas?«

»Hören Sie. Wenn ein Mann, um ein Beispiel zu nennen, einen Mord begeht, ihn beichtet und echte Reue empfindet, dann vergibt ihm Gott.«

»Aber ist das denn richtig, Pater? Wenn man einen Mord begeht, wenn man ein Menschenleben zerstört und alle Menschenleben, die mit diesem Leben zusammenhängen, wie kann Gott da vergeben? Wie kann denn das sein? Wie kann Gott einem solchen Menschen vergeben? Wie soll man sich da selbst verzeihen?«

»Mein liebes Kind, den Gerichten dieses Landes unterliegt die körperliche Bestrafung – für Verbrechen sind der Richter und die Geschworenen zuständig –, aber Frieden findet der Mörder erst, wenn er zu Gott kommt und ihn um Vergebung bittet. Wenn Gott ihm aber vergibt, dann ist seine Seele geläutert, und er hat seinen Frieden wieder.«

Sie schwieg. Sie sah sein Profil und das halb geschlossene Auge.

»Pater, es gibt Sünden, die nicht vergeben werden können.«

»Ach, liebes Kind, es gibt keine Sünde, die Gott nicht verzeiht. Er ist allwissend und allmächtig, ihm entgeht nichts. Wenn Sie Buße tun und um Vergebung bitten, wird er sie Ihnen gewähren.«

»Aber wenn ich mir selbst nicht verzeihen kann …«

»Sie erheben sich über Gott – das ist die Sünde der Hoffart.«

»Vergeben Sie mir, Pater!«

»Ich kann Ihnen nicht vergeben. Ich kann Ihnen die Absolution erst erteilen, wenn Sie Buße tun.«

Sie rang schmerzerfüllt die schmalen Hände. »Dann gibt es hier keine Hilfe für mich«, sagte sie. »Keine Hilfe …«

»Liebes Kind, solange Sie nicht beichten und Gott um Vergebung bitten, stehen Sie außerhalb der Kirche, und in seinem himmlischen Reich ist kein Platz für Sie. Solange dürfen Sie die Sakramente nicht empfangen und sind kein Kind Gottes.«

»Gott steh mir bei«, sagte sie und erhob sich.

Ich bin verzweifelt, dachte sie, und auch das ist eine Sünde. Es gibt kein Entrinnen. Was soll ich tun? Ich habe alles und habe doch nichts.

Sie kniete neben ihren Töchtern in der Bank nieder. Ihr war eiskalt ums Herz.

Ich habe die Wahrheit mit Lügen verhüllt. Aber nur, weil ich anders nicht damit hätte leben können. Und jetzt ist das Lügengespinst, das ich gewoben habe, größer als mein ganzes übriges Leben. Sie kniete mit gesenktem Kopf vor dem Altar. Neben sich spürte sie Bella, und sie dachte an das Verbrechen, das sie an ihrer ältesten Tochter begangen zu haben glaubte, sie dachte an die Liebe, die sie für sie empfand, und dass sie ihr ein Leben lang Wiedergutmachung leisten musste.

John liebt mich, versicherte sie sich selbst. Ich muss nur eine gute Ehefrau und Mutter sein, mehr muss ich gar nicht tun. Doch das Wiedersehen mit John Delaware auf der Weihnachtsparty hatte auch andere Erinnerungen in ihr hochgespült, Alpträume, denen sie nie ganz entkommen war. Da war der Nachmittag vor langer Zeit, als er an ihre Tür geklopft und sie ihn hereingelassen hatte; der Nachmittag, an dem er sie entehrt hatte. Wie sie sich auf die Knie gestemmt hatte, nachdem er gegangen war, und doch kaum auf die Füße gekommen war.

Der Kopf hatte ihr gedröhnt, und ihre Beine waren wie gelähmt gewesen durch den Schock.

»John«, hatte sie geflüstert, »John …«

Aber welchen John hatte sie damit gemeint? Wer konnte das sagen? Hatte sie den Namen voll Verzweiflung oder voller Wut ausgesprochen? Sie wusste es nicht.

Der Name war so leise und so tief in ihrem Herzen erklungen, dass nicht einmal sie selbst wusste, ob sie ihren Mann John damit um Beistand angefleht hatte oder ob Verzweiflung aus ihr sprach; Verzweiflung darüber, einst den anderen John geliebt zu haben, der ihr das alles angetan hatte.

Auf allen vieren war sie in die Diele gekrochen.

In weiter Ferne stieß Bella einen letzten Schrei aus. Ein ohrenbetäubendes Krachen ertönte, dann legte sich völlige Stille über das Haus.

Stufe für Stufe stemmte sie sich die Treppe hoch. Bei jeder Berührung mit den Teppichfasern brannten die Innenflächen ihrer Hände.

Oben blieb sie wie hingegossen liegen und versuchte einen klaren Gedanken zu fassen.

Ich muss in die Badewanne. Ich muss das … Ich muss das wegwaschen.

Als sie, wieder etwas sicherer auf den Beinen, Wasser in die Wanne einließ, entsann sie sich ihres Kindes. Bella war plötzlich so still. Sie ließ das Wasser laufen und sah nach ihrer Tochter.

»Bella!«, rief sie. »Bella!«

Ihre Stimme hallte in dem lautlosen Haus.

»Bella!«, rief sie noch lauter. »Bella, wo bist du?«

Das Seitengitter von Bellas Bett war heruntergeklappt – Bellas neuester Trick, um leichter aus dem Bett zu kommen.

»Bella!«, rief sie noch einmal. Dann fiel ihr Blick auf den kleinen weißen Schrank, der vornübergekippt dalag, und das krachende Geräusch fiel ihr wieder ein.
»O nein, Bella!« Sie kauerte sich neben den Schrank.
So sehr sie sich auch bemühte, sie schaffte es nicht, ihn anzuheben, dabei wusste sie doch, dass Bella da drin war und nicht herauskonnte, weil die Tür auf dem Boden lag.
»Ganz ruhig, Bella, ganz ruhig. Ich hol dich raus. Warte, ich hol dich da raus.«
Im Bad lief die Wanne über. Das Wasser floss auf den Holzboden und sickerte durch die Decke in die darunterliegende Küche, während Elizabeth Dunville ihr verstummtes Kind zu befreien versuchte.
Sie zog sich einen Mantel über, damit man den Zustand ihrer Kleidung nicht sah, und lief zu den Nachbarn hinüber, um Hilfe zu holen.
»Ein Unfall!«, rief sie, an die Tür hämmernd. »Hilfe! Hilfe!«
Die Nachbarinnen eilten herbei und halfen ihr, den Schrank vom Boden zu heben und aufzustellen.
Mit zitternden Fingern drehte sie den verbogenen Schlüssel im Schloss. Der Riegel schob sich nach oben, und da saß Bella, kreideweiß, geschockt, verängstigt und ungewöhnlich still.
Während Elizabeth sie heraushob und an sich drückte, ging eine Nachbarin, die das Rauschen des Wassers gehört hatte, ins Bad, drehte den Hahn zu und zog den Stöpsel heraus.
»Sie hat sich wohl da drin versteckt, und dann ist er umgekippt«, sagte eine Nachbarin.

»Meine macht das auch immer – sich zum Spaß verstecken«, warf eine andere ein.
»Haben Sie sich den Kopf gestoßen, als das Ding umgekippt ist?«, fragte die erste. »Sie Arme! Sie wollten Bella baden, stimmt's? Hat sie sich versteckt, weil sie nicht in die Wanne wollte?«
»Meine macht das auch immer – weglaufen, wenn ich das Wasser einlasse«, erklärte die andere.
So rüsteten die ahnungslosen Frauen sie mit einer Geschichte aus, die diesen Nachmittag und die Blutergüsse im Gesicht erklärte, nicht aber den Schaden … den Schaden, den ihr Wesen, ihre Seele, ihre Lebenskraft genommen hatte.
Sie wischten das Badewasser auf und betteten sie mit Bella auf ein Sofa. Während Bella getröstet wurde, bekam sie wieder ein bisschen Farbe, aber sie sprach immer noch kein Wort. Von Zeit zu Zeit richtete sie ihre großen blauen Augen entsetzt auf ihre Mutter, als wüsste sie, dass etwas Unsagbares vorgefallen war.
Als die Frauen das Haus verlassen hatten und die Wanne frisch gefüllt war, nahm Elizabeth mit Bella ein Bad und wusch ihr Gesicht und das ihrer Tochter.
»Ist ja gut, Bella«, beruhigte sie das schweigende Kind. »Jetzt ist alles wieder gut. Mummy ist bei dir. Alles ist gut.«
In ihrer Erinnerung gab es einen Zeitsprung, den sie sich nicht erklären konnte. Sie entsann sich, Bella vor der Wohnzimmertür gehört zu haben, aber der Schlag gegen den Kopf war aus ihrem Gedächtnis verschwunden. Sie wusste, dass auf dem Boden ihres Wohnzimmers Unsägliches mit

ihr geschehen war – eine Schändung, die alles übertraf, was sie zu denken ertrug. Ihr war klar, dass Bella während des Vorfalls – wahrscheinlich zwischen dem Schlag gegen ihren Kopf und dieser Schändung, als der Mann, den sie einmal geliebt hatte, wieder und wieder in sie eindrang – in den Schrank gestiegen sein musste. So jedenfalls legte sie es sich zurecht.

Es war unerträglich. Es war unsäglich. Es überstieg ihren Verstand.

Als John Dunville nach Hause kam, waren beide gebadet und trugen frische Sachen.

»Hallo, ich bin da!«, hatte er beim Hereinkommen fröhlich gerufen.

Es war still im Haus. In der Küche stellte er verwundert fest, dass seine sonst so pünktliche Frau noch kein Abendessen gemacht hatte. Nicht einmal der Tisch war gedeckt.

»Was zum Kuckuck …«, murmelte er, als er sah, dass von der Decke Wasser auf den Boden tröpfelte.

Plötzlich stand Elizabeth in der Tür, sichtlich mitgenommen und voller Blutergüsse, die stumme Bella auf dem Arm.

»Was ist passiert?«, fragte John Dunville. »Was, um Gottes willen, ist passiert?«

Da tischte ihm Elizabeth die Geschichte auf, dass Bella sich versteckt hatte, um nicht baden zu müssen, und es daraufhin wie in einer Kettenreaktion zu mehreren Missgeschicken gekommen war.

»Arme Bella.« Er nahm das schweigende Kind in den Arm.

»Und dann wackelte plötzlich der Schrank, und als ich hin-

lief, ist er umgekippt und stieß mir an den Kopf, und dann war Bella drin gefangen …«, erklärte Elizabeth. Sie war kreidebleich, und in ihrer Stirn klaffte eine schlimme Platzwunde.
»Und seither hat Bella kein Wort gesprochen?«, fragte John ungläubig. »Wir müssen zum Arzt. Vielleicht hat sie sich am Kopf verletzt. Von deinem Kopf ganz zu schweigen«, fügte er hinzu und ließ den Blick zwischen seinen beiden geliebten Mädchen hin und her wandern.
»Nein, nein, wir brauchen keinen Arzt«, erwiderte Elizabeth. »Du bist doch Arzt!«
»Ich bitte dich, Elizabeth, natürlich braucht ihr einen Arzt. Einen, der euch emotional unbeteiligt behandeln kann.«
»Wir brauchen niemanden, der unbeteiligt ist – wir brauchen Mitleid!«
Er fuhr die beiden in die Klinik, in der Bella fünfzehn Monate zuvor auf die Welt gekommen war.
»Schock«, sagte der Arzt.
»Schock«, sagte die Schwester.
»Das wird schon wieder«, sagte der Arzt. »Sie hat ja nicht einmal ein Hämatom. Das Eingeschlossensein im Schrank hat sie traumatisiert. Morgen früh, wenn sie ausgeschlafen ist, geht es ihr wieder gut.«
Er wandte sich an Elizabeth.
»So, jetzt sehen wir uns mal das hier an.«
Die Schwester führte John Dunville und seine Tochter Bella aus dem Raum, und der Arzt begann Elizabeth zu untersuchen. Er säuberte die Platzwunde an der Stirn; dann sah er die Blutergüsse am Hals.

»Knöpfen Sie die Bluse auf.«
Elizabeth begann zu zittern.
»Knöpfen Sie sie auf.« Diesmal sagte er es sanfter. »Erzählen Sie mir, was wirklich passiert ist.«
Sie schüttelte den Kopf.
»Hat Ihr Mann das getan?«
»Nein, o Gott, nein! John würde niemals … So etwas würde er nie im Leben …«
Der Arzt blieb hartnäckig. »Aber irgendjemand hat es getan.«
»Nein.«
»Ich kann Ihnen nicht helfen, wenn Sie es mir nicht sagen.«
»Mir kann keiner helfen.«
»Falls Sie es sich doch anders überlegen, können Sie jederzeit wiederkommen. Sollte ich nicht hier sein, hilft Ihnen ein anderer Arzt.«
»Sie sagen das aber nicht meinem Mann, ja?«, bat Elizabeth, während sie von der Untersuchungsliege aufstand.
»Nein, bestimmt nicht.«

Dann waren Elizabeth, John und Bella nach Hause gefahren. Sie hatten sich etwas zu essen gemacht, und John hatte Bella schlafen gelegt. Im Bett tastete er zu seiner Frau hinüber. Sie erstarrte.
»Ich will dir nicht wehtun«, sagte er. »Ich wollte dich nur in den Arm nehmen.«
Sie drehte sich auf die Seite, zog die Knie an und ballte verzweifelt die Fäuste. Im Kopf hörte sie ihre eigene Stim-

me »Nein!« schreien, und durch ihre Erinnerung hallte Bellas entferntes Wutgeschrei.
John lag still und verwundert neben ihr und versuchte nachzuvollziehen, was passiert war. Er konnte sich das Ganze nicht erklären.
Am nächsten Morgen sah er die Blutergüsse an ihrem Hals, aber er hatte Angst, ihr das zu sagen.
Er wartete bis nach dem Frühstück. Als er vor ihr stand, um ihr wie üblich einen Kuss auf die Wange zu geben, schloss er sie plötzlich in die Arme und spürte, dass sie erstarrte.

Die Zeit verging.
Manchmal warf Elizabeth einen Blick auf Bella und fragte sich, was Bella, wenn überhaupt, mitbekommen hatte, was sie sich, wenn überhaupt, zusammengereimt hatte.
Bella hielt sich vom Kleiderschrank fern, während sie selbst nicht gerade darauf erpicht war, das Wohnzimmer zu betreten.
Als John Bella am darauffolgenden Wochenende ins Wohnzimmer führte, um mit ihr zu spielen, deutete Bella auf die Tür und sagte: »Mummy hat Aua gemacht.«
»Wie hat Mummy Aua gemacht?«, fragte er, den Blick zur Tür gerichtet, vorsichtig nach.
»Mann«, sagte Bella und machte sich auf den Weg zum Regal, um ihre Lieblingsbilderbücher zu holen.
»Und wer war der Mann?«, fragte John behutsam, während er ihr die Bücher abnahm.
Bella schlug das erste Buch auf.

»Guck!«, sagte sie fröhlich, »Arzt … Krankenschwester …«, und kicherte, dass ihre blonden Locken wippten.

Vier Wochen später warf Elizabeth Dunville einen Blick auf den Wandkalender in der Küche. Sie, die ihre Periode immer regelmäßig bekam, war zwei Wochen über der Zeit. Eine eisige Hand umfing ihr Herz und presste es schmerzhaft zusammen. Sie war blass und apathisch. Jeder Tag zog sich endlos hin. Wieder und wieder dachte sie über alles nach, machte sich Vorwürfe, einen solchen Mann je geliebt, tadelte sich, ihn an jenem Nachmittag ins Haus gelassen zu haben.

Es ist meine Schuld.

Sie sehnte sich nach Nancy. Nancy würde ihr helfen.

Nach und nach legte sie sich einen Plan zurecht. Die Details waren noch vage, skizzenhaft. Sie wusste nur, dass sie aus London wegmusste. Ständig wurden sie zu Partys eingeladen, und sie konnte nicht ewig Ausreden erfinden, ohne dass John misstrauisch wurde.

»John«, sagte sie, als sie abends ihren Sherry tranken.

»Ja, mein Liebling.«

Er spürte ihre Entschlossenheit. Etwas hatte sich verändert, obwohl ihre Zerbrechlichkeit, die ihn zu Beginn so angezogen hatte, jetzt noch augenfälliger war.

»Was ist, Liebling? Sag's mir«, forderte er sie auf.

Elizabeth setzte noch einmal an. »John … Ich habe mir überlegt, dass wir vielleicht … Ob es nicht vielleicht möglich wäre, nach Dublin zu ziehen.«

»Nach Dublin?«, fragte er überrascht.

»Es hat dir doch dort gefallen bei unserer Hochzeit. Und Nancy und James wohnen dort …«
Er hörte die Hoffnung, die in ihrer Stimme mitschwang.
»Ja, mein Schatz.«

Der hoffnungsvolle Unterton in ihrer Stimme war das erste Fünkchen Zuversicht, das er seit vier Wochen an ihr wahrgenommen hatte. Er konnte sich ihren Zustand immer noch nicht erklären, aber er wusste, dass es sinnlos war, in sie zu dringen. Sie würde es ihm schon sagen, wenn sie so weit war. Er nahm an, dass sie sich die Schuld an Bellas Gefangenschaft im Schrank gab, denn sie war eine sehr umsichtige Mutter. Hin und wieder erzählte er ihr Unfallgeschichten aus dem Krankenhaus – wie ein kleines Versäumnis einer guten Mutter dazu geführt hatte, dass ihr Kind Verbrennungen erlitt oder auf die Straße lief. Sie sollte wissen, dass so etwas nun einmal vorkommen konnte.
»Wenigstens hat Bella kein Langzeittrauma erlitten«, versuchte er sie zu beruhigen. Sie nickte nur. Er war noch einmal in die Klinik gefahren und hatte mit einem anderen Arzt gesprochen, der ihm aus der Patientenakte vorlas. »Schlag auf den Kopf, Hämatom rechte Thoraxseite, Schock …«
Nichts, was er nicht schon wusste.
»Ich erkundige mich wegen Dublin«, sagte er, als sie an diesem Abend ins Bett gingen.
Er sah zu, wie sie sich Parfum aufs Dekolleté sprühte und sanft hinter die Ohren tupfte, wie sie mit der silbernen Bürste endlos durch ihr Haar strich.

»Liebst du mich wieder?«, fragte sie, als sie zu ihm ins Bett kam.
»Ich habe nie aufgehört, dich zu lieben.«
»Nein, ich meine … Wirst du … Du weißt schon.« Sie hielt ihm den Mund hin, damit er sie küsste, und schob das Nachthemd hoch, damit er sie auch bestimmt verstand.
Beim Abendessen hatte sie dafür gesorgt, dass sein Weinglas nicht leer blieb. Danach hatte sie ihm zwei doppelte Brandy gebracht. Er war angetrunken, mit allem einverstanden, sehr zugänglich, und er wurde schnell hart. Sie wappnete sich gegen seine Zärtlichkeiten und stellte erstaunt fest, wie beruhigend seine vertrauten Berührungen auf sie wirkten, sein Geschmack, sein Geruch. Sie hatte Angst gehabt, er könnte grob werden, aber so kam es nicht. Selbst in betrunkenem Zustand war er zärtlich und kundig, liebevoll und einfühlsam. Innerlich war sie wie erstarrt, und sie wollte nicht, was da passierte, aber sie wusste, dass es sein musste, es musste unbedingt sein, wenn sie das, was geschehen war, verbergen wollte. Zu ihrer Überraschung empfand sie plötzlich Hingabe, und die Erstarrung in ihr begann sich aufzulösen.
Es funktionierte.
Sie liebten sich, und sie zwang sich, so zu reagieren, dass er das, was sie von ihm brauchte, vollzog.

Vier Wochen später teilte sie ihm mit, dass sie glaube, schwanger zu sein. Er drückte sie voller Freude an sich und meinte, dass es mit Dublin gut aussehe. Er fragte sie, ob sie nicht schon vor der Geburt des Kindes umziehen sollten.

»Aber vielleicht würde dich der Umzug zu sehr anstrengen.«
»Nein, nein«, widersprach Elizabeth. »Das schaffe ich schon. Ich freue mich so auf zu Hause. Außerdem ist dann ja Nancy da und hilft mir mit allem, was in Dublin zu tun ist.«
»Wie Bella wohl auf das neue Baby reagieren wird?«, überlegte John laut.
»Ach, es wird ihr bestimmt gefallen. Dazu der aufregende Umzug und die Verwandten daheim. Es wird wunderbar!«
Doch er machte sich Sorgen. Nicht um Bella, um Elizabeth. Sie benahm sich, als würde sie eine Rolle spielen, als wäre die echte Elizabeth gar nicht da. Aus allem, was sie sagte, sprach künstliche Fröhlichkeit; alle Probleme, die er voraussah, tat sie einfach ab. In stillen Momenten hatte ihr Gesicht etwas unendlich Trauriges, was sie aber immer wieder bestritt.
»Ich bin nur ein bisschen müde.« Immerhin war sie bereits vier Wochen länger schwanger, als er dachte.

Sie sehnte sich nach Nancy. Sie hätte ihr Geheimnis gern irgendwem erzählt, aber sie hatte niemanden. Sie dachte an den Priester, der ihr die Beichte abnahm, doch sie ertrug die Vorstellung nicht, das Geschehene auszusprechen und zu bekennen. Könnte ich doch nur zur Beichte gehen und alles gestehen, dachte sie. Dann würde der Priester sagen, ein Vaterunser und drei Ave Maria oder sogar zehn Dekaden des Rosenkranzes – alles würde ich tun, um meine Schuld zu mindern. Aber ich kann sie ja nicht loswerden. Diese

Sünde wächst in mir heran, und die Strafe wird mein ganzes Leben lang dauern …

Im Lauf der Jahre ging sie regelmäßig zur Beichte und spielte dabei manchmal mit dem Gedanken, alles zu gestehen und die Absolution zu erhalten; aber manchmal schob sie es auch einfach beiseite und beschäftigte sich mit den anderen Problemen in ihrem Leben. Es gab Zeiten, da war es ihr unmöglich, die Kommunion zu empfangen, so stark empfand sie ihre Schuld. Ihr war bewusst, dass John Delawares völlig unerwartetes Auftauchen in Dublin ihre Traurigkeit mit aller Macht wieder hochkommen ließ.

Sie kam mit den Mädchen von der Kirche zurück.

»Nancy«, sagte sie kurz darauf am Telefon zu ihrer Schwägerin, »bei unserer Party hatte ich keine rechte Gelegenheit, mich mit John Delaware zu unterhalten. Was macht er eigentlich hier in Dublin?«

»Ach, er will hier irgendwas Neues ausprobieren«, antwortete Nancy und horchte sofort auf. »Ist alles in Ordnung?«

»Ja, natürlich«, erwiderte Elizabeth. »Ich wollte nur wissen, ob er lange hier bleibt.«

»Weiß ich nicht. Ich glaube nicht. Er hat was davon gesagt, dass er zwischen London und Dublin pendeln will. Elizabeth – die Sache von damals ist doch vorbei, oder?«

»Ja, natürlich.«

»Vielleicht hätte ich ihm letzten Sonntag besser nicht gesagt, dass er mitkommen soll. Aber James war so mitteilsam, und du weißt ja, wie die Männer sind, die vergessen doch alles …«

»Mach dir keine Gedanken«, sagte Elizabeth. »John hat sich gefreut, ihn wiederzusehen. Es war schon in Ordnung. Ich war einfach nur ein bisschen neugierig.«

Nachdem sie eingehängt hatte, legte sie sich hin, und plötzlich stieg die Erinnerung an einen Tag in ihr hoch, an einen Tag, kurz nachdem sie nach Irland zurückgezogen waren und John und sie das Haus in Ballsbridge gekauft hatten. Sie hatte eine Nonne in ihrer alten Schule besucht, eine liebenswürdige Frau, die dort noch immer unterrichtete.

»Schwester«, hatte sie gesagt, »liegen unsere Sünden von Anfang an bereit und warten darauf, dass wir sie begehen?«

»Nein, Kind«, hatte Schwester Stanislaus mit dem heiteren Gesicht erwidert und die bekümmerte Frau betrachtet, die vor ihr saß. Sie dachte daran zurück, wie sie nur ein paar Jahre zuvor ausgesehen hatte, jung und strahlend, wunderschön und voller Optimismus. »Es gibt keine Vorherbestimmung. Alles ist in Gottes Plan enthalten, aber festgelegt ist nichts. Wir können uns frei entscheiden. Allerdings weiß Gott, wie die Entscheidung ausfallen wird.«

Ich konnte frei entscheiden, dachte Elizabeth, als sie auf ihrem Bett lag, und die Wahrheit durchflutete sie und zerriss das Lügennetz, das sie gesponnen hatte, um mit ihrer Tat leben zu können.

Konnte es sein, dass an jenem Nachmittag, als John Delaware an ihre Tür klopfte und sie ihm aufmachte, ihr Herz gepocht hatte vor lauter Freude, ihn wiederzusehen?

Was hatten sie gesagt, wie war der Wortlaut, den sie so gern vergessen hätte?
»Hallo, Süße, hast du kurz Zeit, einen halb verdursteten Piloten aufzupäppeln?«
Sie versuchte, ihn an der Tür aufzuhalten, aber nur kurz. Dann lächelte sie ihn an.
»Komm rein.« Und dann machte sie für ihn und sich bereitwillig Gin Tonics.
Sie setzte sich aufs Sofa, während er sich vis-à-vis von ihr an den Kaminsims lehnte.
»Mensch, du siehst zum Anbeißen aus!«
Elizabeth wurde rot.
Beim zweiten Gin Tonic setzte er sich neben sie.
»Verzeih mir, Elizabeth«, sagte er und strich ihr übers Haar.
Sie erwiderte nichts. Sie sah ihn nur an.
»Verzeih mir, dass ich weggegangen bin. Ich konnte nicht anders.«
Sie schwieg weiter. Sie betrachtete sein Gesicht und das dunkle Haar und sehnte sich danach, mit den Fingern durchzufahren, nur einmal, nur noch ein einziges Mal.
Als er sich über sie beugte, kam sie ihm entgegen, und ihre Lippen berührten sich. Die alte Leidenschaft war wieder da.
Sie dachte an Nancys Worte: »Jugendliche Schwärmerei, weiter nichts. Außerdem ist er ein Schuft.«
Und sie dachte, ist mir egal, ist mir egal …
Die Erregung packte sie.
Bitte nicht. Nein, doch. Ich will es. Nur einmal. Nur dieses

eine Mal, dann beende ich die Sache für immer. Dann geht er und kehrt zurück zu seiner Frau, und John, mein Mann, kommt heim, und das Leben geht weiter wie zuvor.

Ihr Herz pochte. Seine Lippen wurden fordernder, brannten auf ihren. Dann glitten sie über ihren Hals, und seine Berührung war wie ein Zauber auf ihrer samtweichen Haut.

Von fern hörte sie Bella schreien. Bella war aufgewacht, Bella brauchte sie.

»Warte«, sagte sie. »Ich versuche sie zu beruhigen. Warte auf mich …«

Beim Aufstehen wäre sie fast hingefallen. Ihr war schwindlig von dem Gin mitten am Nachmittag und von Johns Kuss, der ihr das Blut rascher durch die Adern trieb.

Er half ihr auf die Beine.

»Komm schnell wieder!«, sagte er.

Sie ging zur Tür. Kurz davor drehte sie sich noch einmal zu ihm um und fiel, als Bella den Knauf drehte. Im Fallen stieß sie sich den Kopf an. Es tat weh, und sie spürte sofort, dass es eine Platzwunde war.

»Um Gottes willen!« Er lief zu ihr.

»Ist nicht so schlimm. Wart auf mich!« Als sie sich hochrappelte, blickte sie in Bellas zorniges, verheultes Gesicht.

»Bella – also wirklich!« Sie nahm das Kind hoch und eilte die Treppe hinauf.

»Bella, du musst unbedingt noch ein bisschen schlafen. Bitte! Nur noch *ein* kleines Nickerchen für Mummy. Bitte!«

Doch Bella hämmerte mit den Fäusten gegen Elizabeths Brust.

»Hör auf, Bella!«, zischte Elizabeth.

Sie wollte wieder nach unten, sie wollte es tun, nur dieses eine Mal, »bis zum Äußersten gehen« mit diesem Mann, den sie geliebt hatte und für den sie noch immer solche Leidenschaft empfand.

Sie sah sich in Bellas Zimmer hektisch nach einer Möglichkeit um, das Kind abzulenken, es zu beschäftigen, solange es eben dauern würde.

Sie raffte Bellas Bettzeug zusammen und stopfte es in den Schrank.

»Möge Gott mir vergeben, Bella. Leg dich da rein, nur dieses eine Mal!«

Sie setzte die verblüffte Bella in den Schrank und schloss ab.

Sie hatte das Wohnzimmer betreten und abrupt innegehalten. Er war dagestanden, hatte auf sie gewartet. Ihre Knie hatten ein wenig nachgegeben, und die Wunde am Kopf hatte wehgetan. John hatte die kleinen Perlmuttknöpfe an ihrer Bluse aufgemacht und ihr die Bluse abgestreift, und dann hatten sie ihr die übrige Kleidung gemeinsam vom Leib gezerrt, er hatte sie aufs Sofa gelegt, und der Rest war Geschichte.

John verließ das Haus in großer Eile, und als er weg war, geriet sie in Panik. Sie war nackt, Bella schrie wütend oben im Schrank, das Blut an ihrer Stirn, die blauen Flecken an ihren Brüsten und ihrem Hals, die zerrissene Seidenunterwäsche auf dem Boden, der feuchte Fleck auf dem Sofa.

Auf wackeligen Beinen schleppte sie sich zur Treppe. Dann hörte sie es krachen; danach war alles still.
»O Gott, was habe ich getan?«, hatte sie sich laut gefragt. »O Gott, was hat er mir angetan?«
Ich habe mitgemacht, sagte sie sich jetzt. Ich habe bekommen, was ich wollte – und teuer dafür bezahlt.

Sechstes Kapitel

Liebes Tagebuch,
wenn ich Anne Frank wäre, würde ich das hier an Kitty schreiben, dann hieße es »Liebe Kitty«, aber die einzige Kitty, die ich kenne, ist Kitty O'Dowd, und ich glaube nicht, dass ich mit ihr jemals Kontakt aufnehmen würde, weder direkt noch schriftlich. Mit Kitty O'Dowd habe ich überhaupt nichts zu tun, außerdem ist sie eine Klasse über mir.
Dieses Tagebuch hat mir meine Schwester Brona zu Weihnachten geschenkt.
Brona ist zwar eine furchtbare Nervensäge, aber davon abgesehen ist das hier wirklich das schönste Geschenk, das ich je von ihr bekommen habe. Das Tagebuch ist für fünf Jahre gedacht, aber ich habe so viel zu schreiben, dass ich wahrscheinlich für jeden Tag eine Seite brauche, und wenn es irgendwann einmal gefunden wird, wird man sich wundern, wie viel sich in meinem Leben ereignet hat. Und sollte ich eine berühmte Schriftstellerin werden, wird es vielleicht irgendeiner Universität fürs Archiv angeboten. Na, jedenfalls ist das Tagebuch in rotes Leder gebunden und hat ein Schloss und einen kleinen Schlüssel, den ich im Kamin in meinem Zimmer aufbewahre.

Ich muss dazu sagen, dass in diesem Kamin nie Feuer gemacht wird. Wenn man mit der Hand auf der Innenseite nach oben tastet, stößt man auf eine kleine Einbuchtung, und da drin verwahre ich den Schlüssel, nur um sicherzugehen. Als wir hier einzogen, war ich sieben, und wenn eine von uns krank war, wurde in dem jeweiligen Zimmer Feuer im Kamin gemacht. Doch dann sagte Mutter, das Kehren der vielen Kamine sei zu teuer, und wir durften kein Feuer mehr machen. Das ist wirklich schade, denn ich saß immer so gern vor dem Kaminfeuer in meinem Zimmer. Jetzt fällt mir ein, dass der eigentliche Grund damals wohl der war, dass wir nur ein Funkenschutzgitter hatten und es immer Streit darum gab. Da sagte Dad eines Tages: »So, jetzt ist es genug! Von heute an wird nur mehr im Wohnzimmerkamin Feuer gemacht.« Da hatten wir alle drei nichts mehr davon. »Wir drei« heißt ich, die grässliche Brona und die gehässige Bella. Heute bereue ich natürlich, dass ich solchen Stunk gemacht habe, weil Brona damals Feuer im Kamin hatte und ich nicht. Aber macht nichts, Hauptsache, Brona hat jetzt auch kein Feuer im Kamin mehr.
Dad sagt immer, wenn er gewusst hätte, dass er mal in einem Haus mit vier Frauen landet, wäre er bei der Air Force geblieben.
Nur gut, dass er es nicht gewusst hat, denn sonst wäre ich nicht geboren worden, und das wäre schrecklich gewesen, sowohl für die Menschheit als auch für mich selbst ...
Obwohl, Brona wäre dann ja auch nicht auf der Welt, was ein wahrer Segen wäre.

Allerdings hätte ich dann Bella und Brona nie gekannt und somit auch nicht gewusst, dass es auf der Erde schöner war, weil sie nicht existierten.
Also können sie genauso gut geboren sein, denn jetzt weiß ich ja, dass es auf der Erde schöner wäre, wenn Dad bei der Air Force geblieben wäre und nicht Mum geheiratet und Bella und Brona als Töchter bekommen hätte.
Nur weil es die beiden gibt, ist mir überhaupt bewusst, dass sie besser nie existiert hätten.
Ich möchte später mal Philosophie studieren und übe logisches Denken, wann immer es geht. Gerade höre ich den Gong, gleich gibt es Abendessen. Ich muss das Buch schnell verschließen.

Becky legte den Schlüssel in die Innenwand des Kamins und lief ins Speisezimmer hinunter.
Brona saß in einem schwarzen Samtkleid am Tisch und lächelte Becky an. Eigentlich war es eher ein hämisches Grinsen.
Den Blick hat sie sich bei Bella abgeschaut, dachte Becky.
Brona reichte Bella die Kartoffeln, wobei sie Becky überging.
»Und was ist mit mir?«, sagte Becky.
»Oh, entschuldige«, erwiderte Brona, hocherfreut, dass Becky in die Falle getappt war. »Ich dachte, du bist auf Diät und willst nichts essen.«
»Wie kommst du denn darauf?«
»Also, ich an deiner Stelle würde eine Diät machen«, erklär-

te Brona und strich sich mit Unschuldsmiene das braune Haar aus dem Gesicht.

»Und ich an deiner Stelle würde mir mal die Haare schneiden lassen«, entgegnete Becky.

»Wieso denn?«

»Weil deine Haare so langweilig sind, dass an diesem Tisch ganz einfach weniger Langeweile herrschen würde, wenn weniger davon da wäre.«

»Becky, das reicht!«, sagten beide Eltern gleichzeitig.

Brona lächelte.

Fünfzehn null, dachte sie. Nein, dreißig null, korrigierte sie sich, als ihr Beckys Tagebuch einfiel und sie sich vorstellte, wie sie, sobald Becky das nächste Mal aus dem Haus war, darin schmökern würde. Sie hatte, als sie Becky das Tagebuch zu Weihnachten schenkte, den zweiten Schlüssel behalten.

Ich hasse dich, dachte Becky. Du bist die grauenhafteste, hinterhältigste Schwester, die man sich denken kann.

»Höchste Zeit, dass ihr drei wieder zur Schule geht«, sagte John.

Es war ein ganz gewöhnlicher Sonntagabend zehn Tage nach Weihnachten; am nächsten Tag würde der Unterricht wieder beginnen. Becky ging in ihr Zimmer und packte ihre Sachen in den Schulranzen, auch den neuen Füllfederhalter. Dann nahm sie William Wordsworths *Präludium oder Das Reifen eines Dichtergeistes*, das sie sich zu Weihnachten gewünscht hatte, aus dem Regal, legte sich aufs Bett und schlug das Buch auf. Es verwunderte sie, dass ihr immer noch genau die Auszüge, die sie im Unterricht gelesen hatten, am besten gefielen, während der Rest, darunter die verbindenden Passagen, wenig Anklang bei ihr fanden. Ob die für unser Lesebuch der englischen Dichtung die besten Stellen ausgesucht haben?, überlegte sie. Oder gefallen sie mir besser, weil wir sie so gründlich analysiert haben, dass sie mir viel mehr sagen? Dann müsste ich die anderen Stellen nur immer wieder durchlesen, bis ich die Bilder verstehe, die sie enthalten, und schon wären sie mir genauso vertraut.

Langsam schlug sie auf der Suche nach einer Stelle, die ihr Interesse weckte, die Seiten um, kehrte dann aber entnervt zu einer der vertrauten Passagen zurück.

Da war ein Junge, las sie.

Setz dafür »Mädchen« ein, dachte sie.

Da war ein Mädchen, war euch gut bekannt, ihr Klippen, Inseln des Winander.

Wenn ich diese ganze Passage umschreiben und Orte einsetzen würde, die ich kenne … Oder wenn ich sogar das ganze *Prelude* aus meinem Blickwinkel neu schreiben würde und es in der literarischen Welt Beachtung fände …

Vor sich sah sie ein Podium in einem schmucklosen Raum – dem Hörsaal einer Universität möglicherweise –, Blitzlichter im Zuschauerraum, Anerkennung, hinterher Interviews mit gutaussehenden, schlaksigen Journalisten mit hageren, erfolgshungrigen Gesichtern – oder besser nur mit einem Journalisten, einem mit schmalen Künstlerhänden, dessen verhangener Blick aus braunen Augen den ihren erwiderte …

Im Zimmer nebenan las Brona gerade die Anwendungsanleitung auf einer Flasche Haarfärbemittel und versuchte sich vorzustellen, wie die Reaktionen ausfallen würden, wenn sie sich traute. Sie schraubte die Verschlusskappe ab und schnupperte daran.

Ich hätte es kurz vor Weihnachten machen sollen, dachte sie. Dann hätten sie es gar nicht bemerkt und sich in der Zwischenzeit längst daran gewöhnt. Ach, Mist! Warum habe ich es nicht schon vor Weihnachten gemacht?

Sie sah zum Wecker auf ihrem Nachtkästchen hinüber und redete sich ein, dass auch jetzt noch genug Zeit dafür war. Das Färbemittel musste eine halbe Stunde einwirken. Dann wurde es ausgespült und das Haar geföhnt.

»Mum, ich nehme ein Bad!«, rief sie die Treppe hinunter, obwohl sie genau wusste, dass man sie im Wohnzimmer, wo ihre Eltern Musik von Strauss hörten und Bella vor dem Kamin mit dem Meccano-Baukasten spielte, unmöglich hören konnte.

Zumindest können sie nicht behaupten, ich hätte es ihnen nicht gesagt, dachte sie selbstgerecht, nahm sich ein Handtuch aus dem Wäschetrockenschrank und ging, ihren Wecker und die Flasche mit dem Färbemittel in der Hand, ins Bad.

Becky hatte Bronas Ankündigung durch die Zimmertür hindurch gehört und dachte, eigentlich wollte ich jetzt baden. Einfach ungerecht, dass Brona schneller gewesen war! Insgeheim wusste sie, dass ihr Vater recht hatte, es war höchste Zeit für die Rückkehr zur Schule, zu Routine und

Disziplin. Sie hatte es satt, glückliche Familie zu spielen, auch wenn sie nicht in solchen Begriffen dachte. Im Lauf der vergangenen Tage hatten die ständigen Reibereien zwischen den Mädchen die Nerven allmählich blankgelegt; im Beisein ihrer Schwestern war sie ständig gereizt.
Mit diesen Gedanken wandte sie sich wieder *The Prelude* zu und überlegte, was passieren würde, wenn sie in Ballsbridge in ein Ruderboot steigen und auf dem River Dodder dahingleiten würde. Und schon war Wordsworth verschwunden und hatte Tennyson Platz gemacht.
Zwischen der Bank of Ireland und der Swastika-Wäscherei würde großes Staunen herrschen, dachte sie. Ich flussabwärts dem Meer entgegenrudernd.
Sie lächelte.

Hinab zum Ufer alle kamen,
Ritter, Bürger, Herrn und Damen,
Und lasen am Bug meinen Namen:
Becky of Dunville.

Ha! Dann würden alle nur mehr auf sie schauen!

Brona lehnte über dem Wannenrand und machte ihr langes Haar mit der Handdusche nass. Dann schüttete sie sich den Inhalt der Flasche über den Kopf, massierte die schäumende Flüssigkeit ein und strich das Haar nach oben, so dass es wie ein erstarrter Schaumklecks auf dem Kopf saß.
So bleibt es jetzt zwanzig Minuten lang, dachte sie und nahm ein Handtuch vom Halter. Nachdem sie sich Gesicht

und Hände damit abgewischt hatte, legte sie es sich um den Hals, hatte aber sofort den Eindruck, dass es sich nicht wie ein normales Handtuch anfühlte.
Als sie die Augen öffnete, um nachzusehen, was sie da um den Hals trug, stellte sie zu ihrem großen Schrecken fest, dass es sich um Beckys rosaroten Pullover handelte, den ihre Schwester beim Abendessen getragen hatte.
Aber nicht nur, dass es Beckys rosaroter Pulli war, es war auch Beckys schönster, ihr Lieblingspulli – ein Pulli, den Brona seit dem Weihnachtsabend, als er Becky von ihren Eltern geschenkt worden war, heiß begehrt hatte.
O Gott! Sie war wirklich bestürzt.
Doch dann dachte sie mit der für kleine Schwestern typischen Selbstgerechtigkeit: Tja, hätte sie ihn eben nicht an den Handtuchhalter gehängt! Da musste man ihn ja mit einem Handtuch verwechseln!

Becky lag in ihrem Zimmer auf dem Bett und schuf die Neufassung eines alten Lieblingsgedichts.

An dem Ufer des Flusses Dodder,
Vor dem funkelnden Wasser des tiefen Meers
Stand die unbedarfte, unselige Brona,
Tochter der Hunde, Brona …

Das Metrum haute nicht recht hin. Becky seufzte. Sie fragte sich, was Brona im Badezimmer machte, denn sie hatte schon seit einiger Zeit kein Wasser mehr fließen hören. Dann fragte sie sich, was Bella unten im Wohnzimmer

machte. Schleimt sich bestimmt wieder ein. Spielt wieder mit dem Meccano.
Sie seufzte noch einmal, drehte sich auf den Rücken und starrte an die Decke.
Schade, dass sie so hoch ist.
Im Jahr zuvor waren die Wände in den Zimmern der Mädchen frisch gestrichen worden. Becky hatte sich für die Wände Hellblau und für die Decke Dunkelblau ausgesucht, weil sie Sterne darauf malen wollte, und zwar in den tatsächlichen Konstellationen. Bisher hatte sie aber nicht mehr geschafft, als hin und wieder auf dem Bett liegend das Dunkelblau zu bewundern und sich vorzustellen, wie die Sterne aussehen würden, wenn sie sie endlich gemalt hätte.
Dummerweise fiel es ihr immer erst abends ein. Außerdem wusste sie genau, was sie von ihren Eltern zu hören bekäme, wenn sie eine Leiter durchs Haus und die Treppe hochschleppen würde. Und überhaupt bin ich ja noch nicht mal dazu gekommen, Silberfarbe zu kaufen.

Brona war noch immer im Bad. Sie gähnte, warf einen Blick auf ihre Armbanduhr und zählte die letzten Sekunden, die noch verstreichen mussten, ehe sie das Färbemittel ausspülen konnte. Auf dem rosaroten Pulli waren gelbliche Streifen zu sehen. Sie warf ihn in die Wanne. Das Shampoo würde die Flecken bestimmt auswaschen. Doch das Shampoo machte nichts dergleichen.

Als sie mit der Haarwäsche fertig war, wrang sie den rosaroten Pulli aus und legte ihn wieder über den elektrischen

Handtuchhalter in der Hoffnung, Becky werde glauben, er sei von den heißen Stäben angesengt worden.

Im Erdgeschoss warf Bella ihren Eltern einen Blick zu. Lächelnd beobachtete ihr Vater, wie sie die letzten Teile des Meccano-Krans zusammenfügte. Sie schielte kurz zur Uhr auf dem Kaminsims hinüber.

Noch eine Stunde, dann gehen die Eltern ins Bett, sagte sie sich.

Sonntagabends legten sie sich immer früh hin. Aus der Küche war leises Klirren zu hören. Mrs O'Doody räumte noch das gute Service ein, dann würde sie sich auf den Heimweg machen.

Mein Gott, wie langsam die Zeit vergeht, wenn man sie schnell umhaben will, dachte Bella, während sie den Meccano-Kran fein säuberlich in einer großen Schachtel verstaute.

Beim Blick in den Badezimmerspiegel beschlich Brona leichtes Unbehagen. Um ihre Haare besser betrachten zu können, wischte sie das beschlagene Glas mit einem Handtuch ab.

Vielleicht merken sie es ja gar nicht, dachte sie optimistisch. Wenn ich es trockenföhne und hinten zusammenbinde …

Es ist wohl das Beste, Becky auf meine Seite zu ziehen, sagte sie sich, ohne an den völlig ruinierten rosaroten Pulli zu denken, den sie ausgewrungen und an den Handtuchwärmer gehängt hatte.

»Becky«, rief sie leise, während sie aus dem Badezimmer trat.

Aus Beckys Zimmer kam keine Antwort.
»Becky!«
Hinter der Tür ertönte ein leises Brummen.
»Du, kann ich reinkommen?«, fragte Brona.
»Nein.«
»Was macht eigentlich Bella gerade?« Bella war das einzige Thema, bei dem Becky und sie sich einig waren.
»Spielt Meccano und tut so, als wäre sie ganz toll«, erwiderte Becky, die der Versuchung, sich mit Brona gegen die älteste Schwester zu verbünden, nicht widerstehen konnte.
»Mmmmm«, machte Brona vor der Tür. »Tut so, als wäre sie der langersehnte Sohn und Erbe, was?«
»Genau.«
»Als wäre sie erst acht, ach was, fünf Jahre alt!«
»Wahrscheinlich.«
»Lässt du mich bitte rein?«
Becky sah zur Tür und überlegte, was Brona wohl eigentlich von ihr wollte.
Die Neugier siegte.
»Okay.« Sie setzte sich auf und blickte gespannt zur Tür.
Als Brona eintrat, schlug sich Becky die Hand vor den Mund. »O mein Gott!«
»Ist doch eigentlich gar nicht so schlecht, oder?«, sagte Brona, eilte zu Beckys Frisierkommode und betrachtete im dämmrigen Licht ihr Spiegelbild.
»Heilige Muttergottes!«, war das Einzige, was Becky herausbrachte. Ihr anfängliches Staunen über Bronas erblondetes Haar wich aufflackernder Freude. Das würde ein Riesendonnerwetter geben.

»Die Nonnen drehen durch!«
»Ach komm«, flehte Brona, »so schlimm ist es auch wieder nicht. Außerdem habe ich es nur gemacht, weil du gesagt hast, mein Haar wäre langeweilig.«
»Gib jetzt bloß nicht mir die Schuld!«, sagte Becky, die inzwischen kerzengerade auf dem Bett saß. »Das habe ich nur gesagt, weil du gesagt hast, ich soll eine Diät machen.«
Brona verkniff sich eine boshafte Entgegnung. Sie musste Becky unbedingt auf ihre Seite ziehen.
»Ich habe es nur gemacht, weil du so schönes Haar hast, und dieses Miststück Bella auch mit ihren langen blonden Locken. Bitte sag doch, dass es gut aussieht!«
»Ich kann dir sagen, dass es schön ist, bis ich blau anlaufe, aber siehst du nicht schon Mutter Immaculatas Gesicht vor dir, wenn du morgen in die Schule kommst? Ganz zu schweigen von den Eltern, wenn sie dich so sehen …«
»Was soll ich denn tun?«, fragte Brona, die plötzlich von Panik ergriffen wurde.
Becky musterte das Haar ihrer Schwester.
»Hinten zusammenbinden vielleicht?«, schlug sie vor. »Und trag ein Haarband, dann sieht man nicht so viel davon.«
Es gab nicht die geringste Ähnlichkeit zwischen ihnen. Becky, die um ein Jahr Ältere, war kleiner, hatte dunkles, glattes Haar, braune Augen, einen zierlichen Körper. Brona war größer, grobknochiger, langbeiniger und hatte blaue Augen wie Bella. Und wurde, Beckys Eindruck nach, von Tag zu Tag gemeiner.
Wenn sie auch nicht ganz so gemein war wie Bella.
»Was soll ich tun?«, fragte Brona noch einmal.

»Du musst die Eltern auf deine Seite ziehen«, riet Becky. »Sonst dreht Mum durch, wenn Mutter Immaculata morgen bei uns anruft.«

Bella kam die Treppe hoch und blieb, als sie in Beckys Zimmer Stimmen hörte, vor der Tür stehen. Sie erkannte sofort, dass etwas im Gange war, denn Becky und Brona sprachen nur selten miteinander, und dass Becky irgendwen und dann noch ausgerechnet Brona in ihr Zimmer gelassen hatte, war bisher noch nie vorgekommen. Um die Zeit totzuschlagen, bis die beiden herauskamen – was sie sprachen, konnte sie durch die dicke Tür hindurch nicht verstehen –, ging sie ins Bad. Dort sah sie Beckys Pullover am Handtuchwärmer hängen und nahm ihn erstaunt in die Hand.

»Hey Becky!«, rief sie. »Was ist denn mit deinem Pulli passiert?«

»Hab beim Abendessen Sauce an den Ärmel gebracht und den Fleck ausgewaschen«, rief Becky zurück. »Fass ihn bloß nicht an!«, fügte sie hinzu und trat vor die Tür.

Einen Moment lang war es ganz still. Becky starrte fassungslos auf ihren ehemals rosaroten Pulli. Dann begann sie auf Bella einzubrüllen.

»Was hast du damit gemacht? Was hast du blöde Kuh mit meinem rosa …« Sie schluchzte fast.

Die Eltern eilten die Treppe hoch. John nahm immer zwei Stufen auf einmal. Er packte Becky und zog sie von Bella weg, die schreiend versicherte, es sei nicht ihre Schuld.

Das Chaos auf dem Treppenabsatz verschlimmerte sich noch, als Bella jetzt auf Becky losging.

Brona, die noch immer in Beckys Zimmer vor dem Spiegel stand, verzog das Gesicht und seufzte.
Meine aber auch nicht, dachte sie.
Als Brona sich endlich blicken ließ, hielt Elizabeth Bella fest, während John Becky zurückzuhalten versuchte.
Der blonde Schimmer auf Bronas Haar, den die Eltern zunächst nur aus den Augenwinkeln heraus wahrnahmen, veranlasste beide, die zwei brüllenden Mädchen loszulassen und sich Brona zuzuwenden.
»Na, wie findet ihr es?«, fragte Brona gespannt.
Selbst Bella blieb der Mund offen stehen. Becky dagegen nahm ihren ruinierten Pulli an sich und begann zu weinen.
»Ach, sei still, Becky!«, fauchte Bella. »Selbst du müsstest sehen, was mit deinem blöden rosa Pulli passiert ist. Er hat fast genau dieselbe Farbe wie Bronas Haare.«
»Ich dachte, es wäre ganz normales Shampoo«, versuchte Brona sich noch einmal herauszureden.

Liebes Tagebuch, schrieb Becky eine Stunde später.
Ich habe es doch tatsächlich geschafft, dass Mum und Dad mir die Schuld daran geben, was Brona mit ihren Haaren und mit meinem Pulli gemacht hat. Schließlich hätte ich ja nur beim Abendessen nicht zu sagen brauchen, dass ihr Haar langweilig aussieht; und auch den Pulli hätte ich eben nicht im Badezimmer liegen lassen sollen. Kann mir mal jemand verraten, wo da die Gerechtigkeit bleibt? Ich jedenfalls finde das nicht gerecht. Wenn ich mich zu Tode hungern würde, weil Brona gesagt hat,

ich solle eine Diät machen, würden sie ihr dann die Schuld geben? Ganz bestimmt nicht! So läuft das eben nicht in dieser Familie. Aber es ist nicht meine Schuld! Es ist ganz und gar nicht meine Schuld!

Ihre Augen waren rotgerändert und geschwollen, das ganze Gesicht tat ihr weh vom vielen Schluchzen. Der Pulli lag im Waschbecken ihres Zimmers in heißem Wasser.
Hätte ich ihn doch nur hier zum Trocknen hingelegt, dachte sie. Sie kleidete sich aus, kroch zitternd ins Bett, zog die Bettdecke über den Kopf und begann wieder zu weinen.
Es war ein leises, krampfartiges Schluchzen. Die letzten Kindertränen.

Brona lag zugedeckt in ihrem Bett. Ihr frisch erblondetes Haar ringelte sich auf dem Kissen. An der Bettkante saß ihre Mutter und hielt ihr die Hand.
»Schon gut, Liebling«, sagte Elizabeth. »Ich weiß, wie schwer es ist, erwachsen zu werden. Aber dein Haar war wunderschön. Es ist einfach nur anders als das Haar deiner Schwestern. Du hast ja auch andere Eigenschaften als sie.«
»Aber ich wollte einfach genauso schöne Haare haben«, erklärte Brona schlau.
»Na, jetzt bist du eben blond. Das ist … Na ja, es ist … ungewohnt. Nein, nein, nicht wieder weinen! Es sieht sehr hübsch aus, Liebling. Nur dass mir dein braunes Haar immer sehr gut gefallen hat.«
»Mausgrau«, sagte Brona bedrückt. »Es war mausgrau. Das

hat Bella immer gesagt. Und Becky hat gesagt, es wäre langweilig.«

»Aber woher denn, Liebling. Es war wunderschön. Und es ist auch jetzt wunderschön.«

»Aber«, sagte Brona aufschluchzend, »was ist, wenn es Mutter Immaculata nicht gefällt?«

Elizabeth Dunville schwieg. Ihr war völlig klar, wie Mutter Immaculata die Sache sehen würde.

»Was hältst du davon, wenn ich dir einen Brief mitgebe, in dem ich erkläre, dass es ein Versehen war und dass sich die Farbe auswaschen lässt? Sie lässt sich doch auswaschen, oder?« Elizabeth stand hastig auf und ging ins Bad, um den Übeltäter, die Flasche mit dem Färbemittel, zu holen. Kopfschüttelnd kehrte sie in Bronas gelbes Zimmer und zu Bronas gelbem Haar zurück.

»Es lässt sich nicht auswaschen. Aber es wächst heraus«, erklärte sie ihrer Tochter. »Ich gebe dir einen Brief mit, aber ich befürchte, Mutter Immaculata wird die Sache nicht auf die leichte Schulter nehmen.«

Oben unter dem Dach bereitete sich Bella darauf vor, heimlich das Haus zu verlassen, sobald alle schliefen. Sorgfältig schminkte sie ihre Augen mit schwarzem Lidstrich und musterte sich in dem bis zum Boden reichenden Wandspiegel. Sie hätte sich gern die Locken aus den Haaren gebügelt, wie sie es hin und wieder tat, aber das hätte nicht zu ihrem Plan gepasst, im Wohnzimmer zu Füßen ihrer Eltern zu sitzen und »Baby« zu spielen. Und wenn sie bedachte, wie Brona mit ihrem glatten, gebleichten Haar aussah, durfte sie sich glücklich schätzen, lockig wie eh und je in die Nacht entschwinden zu können.

Ich glaube, ich bügle meine Haare nie wieder glatt.

Leise vor sich hinmurmelnd rekapitulierte sie den Vorfall, der sich an diesem Abend oben an der Treppe ereignet hatte – wegen der Ereignisse waren alle später schlafen gegangen, und sie befürchtete, dass Hugo, ihr Freund, nicht so lange warten würde. Sie schätzte, dass er es nach etwa einer Stunde aufgeben und zu Bett gehen würde. Außerdem befürchtete sie, dass er sie vielleicht nicht hören würde, wenn sie an die Tür pochte; an seinem Haus gab es weder Klingel noch Türklopfer.

Dabei habe ich ihn schon seit zwei Wochen nicht mehr gesehen, dachte sie und kehrte in Gedanken zu ihrem zärtlichen Abschied vor Beginn der Weihnachtsferien zurück, als sie sich trennen mussten, weil Hugo Mombay Humphries am nächsten Tag nach London fuhr, um dort mit seinen Eltern Weihnachten zu feiern.

Hugo Mombay Humphries war 1,88 Meter groß und hätte sicherlich einen guten Athleten abgegeben, wäre er daran interessiert gewesen. Bella hatte sich zu ihm hingezogen gefühlt, weil ihr sein englischer Tonfall zusagte und weil er in der Nacht, in der sie ihm begegnete, der bestaussehende Mann in der ganzen Disco gewesen war. Da Bellas Motto *Veni, vidi, vici* lautete, war sie auf ihn zugegangen, wobei sie ausgiebigen Gebrauch von ihrem Aussehen und ihrer körperlichen Reife gemacht hatte, um ihn zu reizen. Und Bella bekam immer, was sie wollte. Sie fühlte sich wohl mit ihm, nutzte aber nichtsdestoweniger die Zeit, die er an seinem zweiten Wohnsitz London verbrachte, für ihre eigenen Zwecke. Sosehr sie ihn vermisste, wenn er abgereist war, so selbstverständlich tat sie in seiner Abwesenheit alles, was sie auch getan hätte, wenn sie ihm nie begegnet wäre, und nahm an, dass er es auch so hielt. Dass er älter war als sie und bereits studierte, trug zu seiner Attraktivität bei. Für gleichaltrige Jungen interessierte sie sich nicht; sie fühlte sich fast immer zu Männern hingezogen, die ein gutes Stück älter waren als sie. Ihre Fähigkeit, sich von Daddys kleinem Mädchen in einen Vamp zu verwandeln, erwies sich bei diesen Unternehmungen als hilfreich. Doch jetzt, nach Weihnachten und den vielen daheim verbrachten Tagen, in denen sie das brave Mädchen gemimt und nur gelegentlich mit Anne Marie hatte ausgehen können, sehnte sie sich nach Hugos Rückkehr.

Ihr Mantel lag eingerollt im Schrank im Frühstückszimmer; daneben standen ihre Schuhe. So konnte sie strumpfsockig die Treppe hinuntersteigen und die knarrenden Dielen übergehen, die sie, raffiniert wie sie war, genau kannte.

Als Bella Dunville aus einem der Fenster im Frühstückszimmer stieg und es vorsichtig hinter sich zuzog, herrschte draußen dichter Nebel. Zu ihrem Erstaunen wurde sie, als sie sich auf den Gartenboden gleiten ließ, von fast erstickender Feuchtigkeit umfangen. Sie fragte sich, wie weit sie bei diesem Nebel kommen würde.

Sie schlich sich zum Gartentor, zog vorsichtig den Riegel hoch und drückte den Knopf, damit es nicht zufiel, während sie weg war. Dann schritt sie langsam und so leise wie möglich die bekieste Auffahrt entlang. Immer eine Hand an der Hausmauer, dann an der Einfassung des Vorgartens, tastete sie sich zum Gehsteig vor.

Hugo Mombay Humphries und seine Eltern saßen derweilen in der Irischen See auf einer Fähre fest und lauschten den Nebelhörnern, die in der Dublin Bay dröhnten und sie mehrere Meilen vor der Küste aufhielten.

Hugo war unglaublich wütend und frustriert, hatte er doch in den vorausgegangenen vierzehn Tagen fast ununterbrochen darüber nachgedacht, was er mit Bella Dunville tun würde, sobald er sie in dieser Nacht zwischen die Finger bekäme.

Schon der Gedanke an sie erregte ihn so sehr, dass er sich auf dem Weg zur Herrentoilette in den Mantel wickeln musste, um seinen Zustand zu verbergen.

Becky knipste ihre Lampe wieder an. Sie hatte etwas bemerkt, während sie leise vor sich hin geschluchzt hatte. Sie sah auf den Wecker neben dem Bett – es war 23:35. In der Bucht dröhnten immer noch die Nebelhörner.

Sie stieg aus dem Bett und zog sich ihren Bademantel über den hellblauen Pyjama. Mit routinierter Vorsicht öffnete sie leise die Zimmertür und schlich sich, wie zuvor ihre ältere Schwester, hinaus. Auch sie mied die knarrenden Dielen auf dem Treppenabsatz und den Stufen. Sie ging ins Frühstückszimmer und stellte, nachdem sie das Licht eingeschaltet hatte, verwundert fest, dass das Fenster zum Garten einen Spaltbreit offen stand.

Das sieht Dad aber gar nicht ähnlich, dachte sie, während sie hinging, das Fenster ganz schloss und es verriegelte.
Sie nahm sich eine in blaue Folie verpackte Mandarine aus der Obstschale auf dem Tisch, machte es sich auf dem Teppich vor der letzten Glut bequem und wickelte die Mandarine gemächlich aus. Zuerst war der scharfe Zitrusgeruch kaum wahrnehmbar, doch als sie den Daumennagel in die Schale grub, stieg ihr der Duft sofort in die Nase, und sie sog ihn genüsslich ein. Er hatte etwas Tröstliches für sie, dieser Geruch, etwas Beruhigendes, war verwoben mit Erinnerungen aus ihrer Kindheit, als sie so wie jetzt vor einem Kamin gesessen und sich geborgen gefühlt hatte. Sie warf die Schale in den Kamin und sah zu, wie sie langsam braun wurde und zu rauchen begann; der Mandarinenduft schwebte ihr in Schwaden entgegen und verstärkte noch ihre Erinnerungen an die Liebe, die sie als Kind erfahren hatte.
Sie dachte an nichts, genoss nur das wellenartige Glücksgefühl, das Duft und Geschmack der Mandarine mit sich brachten. Die Schale verbrannte zu Asche. Becky umfing ihre Knie mit den Armen und sah die letzten Glutfünkchen verlöschen.

Etwa zehn Minuten später lag sie wieder im Bett. Ihre Tränen waren längst versiegt, und sie schlief schnell ein.

John und Elizabeth Dunville hatten sich wie an jedem Sonntagabend rasch zum Schlafen bereit gemacht. John hatte sich als Erster ins Bett gelegt und sah nun zu, wie seine Frau sich auszog und ihr Kleid in den Schrank hängte, wie sie ihr Make-up entfernte und den Schmuck ablegte, sich Feuchtigkeitscreme ins Gesicht massierte und ein weißes Spitzennachthemd anzog. Die Hände hinter dem Kopf verschränkt, lächelte er sie an. Er war sehr darauf bedacht, den Streit, der sich an diesem Abend an der Treppe zwischen den Mädchen abgespielt hatte, zu vergessen.

Elizabeth hatte sich, nachdem sie Brona gute Nacht gesagt hatte, an ihren Schreibtisch am Schlafzimmerfenster gesetzt und wegen des blond gebleichten Haars einen Entschuldigungsbrief an Mutter Immaculata geschrieben. Jetzt rieb sie ihre Ellbogen und Unterarme mit Handcreme ein und dachte über die Mädchen und die immer wieder so schnell aufflackernden Streitereien zwischen ihnen nach.

Nach einer Weile sagte sie seufzend: »Arme Bella, dass sie da mit hineingezogen wurde. Und die arme kleine Brona erst, dass sie sich solche Sorgen wegen dieser Haarfärbung macht!« Sie sah ihren Mann an.

»Komm«, sagte er, einladend die Bettdecke hebend, und Elizabeth kuschelte sich an ihn.

Brona drehte sich auf die Seite. Sie träumte von Glitzergirlanden, die am Weihnachtsbaum funkelten, von Schnee, der draußen sanft zu Boden fiel, und von allen ihren Geschenken, die, vom Boden bis an die Decke gestapelt, nur darauf warteten, ausgepackt zu werden.

Elizabeth Dunville räkelte sich in John Dunvilles schützenden Armen, während sich ein Stück die Lansdowne Road hinunter Bella Dunville, die nur etwa eineinhalb

Meter weit sehen konnte, einen Blindenstock wünschte, um sich den Weg durchs dichte Dunkel ertasten zu können, der sie in Hugo Mombay Humphries Arme führen sollte.
Das Licht der Straßenlampen vermochte den Nebel nicht zu durchdringen. Ein paar Augenblicke lang ging das Tuten der Nebelhörner im Motorengeräusch eines Autos unter. Dann herrschte Stille.

Siebtes Kapitel

Am nächsten Tag, dem ersten Schultag im neuen Jahr, richtete Mutter Immaculata bei der Morgenversammlung eine strenge Ansprache an die Mädchen.

»Schülerinnen von St Martin's.« Sie stand oben auf der Bühne, auf der schon viele Schulaufführungen stattgefunden hatten und noch stattfinden sollten, und ließ den Blick aus ihren Luchsaugen über den Brillenrand hinweg durch den Saal wandern.

»Schülerinnen von St Martin's, ich begrüße euch zum Beginn des neuen Trimesters und zum neuen Kalenderjahr.«

Man schrieb den Januar im Jahr des Herren neunzehnhunderteinundsiebzig.

»Wenn ich von begrüßen spreche, so sind damit natürlich diejenigen gemeint, die tatsächlich da sind.«

Becky wollte gerade Helen McKeever anstupsen, überlegte es sich aber in letzter Sekunde anders.

Herrgott – wenn sie in gerade mal zwölf Sekunden festgestellt hat, wer fehlt, merkt sie auch, dass ich Helen anstupse, dachte sie.

In diesem Moment verpasste stattdessen Helen McKeever ihr einen Stups.

»Diejenigen unter euch, die sich im letzten Trimester nicht ausreichend bemüht haben, erhalten jetzt die Chance, den Schaden wiedergutzumachen …«

Obwohl Mutter Immaculata ihren Ton nicht verändert hatte, waren alle im Bilde.

Sie sprach die bevorstehenden Ereignisse an, erwähnte die Schulaufführung, die traditionellerweise am Freitag vor Beginn der Fastenzeit stattfand, und stellte den neuen Gesangslehrer vor, der, wenn man Mutter Immaculatas Worten Glauben schenkte – was nur wenige zu verweigern wagten –, einen echten Gewinn für die Schule darstellte, obwohl er ein Mann war.

»Mr Jones, unsere erste männliche Lehrkraft überhaupt hier in St Martin's …« Ihrem Tonfall nach zu schließen, würde Mr Jones gleichzeitig auch die *letzte* männliche Lehrkraft in St Martin's sein. »Die Schule wird mit ihm neue Höhepunkte erreichen …«

Einigen der versammelten Schülerinnen entfuhr ein Kichern, das jedoch schlagartig verstummte, als Mutter Immaculatas Blick auf die Übeltäterinnen fiel.

»Da Schwester Joseph schwer erkrankt ist, wird Mr Jones die vierte Klasse als Klassenlehrer übernehmen, obwohl er nur eine Teilzeitstelle innehat. Ihr werdet Schwester Joseph vor jeder Unterrichtsstunde und abends in eure Gebete einschließen. Ihr könnt jetzt in eure Klassenzimmer gehen. Brona Dunville, du bist vom Unterricht befreit und wartest in meinem Büro auf mich. Helen McKeever, du bleibst noch hier.«

»Verdammt, sie hat es gesehen«, flüsterte Helen Becky zu.

»Klar hat sie es gesehen. Sie ist wie Gott, allgegenwärtig, allwissend, all-was-weiß-ich. Sag einfach, dass es dir leidtut«, erwiderte Becky, die sehr froh war, dass nicht sie es war, die gestupst hatte. Gleichzeitig freute sie sich darüber, am ersten Tag des Trimesters einen Stupser von Helen McKeever bekommen zu haben.

Als Brona die Aula verließ, um in Mutter Immaculatas Büro zu gehen, drängte sie sich an Becky vorbei und verdrehte die Augen nach oben.

Becky empfand echtes Mitleid mit ihr, aber es ließ sich nun einmal nicht leugnen: Bronas Haar hatte schon spätabends im Halbschatten vor der Treppe sehr hell ausgesehen, aber das war nichts im Vergleich zur Wirkung im gnadenlosen Licht der Aula um neun Uhr morgens.

»Brona Dunville.«

Mutter Immaculata betrachtete das Mädchen mit angewidertem Blick. »Was ist mit deinem Kopf geschehen? Ist das eine Perücke?«

Brona schüttelte den Kopf.

»Nein, Mutter Oberin, das ist keine Perücke. Es … äh … Das war ein … Also eine Art Unfall«, stotterte sie, während sie in der Tasche ihres Trägerrocks herumsuchte. Schließlich zog sie den Brief ihrer Mutter hervor. »Meine Mutter hat Ihnen das hier geschrieben«, fügte sie zuversichtlich hinzu und legte ihn der Nonne auf den Schreibtisch.

»Deine Mutter? Soll das heißen, dass deine Mutter weiß, in welchem Zustand sich dein Kopf befindet?«

Großer Gott!, dachte Brona. Glaubst du vielleicht, ich hätte den blöden Brief gefälscht?
»Ja, Mutter Oberin«, anwortete sie, um einen tragischen Tonfall bemüht.
Mutter Immaculata betrachtete den Brief auf der Schreibunterlage, griff mit spitzen Fingern danach und hob ihn hoch. Sie musterte ihn eingehend von vorn und hinten, nahm dann einen Brieföffner zur Hand und schlitzte das Kuvert säuberlich auf. Dann zog sie den Inhalt – ein einziges Blatt – heraus. Die ganze Zeit über sah sie Brona unverwandt ins Gesicht. Schließlich schüttelte sie das zusammengefaltete Blatt auseinander und begann zu lesen.
»Wo ist deine Schwester Bella?«
Brona überlegte kurz, ob Bella in dem Brief erwähnt war, doch dann wurde ihr klar, dass dies die von Mutter Immaculata praktizierte Verhörmethode darstellte, die sie, den älteren Schülerinnen zufolge, in ihrer Zeit als führende Gestapo-Mitarbeiterin perfektioniert hatte.
»Meine Schwester … Bella?«
»Ja«, erwiderte die Nonne eisig. »Deine älteste Schwester – Bella Dunville. Du erinnerst dich?«
»Sie ist in ihrem Klassenzimmer, oder nicht?«, antwortete Brona, die das Ganze etwas verwirrend fand.
»Spiel keine Spielchen mit mir, Kind!«, befahl Mutter Immaculata, den Blick über den Brillenrand hinweg auf das unglückselige Mädchen vor ihr gerichtet. Die Brille saß sehr weit unten auf der Adlernase, und beide Augenbrauen waren hochgezogen. Der Blick war eiskalt.

»Ich weiß es nicht«, sagte Brona zaghaft. »Ich dachte, sie wäre in ihrem Klassenzimmer.«
Mutter Immaculata legte den Brief auf den Schreibtisch.
»Du kannst gehen und deinen Mantel holen, Brona Dunville, und dann begibst du dich nach Hause! Zurückkommen darfst du, sobald dein Kopf sich wieder in normalem Zustand befindet.«
Einen Moment lang wusste Brona nicht, ob wirklich etwas mit ihrem Kopf nicht stimmte oder ob sich Mutter Immaculata an ihren Haaren störte.
»Aber, Mutter Oberin …«, wandte sie aufgeregt ein.
»Willst du mit mir streiten? Ist irgendetwas unklar? Brauchst du eine Erklärung? Du hältst dich von deinem Klassenzimmer fern, sprichst mit keiner anderen Schülerin, holst deinen Mantel aus der Garderobe und begibst dich direkt nach Hause!«
Brona schüttelte den Kopf.
»Ja, Mutter Oberin.« Darf ich an Los vorbeigehen? dachte sie. Darf ich zweihundert Pfund einziehen?
»Worauf wartest du noch?«
»Auf nichts, Mutter Oberin«, sagte Brona, drehte sich um und verließ das Büro.

Mutter Immaculata nahm den Hörer des Telefons ab, das auf ihrem Schreibtisch stand, und drückte den Knopf, der sie mit Schwester Rodriguez verband.
»Hat irgendjemand angerufen und das Fehlen von Bella Dunville erklärt?«, fragte sie. »Dann bestätige mir, dass Bella Dunville heute Morgen nicht in die Schule gekommen ist.«

Zwei Fliegen mit einer Klappe, dachte sie und ließ den Knopf an der Sprechanlage los.

Brona lief zur Garderobe, in der ihr Mantel zwischen all den anderen hing. Ihr Schulranzen stand im Klassenzimmer, aber sie traute sich nicht, ihn zu holen. Auf dem Boden in der Garderobe fand sie einen Bleistift, und aus einem Schönschreibheft, das auf dem Fensterbrett vergessen worden war, riss sie ein Blatt heraus.

Die Todeserfahrung hat mich heimgeschickt, schrieb sie, *weil sie auf meine Haare neidisch ist.*

Sie stopfte das Blatt in Rhonas Manteltasche und eilte aus der Schule. Auf halber Treppe kam ihr kurz die Frage in den Sinn, wo Bella war. Erst jetzt wurde ihr bewusst, dass sie sich nicht erinnern konnte, sie bei der Morgenversammlung gesehen zu haben.

Verdammter Mist!, dachte sie, als ihr plötzlich ein überaus beunruhigender Gedanke kam. Hat Becky mich gebeten sie zu wecken?

Schwester Rodriguez steckte den Kopf durch die Tür des Viertklässlerzimmers.

»Entschuldige, Schwester«, sagte sie zu der Nonne, die den Mädchen gerade etwas beizubringen versuchte. »Ich möchte kurz mit Rebecca Dunville sprechen, wenn es recht ist.«

Becky sah zu ihrer Lehrerin hinüber und erntete ein Nicken. Sie stand auf und schritt zur Tür. Vermutlich ging es um Bronas Haare. Doch da irrte sie sich.

»Rebecca Dunville«, sagte Schwester Rodriguez.

»Ja, Schwester«, erwiderte Becky folgsam.
»Es geht um deine Schwester Bella.«
»Ja, Schwester?« Becky war verwundert.
»Ist sie heute nicht zur Schule gegangen?«
Becky schwieg einen Moment lang.
Dann sagte sie: »Doch, Schwester, ich dachte eigentlich schon. Sie war vor Brona und mir da.«
»Es sieht aber ganz so aus, als wäre sie hier nie angekommen«, erklärte Schwester Rodriguez und entließ Brona, indem sie kehrtmachte und wegging.
Becky zuckte mit den Schultern und ging ins Klassenzimmer zurück. Sie setzte sich an ihren Platz und überlegte, was Bella wohl im Schilde führte.
Oh Mist!, dachte sie plötzlich. Brona hat sie doch hoffentlich geweckt?
Während der restlichen Geschichtsstunde kreisten ihre Gedanken um diese eine Frage. Sie erinnerte sich, von ihrem Vater geweckt worden zu sein.
»Becky!«, hatte er an ihrer Tür gerufen.
»Mmmmm, Morgen, Dad«, hatte sie gesagt.
»Morgen, Becky. Hör zu, deine Mutter fühlt sich nicht gut, sie bleibt im Bett. Ihr könnt ja allein aufstehen. Ich muss früh in die Klinik. Weck du die beiden anderen für mich, dann muss ich nicht …«
Becky wusste, dass er sie darum bat, weil sie die Verlässliche war, die aufstand und nicht wieder einschlief.
»Ist gut, Dad.«
»Also, bis heute Abend«, hatte er gerufen.
Sie hatte ihn die Treppe hinuntergehen hören, dann war die

Haustür ins Schloss gefallen. Sie hatte noch ein bisschen gedöst und war dann aus dem Bett gestiegen.

»Hey, Brona«, hatte sie gerufen, »wir müssen allein aufstehen. Hörst du?«

Brona hatte irgendetwas gebrummt.

»Du weckst Bella, ja? Ich mache Tee.«

»Wie spät ist es?«, hatte Brona gefragt.

»Zehn vor acht. Wir müssen uns beeilen.«

In diesem Augenblick war die Sirene der nahegelegenen Swastika-Wäscherei zum ersten Mal ertönt. Die Swastika-Wäscherei lag auf halbem Weg zur Shelbourne Road, und ihre Sirene heulte jeden Tag um 7:50 und um 7:55, genau richtig für die Mädchen.

Als Becky und Brona eben zur Bushaltestelle aufbrechen wollten, erschien Mrs O'Doody.

»Wo ist Bella?«, hatte sie Brona gefragt, als sie den beiden Mädchen in der Diele begegnete.

»Die ist wohl schon losgegangen«, hatte Brona geantwortet.

Becky hatte nicht richtig hingehört. Sie hatte an ihre Mutter gedacht, die, als sie zu ihr hineinging, um auf Wiedersehen zu sagen, schlafend im Bett gelegen hatte. Als sie sich zu ihr hinabbeugte, um sie zu küssen, war ihre Mutter aufgeschreckt und hatte sie, schlagartig wach, voller Angst angestarrt.

»Alles in Ordnung, Mum«, hatte Becky gesagt. »Ich bin's nur. Ich wollte mich verabschieden. Ich gehe jetzt in die Schule.«

Ihre Mutter hatte sie kurz an sich gedrückt.

»Ich wünsche dir einen schönen Tag, mein Liebling.«

Becky dachte über den Ausdruck nach, den ihre Mutter gehabt hatte, als sie die Augen aufschlug. Sie hatte bestimmt gerade wieder ihren Alptraum, sagte sie sich. Ich dachte, das hätte aufgehört, aber er ist wohl wieder da, und deshalb bleibt sie noch liegen.
Jetzt, im Klassenzimmer, zerbrach sie sich den Kopf über die Frage, ob Brona Bella wirklich geweckt hatte.

Fast der gleiche Gedanke beschäftigte auch Brona.
Hat Becky mich gebeten, Bella zu wecken? Habe ich sie geweckt? Sie konnte sich einfach nicht erinnern. Gleich nach dem Aufwachen hatte sie nur noch an ihre Haare gedacht und überlegt, was Mutter Immaculata sagen würde, wenn sie es bemerkte.
Jetzt wusste sie, was Mutter Immaculata gesagt hatte.
Sie lief die Vordertreppe der Schule hinunter und fragte sich, ob die Passanten ihr ansahen, dass sie nach Hause geschickt worden war. Sie brauchte fast zehn Minuten bis zur Bushaltestelle, und dann musste sie auch noch warten. Der Bus kam ewig nicht. Sie hoffte, wie ein Mädchen zu wirken, das man mit irgendeinem Auftrag weggeschickt hatte, wurde aber das grauenhafte Gefühl nicht los, dass alle Leute sie für eine Schülerin hielten, die nach Hause musste, weil sie sich das Haar gebleicht hatte.
Im Bus fragte sie der Schaffner lachend: »Haben sie dich vom Unterricht ausgeschlossen?«
Sie warf ihm den eisigsten Blick zu, dessen sie fähig war, und bedauerte, ihren Schulranzen nicht dabei zu haben. Dann hätte sie so tun können, als würde sie lesen.

Als Brona zu Hause ankam, ging sie zur Hintertür, die nicht abgeschlossen war, hinein. Sie hoffte, auf diese Weise eine Begegnung mit Mrs O'Doody verhindern zu können. Über Speisekammer, Küche und Frühstückszimmer gelangte sie in die Diele, wo Mrs O'Doody gerade mit einem für ihr Alter bemerkenswerten Elan das Benares-Tablett polierte.

»Hallo, Mrs O'Doody«, murmelte sie. »Ist Mum da?«

Mrs O'Doody, deren Gehör im Alter nachließ, erschrak fast zu Tode.

»Brona! Ich hab dich nicht gehört.«

»Tut mir leid.« Brona hatte sie wirklich nicht erschrecken wollen. Ihr war an Mrs O'Doodys Gunst gelegen, denn die alte Frau pflegte in Bronas Zimmer wahre Wunder zu wirken und versetzte es regelmäßig in einen Zustand, der dem von Beckys Zimmer nahekam, wenn auch die Ordnung, die sie dem Raum verlieh, nie lange anhielt. »Tut mir leid«, wiederholte sie. »Ist Mum da?«

»Sie liegt noch im Bett«, erklärte Mrs O'Doody.

»Haben Sie Bella gesehen?«, fragte Brona vorsichtig.

»Nein«, antwortete Mrs O'Doody und schüttelte den grauen Kopf. »Sie ist heute Morgen kurz vor euch aus dem Haus gegangen.«

Das weiß sie vielleicht nur vom Hörensagen, dachte Brona, während sie leise die Treppe hochlief. Oben blieb sie kurz stehen. Eigentlich hatte sie vorgehabt, zu ihrer Mutter hineinzugehen, doch sie verschob es auf später. Zuerst musste sie nachsehen, ob Bella in ihrem Zimmer war.

Sie flitzte die nächsten Stufen hoch, blieb oben auf dem

kleinen Treppenabsatz stehen und betrachtete Bellas Tür mit der bedrohlichen Warnung BEI EINTRITT TOD.
Sie klopfte leise an.
»Bist du da, Bella?«, flüsterte sie.
Als sie keine Antwort erhielt, versuchte sie es noch einmal, diesmal lauter. Wieder kam keine Reaktion. Da nahm sie allen Mut zusammen, legte die Hand auf den Türknauf und drehte ihn.
Die Tür ging auf.
Von Bella war nichts zu sehen. Das Bett war gemacht, und die Kleidungsstücke, die sie am Abend zuvor beim Essen getragen hatte, lagen am Fußende. Der Kleiderschrank stand offen, doch ansonsten wirkte das Zimmer fast genauso wie beim letzten Mal, als Brona sich hineingewagt hatte.

Sie zögerte und lauschte angestrengt, um sicherzugehen, dass niemand die Treppe hochkam; erst dann trat sie ans Bett und sah unter dem Kopfkissen nach. Dorthin, das wusste sie aus Erfahrung, legten die meisten Menschen Dinge, die sie vor anderen geheim halten wollten.
Sie fand ein Notizbuch und zwei Briefumschläge; auf dem einen klebte eine irische Briefmarke, auf dem anderen eine aus Großbritannien.
Sie blätterte das Notizbuch flüchtig durch. Soweit sie sehen konnte, enthielt es nur Zahlen. Die Umschläge steckte sie in die Tasche ihres Trägerrocks. Sie wollte sie später in aller Ruhe in ihrem eigenen Zimmer lesen.
Sie legte das Kissen wieder so hin, wie es gewesen war, und verließ das Zimmer.

Als Becky in der ersten Pause aus dem Klassenzimmer ging, stieß sie auf Bellas beste Freundin.

»Ist Bella da?«, fragte sie Anne Marie.

»Wer?«

»Meine Schwester Bella«, erklärte Becky. Deine beste Freundin, dachte sie, sprach es aber natürlich nicht aus.

»Nö«, antwortete Anne Marie und ging weiter.

Ich schwöre bei Gott, dass ich in meinem letzten Schuljahr zu den Mädchen in den unteren Klassen nett sein werde!, dachte Becky. Sie spielte mit dem Gedanken, zu Hause anzurufen, aber dazu hätte sie das Schulgelände verlassen müssen, und der Apparat in der Telefonzelle an der Ecke war wahrscheinlich sowieso, wie fast immer, defekt.

Helen McKeever gesellte sich zu ihr.

»Kopf hoch!«, sagte sie. »Alles halb so schlimm.«

»Entschuldige, aber es ist einfach so rätselhaft, wo Bella abgeblieben ist.«

»Ich an deiner Stelle wäre froh, dass sie nicht da ist«, sagte Helen lachend. »So kann sie dir wenigstens nicht das Leben schwermachen.«

»Ja, stimmt«, erwiderte Becky wenig überzeugt. Denn in Wahrheit bereitete Bella ihr noch als Abwesende Unbehagen, wenn nicht sogar Unglück.

Brona fragte sich, ob Mutter Immaculata bereits daheim angerufen hatte. Die Nonne hatte es tatsächlich versucht, war aber nicht durchgekommen, weil Mrs O'Doody das Telefonkabel in der Diele ausgesteckt hatte, damit Mrs Dunville ungestört schlafen konnte.

Brona ging zum elterlichen Schlafzimmer und klopfte leise an die Tür.

»Soll ich dir eine Tasse Tee bringen, Mummy?«, fragte sie und trat ein.

Elizabeth Dunville lag im Bett und starrte durchs Fenster ins graue Januarlicht.

»Ach, du bist zurück. Ist es schon so spät?«, fragte sie erstaunt.

»Nein, Mummy, es ist erst zehn, glaube ich. Mummy, Mutter Immaculata haben meine Haare nicht gefallen«, sagte sie traurig.

»Oh.« Ihre Mutter betrachtete sie eine Weile und schien sich langsam an die Ereignisse des vergangenen Abends zu erinnern. »Oje.«

»Darf ich zu dir ins Bett?«

»Ich sollte endlich aufstehen. Ich habe lange geschlafen. Was hat Mutter Immaculata denn gesagt?«

»Heimgeschickt hat sie mich.« Brona war den Tränen nahe. »Sie hat gesagt, dass ich erst zurückkommen darf, wenn meine Haare wieder normal sind. Das ist so ungerecht!« Sie warf sich aufs Bett. »Das sagt ausgerechnet eine Nonne, die wahrscheinlich nur deswegen Nonne geworden ist, weil sie keine Haare hatte!«

»Mein Schatz, ich glaube nicht, dass man aus diesem Grund Nonne wird«, sagte Elizabeth Dunville ausweichend. *Warum* eine Frau Nonne werden wollte, konnte sie sich beim besten Willen nicht vorstellen, aber das sagte sie nicht.

»Was soll ich denn tun, Mummy?«, fragte Brona kläglich.

»Oje.« Ihre Mutter musterte sie noch einmal. »Ich werde wohl den Friseur anrufen. Ach nein, das geht ja nicht, heute ist Montag. Montags haben sie immer geschlossen.«
»Ich mache dir eine Tasse Tee«, erklärte Brona, die sich plötzlich auf mindestens einen weiteren schulfreien Tag freute.

»Rebecca Dunville ins Büro!« Schwester Rodriguez steckte nun schon zum zweiten Mal den Kopf durch die Tür von Beckys Klassenzimmer.
Becky warf Helen einen Blick zu; die verdrehte die Augen.

»Euer Telefon ist offenbar defekt«, sagte Mutter Immaculata über den Rand ihrer Brille hinweg. »Aber deine Schwestern Bella und Brona entkommen mir nicht«, fügte sie hinzu.
Becky bemühte sich, angemessen beeindruckt zu wirken, hatte jedoch das grauenhafte Gefühl, gleich loskichern zu müssen.
Unterdrück es!, befahl sie sich. Bloß nicht lachen!
Sie stellte sich Mutter Immaculata als Gott vor, der sein Opfer jagte … *Ich floh vor ihnen durch die Nacht und durch den Tag*, zitierte sie in Gedanken aus Francis Thompsons Gedicht *The Hound of Heaven*.
»Hörst du mir überhaupt zu, Rebecca Dunville?«, fragte Mutter Immaculata.
»Ja, Mutter. Ja, natürlich, Mutter.« Alle Angst vor einem ungebührlichen Kicheranfall war schlagartig verflogen.
»Gut. Diesen Brief hier wirst du deinen Eltern geben, so-

bald du zu Hause bist. Habe ich mich verständlich ausgedrückt?«
»Ja, Mutter«, antwortete Becky und nahm den Brief entgegen. Dabei berührten sich versehentlich ihre Finger, und Becky erschrak, als sie die eiskalte Hand der Mutter Oberin spürte.

Auf der Heimfahrt im Bus beschlich Becky die Vorahnung, dass man sie für die Geschehnisse dieses Tages verantwortlich machen würde, obwohl sie als einzige Dunville-Tochter nicht in Schwierigkeiten steckte. Die Redewendung *Wehe dem Überbringer schlechter Nachrichten!* kannte sie damals noch nicht, aber sie fühlte sich wie ein solcher.

So zog sich der Tag hin. Mrs O'Doody hatte vergessen, das Telefon wieder anzuschließen, und Brona dachte irgendwann nicht mehr an Bellas Fehlen in der Schule. Bis Becky gegen halb sechs Uhr abends mit dem Brief von Mutter Immaculata nach Hause kam, vergingen also Stunden.
Sie wusste nicht recht, ob sie ihn ihrer Mutter oder ihrem Vater geben sollte. Ihre Mutter hatte sich am Morgen nicht gut gefühlt; vielleicht sollte sie warten, bis ihr Vater zurückkam. Andererseits würde er ihr möglicherweise die Schuld daran geben, dass Bella nicht in die Schule gegangen war, hatte er sie doch gebeten, seine älteste Tochter zu wecken.
»Was hat Bella gesagt?«, fragte sie Brona.
»Wann?«, fragte Brona zurück, während sie sich im Dielenspiegel betrachtete, um festzustellen, ob ihre Haare im Lauf des Tages nicht ein bisschen gewachsen waren.

»Na, weil sie doch nicht in der Schule war.«

»Was?« Brona drehte sich ruckartig um. »Ach so. Eigentlich gar nichts. Gar nichts hat sie gesagt. Ich habe sie ja gar nicht gesehen. Sie war schon weg, als ich heimkam. Ist sie nicht in der Schule aufgetaucht?«

Becky schüttelte den Kopf. Sie standen in der Diele und sahen einander an. Die gegenseitige Abneigung verblasste einen Moment lang, während sie darüber grübelten, warum ihre älteste Schwester verschwunden war.

»Hast du in ihrem Zimmer nachgesehen?«, fragte Becky. »Ist sie überhaupt aufgewacht heute Morgen?«

»Also, tot im Bett liegt sie nicht, wenn du das meinst.«

In Becky flackerte eine vage Erinnerung auf, aber sie bekam sie nicht zu fassen, sondern spürte nur, dass sie ihr Unbehagen noch verstärkte.

Elizabeth Dunville trat in die Diele.

»Hallo, Becky. Wie war der erste Schultag?«, erkundigte sie sich bei ihrer mittleren Tochter.

Becky reichte ihr wortlos den Brief. Elizabeth Dunville sagte »Oje« und nahm ihn entgegen.

»Soll ich ihn gleich lesen oder warten, bis dein Vater heimkommt?«

»Ich würde warten«, sagte Brona im selben Moment, in dem Becky sagte: »Lies ihn besser gleich.«

Sie sahen sich verärgert an. Brona musterte Becky hämisch grinsend von oben bis unten. Becky wandte sich von ihr ab.

Elizabeth öffnete das Kuvert und zog den Briefbogen heraus.

Brona stellte fest, wie völlig anders Mutter Immaculata den Brief an diesem Morgen herausgezogen hatte. Becky fiel auf, wie blass ihre Mutter war. Während sie sie ansah, wich die Müdigkeit aus Elizabeths Gesicht, und Verwunderung machte sich breit.

»Was soll das heißen, ›Bella ist nicht in der Schule‹? Ich dachte, in diesem Brief ginge es um Bronas Haare. Was meint sie denn?« Die beiden Mädchen scharrten ein wenig mit den Füßen, dann sagten sie wie aus einem Mund: »Wir wissen es nicht.«

»Ist Bella denn heute Morgen nicht mit euch zur Schule gefahren?«

Dass das Telefon ausgesteckt war, wurde entdeckt, als Elizabeth Dunville ihren Mann anrufen wollte. Becky und Brona gingen ins Frühstückszimmer, wo sie und Bella unter der Woche immer zu Abend aßen. Der Tisch war für drei gedeckt.

Brona ließ sich auf Bellas Stuhl fallen.

»Da darfst du dich nicht hinsetzen«, sagte Becky.

»Wieso nicht? Sie kommt doch nicht zum Abendessen nach Hause.«

»Woher willst du das wissen? Außerdem würde Mum sich darüber aufregen.«

Brona machte ein böses Gesicht, widersprach aber ausnahmsweise einmal nicht.

»Woher willst du wissen, dass sie nicht zum Abendessen heimkommt?«, hakte Becky nach. »Weißt du irgendwas und sagst es nicht?«

Brona ließ sich zu keiner Antwort herab. Nach einer Weile stand Becky auf und holte das Essen aus dem Backofen.

»Hilf mir mal!«, rief sie.

»Warum sollte ich?«

»Weil ich finde, dass es hier mal vorangehen muss«, erwiderte Becky, während sie die feuerfeste Glasschüssel mit dem Shepherd's Pie aus dem Ofen hob.

»Das macht doch sonst immer Mum«, sagte Brona schmollend.

»Heute offenbar nicht. Also machen wir es selbst.«

Kurz darauf kam John Dunville nach Hause. Sie hörten den Wagen auf der bekiesten Auffahrt. Normalerweise wäre eine von ihnen hinausgegangen, um das Tor oben an der Auffahrt zu öffnen, damit er hineinfahren und den Wagen hinter dem Haus parken konnte; doch keines der beiden Mädchen machte Anstalten dazu. Sie stocherten weiter in ihrem Essen herum. Die Atmosphäre am Tisch hatte etwas Bedrückendes. Da John Dunville das Haus durch die Vordertür betrat, war klar, dass er den Wagen in der Auffahrt geparkt hatte. Sie hörten das Stimmengemurmel ihrer Eltern in der Diele; dann lief ihr Vater, immer zwei Stufen auf einmal nehmend, zu Bellas Zimmer im Dachgeschoss hoch.

»Ich bringe nichts runter«, sagte Brona und schob ihren Teller weg.

Diesmal antwortete Becky nicht. Sie sahen sich an, bis Becky aus einem selten empfundenen Zusammengehörigkeitsgefühl heraus und weil sie die Bedürfnisse ihrer Schwes-

ter in diesem Moment deutlich spürte, sagte: »Wird schon werden.«
»Glaubst du?«, fragte Brona.
Sie sahen sich noch einige Sekunden an, dann senkten sie den Blick auf ihre Teller.

Die Tür ging auf, und ihr Vater trat ein.
»Ihr müsst uns helfen, Mädchen!«
Kein Küsschen wie sonst immer, kein Lächeln, nichts.
Beide sahen ihn erwartungsvoll an.
»Wann habt ihr sie zuletzt gesehen?«
Es war der erste von vielen Augenblicken der Wahrheit, und der Drang zu lügen war stark, aber keine von beiden gab ihm nach.
»Gestern Abend an der Treppe«, sagte Becky.
»Ich auch«, erklärte Brona.
»Und heute Morgen? Du hast sie doch geweckt«, sagte er an Becky gewandt. »Hat sie da nicht reagiert?«
»Ich habe sie nicht geweckt. Ich hätte es tun sollen, aber ich habe es nicht getan.«
Brona sah ihre Schwester an. Sie war ihr dankbar, weil sie sie nicht verpfiffen hatte.
»Vielleicht hätte *ich* sie wecken sollen«, sagte sie. »Ich glaube, Becky hat mir gesagt, ich soll sie wecken, aber ich habe es nicht gemacht. Ich … ich bin wahrscheinlich noch mal eingeschlafen oder so …«
Er sah von einer zur anderen. Aus seiner Miene sprachen Wut und Besorgnis.
»Hat sie irgendetwas gesagt? Hat sie irgendetwas erwähnt …

irgendetwas, das sie zu erledigen hatte? Dass sie irgendwohin gehen oder sich mit irgendwem treffen musste? Bitte denkt nach!« Noch nie hatte er so dringlich geklungen.
Plötzlich bekamen beide Angst. Sie schüttelten den Kopf.
»Esst zu Ende«, sagte er. »Ich rufe die O'Mahonys an.«
»Dad, ich habe Anne Marie in der Schule gefragt, und sie hat gesagt, dass sie Bella nicht gesehen hat«, teilte Becky ihm mit.
Er schwieg.
»Gut, dann rufe ich jetzt die Polizei.«
Mit diesen Worten verließ er das Zimmer.

Elizabeth Dunville saß auf dem Wohnzimmersofa und hielt die Hand ihres Mannes. Hin und wieder hatte sie Schwierigkeiten mit dem Luftholen. Er hatte einen Arm um ihre Schulter gelegt. Ihnen gegenüber saßen, jeweils in einem Sessel rechts und links vom Kamin, zwei Kriminalbeamte.
»Können Sie uns sagen, wie spät es ungefähr war, als Sie sie zum letzten Mal sahen?«, fragte der eine.
»Zehn, Viertel nach zehn gestern Abend. Kann auch zehn Minuten später gewesen sein«, antwortete John Dunville.
»Aber nicht nach halb elf.«
»Und unter welchen Umständen?«
»Wie meinen Sie das?«
»Hatte es Streit gegeben? Böses Blut? Irgendetwas, das sie zum Ausreißen veranlasst haben könnte?«
»Sie ist nicht ausgerissen«, warf Elizabeth ein. »Ich weiß, dass ihr etwas zugestoßen ist. Ich weiß es einfach.«
»Hören Sie, es hatte tatsächlich Streit gegeben, aber nicht

mit ihr«, erklärte John. »Sie war darin verwickelt, ohne es zu wollen, aber nur ganz kurz. Es war nichts Wichtiges. Und ich bin sicher, dass sie das nicht aus der Fassung gebracht hat. Es war nur ein kleiner Krach zwischen den beiden Jüngsten. Völlig unwichtig. Von keinerlei Belang.«

»Hat sie einen Freund?«

Elizabeth Dunville begann zu schluchzen.

»Nein, sie hat keinen Freund«, antwortete John. »Ja, natürlich ist sie ausgegangen. Partys, Tanzveranstaltungen, Sie wissen schon. Sie wollte in eine Diskothek, aber wir hatten es ihr nicht erlaubt. Für so etwas ist nächstes Jahr noch genug Zeit. Sie erhält dieses Jahr ihr Abgangszeugnis.«

Der ältere Beamte wandte sich an Elizabeth.

»Mrs Dunville, ich weiß, dass das sehr schwer ist, aber wir müssen alles in Betracht ziehen. Selbst wenn Sie sich noch so sicher sind, dass sie nicht ausgerissen ist, dürfen wir diese Möglichkeit nicht ausschließen. Worum ging es bei dem Streit?«

Und so wurden das gebleichte Haar und der rosarote Pulli in allen Einzelheiten durchgesprochen und öffentlich gemacht. Die Kriminalbeamten hörten zu, nickten und baten dann, mit Becky und Brona sprechen zu dürfen.

Becky, kreidebleich, und Brona, tränenüberströmt, saßen am Küchentisch und bemühten sich, die ihnen gestellten Fragen so gut wie möglich zu beantworten.

»War sie aufgewühlt wegen des Streits?«

Beide schüttelten den Kopf.

»Bella doch nicht«, sagte Becky, aber ihr war nicht danach,

hinzuzufügen, dass Bella Streitereien geradezu genoss, dass sie nichts lieber mochte, als wenn sie und Brona sich gegenseitig an den Haaren zogen. »Nein, ganz bestimmt nicht.«
»Hat sie einen Freund?«
In dieser Frage waren sich die beiden nicht so sicher.
»Nein«, sagte Brona nach einer kurzen Pause.
»Bei Bella weiß man das nie so genau«, sagte Becky. »Sie ist ja älter als wir. Sie war in vielen Dingen sehr verschlossen.«
Sie hörte sich »war« sagen und stellte fest, dass sie von Bella in der Vergangenheitsform gesprochen hatte. Eisige Angst überkam sie.
»›Ist‹, meine ich, Bella *ist* sehr verschlossen. Ihr Zimmer dürfen wir nicht betreten, wissen Sie. Sie fährt mit demselben Bus zur Schule wie wir, aber sie sitzt nie bei uns.«
»Das tun wir aber alle«, warf Brona ein. »Getrennt sitzen, meine ich.«
»Also, glaubt ihr, dass sie einen Freund hat?«, hakte der Kriminalbeamte nach.
»Ich weiß es nicht«, antwortete Becky so ehrlich sie konnte.
»Vor Weihnachten habe ich sie vor der Schule mit einem Jungen gesehen«, sagte Brona. »Ich glaube, er hat an der Ecke auf sie gewartet. Aber das ist nichts Besonderes«, fügte sie hastig hinzu. »Da warten nun mal die Jungen auf die Mädchen, weil die Nonnen nicht erlauben, dass sie an der Treppe stehen.«
Einfach lächerlich, dachte Becky. Da reden wir über Bellas Verschwinden, als ob sie wirklich verschwunden wäre. Aber das kann ja gar nicht sein. So etwas passiert in Wirklichkeit nicht. Jedenfalls nicht bei uns. Nicht bei Leuten wie uns.

Der eine Beamte warf dem anderen einen Blick zu.
»Wir brauchen ein Foto von ihr, eines, das erst kürzlich aufgenommen wurde. Und dann sehen wir uns mal in ihrem Zimmer um.«
Becky nahm ein Foto von der Wand in der Diele. Die beiden Männer betrachteten es. Es war eine Schwarz-Weiß-Aufnahme, die zwei oder drei Monate zuvor gemacht worden war. Dennoch sah man deutlich, dass Bellas gelocktes Haar blond war. Ihre Haut leuchtete, ihr Mund lächelte, ihr Hals war lang, und ihre schönen Gesichtszüge kamen gut zur Geltung. Zwischen den leicht geöffneten Lippen waren die ebenmäßigen weißen Zähne zu sehen.
»Ohne Uniformbluse und Krawatte könnte man sie glatt für einundzwanzig oder noch älter halten«, sagte der eine Kriminalbeamte später zu seinem Kollegen.
»Eine echte Schönheit!«
»Sie hat ein wahres Engelsgesicht.«
»Ist aber kein Engel, was?«
Als dieses Gespräch stattfand, hatten sie bereits einen Blick in Bellas Zimmer geworfen, hatten die dort herrschende Ordnung, die säuberlich im Schrank aufgehängten Kleider, die auf dem Bett liegenden Klamotten vom Vortag, die schön aufgereihten Schuhe auf dem Schrankboden und die fünf sorgsam gegossenen Hanfpflanzen am Fenster gesehen.

»Das ist nicht Ihr Ernst!«, sagte John Dunville im Wohnzimmer, als sie ihm von ihrer Entdeckung berichteten. »Das ist nicht Ihr Ernst! Ich bitte Sie – Bella kann doch eine

Hanfpflanze nicht von einer Bananenstaude unterscheiden!«
Doch der Beweis existierte nun einmal. John Dunville stand in der Diele und sah fassungslos zu, wie die Hanfpflanzen vorsichtig hinuntergetragen und aus dem Haus geschafft wurden.
»Aber Bella …«, sagte Elizabeth, »… Bella hat doch nicht … Bella kann doch unmöglich …«
Conor O'Connor, der jüngere der beiden Kriminalbeamten, ein kräftiger Mann mit dunklem, lockigem Haar, saß neben Elizabeth im Wohnzimmer und versuchte mit ihr ins Gespräch zu kommen.
»So ist das eben heutzutage mit den Kindern. Manchmal wissen die Eltern nicht die Hälfte von dem, was los ist.«
»Bei uns war das anders. Bei uns ist das anders«, erklärte Elizabeth. »Wir haben eine sehr gute Beziehung zu den Mädchen. Und zu Bella – sie ist ja unsere Älteste – haben wir sogar eine besonders gute Beziehung. Wir alle stehen uns sehr nahe. Vor allem Bella und ich. Und Bella und ihr Vater.« Es sprudelte nur so aus ihr heraus, während sie das Geschehene zu fassen versuchte. »Bella kann unmöglich gewusst haben, was das ist. Anders kann ich mir das nicht erklären. Sie hat es nicht gewusst. Sie hat die Pflanzen irgendwo gekauft, oder vielleicht hat sie ihr jemand zu Weihnachten geschenkt. Sie hat nicht gewusst, was das ist.«
John Dunville kam ins Wohnzimmer zurück, ließ sich schwer in einen Sessel fallen und sah seine Frau und den Kriminalbeamten an.
»Sag's ihm, John«, forderte Elizabeth ihn auf. »Sag ihm, dass

Bella nicht wusste, was das war. Das waren nicht ihre Pflanzen. Sie kann es nicht gewusst haben. Das Ganze lenkt doch nur davon ab, dass sie vermisst wird. *Das* ist wichtig. Es ist ihr etwas zugestoßen. Wir müssen sie finden. Die Pflanzen sind doch völlig unwichtig.«

»Wissen Sie, wie lange die Pflanzen sich schon da oben in Bellas Zimmer befanden, Dr Dunville?«, fragte Conor O'Connor.

»Natürlich nicht! Wusstest du, dass sie da oben standen, Elizabeth?«

»Nein. Du weißt doch, dass Bella sich selbst um ihr Zimmer kümmert. Sie staubsaugt, wischt und macht eben alles, um Mrs O'Doody zu entlasten.« Sie wandte sich an den Kriminalbeamten. »Mrs O'Doody wird langsam alt. Sie erledigt hier … Sie ist unsere Haushaltshilfe, und am Wochenende kocht sie. Bella wollte ihr ersparen, dass sie so weit hinaufsteigen muss, und sagte, sie würde sich selbst um ihr Zimmer kümmern, niemand bräuchte hineinzugehen.«

»Wann waren Sie das letzte Mal oben?«

»Ich weiß es nicht mehr. Ich weiß es nicht mehr genau. Bella bringt ihre Wäsche selbst hinunter, und wenn alles gewaschen und gebügelt ist, trägt sie alles wieder hinauf. Ich war wohl schon seit vielen Wochen nicht mehr oben.« Sie warf John einen hilfesuchenden Blick zu.

»Es erschien uns damals ganz harmlos«, sagte John schleppend. Sein Blick wurde nachdenklich. »Ein Mädchen, das allmählich zu einer jungen Frau heranwächst. Sie wollte ihren eigenen Bereich, ihre Privatsphäre. Sie hat uns nie

Kummer gemacht – wir hatten keinen Grund zur Besorgnis.« Er sah seine Frau an, als versuchte er gerade, die vielen Steinchen zu einem Mosaik zusammenzufügen.

»Es ist schon erstaunlich, was sich manchmal abspielt«, meinte Conor O'Connor. »Sogar in Familien, in denen ein starker Zusammenhalt besteht, wie es bei Ihnen ja offensichtlich der Fall ist«, fügte er vorsichtshalber hinzu.

»Zusammenhalt?«, sagte John. »Bei uns ist es weit mehr. Wir wissen, wo sich die Mädchen aufhalten, was sie tun, wann sie nach Hause kommen sollten und wann sie tatsächlich wieder zu Hause sind. Wir wissen immer ganz genau Bescheid. Das alles darf einfach nicht wahr sein!«

»Bellas Abwesenheit sieht allerdings nach etwas anderem aus«, meinte der Kriminalbeamte.

»Ganz und gar nicht«, entgegnete Elizabeth hektisch. »Als John die Polizei anrief, sagte man ihm, er solle bis morgen warten, sie werde wahrscheinlich einfach später heimkommen. Aber so ist Bella nicht. Keine unserer Töchter ist so, und Bella am allerwenigsten. Und jetzt unternehmen Sie nichts, außer dass Sie Bellas Verschwinden als Abwesenheit bezeichnen. Aber sie ist nicht abwesend. Sie müssen sich auf die Suche nach ihr machen, alles andere ist jetzt unwichtig.«

Sie begann zu weinen.

Conor O'Connor und John unterhielten sich leise in der Diele, wo sie von Elizabeth, um die sich inzwischen Becky und Brona kümmerten, nicht gehört wurden.

»Ich konnte Sie anfangs nur mit Mühe dazu bewegen, Bellas Verschwinden ernst zu nehmen«, sagte John Dunville.

»Ich musste Beziehungen spielen lassen, musste jeden Kontakt nutzen, der mir einfiel, damit Sie überhaupt hierherkamen. Ich bitte Sie, sich jetzt nicht auf die Pflanzen zu konzentrieren. Mir ist klar geworden, dass hinter der ganzen Angelegenheit viel mehr steckt, als man zunächst sehen konnte. Aber stellen Sie jetzt Bellas Verschwinden bitte nicht hintan, um erst einmal wegen der Pflanzen zu ermitteln oder was immer Sie vorhaben.«

Er brauchte Zeit zum Nachdenken. Er musste sich über das, was geschehen oder auch nicht geschehen war, klar werden. Die schlimmste Vorstellung war, dass die Polizei Bellas Verschwinden in den Hintergrund rückte, während Elizabeth und er instinktiv spürten, dass ihrer Tochter etwas zugestoßen war.

Achtes Kapitel

Irgendwann in dieser Nacht hörte Becky ihre Eltern die Treppe hochsteigen. Oben gingen sie eine Weile unschlüssig hin und her, dann stiegen sie zu Bellas Zimmer hinauf. Becky lag zitternd im Bett. Plötzlich ging leise knarzend die Tür auf.

»Bist du wach, Becky?«, flüsterte Brona. »Darf ich zu dir ins Bett?«

Becky rückte an die Bettkante und hob die Decke, unter die Brona rasch schlüpfte.

»So wie heute habe ich Daddy noch nie gesehen. Du?«, flüsterte Brona.

»Ich auch nicht.« Becky empfand es als seltsam tröstlich, ihre Schwester neben sich im Bett zu haben.

»Was, glaubst du, ist passiert?«, fragte Brona.

»Ich weiß es nicht. Ich weiß es nicht.«

Eine unendliche Traurigkeit erfasste sie. Als würden irgendwo in weiter Ferne Meereswellen über sie hinwegrollen, die Schmerz und Angst und Trostlosigkeit mit sich brachten.

»Alles wird wieder gut«, sagte sie flüsternd, aber mit großem Nachdruck. »Morgen früh kommt Bella zurück. Dann ist alles wieder in Ordnung.«

»Mummy glaubt, dass etwas Schreckliches passiert ist, oder?« Brona begann zu weinen.
»Nicht weinen!«, sagte Becky. »Bitte nicht weinen! Das hilft doch auch nicht weiter. Davon kriegst du nur eine verstopfte Nase, und dann geht es dir noch schlechter.«
»Aber was ist, wenn sie nicht zurückkommt?«
»Sie kommt zurück, ganz bestimmt. Wir werden schon bald wieder alle miteinander streiten. Und Mum und Dad werden vergessen, dass sie weg war und uns solche Sorgen gemacht hat, und sie wird wieder die Lieblingstochter sein, und wir beide werden lachen, wenn wir uns an diese Nacht erinnern.«
Sie glaubte es fast, während sie es sagte. Wie könnte es denn anders sein?, dachte sie. Morgen kommt Bella zurück, schön wie eh und je, und dann war alles nur ein böser Traum.
»Macht es dir was aus, wenn ich hier schlafe?«, fragte Brona.
»Nein, überhaupt nicht«, flüsterte Becky.
Schon allein das ist ganz außergewöhnlich, dachte sie. Wie lange ist es her, dass Brona und ich das letzte Mal zusammen in einem Bett lagen? Keine Ahnung. Zehn Jahre vielleicht. Oder noch länger.
Sie fröstelte. Die beiden Mädchen kuschelten sich aneinander, gaben sich Wärme und Trost.
»Morgen früh ist alles wieder gut«, flüsterte Becky noch einmal. »Ganz bestimmt, du wirst sehen.«

Am nächsten Morgen erwachten sie früh und blieben nebeneinander liegen. Beide Mädchen warteten darauf, dass die andere sich regte, etwas Beruhigendes sagte, dass Bellas fester Schritt auf der Treppe ertönte und sie selbstbewusst rief: »Dad! Mummy! Ich bin wieder da!«

Sie öffneten die Augen und versuchten, im Dunkel des Januarmorgens das Gesicht der jeweils anderen zu erkennen.

»Meinst du, sie ist heute Nacht zurückgekommen?«, fragte Brona.

»Ich habe sie nicht gehört«, antwortete Becky.

»Sieh doch mal nach. Bitte!«, flehte Brona. »Bitte!«

Becky stieg aus dem Bett und ging zur Treppe.

Lieber Gott, dachte sie, wenn Bella wieder da ist, streite ich nie wieder mit ihr und sage nie wieder etwas Böses über sie, und mein rosa Pulli ist mir dann auch egal. Ich werde immer nur lieb sein. Ich tue alles, alles, was du willst, aber bitte mach, dass sie wieder da ist.

Sie zögerte. Das Haus wirkte verlassen, leblos. Starr stand sie da und lauschte – nach einer Bewegung, einem Zeichen, nach irgendetwas Beruhigendem.

Die Tür zum Schlafzimmer ihrer Eltern stand offen. Sie steckte den Kopf hinein und sah das leere Bett.

Bitte mach, dass sie wieder da ist!, betete sie noch einmal.

Dann huschte sie barfuß die Treppe hoch, die zu Bellas Zimmer führte.

Die Tür stand offen.

Das Zimmer war leer.

Ihre Eltern saßen im Frühstückszimmer, jeder eine Kaffeetasse in der Hand. Das Gesicht ihrer Mutter war bleich und abgezehrt. Sie hatte Ringe unter den Augen, und aus ihrem Blick sprach Angst. Beckys Vater sah auf, als Becky eintrat.

Hoffnungsvoll zog sie die Augenbrauen hoch, wie um ihren Vater zu fragen. Er schüttelte fast unmerklich den Kopf.
»Soll ich euch frischen Kaffee machen?«
»Nein«, erwiderte John Dunville. »Ich versuche deiner Mutter gerade klarzumachen, dass sie sich besser ein bisschen hinlegt. Sie muss schlafen.«
»Wie könnten wir jetzt schlafen?«, sagte Elizabeth. »Wie sollten wir etwas so Banales tun wie schlafen, jetzt, wo Bella vermisst wird? Wie kannst du so etwas sagen?«
Beckys Blick wanderte zwischen ihrer Mutter und ihrem Vater hin und her.
»Ihr seid bestimmt schrecklich müde«, sagte sie. »Legt euch doch beide ein bisschen hin. Brona und ich setzen uns her und warten. Bella kommt bestimmt bald zurück.«
Sie wanderten den ganzen Vormittag hindurch von einem Zimmer ins nächste und warteten. Der Hausarzt wurde gerufen. Er brachte Elizabeth dazu, sich auf ihr Bett zu legen und eine Schlaftablette zu nehmen.
»Niemandem ist geholfen, wenn Sie nicht schlafen«, sagte Dr. Moody.
»Aber ich muss wach bleiben. Ich muss doch sehen, ob ...«
»Nein, Sie müssen schlafen.« Dr. Moody nahm ihre Hand. »Alles wird gut. Jetzt schlafen Sie erst einmal. Sobald es etwas Neues gibt, werden Sie geweckt. Aber jetzt wird geschlafen.«
Dann sprach er im Wohnzimmer mit John Dunville.
»Ich hoffe, es stört dich nicht, dass ich dich gerufen habe«, sagte John. »Ich hätte ihr natürlich eine Spritze geben können, aber unter diesen Umständen ...«

»Nein, das war völlig richtig, John. Was ist eigentlich passiert?«

»Soweit wir wissen, ist Bella vorgestern Nacht weggegangen und bisher nicht wiedergekommen. Die Polizei kümmert sich zwar um die Sache, glaubt aber offensichtlich, dass ihr nichts zugestoßen ist, sondern dass sie aus freien Stücken gegangen ist und freiwillig nicht wiederkommt.«

»Gibt es dafür irgendwelche Anhaltspunkte?«, fragte Dr. Moody.

»Sie haben da etwas in ihrem Zimmer gefunden. Ach, ich weiß auch nicht … Elizabeth ist überzeugt, dass ihr etwas zugestoßen ist.«

»Und du?«, hakte Dr. Moody nach. »Was glaubst du?«

»Ich weiß es nicht, Richard. Wenn sie in ihrem Zimmer nicht dieses Zeug gefunden hätten, wäre auch ich sicher, dass sie entführt wurde oder ihr ein Unglück zugestoßen ist. Aber jetzt bin ich sehr im Zweifel. Alles ist so unklar. In sämtlichen Krankenhäusern wurde schon nachgefragt. Wenn sie heute nicht zurückkommt, verhört die Polizei morgen ihre Freunde.«

Dr. Moody nickte.

»Darf ich fragen, was man in ihrem Zimmer gefunden hat?«

John Dunville zögerte.

»Wenn ich es dir sage, könnte ich es irgendwann bereuen«, sagte er seufzend.

»Du brauchst es mir nicht zu sagen, wenn du nicht willst, aber denk bitte daran, dass wir Freunde und Kollegen sind. Ich behandle alles, was du mir erzählst, streng vertraulich.«

»Sie haben Hanfpflanzen gefunden. Fünf Stück …«
»Sonst noch irgendetwas?«, fragte Dr. Moody. »Wegen der Pflanzen würde ich mir keine allzu großen Sorgen machen. Unter uns gesagt – mein Sohn hat auch einmal Hanf in unserem Wintergarten angepflanzt, und meine Frau hat das Zeug gegossen. Erst als wir abends mal Gäste hatten – na ja, du kannst es dir denken. Eine kalifornische Cousine, die hier Urlaub machte, zeigte sich erstaunt darüber, wie prächtig sie gediehen.«
Beide lächelten.
»Danke«, sagte John. »Merkwürdigerweise beruhigt mich das sehr. Ich habe einfach Angst, Bella könnte in die Drogenszene abgerutscht sein.«
Dr. Moody nickte.
»Und jetzt?«, fragte John.
»Ihr müsst warten. Vielleicht kommt sie heute oder morgen zurück. Die zwei Kleinen müsst ihr aber unbedingt in die Schule schicken, der Alltag muss aufrechterhalten werden. Ja, ich weiß, ich habe leicht reden.« Dr. Moody sah seinen Freund an. »Du weißt, dass du mich jederzeit anrufen kannst, wenn du reden willst.«

»Ich will nicht in die Schule«, sagte Brona. »Außerdem lässt mich Mutter Immaculata erst dann wieder rein, wenn die Farbe aus dem Haar rausgewachsen ist. Bitte, Daddy, lass mich daheim bleiben, bis Bella wieder da ist!«
John Dunville wandte sich an Becky.
»Fahr mit ihr in die Stadt zu einem guten Friseur – ich weiß nicht, zu welchem, lass dir etwas einfallen, folge deiner

weiblichen Intuition oder was auch immer. Er soll ihr die Haare in einer normalen Farbe färben. Nein, keine Widerrede!«, fügte er hinzu, als Becky zum Sprechen ansetzte. »Morgen gehst du wieder in die Schule!«

»Ich wollte doch gar nichts dagegen sagen, Daddy, aber wie sollen wir zur Schule gehen, solange Bella weg ist? Wie sollen wir denn da reingehen und so tun, als wäre alles normal?«

»Ja, ich weiß. Setzt euch mal her, Mädchen.«

Sie setzten sich rechts und links von ihm aufs Sofa.

»Vielleicht kommt Bella heute zurück. Dann wird die Sache geklärt, und das Leben geht weiter wie zuvor. Vielleicht kommt sie aber erst morgen oder übermorgen zurück. Am vernünftigsten ist es, wenn wir uns wie immer verhalten, während wir auf sie warten, jedenfalls soweit das möglich ist. Es ist nicht einfach für euch, ich weiß, aber ihr müsst in dieser Situation das große Ganze im Blick behalten. Ich selbst muss mich um Patienten kümmern, Visiten machen – das sind Menschen, die meine Hilfe brauchen. Diese Menschen hätten großes Mitgefühl, wenn sie von unserer Notlage wüssten, aber sie brauchen nun einmal meine Hilfe, und deshalb muss ich mich um sie kümmern.«

»Und Mum?«, fragte Becky.

»Eure Mutter ist wiederum ein ganz anderer Fall, ich weiß. Das Ganze ist schrecklich für sie. Ich werde eure Tante Nancy anrufen. An den Vormittagen ist Mrs O'Doody da, und morgen werde ich Nancy bitten, herzukommen. Wir denken immer nur von einem Tag zum nächsten.«

Brona sah zu ihm hoch. Sie war kreidebleich geworden. Die Angst stand ihr ins Gesicht geschrieben.

»Aber das klingt ja, als würde es ewig so weitergehen, Daddy ...«
Er schüttelte den Kopf.
»Nein, mein Schatz, das glaube ich nicht. Das glaube ich nie und nimmer. Aber im Augenblick ist es die einzige Möglichkeit, mit der Situation klarzukommen. Wir denken immer nur von einem Tag zum nächsten, und ehe wir uns versehen, ist Bella wieder da.«
Brona biss sich auf die Lippe und versuchte, die Tränen zu unterdrücken. Becky beugte sich zu ihr und nahm ihre Hand.
»Alles wird wieder gut, Brona«, sagte sie. Ihre Stimme klang fester. »Wir fahren jetzt in die Stadt und bringen deine Haare in Ordnung. Wir machen das, was Daddy sagt, weil es das Richtige ist.«
Ihr Blick traf sich mit dem ihres Vaters. John Dunville nickte.
»Fahrt los«, sagte er. »Am Spätnachmittag kommt die Polizei ins Haus, dann müsst ihr wieder da sein, falls sie euch irgendwelche Fragen stellen wollen.«
»Aber wir wissen doch nichts«, jammerte Brona.
»Das ist nicht schlimm, Brona«, versicherte ihr Becky. »Wirklich nicht. Aber vielleicht fällt denen ja eine ganz tolle Frage ein, die nur wir beide beantworten können und die ihnen hilft, Bella zu finden.«
»Genau«, sagte John Dunville.

Die beiden Mädchen fuhren mit dem Bus ins Stadtzentrum. Becky hatte ständig das Bedürfnis, zu Hause anzurufen, um zu fragen, ob es etwas Neues gab, wusste aber, dass sie das nicht tun durfte, weil ihre Eltern bei jedem Klingeln des Telefons zusammenzuckten. Sie konnte sich gut einfühlen in die Hoffnung, die Enttäuschung, die Frustration und die Verzweiflung ihrer Eltern.

»Ich will nicht, dass meine Haare wieder mausgrau werden«, sagte Brona mit Nachdruck.

»Welche Farbe würde dir denn gefallen? Es müsste aber eine sein, mit der Mutter Immaculata leben kann«, fügte Becky vernünftigerweise hinzu.

»Ein anderer Blondton geht nicht?«

»Nein. Damit lässt Mutter Immaculata dich nicht in die Schule, das weißt du genau.«

»Aber vielleicht ist sie jetzt, wo Bella vermisst wird, verständnisvoller«, gab Brona zu bedenken.

»Ich könnte mir vorstellen, dass die Mutter Oberin das etwas anders sieht«, entgegnete Becky sehr bestimmt, obwohl sie sich große Mühe gab, freundlich zu sein. »Das riskieren wir besser nicht.«

Sie einigten sich auf Dunkelbraun und auf einen neuen Schnitt.

»Das ist sehr problematisch«, meinte die Friseurin. »Deine Haare werden sich spalten, weil man dieses Zeug bei gebleichtem Haar eigentlich nicht anwenden darf. Also, ich weiß nicht …«

Doch die beiden Mädchen setzten sich durch, und Bronas Haar wurde gefärbt und geschnitten. Danach gingen sie ins Café Bewleys. Brona aß zwei Mary Cakes und trank ein Glas Orangenlimonade, und Becky bestellte sich zum ersten Mal im Leben Kaffee. Der Kaffee gab ihr das Gefühl, erwachsen zu sein. Sie umfing die Tasse mit beiden Händen und betrachtete darüber hinweg ihre Schwester. Keines der Mädchen sprach ein Wort. Nachdem Brona ihre Cakes gegessen hatte, sah sie Becky direkt in die Augen.

»Und, was meinst du?«

»Sie kommt heute zurück.«

»Nein, meine Haare meine ich«, sagte Brona.

Becky starrte sie an. Am liebsten hätte sie geschrien: »Wie kann man nur so egoistisch sein! Hör auf damit! Es geht hier nicht um dich! Deine Haare interessieren keinen Menschen!«

Doch der Blick in Bronas Gesicht zeigte ihr, wie verletzlich ihre Schwester war. Aus Bronas Augen sprach Angst. Und Hoffnung. Die Hoffnung, Becky würde etwas Nettes sagen, etwas, das ihr wenigstens für kurze Zeit Sicherheit geben könnte.

»Es sieht sehr hübsch aus«, sagte Becky. »Ich hätte nicht gedacht, dass es so gut wird. Das hat die Friseurin sehr gut hingekriegt. Mit diesem stufigen Schnitt wirkt dein Gesicht ganz weich. Und älter siehst du auch damit aus.«

Brona strahlte und griff über den Tisch hinweg nach Beckys Hand.

»Es wird alles wieder gut, oder?«, fragte sie.

Becky sah sich in dem Café um. Es hatte etwas so Vertrautes, hier zu sitzen – das Klirren der Tassen, die auf den Untertassen abgesetzt wurden, die Holztische mit den Glasplatten, die bequemen, plüschbezogenen Sitznischen, der würzige Kaffeeduft. Und doch ist es diesmal anders, dachte sie. Wir sitzen nicht, wie sonst, alle zusammen, sondern ich sitze Brona anstelle unserer Mutter gegenüber, und Bella ist nicht da. Jetzt bin ich die Erwachsene. Komisch. So unerwartet. Und Brona und ich streiten nicht und werfen uns keine hässlichen Dinge an den Kopf, sondern ich spiele die Rolle der älteren und klügeren Schwester. Ich bin diejenige, die ihr Mut macht. Sie nickte Brona zu und berührte ihre Fingerspitzen.

»Ja«, sagte sie, »alles wird wieder gut.«

Einen Augenblick lang glaubte sie es wirklich. Einen Augenblick lang hatte sie Hoffnung, Zuversicht, das Gefühl, die Sicherheit zurückgewinnen und wieder normal leben zu können.

Es wird vielleicht anders sein als früher, dachte sie, aber es wird in Ordnung sein.

Doch dann kehrte wie mit einem dumpfen Schlag die Angst zurück und mit ihr die Erinnerung an die trostlose Stimmung im Haus, die sich so stark von der Atmosphäre unterschied, die nach dem Tod ihrer Großeltern geherrscht hatte. Damals war es eben der Lauf der Welt, dachte sie, als sie durch die Grafton Street gingen. Das jetzt war anders. Das jetzt machte Angst.

Plötzlich berührte Brona sie am Arm.

»Becky«, sagte sie, »fühlst du dich auch so komisch? Wenn man so geht und die Leute ansieht – die führen bestimmt alle ein normales Leben, und keiner weiß, dass Bella verschwunden ist.«

»Ja, ich weiß, was du meinst. Als würden sie in einer ganz anderen Welt leben als wir.«

Ihr war, als würde alles an ihr vorbeirauschen und als gingen Brona und sie Seite an Seite durch einen Traum. Brona rückte dichter an sie heran und warf ihr einen Blick zu, und Becky dachte, dass sie beide zwar wie alle anderen Menschen auf der Straße aussahen – jünger vielleicht, weil Mädchen in ihrem Alter jetzt in der Schule saßen –, aber in Wirklichkeit nicht dazugehörten. Überall Frauen mit Handschuhen und Schals, unterwegs, um den Plan zu erfüllen, den sie sich für diesen Tag gemacht hatten, während Brona und sie alles nur mehr mechanisch taten. Das Gefühl der Entfremdung wurde so stark, dass Becky erschauderte.
Während der Busfahrt nach Hause saßen sie nebeneinander, Brona am Fenster. Die Scheibe war beschlagen. Mit einem Finger, der durch ein Loch im Handschuh hervorspitzte, schrieb Brona das Wort BELLA auf das Glas.
Als Becky es bemerkte, rückte sie näher an Brona heran und drückte ihren Arm an den ihrer Schwester, während der Bus aus dem Stadtzentrum fuhr.
»Was die in der Schule jetzt wohl gerade machen?«, sagte Brona.
»Wahrscheinlich überdenken jetzt gerade ein paar Nonnen wegen Mr Jones ihre Berufung.«
Brona prustete los.
»Das ist wirklich lustig«, sagte sie, als sie wieder zu Atem kam.
»Na ja, ich finde er sieht ganz gut aus«, fügte Becky erklärend hinzu. Brona hatte so sehr gelacht, dass sie mit dem Kopf an die Scheibe gestoßen war.
»Ich lache doch gar nicht über das, was du gesagt hast«,

sagte Brona nach Luft schnappend, »sondern weil *du* es gesagt hast. Ausgerechnet du! Ich hätte nie geglaubt, dass du so etwas denken könntest.«

»Ich musste gerade daran denken, wie Mutter Immaculata gestern gesagt hat: ›*Die Schule wird mit ihm neue Höhepunkte erreichen.*‹« Becky ahmte kichernd die Mutter Oberin nach.

Die Mädchen lachten, bis ihnen fast die Tränen kamen. Als der Kicheranfall vorbei war, sahen sie sich an und hatten plötzlich ein merkwürdiges Schuldgefühl.

»Wie können wir nur so lachen, obwohl Bella verschwunden ist«, sagte Brona, und ihre Augen füllten sich mit Tränen.

»Es ist nicht schlimm, dass wir lachen. Bestimmt nicht. Bella hätte auch gelacht, wenn sie hier wäre.«

»Aber sie hat Mr Jones doch noch gar nicht gesehen«, entgegnete Brona und wischte sich mit dem Handrücken die Tränen weg.

»Wenn wir es ihr erzählen, lacht sie bestimmt.«

Sie blickten einander an. In ihren Köpfen jagte ein Gedanke den anderen. Die Angst, Bella könnte nicht zurückkommen, und sie würden ihr nie von diesem Scherz erzählen können. Die Gewissheit, dass sie erstaunt sein würde, wenn sie wüsste, dass ihre beiden Schwestern nebeneinander im Bus saßen und gemeinsam herzhaft gelacht hatten. Wahrscheinlich würde sie eine höhnische Bemerkung darüber machen.

Wo bist du, Bella?, dachte Becky, während sie das letzte Stück zu Fuß nach Hause gingen. Wie konntest du das

Mum und Dad antun? Und Brona und mir. Aber wahrscheinlich kannst du dir gar nicht vorstellen, dass Brona und ich dich vermissen. Und ich vermisse dich auch gar nicht, ich will nur, dass du wieder da bist. Ich will, dass alles wieder so ist wie vor zwei Tagen. Ich will wieder hören, dass du dich für etwas Besseres hältst, ich will dich hören, wenn du hochnäsig und fies bist. Ich will wieder hören, wie Brona gegen uns beide stichelt. Ich will, dass alles wieder ist, wie es war. Kaum zu glauben, aber es ist so.

»Euer Vater musste für eine Stunde in die Klinik, deshalb bleibe ich ein bisschen hier«, sagte Tante Nancy, als Becky und Brona nach Hause kamen.

Mit Nancy Fitzgerald änderte sich die Atmosphäre im Haus. Es fühlte sich zwar unvertraut an, aber geborgener. Nancy bemutterte die beiden, wie weder Becky noch Brona es kannten, aber das war immer noch besser als die Stimmung, die zuvor geherrscht hatte.

»Gibt es etwas Neues?«, fragte Becky.

Nancy schüttelte den Kopf.

»Immer daran denken: Keine Neuigkeiten sind gute Neuigkeiten«, erklärte sie nachdrücklich.

»Und Mum?«

»Sie liegt noch im Bett. Da ist sie im Moment auch am besten aufgehoben.«

»Was sollen wir denn tun?«, fragte Brona.

»Verhaltet euch am besten ganz normal«, antwortete Nancy resolut. »Morgen geht ihr wieder in die Schule. Räumt jetzt eure Zimmer auf und legt die Bücher raus, die ihr morgen braucht. Macht eurer Mutter so wenig Ärger wie möglich. Verhaltet euch wie immer.«

Becky lag auf ihrem Bett und schrieb:

Liebes Tagebuch, seit meinem letzten Eintrag wird Bella, meine ältere Schwester, vermisst. Meine Tante Nancy sagt, Bella hat nun mal ihren eigenen Kopf und wird zurückkommen, wenn sie soweit ist. Mummy glaubt, dass ihr etwas zugestoßen ist.
Es waren Leute von der Zeitung da, und Brona und ich mussten Fotos von Bella heraussuchen, die in letzter Zeit aufgenommen wurden.
Onkel James, der ja Rechtsanwalt ist, war hier und beantwortete die Fragen der Presse. Er sagt, dass es gut ist, dass ihr Foto morgen in den Zeitungen erscheint, weil es dem Gedächtnis der Leute auf die Sprünge hilft. Allerdings war es Sonntagabend sehr neblig. Deshalb glaube ich nicht, dass sehr viele Leute sie sehen konnten.
Brona glaubt, dass Bella entführt wurde und die Entführer vielleicht nicht die richtige Adresse haben, an die sie die Lösegeldforderung schicken können. Onkel James meint, wir sind völlig uninteressant für Entführer, weil wir nicht so viel Geld haben. Daddy sagt ständig, dass sie bestimmt zurückkommt. Er sagte, dass es völlig ausgeschlossen ist, dass sie vorhatte auszureißen, weil sie am Sonntagabend noch mit ihrem Meccano-Baukasten gespielt hat.

Als er das zu Onkel James sagte, fragte Onkel James: »Sie hat was gemacht?« Und plötzlich fand ich es auch sehr sonderbar. Immerhin ist sie fast achtzehn. Aber sie hat eben immer mit dem Meccano gespielt, weil sie weiß, dass Daddy das gefällt, und wir waren so daran gewöhnt, dass wir nie darüber nachdachten. Aber jetzt erscheint es mir wirklich sehr sonderbar. Meccano – ein Baukastensystem für Kinder, und die Mädchen, von denen ich weiß, dass sie einen daheim haben, haben ihn nur für einen Bruder, aber nicht für sich selbst. Wahrscheinlich war es nur ein Trick von Bella – sie hat immer getrickst, aber dass sie es auch bei Daddy und Mum tun würde, der Gedanke ist mir nie gekommen.

Es ist schon merkwürdig, dass die Leute in einer Familie etwas tun, was in anderen Familien nicht vorkommt. Man denkt sich vielleicht gar nichts dabei, sieht nichts Außergewöhnliches darin, bis man bemerkt, wie erstaunt ein Außenstehender darüber ist. Plötzlich kann man es dann auch gar nicht recht erklären. Bella hat ja immer solche Sachen gemacht. Und wenn ich jetzt darüber nachdenke, dann wird mir klar, dass sie es gemacht hat, damit die Aufmerksamkeit unserer Eltern auf sie gerichtet bleibt. Als wir klein waren, machte sie es, glaube ich, um uns die Schau zu stehlen. Ich weiß noch, wie Brona einmal mit Bauklötzen spielte und Bella immer vor ihr herumging, damit sie im Mittelpunkt stand. Dann packte sie einen Baukasten auf dem Kaminvorleger aus und bat Daddy um Hilfe, so dass Brona nach und nach in den Hintergrund rückte.

Wenn sie es darauf abgesehen hatte, mal wieder im Rampenlicht zu stehen, ist ihr das jetzt auf jeden Fall gelungen.
Ich bin so wütend heute Abend. Den ganzen Tag über war ich traurig, aber jetzt würde ich am liebsten schreien. Wenn sie heute Abend zurückkommen sollte, bringe ich sie wahrscheinlich um.
Mit Mum ist Tante Nancy ganz toll umgegangen, aber als sie nach Hause gefahren war, hat Mum wieder zu zittern und zu weinen begonnen. Ich mag Tante Nancy ja eigentlich nicht besonders, aber dass sie heute hier war, fand ich schön. Sie hat uns dazu gebracht, gemeinsam zu Abend zu essen, als die Kriminalbeamten gegangen waren. Mrs O'Doody ist länger geblieben, und Tante Nancy hat ihr in der Küche geholfen; wir haben uns alle ins Speisezimmer gesetzt (was wir dienstags sonst nie tun), und sie hat einfach geredet, was sonst immer sehr lästig ist, aber heute Abend nicht. Es hat die Leere, die im Haus herrscht, irgendwie gefüllt, und hin und wieder hat sogar Mum aufmerksam zugehört, wenn auch nur ein, zwei Minuten lang.
Aber als sie dann weg war, sagte Mum zu Dad, sie könne Nancys Anwesenheit nicht ertragen und wolle nicht, dass sie morgen wiederkommt. Daddy sagte in seiner ausweichenden Art nur: »Warten wir einfach ab, mein Schatz.«
Ich hoffe, dass Tante Nancy morgen wiederkommt. Ich habe solche Angst davor, morgen in die Schule zu gehen. Onkel James sagte, es wird einfacher sein, wenn die Leu-

te Bescheid wissen. Morgen können sie es in der Zeitung lesen.
Er hat Brona und mir erzählt, was Bella in ihrem Zimmer angebaut hat. Ich konnte es nicht glauben. Ich war ganz sicher, dass sie sich geirrt haben, aber Onkel James sagte, nein. Er fragte uns, wie lange die Pflanzen schon dort oben gewesen sind, was wir natürlich nicht wussten, weil Bella ja nie jemanden in ihr Zimmer ließ.

Becky rollte sich auf den Rücken und knipste die Nachttischlampe aus.
Wo bist du nur, Bella?, dachte sie.
Sie versuchte, ganz intensiv an Bella zu denken, sich Bella vorzustellen, um so vielleicht durch eine Art Eingebung herauszufinden, wo sie war und was sie machte. Aber es kam nichts.
Das Einzige, was sie vor ihrem geistigen Auge sah, war die Erinnerung an Bella, wie sie ihre Weihnachtsgeschenke auspackte und ihre Eltern freudestrahlend anlächelte.
»Oh, ist die schön!«, hatte sie gesagt, als sie die schmale Schachtel mit der goldenen Uhr öffnete. Becky sah sie vor sich, wie sie sich von den Knien erhob, in die Arme ihres Vaters lief und »Vielen, vielen Dank, Daddy!« sagte.
Das Bild verblasste und wich der Erinnerung an Bella, als sie Becky nach der Vorweihnachtsparty einen ziemlich boshaften Blick zuwarf.
»Wie viel hast du von den Robinsons erwartet?«, hatte sie Becky gefragt.
»Ich habe mit fünfzehn Shilling gerechnet.«

»Glück gehabt«, hatte Bella erwidert und ihr eine Ein-Pfund-Note gegeben. »Ich allerdings auch«, hatte sie hinzugefügt, nachdem Becky ihr gedankt hatte. »Ich dachte schon, du würdest einen Anteil von dem Geld wollen, das ich von ihm gekriegt habe.«

»Wie meinst du das?«

»Na ja, ich habe zusätzlich zehn Pfund von ihm bekommen, und du kannst mit einem Pfund vollauf zufrieden sein«, hatte Bella mit katzenhaftem Grinsen erklärt.

»Ach so. Ja, klar«, hatte Becky erwidert, ohne zu wissen, wovon Bella überhaupt sprach.

Bella hatte lächelnd darauf gewartet, dass Becky endlich bewusst wurde, was sie ihr gerade mitgeteilt hatte.

»Er hat dir zehn Pfund gegeben?«, rief Becky verblüfft, als ihr der Sinn des Gehörten endlich klar geworden war.

»Nein, elf – ein Pfund fürs Babysitten und einen Zehner für den Kuss.«

Becky starrte sie entgeistert an.

»Hat er das tatsächlich angesprochen? Und er hat dafür bezahlt? Ist ja widerlich.«

»Überhaupt nicht«, hatte Bella entgegnet. »Und nicht er hat es angesprochen, sondern ich.«

»Du hast *was* gemacht? Ich hatte es dir im Vertrauen erzählt. Wie konntest du das nur tun? Das ist schrecklich.«

Sie war unglaublich wütend gewesen.

»Hätte er vielleicht ungeschoren davonkommen sollen?«, hatte Bella eingewandt. »Er ist schließlich ein erwachsener Mann. Und er kann von Glück reden, dass ich es nicht seiner Frau gesteckt habe.«

Becky schüttelte sich. Sie sah Bellas Gesicht deutlich vor sich, während sie an das Gespräch zurückdachte. Bella hatte das Ganze offenbar aus einer völlig anderen Perspektive betrachtet. Ich werde zwar sowieso nie mehr bei den Robinsons babysitten, dachte Becky, aber wie soll ich ihm jemals wieder ins Gesicht sehen, wenn ich weiß, dass sie ihn wegen dieser widerlichen Abknutscherei erpresst und mir dann nicht mal das Geld gegeben hat?

Plötzlich sah sie Bella vor sich, wie sie oben an der Treppe stand und eine hämische Bemerkung über den rosa Pulli machte. Wie eine Tigerin hatte sie ausgesehen, als Becky sich auf sie gestürzt hatte.

Dann hatte sie Bella in Schuluniform vor Augen, mit perfekt geknoteter Krawatte, blütenweißer Bluse, im Chor singend. Obwohl sie wegen ihrer Größe in der hintersten Reihe stand, fiel sie immer auf.

Diese blonden Locken, dachte Becky. Und ihr Gesicht – dieses vor Schönheit strahlende Gesicht … Was Mr Jones wohl von ihr gehalten hätte … von ihr halten wird, korrigierte sie sich hastig. Ich darf so was nicht denken. Das ist destruktiv. Ich muss positiv denken, hat Onkel James gesagt.

Ihre Gedanken wanderten zu Mr Jones.

Hmmmm, dachte sie.

Mr Jones war groß und blond. Sie versuchte sich vorzustellen, wie es sich anfühlte, auf seinem Knie zu sitzen.

Als sie dann wirklich auf seinem Knie saß, beugte er sie nach hinten und küsste sie auf den Mund. Sein Kuss war anders als der von Mr Robinson.

Er presste seine Lippen fest auf ihre, die immer weicher und nachgiebiger wurden.

Mr Jones hatte ihnen Gesangsunterricht erteilt an jenem Montagvormittag nach den Weihnachtsferien, als sie noch nicht wussten, dass Bella verschwunden war. Becky war zusammengezuckt und knallrot geworden, als er sie ansprach.
»Du machst ja nur den Mund auf und zu«, hatte er gesagt. »Warum singst du nicht?«
»Ich kann nicht«, hatte sie geantwortet. »Ich habe einfach kein musikalisches Gehör.«
»Sie singt grauenhaft«, pflichtete Helen McKeever ihr beflissen bei.
»Wie heißt du?«, fragte er Becky, ohne auf Helens Bemerkung einzugehen.
»Rebecca Dunville.« Sie fühlte sich entsetzlich gedemütigt.
»Weißt du was, Rebecca Dunville?«, sagte Mr Jones, der sich der Klasse als Christopher Jones vorgestellt hatte. »Es wird das Beste sein, wenn du vorkommst und dich ans Klavier setzt. Ich zeige dir die Akkorde – spielst du Klavier?«, unterbrach er sich.
»Ja.« Sie nickte.
»Na siehst du!«, sagte er begeistert. »Wir wollen doch nicht, dass du Stressfalten bekommst, weil du so tun musst, als ob du singen würdest. Also, komm her! Du kannst den Anfangsakkord spielen und den Takt vorgeben.«
Beckys Gesicht, das vor Verlegenheit rot angelaufen war, rötete sich jetzt vor Freude. Sie schritt zum Klavier. Mr Jones'

Hand ruhte auf ihrer Schulter, während er ihr zeigte, was sie tun sollte. Ihre wütenden Klassenkameradinnen hofften, dass sie es vermasseln würde.
Aber sie vermasselte es nicht.

»Du kannst mich gern beim Vornamen nennen«, sagte er einige Zeit später, nachdem er sie geküsst hatte. Seine Finger waren damit beschäftigt, ihren Krawattenknoten zu lösen.
»Ich nenne Sie aber lieber Mr Jones«, antwortete Becky. Sie war inzwischen etwas älter geworden, sah aber fast noch genauso aus wie an jenem ersten Tag in seinem Gesangsunterricht.
»Soll ich dich Becky nennen? So wie deine Freundinnen?«
Sie schüttelte den Kopf.
»Nein, Mr Jones. Bitte nennen Sie mich Rebecca Dunville. Und im selben Tonfall wie im Unterricht. Wissen Sie noch – nachdem Sie unsere Namen auswendig gelernt hatten, riefen Sie uns immer mit beiden Namen auf, so wie die Nonnen, aber eben in Ihrem Tonfall, und wie Sie meinen Namen gesprochen haben, hat mir sehr gefallen.«
Er legte seine Hand auf ihr nacktes Knie und strich mit einem Finger am Gummibund der weißen Schulstrümpfe entlang.
Er lächelte sie an. Es war ein flackerndes Lächeln, das sie zur Komplizin machen wollte. Sie fand es verlockend, entzückend, bezaubernd. Es war anders als das Lächeln, das er im Unterricht lächelte, und anders als sein Lächeln am Tag des Bombenalarms, als er so unglaublich nett gewesen war.

Im Haus der Dunvilles hatte sich an diesem Dienstagabend alles zur Ruhe begeben. Das Warten hatte begonnen, es galt zu lernen, mit der Hoffnung zu leben, den Optimismus aufrechtzuerhalten, die Zeit herumzubringen.

Brona Dunville war in ihrem Zimmer, in dem Mrs O'Doody tagsüber Ordnung gemacht hatte und das nun ziemlich aufgeräumt war, wenn man von den Kleidungsstücken absah, die Brona an diesem Dienstagabend auf den Fußboden geworfen hatte. Sie lag im Pyjama unter der Bettdecke; ihr inzwischen dunkel gefärbtes Haar war über das Kissen gebreitet. Sie spielte mit dem Gedanken, wieder zu Becky zu gehen und sich trösten zu lassen, doch noch während sie sich überlegte, ob sie ihr warmes Bett wirklich verlassen sollte, überkam sie der Schlaf.

John und Elizabeth Dunville lagen in ihrem Bett. Die Tür war nur angelehnt, damit sie es nicht überhören würden, wenn nachts die Haustür aufginge. Sie lagen ziemlich weit auseinander, und die Lücke zwischen ihnen wurde immer größer. Sie dösten unruhig, und jedes Mal, wenn sie aus dem Schlaf schreckten, waren sie einen Augenblick lang ganz ruhig, bis die Erinnerung einsetzte, dass etwas Furchtbares geschehen war, und die Wirklichkeit sie vollkommen einholte.

Becky Dunville lag in ihrem dunkelblau gestrichenen Zimmer mit der sternenlosen Decke, streichelte sich sanft, ließ Erinnerungen an Mr Jones, wie er neben ihr am Klavier stand, vorüberziehen und nickte schließlich, noch weit vom Orgasmus entfernt, ebenfalls erschöpft ein.

Neuntes Kapitel

Am Mittwochmorgen wurden Becky und Brona mit dem Auto zur Schule gebracht. Sie saßen auf der Rückbank, Brona am Fenster, Becky, wie immer, in der Mitte.

»Mach mal ein bisschen Platz!«, quengelte Brona und stieß ihrer Schwester den Ellbogen in die Rippen.

Becky rückte ein wenig zur Seite.

»Setz dich ganz ans Fenster«, befahl Brona. »Da ist doch genug Platz.«

»Ich will aber nicht auf ihrem Platz sitzen«, erklärte Becky düster, den Blick stur nach vorn gerichtet.

»Hört ihr zwei jetzt endlich auf zu streiten!«, fauchte John Dunville. »Wir haben wirklich schon Probleme genug!«

Becky rückte ans andere Fenster. Sie war sehr blass.

»Daddy, Mutter Immaculata wird nicht mit dir sprechen wollen. Sie …«

»Sie wird mit mir sprechen!«, erwiderte er entschlossen. »Ich lasse mich nicht abwimmeln.«

Er ging vor ihnen die Treppe hoch, wurde oben jedoch von Schwester Rodriguez aufgehalten.

»Guten Morgen, Mr Dunville«, sagte sie. »Wie ich sehe, haben Sie die Mädchen heute gebracht. Fehlt denn eines?«

»Guten Morgen, Schwester. Ich möchte mit Mutter Immaculata sprechen«, teilte er ihr mit, ohne auf die Frage einzugehen. Sein Ton war eisig.
»Ihr zwei könnt schon gehen«, sagte er sehr beherrscht zu den Mädchen. »Ich kümmere mich um alles.«
Als Becky und Brona den Korridor entlanggingen, hörten sie Schwester Rodriguez wie im liturgischen Singsang sagen: »Mutter Immaculata empfängt keine Eltern ohne vereinbarten Termin.«
»Ich möchte aber jetzt mit ihr sprechen.«
Becky blieb am Ende des Korridors stehen. Sie hoffte noch mitzubekommen, wie die Auseinandersetzung ausging. Sie stellte ihren Schulranzen ab und zog sehr langsam ihre Kniestrümpfe hoch.
»Mutter Immaculata muss in zehn Minuten in die Morgenversammlung«, erklärte Schwester Rodriguez, die sich breitbeinig vor ihm aufgestellt hatte.
Wie Charon vor dem Tor zur Hölle, dachte Becky.
»Ein Grund mehr, mich schnellstmöglich zu empfangen!«, erwiderte John Dunville mit einem Blick auf seine Uhr. »Ich muss in zwanzig Minuten in der Klinik sein, meine Zeit ist begrenzt.«

Mutter Immaculata erschien nicht zur Morgenversammlung.
Brona, die drei Reihen vor Becky saß, drehte sich um und sah ihre Schwester an. Becky verzog das Gesicht. Es sollte Solidarität ausdrücken, wurde jedoch missverstanden. Brona streckte ihr die Zunge heraus. In diesem Moment betrat

Schwester Rodriguez die Bühne, um die Versammlung abzuhalten.
»Mutter Immaculata ist heute Morgen verhindert«, teilte sie den gespannt wartenden Schülerinnen in leicht gereiztem Ton mit.
»Deine Haare sehen toll aus, Bro«, flüsterte Rhona ihrer Freundin zu. »Hast du das gestern machen lassen?«
Brona nickte. Plötzlich kam ihr alles so anstrengend vor. Sie fragte sich, ob es Becky auch so ging.
Becky dachte an Bellas Foto, das an diesem Tag in der Zeitung abgedruckt war, und fragte sich, wie viele Schülerinnen es wohl gesehen hatten, bevor sie in die Schule gegangen waren.
Die meisten sind Interne. Und wie viele von den anderen haben eine Zeitung abonniert? Gut möglich, dass es erst heute Abend wirklich alle wissen. Onkel James hätte uns mehr darüber sagen sollen, wie wir am besten reagieren.
Sie war entsetzlich nervös und aufgewühlt.
Sie blickte zur Bühne, wo alle Lehrer der Schule versammelt standen, und bemerkte, dass Mr Jones sie fixierte. Einen Moment lang glaubte sie, dass er an den Gesangsunterricht am Montag zurückdachte, doch dann erkannte sie schlagartig an seinem Gesichtsausdruck, dass er den Zeitungsbericht schon gelesen hatte und wusste, dass sie eine der darin erwähnten Schwestern war. Tränen des Selbstmitleids traten ihr in die Augen, und sie stellte sich vor, wie viel Mitgefühl er nun für sie empfand. Doch dann unterdrückte sie das Weinen. Warum sollte sie ihm leidtun? In dem Artikel hatte ausdrücklich gestanden, die Polizei gehe da-

von aus, dass Bella weggelaufen sei, auch wenn es zuvor bereits geheißen habe, dass sie vermisst werde. Aber vielleicht hatte Becky das auch nur von ihrem Vater aufgeschnappt.
Als sie durch den Korridor zu ihrem Klassenzimmer ging, sah Mr Jones sie wieder an, und sein Gesichtsausdruck war nicht unfreundlich.
Beim Betreten des Klassenzimmers stieß Helen McKeever ihr in die Rippen.
»Gefällt er dir?«
Becky schüttelte erstaunt den Kopf.
»Der Blick kam mir aber schon sehr innig vor«, hakte Helen McKeever nach und sah Becky erwartungsvoll an.
Becky zuckte mit den Schultern. Es war ihr unangenehm, und sie wusste nicht, wie sie mit der Situation umgehen sollte. Sie hatte jetzt das Gefühl, dass Mr Jones sie eher mitleidig angesehen hatte. Das machte sie sehr verletzlich.
In der Pause kam Eleanor Fitzgerald, die zu den Internen gehörte, auf sie zu.
»Daddy hat mich gestern Abend angerufen und es mir erzählt«, flüsterte sie Becky zu. »Wie geht's dir denn?«
»Geht schon«, antwortete Becky. Es fiel ihr entsetzlich schwer, nicht loszuheulen.
»Was, glaubst du, ist passiert?«
»Ich habe keine Ahnung. Nicht den geringsten Anhaltspunkt. Du weißt doch, wie Bella ist – so selbstbestimmt, tut immer, was sie will … Ich weiß es einfach nicht. Mummy glaubt ganz fest, dass etwas Schreckliches passiert ist.«
Die ein Jahr jüngere Eleanor, klein und schmal wie Becky,

blickte ihrer Cousine ins Gesicht und hielt einen Moment lang ihren Arm.

»Ich bin da, falls du mich brauchst … Wenn ich dir irgendwie helfen kann …«

»Danke, Eleanor«, sagte Becky leise.

Während der restlichen Pause versteckte sie sich im Garderobenraum. Es war ihr unerträglich, den anderen gegenüberzutreten. Und nach der Pause war eine außerordentliche Versammlung anberaumt. So etwas hatte es noch nie gegeben. Gespannt marschierten die Mädchen in die Aula.

Es kann nicht wegen Bella sein, dachte Becky. Das können sie uns nicht antun, vor Brona und mir so eine Versammlung abzuhalten. Oder doch?

Sie konnten.

Becky sah, wie Brona herausfordernd das Kinn reckte, und tat es ihr gleich, hielt aber nicht lange durch. Als mehrere Schülerinnen sich zu ihr und Brona umdrehten, während Mutter Immaculata allen mitteilte, dass Bella Dunville verschwunden war, ließ sie den Kopf wieder hängen.

»Die Polizei …« Die Mutter Oberin sprach das Wort aus, als käme es ihr zum ersten Mal im Leben über die Lippen. Sie legte eine längere Sprechpause ein und fuhr dann fort. »Die Polizei ist … eingeschaltet. Am späten Vormittag werden mehrere Kriminalbeamte in die Schule kommen, und ich rate denjenigen, die etwas zur Erhellung der Situation beizutragen haben, sich zu melden. Bella Dunville ist erst siebzehn Jahre alt. Wir werden sie heute und an jedem Tag bis zu ihrer Rückkehr in unsere Gebete einschließen.«

Bis zu ihrer Rückkehr, dachte Becky. Ja, lieber Gott, bitte mach, dass sie zurückkehrt.
Es war der erste wirklich hoffnungsvolle Augenblick. Die Vorstellung, dass alle diese Nonnen und alle diese Mädchen gemeinsam beten würden – Gebete konnten doch Berge versetzen. So viele Gedanken nur auf einen Menschen gerichtet. Die große Kraft im Gebet der Nonnen. Da musste Bella doch zurückkommen! Das konnte Gott unmöglich unerwidert lassen!
Doch plötzlich hörte Becky eine innere Stimme, die sie fragte: »Was, wenn es Gott nicht gibt?« Die Stimme klang wie das Echo einer anderen, fremden Stimme, aber sie wusste, dass es ihre eigene war. Immer wieder stellte sie ihr diese Frage.
Mutter Immaculata begann, eine Dekade des Rosenkranzes vorzubeten.
»Gegrüßet seist du, Maria, voll der Gnaden. Der Herr ist mit dir. Du bist gebenedeit unter den Weibern, und gebenedeit ist die Frucht deines Leibes …«
Wie betäubt nahm Becky wahr, dass die Mädchen in das Gebet einstimmten. Sie registrierte, dass Mr Jones nicht betete.
Betet er grundsätzlich nicht oder denkt er, dass es sinnlos ist, fragte sie sich. Wie man wohl lebt in einer Welt ohne Gott?
Sie zwang sich mitzubeten.
Was bleibt mir übrig?, dachte sie. Ohne Gebet ist keine Hoffnung.
Während sie betete, sah sie, wie das Mädchen vor ihr eine

Mandarine aus der Tasche zog. Der Anblick der Frucht löste die Erinnerung an den scharfen Geruch aus, und plötzlich fiel ihr das offen stehende Fenster im Frühstückszimmer ein. Ein kalter, grauenhafter Schreck durchfuhr sie.
Mein Gott, Bella hat das Fenster offen gelassen – sie hat das Fenster offen gelassen, weil sie vorhatte, zurückzukommen.
In diesem Augenblick wusste sie, dass ihre Mutter recht hatte und ihrer Schwester etwas zugestoßen war.
Sie bekam keine Luft mehr. Als hätte sich eine Hand um ihre Kehle gelegt.
Lieber Gott, wenn es dich gibt, betete sie. Es war ein ganz neues Gebet für sie. »Wir flehen dich an, bring uns Bella zurück.«

»Becky! Becky!«, rief Brona, während sie sich an den herumstehenden Schülerinnen vorbeizwängte, die merkwürdig still waren. Die Neugier war ihnen deutlich anzumerken, aber das sonst übliche Geflüster klang gedämpft, und als Becky und Brona an ihnen vorbeigingen, drehten sie sich nur um und starrten die beiden an.
Becky blieb stehen und wandte sich ihrer Schwester zu. Bronas Gesicht war angsterfüllt, und ihre Hände zitterten.
»Du siehst schrecklich aus«, sagte Brona.
Du auch, dachte Becky. Sie hätte Brona gern erzählt, was ihr gerade eingefallen war, empfand es aber als unvernünftig, ihre Schwester, die offenbar auch etwas Schreckliches loswerden wollte, noch mehr aufzuregen, und so fragte sie nur: »Was ist?«

»Komm her.« Brona zog sie ein paar Schritte weiter. »Es ist etwas Schlimmes passiert.«
Becky ließ sich von ihrer Schwester in die Nische unter der Treppe ziehen.
»Es ist ganz furchtbar, Becky, aber sei nicht böse, bitte, bitte sei nicht böse. Schau, was ich gefunden habe.«
Brona zog die beiden Briefe aus ihrer Tasche.
»Ich habe sie einfach vergessen. Ich habe sie aus Bellas Zimmer genommen, am Montagmorgen, sie lagen unter ihrem Kopfkissen. Du weißt schon, das war, als die Todeserfahrung mich heimgeschickt hat. Ich habe sie gefunden und eingesteckt und seitdem vergessen. Ich habe einfach nicht mehr daran gedacht!«
Bronas Entsetzen über sich selbst war ehrlich. Becky nahm ihr die Briefe ab.
»Hast du sie gelesen?«, fragte sie ihre zitternde Schwester.
»Nein. Ich habe sie nur mitgenommen und dann völlig vergessen. Beim Beten habe ich die Hand in die Tasche gesteckt und sie wiedergefunden. Was sollen wir jetzt tun? Vielleicht sind sie ja wichtig!«
Wie aus weiter Ferne kam Becky die Erkenntnis, dass Brona sie jetzt, da es hart auf hart kam, plötzlich in alles miteinbezog und ihr die Entscheidungen überließ.
»Ist ja gut«, sagte sie. »Du hast sie mir jetzt gegeben. Ich gebe sie weiter. Mach dir keine Sorgen.«
Sie sahen sich an, und Becky umfing in einer tröstlichen Geste den Arm ihrer Schwester, wie es kurz zuvor Eleanor bei ihr getan hatte.

»Geh jetzt in dein Klassenzimmer«, sagte sie zu ihrer jüngeren Schwester. »Kopf hoch!«
Sie schob die beiden Briefe in die Tasche und eilte in den Garderobenraum, der während der Unterrichtszeit nicht betreten werden durfte. Das starke Bedürfnis, Brona zu erzählen, dass sie das Fenster geschlossen und Bella damit ausgesperrt hatte, unterdrückte sie fürs Erste.

Auf dem einen Umschlag klebte eine irische Briefmarke, abgestempelt in Dublin. Mit zittrigen Fingern zog sie den Briefbogen heraus und entfaltete ihn.

Liebe Bella,
ich habe dir meine Telefonnummer gegeben – ruf mich an. Ich denke oft an das, was wir gemacht haben. Machen wir es doch wieder!
Alles Liebe
C

Wer um alles in der Welt ist C?, fragte sie sich. Und was haben die beiden gemacht?
Die Tür des Garderobenraums ging auf. Becky versteckte sich rasch zwischen den aufgehängten Mänteln und stopfte gleichzeitig die Briefe in ihre Tasche.
»Was tust du da, Rebecca Dunville?«, fragte Schwester Rodriguez und musterte Becky mit zusammengekniffenen Augen.
»Entschuldigung, Schwester.« Becky hoffte, dass die Nonne ihre abrupte Bewegung nicht gesehen hatte und die Briefe nicht aus ihrer Tasche hervorspitzten.

»Ich warte.«
»Mir war so komisch zumute nach dem Rosenkranz, Schwester, und ich wollte ein bisschen allein sein«, log Becky.

Zurück im Klassenzimmer dachte Becky ständig an den zweiten Brief. Sie hatte nur gesehen, dass er in London abgestempelt worden war, möglicherweise am siebenundzwanzigsten Dezember. Der Abdruck war ein wenig verwischt, sie hatte es nicht genau erkennen können. Sie versuchte, sich an die Weihnachtspost zu erinnern, aber da auch nach dem Fest täglich noch sehr viele Briefe gekommen waren, hatte sie irgendwer einfach sortiert und auf das Benares-Tablett in der Diele gelegt. Da jede Menge verspäteter Weihnachtskarten gekommen waren, hatte sich keiner um die Post der anderen gekümmert.
Jetzt lag der Brief aus London wie ein tonnenschweres Gewicht in ihrer Tasche.
Bald kommen die Kriminalbeamten, dachte sie und überlegte, ob sie ihnen die Briefe einfach geben sollte. Doch sie entschied sich dagegen; sie wollte erst den zweiten lesen. Dann weiß ich wenigstens, was drinsteht, und je mehr ich weiß, umso besser. Sie hatte das Gefühl, dass man ihr zu Hause nicht alles sagte. Es gab Gespräche hinter geschlossenen Türen, und was sie erfuhr, erschien ihr gefiltert.
Schwester Rodriguez piesakte sie im Französischunterricht und brachte offenbar keinerlei Verständnis dafür auf, dass sie sich nicht konzentrieren konnte.
»Rebecca Dunville«, zischte sie immer wieder, »pass endlich auf!«

Einmal hätte Becky am liebsten »Halt's Maul!« gerufen. So bin ich sonst nicht, dachte sie und senkte den Blick auf ihr Buch. Ich fühle mich ganz fremd. Ich halte das nicht aus. Es ist unerträglich.
Die französischen Verben wirbelten ihr durch den Kopf. Sie konnte an nichts anderes denken als an den zweiten Brief in ihrer Tasche.
Er enthält ganz bestimmt irgendeinen Hinweis ... Ich weiß es einfach. Vielleicht sogar die Antwort ...
Doch sie traute sich nicht zu fragen, ob sie kurz hinausdürfe, und konnte erst nach der Unterrichtsstunde in die Toilette gehen.

B., mein Liebling,
seit wir hier sind, findet eine Party nach der anderen statt, was aber nicht heißt, dass ich dich nicht vermisse. Im Gegenteil – ich denke nur noch daran, dass ich nächste Woche zurückkomme. Schnippel dir noch ein paar Schamhaare ab und schick sie mir per Eilpost – das letzte Löckchen habe ich leider am Weihnachtsabend ganz klein geschnitten und in einen Joint gerollt und geraucht. Gieß die Pflanzen schön und heb ein paar für mich auf.
Es war das tollste High, das ich bisher erlebt habe.
Alles Liebe,
H

Becky las den Brief zweimal. Sie war fassungslos. Wer ist H? Und was, in Gottes Namen, meint er? Von den Pflanzen

wusste er offensichtlich. Vielleicht gehörten sie ihm. Vielleicht hatte sich Bella für ihn darum gekümmert.
Sie las den Brief wieder und wieder. Schließlich faltete sie ihn, schob ihn ins Kuvert zurück und steckte ihn zu dem anderen in die Tasche. Mein Gott, was soll ich damit machen?, dachte sie.

Auf dem Rückweg wurde ihr im Korridor bewusst, dass sie länger als erwartet gebraucht hatte; nirgends war mehr jemand zu sehen, und aus den Klassenzimmern drang Stimmengemurmel.
»Ist alles in Ordnung mit dir?«
Sie drehte sich abrupt um. Vor ihr stand Mr Jones. Verärgert wirkt er nicht, dachte sie, während sie seine Miene zu deuten versuchte.
Sie nickte.
»Ich komme zu spät zum Unterricht.«
»Das macht nichts. Ich bin auch spät dran. Es ist meine Stunde, in die du zu spät kommst.«
Sie brachte nur ein gehauchtes »Oh!« heraus.
»Ist auch wirklich alles in Ordnung?«, fragte er noch einmal. »Du bist schrecklich blass.«
»Ich habe etwas gefunden«, sagte sie. »Mir ist etwas eingefallen. Ich … Ich weiß nicht, was ich tun soll.« Sie sagte es stockend, mit zitternder Stimme, den Tränen nahe.
»Das ist ganz normal. Du bist doch die Schwester des vermissten Mädchens, nicht wahr?« Plötzlich lag seine Hand auf ihrer Schulter.
Sie nickte kläglich.

»Sieh mich an«, forderte er sie auf und hob ihr Kinn. »Kann ich dir irgendwie helfen?«
Er sprach sehr eindringlich, und Becky hatte das Gefühl, dass er sich ganz auf sie konzentrierte.
»Ich weiß nicht«, antwortete sie. »Ich weiß einfach nicht, was ich tun soll. Meine andere Schwester hat Briefe von Bella gefunden – sie hatte sie aus ihrem Zimmer genommen und dann vergessen, und ich habe sie gelesen, und jetzt weiß ich nicht, was ich tun soll … Und … und mir ist etwas Schreckliches eingefallen. Ich weiß nicht, was ich tun soll«, sagte sie noch einmal.
»Möchtest du mit einer von den Nonnen sprechen?«, fragte er freundlich.
»O nein!«, erwiderte sie entsetzt.
»In Ordnung«, sagte er, leicht verwundert über die Heftigkeit ihrer Reaktion. »Pass auf, wir gehen jetzt ins Klassenzimmer, und nach der Stunde bleibst du noch ein bisschen und erzählst es mir, wenn du möchtest. Du kannst im Unterricht darüber nachdenken, du singst ja ohnehin nicht mit.«
Er lächelte sie an und führte sie durch den Korridor, und Becky fühlte sich mit einem Mal unglaublich beruhigt.
»Okay?« Er legte die Hand auf den Türknauf.
Sie nickte. Er klopfte ihr sanft auf die Schulter. Dann öffnete er die Tür.

Die Klasse sang, und Becky Dunville spielte die Akkorde am Klavier. Als zur Mittagspause geläutet wurde, entließ Mr Jones die Schülerinnen, forderte aber Becky auf zu bleiben.

»Rebecca Dunville, du bleibst bitte noch. Ich möchte dir Noten mitgeben, damit du zu Hause üben kannst. Ihr habt doch ein Klavier?«

Becky nickte. Helen McKeever machte, als sie mit den anderen hinausging, das Victory-Zeichen. Einige Mädchen drehten sich noch einmal um und warfen einen Blick auf Mr Jones, der neben Becky am Klavier stand und Notenhefte durchblätterte, bis alle den Raum verlassen hatten.

»Also, kann ich dir helfen?«, fragte er.

»Ja«, anwortete Becky. »Ich weiß, dass ich mit den Polizisten reden muss, wenn sie kommen, und dass Mutter Immaculata dabei sein wird, aber ich will nicht, dass sie sieht, was ich ihnen geben muss. Andererseits habe ich Angst, damit zu warten, bis ich heute Abend zu Hause bin.«

Sie stand auf und zog die beiden Umschläge aus der Tasche. Unschlüssig hielt sie beide eine Weile in der Hand, dann gab sie sie Mr Jones.

»Darf ich sie lesen?«, fragte er.

Sie wandte den Blick ab und versuchte sich vorzustellen, was er von dem zweiten Brief halten würde. Schließlich nickte sie.

»Du hast gesagt, dir sei etwas eingefallen«, erinnerte er sie sanft.

Sie nickte wieder. Mühsam suchte sie nach den richtigen Worten, um ihm zu erklären, woran sie sich erinnert hatte. »Es ist so schrecklich. Es ist wirklich schrecklich, und die Polizei muss es erfahren. Am liebsten würde ich Mutter Immaculata um Erlaubnis bitten, daheim anzurufen, aber sie sagt bestimmt nein. Dabei würde ich es so gern meinem

Dad erzählen. Und wenn ich mich rausschleiche, in eine Telefonzelle gehe, und ich werde erwischt … Sie wissen schon … Das Telefon um die Ecke ist ja immer kaputt …«

»Erzähl's mir«, sagte Mr Jones.

Becky fühlte, dass sie sehr blass war, und plötzlich hörte sie seine Stimme wie aus weiter Ferne. »Du musst reden.«

Sie versuchte, die Worte, die ihr durch den Kopf gingen, festzuhalten. Ihr Blick fiel auf das Klavier, sie sah ganz deutlich die Tasten, doch plötzlich begannen sie zu verschwimmen.

Nein!, dachte sie. Nein, bloß das nicht. Nicht hier!

»Ohnmächtig«, versuchte sie ihn noch zu warnen. Ihr fiel ein, dass sie nicht gefrühstückt hatte und was ihr Vater über ihren Blutzuckerspiegel gesagt hatte. Dann durchströmte sie etwas Kaltes, und ihre Worte und Gedanken dröhnten ganz laut in ihrem Kopf, und ihr war, als käme ihr der Fußboden entgegen.

»Was machen Sie da, Mr Jones?«, waren die ersten Worte, die sie hörte, als sie zu sich kam. Durch leises Stöhnen versuchte sie Schwester Rodriguez zu signalisieren, dass sie krank war, aber dieses Stöhnen bestärkte die Nonne nur noch in der Überzeugung, dass sie Mr Jones und eine ihrer Schülerinnen in flagranti erwischt hatte. Becky spürte den Boden unter sich und nahm wahr, dass sie in den Armen des kauernden Mr Jones lag.

»Sie ist in Ohnmacht gefallen«, erklärte Mr Jones der Nonne ganz ruhig. »Können Sie mir helfen, Schwester?«

Schwester Rodriguez nahm eine Neubewertung der Situa-

tion vor. Schon wenige Augenblicke später spürte Becky, wie sie dicht vor ihrem Gesicht mit den Händen herumfuchtelte, um sie aufzuwecken.
»Alles okay«, murmelte Becky.
»Keine Umgangssprache, Rebecca Dunville!«, sagte Mutter Immaculata, deren plötzliches Erscheinen im Klassenzimmer etwas Wundersames hatte. »Du bist Schülerin von St Martin's, und ›okay‹ ist in unserem Wortschatz nicht enthalten.«
»Ja, Mutter Oberin«, murmelte Becky, während sie den Stoff von Mr Jones' Jackett an ihrer Wange zu fühlen begann und allmählich wahrnahm, dass er ihr mit der Hand übers Haar strich.
»Armes Kind«, sagte Mr Jones.
Becky wusste nicht, ob diese Worte an sie oder an die Mutter Oberin gerichtet waren. Jedenfalls stieß Mutter Immaculata einen Laut aus, der wie *Pah* klang.
»Sie ist schrecklich blass«, fuhr Mr Jones fort. »Dass ihre Schwester vermisst wird, belastet sie sicherlich ungemein. Sollte man sie nicht besser auf die Krankenstation bringen?«
Becky sah, dass Mutter Immaculata das Für und Wider abwägte, ehe sie ihre Zustimmung äußerte.
»Ich trage sie«, sagte Mr Jones und hob Becky vom Boden auf. »Sie wiegt ja kaum etwas. Bitte gehen Sie voran«, bat er die Mutter Oberin, die sofort erwiderte: »*Ich* gehe voran«, um klarzustellen, wer das Sagen hatte.
»Alles wird gut«, flüsterte Mr Jones Becky zu, während er sie aus dem Klassenzimmer trug.

Zwei Gedanken gingen Becky durch den Kopf. Zum einen hoffte sie, dass niemand ihre Unterhose sehen könnte, zum anderen, dass alle mitbekommen würden, wie Mr Jones sie trug.

Ich schließe am besten die Augen und genieße einfach das Gefühl, in seinen Armen rasch durch die Schule getragen zu werden. Sie hörte das Rauschen von Nonnengewändern und das Gemurmel der Schülerinnen, die sie im Korridor und auf dem Weg durch mehrere Gebäude passierten. Plötzlich ging es treppauf, und sie wurde ein bisschen durchgerüttelt in Mr Jones' Armen.

Dann lag sie auf einem Bett, das sich kühl anfühlte, und ihr Kopf sank in ein Kissen.

»Sie können jetzt gehen, Mr Jones«, sagte Mutter Immaculata.

»Ich ziehe ihr erst noch die Schuhe aus, dann müssen Sie das nicht machen, Mutter Immaculata«, erwiderte er gelassen.

Becky spürte, dass ihr die Schuhe von den Füßen gestreift wurden.

Gott sei Dank stinken meine Füße nicht so wie die von Helen McKeever, dachte sie, öffnete die Augen und lächelte Mr Jones an.

»Es wird dir gleich wieder bessergehen, Rebecca«, sagte er. »Du bist hier in guten Händen.«

Sie war sich nicht sicher, ob sie einen schneidenden Unterton in seiner Stimme gehört hatte.

»Sollte das eine sarkastische Bemerkung sein?«, fragte sie ihn lange danach. »Damals, als ich in Ohnmacht fiel, Sie wissen schon, und Sie mich in die Krankenstation getragen haben. War das sarkastisch gemeint, ich wäre dort in guten Händen?«

»Sarkastisch? Ich? Im Zusammenhang mit den lieben Nonnen? Niemals!«

»Du warst so blass«, fuhr er fort. »Ich habe mir Sorgen gemacht.«

»Und der Rabe dachte, er hätte uns erwischt«, sagte Becky kichernd.

»Nur gut, dass sie uns jetzt nicht sieht«, meinte Mr Jones, während er Becky Dunvilles Schulkrawatte aufknotete.

Becky lag unruhig dösend auf der Krankenstation, bis die Krankenschwester mit einem Tablett ins Zimmer trat. »Mutter Immaculata hat mit deinem Vater gesprochen, und er hat gesagt, wir sollen dir Tee und Toast bringen«, erklärte sie. Sie musterte Becky. »Du bist sehr blass, mein Mädchen. Du kannst dich, wenn du den Tee getrunken hast, noch ein bisschen ausruhen, bevor du ins Klassenzimmer zurückgehst.«

Nachdem sie einen Blick auf die Wanduhr geworfen hatte, verbesserte sie sich. »Du kannst dich bis Unterrichtsende ausruhen und dann nach Hause gehen.«

Nachdem die Krankenschwester das Zimmer verlassen hatte, schlief Becky ein, und niemand dachte mehr an sie. Als sie aufwachte, war es halb fünf und die Unterrichtszeit längst zu Ende.

Sie stieg aus dem Bett, zog ihre Schuhe an und brachte ihr Haar in Ordnung, so gut es ging. Dann verließ sie die Kran-

kenstation. Merkwürdig still war es in der Schule, als sie durch die Korridore zum Garderobenraum ging, um Mantel und Schulranzen zu holen.
Die sitzen wahrscheinlich an den Hausaufgaben, dachte sie flüchtig.
Es ging ihr jetzt ein bisschen besser, aber sie fand das Gebäude unheimlich, als sie es durch den Hauptausgang verließ und die Tür hinter sich zuzog.
Die kalte Winterluft traf sie ganz unvermutet. Sie knöpfte den Gabardinemantel zu und legte den Gürtel um. Erst dann ging sie die Treppe hinunter und trat auf den Gehsteig. Es war schon dunkel, und ihr Atem bildete kleine Wölkchen. Die Straßenlaternen flimmerten, und plötzlich fiel ihr siedend heiß ein, dass sie immer noch keinem erzählt hatte, wie sie in jener Sonntagnacht das Fenster im Frühstückszimmer geschlossen und verriegelt hatte.
Ich muss mich beeilen, dachte sie. Je eher ich heimkomme und es ihnen erzähle, umso besser.
Es war leicht neblig. Vor Kälte zitternd eilte sie auf den Sutherland Square zu.
»Kann ich dich mitnehmen?«, ertönte plötzlich eine Stimme aus einem Autofenster.
Sie zuckte zusammen. Sie hatte den Wagen nicht bemerkt. Mr Jones blickte aus dem Fenster eines dunkelblauen Mini. Becky zögerte. Er war so unglaublich nett zu ihr, und es fehlte ihr so, dass jemand mal nett zu ihr war. Sie nickte.
»Geht es dir wieder besser?«, fragte er.
»Ich habe geschlafen«, antwortete sie. »Jetzt geht es mir gut, danke.«

Es war ihr peinlich, dass er gesehen hatte, wie sie das Bewusstsein verlor. Aber obwohl es ihr lieber gewesen wäre, nicht in Ohnmacht gefallen zu sein, dachte sie gern daran zurück, wie er sie in den Armen gehalten und getragen hatte.

Als sie ins Auto stieg, wurde ihr seine Präsenz überdeutlich bewusst. Seine Beine wirkten so lang, und die Bewegungen seiner Hände auf dem Lenkrad nahm sie bis in die kleinste Einzelheit wahr.

»Ich habe die Briefe der Polizei übergeben«, sagte er. »Die Kriminalbeamten kamen, während du auf der Krankenstation warst.«

»Was haben sie gesagt?«

»Sie haben sie genommen und gelesen und mich gefragt, wie ich an sie gekommen sei. Du brauchst dir keine Gedanken zu machen.«

»Haben irgendwelche Schülerinnen mit ihnen gesprochen?«

»Ja, mehrere, soweit ich es mitbekommen habe, aber Schwester Rodriguez war offenbar der Ansicht, dass sie sich nur wichtig machen wollten. Mutter Immaculata erlaubte, dass ein paar von Bellas engsten Freundinnen befragt wurden. Mehr weiß ich nicht.«

»Ich verstehe«, sagte Becky.

Es war ein so merkwürdiges Gefühl, in Mr Jones' Mini zu sitzen und durch die dunklen Straßen nach Hause zu fahren.

Merkwürdig?, dachte sie. Doch wohl eher unglaublich.

Doch sie war froh, es warm zu haben und nicht allein zu

sein; und sie wusste, dass sie heute Nacht diese Momente mit ihm in Gedanken wieder und wieder erleben würde.

»Als wir vor dem Klassenzimmer im Korridor standen, hast du gesagt, dir sei etwas eingefallen. Was war denn das?«, fragte Mr Jones, während sie gemächlich durch die Lansdowne Road fuhren.

»Ich habe das Fenster geschlossen«, antwortete Becky. »Ich habe Bella ausgesperrt.«

Mr Jones hörte aufmerksam zu, als sie es ihm erklärte.

»Geh jetzt rein und erzähl es ihnen«, sagte er. »Soll ich mitkommen?«

»Nein, danke.« Sie schüttelte den Kopf. »Es geht schon. Wirklich«, fügte sie hinzu, als sie seinen zweifelnden Blick bemerkte. »Und vielen Dank.«

»Ist schon okay«, erwiderte er und sagte dann leise lachend: »Da ich kein Schüler von St Martin's bin, werde ich das Wort *okay* ja wohl benutzen dürfen, oder?«

Becky lächelte ihm zu, öffnete die Wagentür und stieg langsam aus. Jede ihrer Bewegungen verriet, wie schwer es ihr fiel.

»Hör mal«, sagte er, beugte sich zu ihr hinüber und blickte durch die offen stehende Tür zu ihr hoch. »Ich glaube, dass du in einer sehr schwierigen Situation bist. Solltest du das Bedürfnis haben, zu reden …«

Der unvollendete Satz dröhnte ihr in den Ohren, als sie die Auffahrt hochging. Dass die Autos draußen auf der Straße Kriminalbeamten gehörten, war sofort klar. Ihr war bang

ums Herz, als sie den Schlüssel unter dem Blumentopf hervorholte und ins Haus trat.
Brona kam die Treppe herunter und sah sie an.
»Was ist denn mit dir passiert?«, fragte sie. »Du siehst grauenhaft aus.«
Becky zuckte mit den Schultern. »Das ist eine lange Geschichte. Wer ist da drin?« Sie machte eine Kopfbewegung Richtung Wohnzimmer.
»Tante Nancy, Mummy, Daddy und drei Gendarmen. Keine Räuber. Ach ja, und Onkel James. Er ist erst vor ein paar Minuten gekommen.«
»Gibt es irgendetwas Neues?«
Brona machte ein finsteres Gesicht, schüttelte den Kopf und ging in die Küche.
»Nichts Neues und auch nichts zu essen«, murmelte sie. »Aber vielleicht hat Mrs O'Doody etwas für uns hingestellt.«
Becky blieb in der Diele stehen und betrachtete ihr Gesicht im Spiegel. Sie war wirklich blass.
Blass und interessant, dachte sie hoffnungsvoll und fragte sich, wie Mr Jones sie wohl sah.
Onkel James trat hinter sie.
»Hallo.« Seine Stimme klang freundlich, sein Blick war liebevoll.
»Gibt es etwas Neues?«, fragte sie ihn mit so viel Zuversicht in der Stimme, wie sie aufbringen konnte.
Er brauchte nicht zu antworten. Seine Miene sagte alles.
»Es sind ein paar Briefe aufgetaucht. Wir hatten die Hoffnung, sie würden uns weiterhelfen.«

Becky nickte.
»Ich habe sie weitergegeben«, sagte sie. »Onkel James, da ist noch etwas ganz Schlimmes ... Etwas, das ich ganz vergessen hatte ...«
»Was denn?«
»Sonntagnacht, du weißt schon, in der Nacht, als Bella ... verschwand ... Da bin ich runtergegangen, um mir eine Mandarine zu holen – es ist mir erst heute wieder eingefallen, als ich in der Schule plötzlich den Duft einer Mandarine roch –, und das Fenster war offen. Das Fenster im Frühstückszimmer. Ich habe es geschlossen und verriegelt. Ich habe sie ausgesperrt.«
Es brach schwallartig aus ihr heraus. Schuldbewusstsein und Panik standen ihr ins Gesicht geschrieben.
»Du hast nichts Schlimmes getan«, tröstete sie Onkel James. »Wenn man ein offenes Fenster entdeckt, schließt man es. Mach dir deswegen keine Gedanken. Aber wir müssen es den anderen sagen, jetzt gleich. Weißt du denn noch, um wie viel Uhr das war?«

»Um wie viel Uhr war das?«, fragte Conor O'Connor, der rangniedrigste Kriminalbeamte. »Oder kannst du das nicht genau sagen?«
Becky schüttelte den Kopf. »Ich bin mir nicht sicher. Irgendetwas hatte mich aufgeschreckt, glaube ich. Vielleicht habe ich etwas gehört. Ich weiß nicht ... Mitternacht vielleicht? Genauer kann ich es nicht sagen. Vielleicht war es ein bisschen früher. Ich weiß es nicht mehr.«
»Das ist schon mal nicht schlecht«, sagte er. »Und du hast

nichts Schlimmes gemacht«, versicherte er ihr wie James Fitzgerald kurz zuvor.
»Ich hätte daran denken müssen.«
»Aber wieso denn? Du hast ein Fenster geschlossen. Normalerweise hätte das nicht die geringste Bedeutung gehabt. Nur eben dieses eine Mal«, erwiderte Conor O'Connor. »Du hast nichts Schlimmes getan.«
Alle hörten die Angst und die Selbstanklage in Beckys Stimme, als sie noch einmal sagte: »Aber ich habe sie ausgesperrt.«
»Wenn sie wieder hineingewollt hätte«, sagte Tante Nancy energisch, »dann hätte sie es versucht. Ende der Diskussion! Hast du etwas gegessen?«
Sie nahm ihre Nichte resolut, aber liebevoll am Arm und führte sie aus dem Zimmer.
»Muss ich nicht bleiben?«, fragte Becky.
»Nein, das reicht für heute.«

»Findest du nicht auch, dass Tante Nancy wahnsinnig lieb ist?«, sagte Becky später an diesem Abend zu Brona. »So rücksichtsvoll. Ganz anders, als ich sie immer eingeschätzt hatte.«
»Ich finde, dass sie sich wahnsinnig einmischt«, entgegnete Brona. »Und Mummy findet das auch. Ich habe gehört, wie sie mit Daddy darüber gesprochen hat. Sie will Tante Nancy im Augenblick nicht im Haus haben.«
»Was da wohl dahintersteckt?«, sagte Becky nachdenklich. »Ich meine, ohne Tante Nancy … Also, ich weiß nicht …«
Sie standen oben an der Treppe und zögerten es hinaus, ins

Bett zu gehen, als ob sie diese gemeinsam verbrachten Minuten spätnachts in die Länge ziehen wollten.

»Du warst nicht im Bus nach Hause«, sagte Brona.

»Mir war nicht gut«, erklärte Becky. »Ich musste auf die Krankenstation und bin erst spät aufgewacht.«

Brona musterte sie.

»Becky«, sagte sie.

»Mmmm«, machte Becky verträumt. Sie musste plötzlich an Mr Jones denken.

»Becky, weißt du noch, wie ich dich immer damit geärgert habe, dass du dick wärst?«

Becky wurde schlagartig zornig und kniff die Augen zusammen.

»Du bist nicht dick, Betty. Du bist ganz, ganz dünn. Tante Nancy hat es zu Mummy gesagt, und Mummy ist wütend geworden.«

»Ich bin einfach normal«, sagte Becky. »Und jetzt lege ich mich schlafen. Gute Nacht.«

In ihrem Zimmer zog sie das Pyjamaoberteil hoch und betrachtete ihre Rippen.

Ich bin ganz normal, dachte sie. Aber vielleicht …

Sie brachte den Gedanken nicht zu Ende. Sie wollte ins Bett und daran zurückdenken, wie Mr Jones sie durch die Schule getragen hatte.

Wie Lanzelot, dachte sie. *Lancelot sann, kurz verlegen …*

Doch im Bett gingen ihr wieder das Gespräch im Wohnzimmer und die Geschehnisse dieses Abends durch den Kopf. Sie dachte an Conor O'Connor, den Kriminalbeamten. Ein kräftiger Mann, massig, dunkel und ein ganzes Stück jünger als ihr Vater, aber trotzdem väterlich. Er hatte etwas sehr Nettes an sich. Irgendwie hatte er sie alle unter seine Fittiche genommen.

Ist eben sein Job, dachte sie.

Einmal an diesem Abend war sie in der Diele gestanden, und er war aus dem Wohnzimmer gekommen, und sie hatte ihn gefragt, ob er denn die Briefe bekommen habe.

»Hat Mr Jones sie Ihnen gegeben?«, wollte sie wissen, obwohl sie es wusste. Sie fragte nur, um mit ihm ins Gespräch zu kommen.

»Ja«, sagte er. »Hast du sie gelesen?«

Einen Augenblick lang wollte sie lügen, damit er sie nicht nach dem Inhalt befragte. Der Gedanke an den Brief von »H« war ihr geradezu unerträglich. Aber Lügen würde nichts bringen, deshalb nickte sie.

»Mach dir keine Gedanken wegen der Briefe«, sagte er freundlich. »Um die kümmern sich jetzt andere.«

»Haben Sie … Haben Sie sie meinen Eltern gezeigt?«, fragte sie stockend.

»Deinem Vater, ja. Deiner Mutter noch nicht. Es steht nichts darin, was die Situation für sie leichter machen würde, und die beiden mussten heute schon genug verkraften.«

Aber *ich* muss das, was darin steht, verkraften, dachte sie. Und ich weiß nicht, wie ich das schaffen soll.

»Ich habe mich auch mit deinem Onkel James darüber unterhalten«, fuhr Conor O'Connor fort, als hätte er ihre Gedanken gelesen. »Wenn du das Bedürfnis oder den Wunsch

hast, mit ihm darüber zu reden, solltest du das tun. Oder mit mir«, fügte er hinzu. »Du kannst mich alles fragen.«
Sie schüttelte den Kopf.
»Hat Bella dir gegenüber jemals irgendwelche Jungen erwähnt?«
»Nein, nie«, sagte Becky. »Kein einziges Mal.«
»Und du hast keine Ahnung, von wem die Briefe stammen könnten?«
»Nein. Wahrscheinlich von Jungs, aber wer sie sind, weiß ich nicht. Ich weiß nicht, welche Jungen Bella gekannt haben könnte.«
»Und du – hast du einen Freund?«
Sie schüttelte den Kopf, aber sie dachte an Mr Jones.

Noch im Einschlafen dachte sie an Mr Jones.

Zehntes Kapitel

Mitten in der Nacht erwachte Brona, weil sie im Traum so heftig mit den Beinen gestrampelt hatte. Sie stand auf, lief in Beckys Zimmer hinüber und kroch zu ihr ins Bett.

»Becky«, flüsterte sie.

Becky riss es jäh aus ihrer Traumwelt, in der die Leute die merkwürdigsten Sachen rauchten und dazu Musik spielten.

»Der Akkord ist falsch«, sagte sie zu der verdutzten Brona.

»Was?«

Becky starrte verwundert ins Dunkel und registrierte allmählich, dass ihre Schwester neben ihr lag.

»Was willst du?«

»Ich hatte einen Alptraum«, flüsterte Brona. »Ich will nicht allein sein.«

»Der Traum ist vorbei, schlaf jetzt.«

»Ich habe Angst, ich könnte einfach verschwinden«, sagte Brona und kroch noch tiefer unter die Decke.

Ja, dachte Becky, ich weiß, was du meinst. Das Gefühl kenne ich. Ich hatte es heute Nachmittag auf der Krankenstation. Ein sonderbares, beängstigendes Gefühl war das, als ich plötzlich ganz allein war und nicht wusste, ob nun ich verschwunden war oder die anderen. Ich hatte es einfach vergessen. Sie dachte an den Moment zurück, als sie in dem fremden Bett mit der weißen Tagesdecke erwachte. Das Zimmer war kahl gewesen, bis auf ein Kreuz, das an der gegenüberliegenden Wand hing und von dem der gequälte Christus auf sie hinabsah. In der Stille dieses Zimmers hatte sie sich, während sie langsam zu Bewusstsein kam, gefragt, ob nicht vielleicht sie spurlos verschwunden war … Und dann war die Erinnerung durchgesickert und mit ihr die Angst.

»Schlaf jetzt«, sagte sie, während sie den Tag und die Tage davor innerlich wieder und wieder durchging.

Hätte ich doch nur das Fenster nicht geschlossen. Auch wenn Tante Nancy es nicht schlimm findet – hätte ich es doch bloß nicht getan! Vielleicht ist Bella zurückgekommen, ist voller Angst nach Hause gelaufen, auf das Fenster zu, und dann war es verriegelt, und wer immer hinter ihr her war, hat sie gepackt …

Diese Gedanken und die Angst waren grauenhaft.

Was sollen wir tun? Wie sollen wir die Zeit zubringen? Heute zum Beispiel – dieser schreckliche Tag … Sich verstellen und nicht wissen, was die anderen denken. Und morgen wissen alle, was in der Zeitung stand. Und wie das klang, was Mutter Immaculata gesagt hat … Wie kann es sein, dass Bella verschwunden ist?

Sie lag neben Brona, die eingeschlafen war, und starrte in die Dunkelheit. »Wir stehen noch am Anfang«, hatte Onkel James gesagt. Was um alles in der Welt soll das heißen? Wann werden wir am Ende stehen? Wann ist die Zeit um? Sie schauderte.

Hätte ich doch nur eine beste Freundin, dachte sie. Selbst wenn sie so bescheuert wie Rhona Brophy wäre oder eine wie Anne Marie O'Mahony – einfach jemanden, mit dem ich reden könnte …

Sie überlegte, ob die Polizei mit Anne Marie gesprochen hatte. Ja, bestimmt. Anne Marie wusste besser als jede andere darüber Bescheid, was Bella so alles gemacht hatte.

Ihr Kopf war voller angsterregender Gedanken. Sie ging ihre Klassenkameradinnen durch – da war Gabriela von Vecker oder Helen McKeever, neben der sie oft saß, aber mit der konnte sie nicht reden … Und jedes Mal, wenn eine neue Schülerin in die Klasse kam, was nicht allzu oft geschah, hoffte sie, das Mädchen würde ihre beste Freundin werden.

Ich habe niemanden, mit dem ich reden kann. Nur Brona, aber die braucht meine Hilfe, nicht meine Sorgen.

Sie schloss ganz fest die Augen und sah Mr Jones vor sich, wie er ihr im Auto das Knie tätschelte. Er hatte doch davon gesprochen, dass sie vielleicht mit jemandem reden wolle. Sie stellte sich sein Haar vor, ganz glattes Haar, und seine Augen waren grau mit winzigen Sprenkeln … Ja, sie war sich ziemlich sicher, dass seine Augen winzige Sprenkel hatten … Von dunklerem Grau vielleicht … Und sein Tweedjackett hatte sich gut angefühlt an ihrer Wange … Und die Schuhe hatte er ihr ausgezogen … So romantisch …

Um drei Uhr morgens starrte Elizabeth Dunville in ihrem Bett blicklos zur Decke hoch. Tief im Innern spürte sie etwas, das ihrer festen Überzeugung nach Bellas Todesangst war. Zusätzlich quälte sie die ungeheure Frustration darüber, dass niemand auf sie hörte und ihr keiner glaubte. Sie wusste, dass Bella etwas zugestoßen war, sie wusste es so genau, als wäre es ihr selbst geschehen. Sie lauschte den regelmäßigen Atemzügen ihres schlafenden Ehemanns.

Wie kann er nur schlafen?, dachte sie. Wie kann überhaupt irgendwer schlafen in dieser Situation? Bitte, lieber Gott, gib uns Bella zurück. Ich halte dich in meinen Armen und in meinem Herzen so gewisslich, als wärst du hier.

Am Abend hatte die Polizei sie um eine Beschreibung der Kleidungsstücke gebeten, die Bella getragen hatte, als sie verschwand, und Becky und sie waren in das Zimmer der ältesten Tochter hinaufgegangen, um herauszufinden, was fehlte.

Nachdem sie Bellas Kleider mehrmals durchgegangen waren, sagte Becky, Bellas neueste Jeans und ihre schwarzen Stiefel würden fehlen.

Elizabeth hatte auf dem Boden gekniet und den Schrank betrachtet, in dem Bella ihre Sachen so ordentlich verstaut hatte.

Und das ist nun alles, was von ihr bleibt, hatte sie gedacht, war aufgestanden und hatte sich in den Schrank gebeugt, um Bellas Duft zu riechen. Sie hatte einen Pullover in die Hand genommen und ihr Gesicht darin vergraben, und es war gewesen, als wäre Bella da.

Jetzt, im Bett, sehnte sie sich wieder nach diesem Gefühl, nach der sinnlichen Wahrnehmung von Bella. Sie stieg leise aus dem Bett, schlich sich hinaus und ging die Treppe hoch bis unters Dach.

In Bellas Zimmer nahm sie den Pullover aus dem Schrank, legte sich auf Bellas Bett und hielt ihn sich dicht ans Gesicht. Das Gefühl, dass Bella sich an einem schrecklichen Ort befand, wurde stärker denn je.
Sie hätte gern geweint, aber sie zwang die Tränen zurück. Sie hatte Angst, Bellas Duft nicht mehr riechen zu können, wenn sie weinte.
Als sie aufwachte, lag John neben ihr auf Bellas Bett und hielt sie fest an sich gedrückt. Sie wusste, dass er ihr nahe sein wollte, aber sie schob ihn von sich.
»Wir müssen miteinander reden«, sagte er.

Als die beiden Mädchen sich auf den Weg zur Schule gemacht hatten, versuchte er es noch einmal.
»Ich kann nicht mit dir reden«, sagte Elizabeth. »Mit dir kann man nicht reden. Du hörst nicht zu. Ich weiß, dass Bella etwas zugestoßen ist. Ich weiß es einfach.«
»Hör mir zu«, sagte er. »Hör einfach zu. Es ist gut möglich, dass du recht hast. Ich glaube sogar, dass du recht hast, aber alles deutet darauf hin, dass Bella ein eigenes Leben führte, von dem wir nichts wussten. Die Zahlen und Buchstaben in ihrem Notizbuch zum Beispiel – ich muss gestehen, dass ich mir keinen Reim darauf machen kann. Und die Hanfpflanzen. Elizabeth, solange wir nichts anderes haben als nur ein Gefühl …«
»Nur ein Gefühl?«, schrie sie ihn an. »Nur ein Gefühl? Du nennst das nur ein Gefühl? Mein Gott!«
Zum ersten Mal lag Verzweiflung in ihrer Stimme.
»Ach, geh doch in die Arbeit!«, sagte sie verächtlich.

»Ich gehe, sobald Nancy hier ist.«
»Ich will sie nicht hier haben.«
Er stand frustriert auf und ging in die Küche, um Kaffee zu machen.
»Man kommt einfach nicht an sie heran«, sagte er, als Nancy eingetroffen war.
»Mach dir keine Sorgen«, beruhigte ihn Nancy. »Geh in die Arbeit, ich mache das schon.«
»Sie ist nicht gerade scharf darauf, dass du herkommst«, erklärte John seiner Schwägerin so schonend wie möglich.
»Ich rede mit ihr«, gab Nancy aufmunternd zurück. »Schließlich muss jemand da sein, falls es etwas Neues gibt …«

In der Schule verpasste Rhona ihrer Freundin Brona einen Stoß in die Rippen.
»Du bist ja richtig berühmt«, sagte sie. In ihrer Stimme schwang ein wenig Neid mit.
»Wir können gern tauschen, wenn du willst«, erwiderte Brona aufbrausend.
»Was glaubst du – wohin ist Bella gegangen?«, fragte Rhona.
»Keine Ahnung. Mummy glaubt, dass ihr etwas passiert ist. Die Polizei denkt, dass sie ausgerissen ist oder so. Glaube ich zumindest, aber ich weiß es nicht genau.«
»Und dein Dad und Becky?«, hakte Rhona nach. »Was glauben die?«
»Weiß ich nicht«, sagte Brona. »O Gott, wie ich diese Schule hasse. Dieses ständige Beten macht mich noch verrückt. Und wenn nicht gebetet wird, dann werden französische Vokabeln durchgenommen. Dieses blöde Pack!«

»Also, wenn Bella nach Frankreich gegangen ist, kann sie die Vokabeln bestimmt gut gebrauchen«, sagte Rhona altklug.

Auf dem Weg in ihr Klassenzimmer sah Becky Conor O'Connor in der Eingangshalle stehen. Nachdem sie sich rasch versichert hatte, dass keine Nonnen in der Nähe waren, ging sie auf ihn zu.

»Hallo«, sagte sie.

»Wie geht es dir?«

»Gut.« Sie tat die Frage rasch ab. »Haben Sie … Haben Sie schon mit Anne Marie O'Mahony gesprochen? Ich glaube, dass sie noch am ehesten etwas weiß.«

»Genau deshalb bin ich hier. Sie war gestern nicht in der Schule. Ich habe bei ihren Eltern angerufen, aber da ist niemand ans Telefon gegangen. Sollte sie heute in die Schule kommen, werde ich hier mit ihr sprechen und andernfalls zu ihr nach Hause fahren.«

»Entschuldigen Sie bitte«, sagte Becky, »ich möchte mich nicht einmischen oder Ihnen sagen, was Sie zu tun haben.«

»Aber nein. Uns ist jede Hilfe willkommen. Alles, was dir einfällt …« Er ließ den Satz unvollständig.

»Mit Bella kommt doch bestimmt alles wieder in Ordnung, oder?«, sagte Becky.

Im Klassenzimmer dachte sie über das Gespräch nach. Ihr fiel auf, dass er ihre Frage im Grunde nicht beantwortet hatte. Niedergeschlagen hob sie den Pultdeckel und holte ihre Bücher hervor. Sie gewöhnte sich allmählich an dieses Gefühl.

»In dieser Stunde beaufsichtige ich euch«, sagte Mr Jones, während er im Gang zwischen den Pulten auf und ab schritt. »Schwester Rodriguez ist verhindert. Die Schule durchlebt derzeit eine ungewöhnliche Periode.«

Für das Wort »Periode« erntete er einiges Gekicher, doch es gelang ihm mit einem einzigen Blick, die Klasse wieder zur Ruhe zu bringen.

Als er die vorderste Pultreihe erreicht hatte, richtete Becky die Augen nach oben, und ihre Blicke trafen sich. Sein Mund formte ein kaum wahrnehmbares Lächeln, das sie nicht deuten konnte. Sollte es verschwörerisch sein? Oder verständnisvoll, mitfühlend? Sie hatte den Eindruck, dass er wusste, welch bleischweres Gewicht auf ihrer Seele lastete.

Sie betrachtete ihn, wie er vor dem Kamin stand, in dem das Kohlenfeuer brannte, sah, wie die Strahlen des Winterlichts durch die Scheiben fielen und wie er seine langen Musikerhände bewegte. Hinter ihm befand sich die Statue von St David mit ihrem makellosen Gesicht, und Becky war, als stünde die Zeit still.

Einen winzigen Augenblick lang war alles im Raum ganz klar umrissen. Dann ertönte der gewaltige Knall einer Explosion, und die Fensterscheiben flogen aus den Rahmen und zerbarsten auf den schreienden Mädchen.

»Runter, runter, unter die Pulte!«, brüllte Mr Jones, und die fünfundzwanzig zu Tode erschrockenen, scherbenübersäten Mädchen ließen sich zu Boden fallen und krochen zitternd unter ihre Pulte.

Es war, als stünde die Zeit still, schrieb Becky am Abend in ihr Tagebuch.

Ich konnte nicht sagen, was zuerst kam. Als hätte der Knall der Bombe uns erst erreicht, als die Scheiben schon auf uns gefallen waren. Als wir wieder aufstanden und den Schaden sahen und feststellten, dass keine von uns ernsthaft verletzt war (was ein Wunder ist, hat Mutter Immaculata gesagt), brannte noch immer die Kerze vor der Statue auf dem Kaminsims, und die einzige Veränderung bestand darin, dass keine Scheiben mehr in den Fensterrahmen waren. Durch das Feuer war es im Klassenzimmer einigermaßen warm gewesen; nun wurde es mit einem Schlag eiskalt.
Mr Jones war wunderbar. Er sagte, wir sollten unter den Pulten bleiben, bis man uns sagen würde, dass keine Gefahr mehr bestand. Dann wurden wir zum Hinterausgang der Schule geführt und mussten hinaus in die eisige Kälte, weil befürchtet wurde, dass eine zweite Autobombe auf der Straße explodieren könnte.

Das Auto war ein Stück von der Schule entfernt abgestellt worden, mehr zum Sutherland Square hin. Wo genau sich die Bombe befunden hatte, war zunächst unklar, weil alle in der Umgebung parkenden Fahrzeuge in die Luft geflogen waren. Die Fensterscheiben von Beckys Klassenzimmer waren die einzigen in der Schule, die es aus den Rahmen gerissen hatte.

Schwester Rodriguez sagte, das sei ein Zeichen dafür, dass das Böse unter uns sei, und die Statue von St David habe uns beschützt, schrieb Becky mit ihrer schönen Schrift am Abend dieses Tages.

Als ich es Onkel James erzählte, sagte er: »Was ist das denn für ein Mist!«, und wir lachten beide. Als wir nach einiger Zeit fast blau gefroren waren, durften wir ins Refektorium und kriegten Tee. Die meisten zitterten nicht nur wegen der Kälte, sondern auch wegen des Schocks. Mr Jones war einfach großartig. Er behielt den Überblick und blieb immer freundlich. Er hat mich so freundlich angelächelt. Er sorgte dafür, dass auch wirklich jede eine Tasse Tee bekam, und denjenigen, die am ganzen Leib zitterten, sagte er, sie sollten sich ein paar Extrakekse aus dem Kekskörbchen nehmen. Helen McKeever sagte, wenn es nach ihr ginge, könnte er ihr jeden Tag etwas aus ihren Körbchen nehmen, und klopfte sich auf die Brust. Total kindisch! Onkel James sagte, derjenige, der das Auto dort abgestellt hat, habe sich vermutlich geirrt, denn eigentlich habe der Anschlag wohl der Britischen Botschaft ein Stück weiter unten in der Straße gegolten. Und man könne von Glück sagen, dass sich gerade niemand auf der Straße befand.

Während Becky am späten Abend in ihr Tagebuch schrieb, sammelten die Experten der Armee die zerfetzten Teile auf und entdeckten, dass bei der Explosion doch jemand ums Leben gekommen war.

Wegen der starken Beschädigung an allen Fahrzeugen war zunächst nicht klar, in welchem Wagen sie gesessen hatte; jedenfalls wurde die zerfetzte Leiche eines bis zur Unkenntlichkeit verbrannten Mädchens gefunden.

Um halb elf klingelte das Telefon. Becky, die gerade in der Diele war, nahm den Hörer ab.

»Was sagen Sie dazu?«, fragte die Stimme am anderen Ende der Leitung.

»Wozu?«, fragte Becky erstaunt.

»Zu dem Mädchen, das man in der Nähe der Explosionsstelle gefunden hat.«

Becky stand neben dem Telefon. Der Hörer war ihr aus der Hand gefallen. Sie stand da und versuchte zu begreifen, was sie gerade gehört hatte.

»Was ist denn?«, fragte Onkel James, der soeben in die Diele trat.

Becky sah ihn entsetzt an. Sie öffnete den Mund, doch sie brachte kein Wort hervor.

Onkel James hob den Hörer auf. Die Leitung war tot.

Kurz darauf stand Conor O'Connor vor der Tür. Er sah ihren Gesichtern an, dass sie es bereits erfahren hatten.

»Ich bin so schnell wie möglich gekommen«, sagte er. »Aber es gibt immer einen, der schneller ist.«

James Fitzgerald führte ihn ins Wohnzimmer, wo sich alle versammelt hatten.

»Wir sind noch nicht sicher«, sagte Connor an alle gerichtet. »Es ist nur eine Möglichkeit. Es handelt sich um eine junge Frau von annähernd derselben … Also, sie hat ungefähr die richtige Größe, aber mehr wissen wir nicht.«

»Ist sie tot?«, fragte Elizabeth Dunville, die vor dem Kamin auf und ab ging, mit erstickter Stimme.
»Ja«, antwortete Connor. »Der Tod trat sofort ein.«
»Das ist nicht Bella«, sagte Elizabeth. »Bella ist nicht tot. Ich spüre sie. Sie ist in einer grauenhaften Lage, aber sie ist nicht tot. Sie müssen sie finden. Bitte!«
Sie sah sich hektisch um.
»Die Zeit läuft uns davon. Ich flehe Sie an!«
»Setz dich hin, Elizabeth«, sagte Nancy. »Komm, setz dich zu mir.«
»Hör endlich auf, Nancy! Es ist doch völlig egal, ob ich stehe oder sitze. Das ist nicht Bella, und keiner unternimmt etwas, um sie zu finden. Ihr müsst sie finden!«
»In welchem Krankenhaus?«, fragte John Dunville den Kriminalbeamten.
»Man hat sie in das gebracht, in dem Sie arbeiten.«
»Ich muss sofort hin.«
»Draußen wartet ein Wagen«, sagte Conor O'Connor. »Aber Sie wissen, dass man Ihnen nicht erlauben wird, dabei zu …«
»Ich muss sie sehen«, entgegnete John. »Ich erkenne es sofort.«
»Gar nichts erkennen Sie«, sagte O'Connor. »Glauben Sie mir, Sie erkennen gar nichts.«
Er nahm John beiseite. Becky verstand nur Satzfetzen. »Zahnstatus … Einzige Möglichkeit …«
»Wer ist mit der Sache befasst?«, wollte John wissen.
»Ein deutscher Arzt, zusammen mit einem Pathologen und mehreren Gerichtsmedizinern.«

»Gut«, sagte John. »Von Vecker ist gut … Sehr gut sogar. Aber ich muss trotzdem hin.«

Die anderen blieben wie Bühnenfiguren im Wohnzimmer sitzen. Während Becky ihre Familie betrachtete, kam ihr der Gedanke, dass auch für Onkel James und Tante Nancy das Verschwinden ihrer Nichte qualvoll sein musste; doch offenbar ließen sie diesen Schmerz nicht an sich heran, um Beckys Eltern, Brona und ihr selbst helfen zu können. Sie überlegte, ob ein solches Verhalten das war, was man »erwachsen« nannte, und ob sich alle Erwachsenen so verhielten oder ob Nancy und James eine Ausnahme waren.

Wir dagegen wissen nicht, wie wir uns verhalten sollen, dachte sie. Brona und ich, wir haben keine Ahnung. Wir gehen in die Schule, absolvieren unsere Alltagsroutine. Und Mrs O'Doody kommt und putzt und wäscht und bügelt, als wäre alles ganz normal. Dabei ist gar nichts normal. Da sitzen wir hier mitten in der Nacht, und vor der Schule ist eine Bombe explodiert; jetzt ist ein Mädchen tot, und sie glauben, es ist Bella. Jemand schluchzte herzzerreißend auf. Als Becky den Kopf hob, merkte sie, dass sie selbst es gewesen war.

»Die Mädchen müssen ins Bett«, hörte sie Tante Nancy sagen. »Seht sie euch an – sie brauchen Schlaf.«

Brona saß da und starrte das Bild über dem Kamin an. Ihre Augenränder waren rot, und alle paar Minuten rollten ihr die Tränen über die Wangen. Sie saß einfach nur da.

Bella tot, dachte Becky. Wie kann Bella tot sein? Bella mit

ihren blonden Locken und den großen blauen Augen, die lebhafte, starke Bella, wie kann das sein?
Und wie ihre Mutter in der Nacht zuvor, erinnerte sie sich an Bellas Duft, der aus dem Kleiderschrank geströmt war. Wie kann ihr Duft da sein, wenn sie tot ist? Was passiert mit ihrem Duft? Wird er immer schwächer und ist irgendwann verschwunden? Und dann ist gar nichts mehr von ihr da?

Erst am Freitagmittag erklärte Dr. von Vecker, dass es sich bei dem durch die Bombe getöteten Mädchen nicht um Bella Dunville handle.
Gott sei Dank, dachte Becky.
»Machen Sie sich jetzt vielleicht endlich auf die Suche nach ihr?«, fragte Elizabeth. In ihrer Stimme schwangen Frustration, Wut und Erschöpfung mit.
Wenn du heimkommst, bring ich dich um, Bella, dachte Becky und biss sich auf die Lippe, um die Wut im Zaum zu halten.
»Du hast so wütend ausgesehen«, sagte Brona kurz darauf zu ihr. »Warst du wütend, weil es nicht Bella ist?«
»Nein – ich bin nicht wütend, weil es nicht Bella ist«, erwiderte Becky langsam. »Aber ich bin wütend, weil sie uns das alles antut. Geht es dir nicht so?«
»Ich habe Angst«, sagte Brona. »Ich habe Angst, dass es immer weitergeht und nie aufhört. Und ich weiß nicht, was ich machen soll.«
Becky betrachtete sie und überlegte, ob sie selbst vielleicht in Wahrheit auch Angst hatte. Denn sie hatte nicht nur

Wut empfunden, sondern auch Erleichterung – Erleichterung darüber, dass Bella nicht in einem dieser Autos gewesen war, dass sie nicht bis zur Unkenntlichkeit zerfetzt und zerrissen war. Und dann war auch die Angst gekommen.

Ja, ich habe auch Angst, dachte sie. Die Angst ist stärker als die anderen Gefühle.

John Dunville brach im Krankenhaus zusammen, so groß war die Erleichterung, auch wenn er wusste, dass der Alptraum nicht zu Ende war, sondern nur eine andere Wendung genommen hatte.

»Eleanor ist das Wochenende über zu Hause«, sagte Nancy zu Elizabeth. »Es wäre schön, wenn uns die beiden Mädchen besuchen würden. Dann haben sie ein bisschen Gesellschaft, und …«

»Nein«, sagte Elizabeth.

Da die Tür offen stand, konnten Becky und Brona das Gespräch in der Diele mitanhören.

»Becky und Brona interessieren dich doch gar nicht! Du … du … du schiebst doch deine einzige Tochter ins Internat ab, damit du dich nicht mit ihr abgeben musst!«

»Jetzt bist du aber ungerecht«, hörten sie Tante Nancy nach einer kurzen Pause in relativ ruhigem Ton erwidern. »Wie du weißt, halten wir es für besser, dass Eleanor im Internat wohnt, damit sie mit Gleichaltrigen zusammen ist. Weil sie bei uns zu Hause ganz allein wäre.«

»Ach, hör doch auf«, entgegnete Elizabeth. »Das ist doch nur eine Ausrede, damit du dich nicht mit ihr beschäftigen musst.«

In Tante Nancys Stimme schwang jetzt eine gewisse Anspannung mit. »Ich habe das schlicht überhört, Elizabeth. Wir wissen beide, dass nicht jeder zwei oder drei Kinder bekommen kann. Oder auch nur eines. Und wir schätzen uns glücklich, dieses eine bekommen zu haben. Deshalb spar dir bitte deine Gemeinheiten. Schließlich wollen wir euch doch nur helfen.«

»Ich würde gern übers Wochenende zu Onkel James und Tante Nancy gehen«, flüsterte Brona Becky ins Ohr.

Becky schwieg. Sie wusste nicht, was sie wollte. Sie wusste nur, dass sie es da, wo sie war, unerträglich fand.

Sie zogen ihre Gabardinemäntel an und machten sich auf den Weg zur Schule. Ihre Eltern hatten gesagt, es sei besser für sie, am Nachmittagsunterricht teilzunehmen, als zu Hause herumzusitzen.

Was soll daran besser sein?, fragte sich Becky. Was soll denn das heißen? Wir können uns ja doch nicht konzentrieren. Wir haben nicht geschlafen. In der Schule sitzen wir auch nur herum und warten.

»Ich bin froh, dass sie uns in die Schule geschickt haben«, sagte Brona. »Ich halte es hier nicht mehr aus.«

Vielleicht haben sie recht, dachte Becky. Vielleicht sind wir in der Schule abgelenkt, und die Zeit vergeht schneller.

Sie blieben noch eine Weile in der Diele stehen und warteten, ob aus dem Wohnzimmer noch etwas kam; doch dort herrschte Stille.

»Komm, wir sagen auf Wiedersehen«, murmelte Becky und trat ins Wohnzimmer.

»Wir gehen jetzt los«, teilte sie den beiden Frauen mit.

»Mummy, wenn es dich entlastet, würden Brona und ich gern übers Wochenende zu den Fitzgeralds gehen.«

»Was soll das heißen, wenn es mich *entlastet?*«, fauchte ihre Mutter sie an.

»Ich versuche doch nur, dir zu helfen«, erwiderte Becky.

»Zu helfen? Hast du nicht schon genug angerichtet?«, geiferte Elizabeth.

»Was meinst du damit? Ich versuche wirklich nur zu helfen«, sagte Becky völlig entgeistert.

»Das Fenster schließen und Bella aussperren, das meine ich damit!«, erwiderte ihre Mutter aufschluchzend.

Becky sah sie an. Am liebsten hätte sie losgeweint, aber sie tat es nicht.

»Das ist unfair, Elizabeth«, sagte Nancy, als sie den Gesichtsausdruck ihrer Nichte sah. »Und gemein …«

»Vielleicht ist es gar nicht so unfair«, warf Becky leise ein. »Ich wusste zwar nicht, dass sie weggegangen war, aber das Fenster habe ich ja wirklich geschlossen und verriegelt. Und das tut mir sehr leid.«

»Es ist nicht deine Schuld«, erklärte Tante Nancy. »Deine Mutter ist sehr erschöpft und macht sich schreckliche Sorgen. Sie gibt dir nicht die Schuld.«

»Das wäre ja mal etwas ganz Neues«, antwortete Becky verbittert und ging aus dem Zimmer.

Im Bus hatte Becky das starke Gefühl, dass Brona schon wieder weinte, doch ihre Schwester hatte sich abgewandt, und auch ihr Spiegelbild auf der Scheibe ließ es nicht deutlich erkennen. Sie hatte den Eindruck, dass sich innerhalb

ihrer Familie ein Rollentausch vollzog. Brona, die Aggressive, der Scherzbold und Plagegeist, wirkte plötzlich so verletzlich, so unfähig, die Geschehnisse zu verkraften.
Nicht, dass ich sie verkrafte, dachte Becky. Aber irgendwie schaffe ich es besser als sie. Oder bilde ich mir das nur ein? Und Tante Nancy, die uns sonst immer zu verstehen gibt, dass wir nicht so intelligent wie Eleanor sind, ist plötzlich ganz offen und unterstützt uns, wo sie kann. Onkel James auch. Ganz anders, als sie früher auf mich gewirkt haben. Und Daddy, der immer schon ein bisschen unnahbar war, ist es jetzt noch mehr. Aber früher war er immer so souverän, und jetzt … jetzt ist er es nicht mehr. Und Mummy …
Den Gedanken an ihre Mutter ertrug sie nicht. Ihre Mutter sah so krank aus und war so … Sie konnte es nicht in Worte fassen.

»Kopf hoch!«, sagte Becky zu Brona, als sie die Treppe zum Schulgebäude hinaufgingen.
Sie meldeten ihre Verspätung, und Mutter Immaculata forderte ausnahmsweise einmal keine ausführliche Erklärung.
»Wir haben keinen Brief von unseren Eltern«, sagte Becky. »Es tut mir leid, aber wir konnten sie nicht darum bitten.«
Mutter Immaculata musterte die beiden Mädchen und fragte nur: »Gibt es etwas Neues, Rebecca?«
Becky blickte kurz zu Brona, die mit gesenktem Kopf dastand.
»Nur, dass das Mädchen, das bei der Bombenexplosion gestorben ist, nicht Bella war«, antwortete Becky.

»Wir beten«, sagte Mutter Immaculata an beide gewandt. »Wir beten für Bella und für eure Eltern.«
Becky fragte sich, ob die Gebete die Identität des toten Mädchens verändert haben konnten. Ganz kurz überlegte sie, ob es möglich sein konnte, dass das Mädchen bei der Explosion Bella war und sich dann in eine andere verwandelt hatte. Sie schwieg.
Sie hätte gern danke gesagt, aber sie brachte es nicht über die Lippen.
Dann strengt euch gefälligst mehr an beim Beten, dachte sie.

Nach dem Unterricht holte Anne Marie O'Mahony sie auf der Treppe ein.
»Da möchte jemand mit dir reden«, sagte sie.
»Mit mir?«
Anne Marie nickte.
Becky sah sich nach Brona um, die jedoch nirgends zu entdecken war, und ging dann mit Anne Marie zum Sutherland Square. Weil die Sutherland Street wegen der Bombenexplosion noch immer teilweise gesperrt war, mussten sie einen Umweg machen. Als sie den Platz durch das Tor betraten, hatte Becky das Gefühl, in eine andere Welt zu kommen. Der Sutherland Square war verbotenes Terrain für die Mädchen; Becky ging nie dorthin, wusste aber, dass einige andere Schülerinnen es taten. Fasziniert ließ sie die Schlichtheit, die der Platz ausstrahlte, auf sich wirken. Eine makellose, klare Dubliner Winterszene mit kahlen Bäumen, spärlichen Hecken, kaltem, kurz gemähtem Wintergras.

Vor ihr, gleich auf der ersten Bank, saß ein junger Mann. Als sie auf ihn zugingen, erhob er sich und sah ihnen entgegen. Er begrüßte Anne Marie mit einem Nicken. Anne Marie sagte nur: »Das ist Becky«, drehte sich um und ging weg.

Becky betrachtete ihn. Er war groß und schlank, hatte dunkles, gewelltes Haar, ein schmales, ziemlich blasses Gesicht und dunkelbraune Augen.

»Hallo«, sagte er. »Ich bin Hugo. Hugo Mombay Humphries, ein Freund von Bella.«

H, dachte sie. Das muss H sein.

Er hatte einen sehr schönen, kultivierten englischen Akzent.

»Hallo«, sagte sie nervös. Sie hatte ihn sich vorzustellen versucht, diesen mysteriösen H, und war überrascht, wie gut er aussah. Verwundert registrierte sie, dass er die Hand aus der Tasche zog, wie um sie ihr zu geben, es sich dann aber anders überlegte.

»Es tut mir so leid.«

»Wie bitte?«

»Was ihr jetzt durchmacht. Gibt es irgendetwas Neues?«

Sie schüttelte den Kopf.

»Hat die Polizei dich schon gefunden?«, fragte Becky. »Du weißt doch, dass sie auf der Suche nach dir sind.«

»Ich habe heute Nachmittag mit ihnen gesprochen. Ich hatte es erst gestern Abend in der Zeitung gelesen.«

»Aber in deinem Brief stand, dass du sie vermisst.« Becky hörte einen leicht mürrischen Unterton in ihrer Stimme. »Warum hast du dich nicht bei ihr gemeldet?«

»Wir sollten am Sonntagabend mit der Fähre ankommen … Das habe ich alles schon der Polizei erzählt. Aber dir will ich es auch sagen. Hör mal, gehen wir doch irgendwohin und trinken einen Kaffee. Es ist eiskalt hier, aber als ich mit Anne Marie sprach, ist mir auf die Schnelle kein anderer Treffpunkt eingefallen.«

Sie wandten sich Richtung Trinity College. Unterwegs sprachen sie kaum etwas. Sie betraten das College durch das Lincoln Gate und gingen schweigend nebeneinander her zur Buttery Bar. Hin und wieder sah sie ihn von der Seite an. Er war wirklich attraktiv, auch im Profil, und er hielt sich gerade. Sie merkte, dass sie sich nicht konzentrieren konnte. Ständig wurde sie von irgendetwas abgelenkt, als hätte sie die Fähigkeit verloren, ihre Gedanken in eine Richtung zu lenken. Der kurzgemähte, mit Rauhreif bedeckte Rasen der Sportplätze erinnerte sie an das Gras am Sutherland Square.

»Es ist ja ziemlich menschenleer hier«, sagte sie. »Ich hatte jede Menge Studenten erwartet.«

»Das Trimester beginnt erst nächste Woche«, erklärte Hugo.

In der Buttery Bar deutete er auf einen Tisch.

»Setz dich. Ich hole uns etwas Heißes zu trinken.«

Neugierig sah sie sich um. Sie war zum ersten Mal hier. Ein bisschen aufgeregt ließ sie die Inneneinrichtung und die Atmosphäre des Kellerlokals mit der niedrigen Decke auf sich wirken.

Wie in einer Höhle, dachte sie, während sie die Nischen und Säulen betrachtete, die den Raum teilten. Sie saß etwas

befangen auf dem kleinen Hocker und wartete auf Hugo, aber niemand schien sie zu bemerken oder gar schief anzusehen. Es störte sie, dass sie ihre Schuluniform trug.
»Vielleicht wäre dir Tee lieber gewesen«, sagte er und stellte eine Tasse Kaffee vor sie hin. »Ich habe vergessen, dich zu fragen, wie du ihn trinkst, und habe einfach Milch reingetan. Willst du Zucker?«
Sie schüttelte den Kopf.
Immer wieder kam ihr der Gedanke, dass sie es hier, wenn Bella nicht vermisst würde, wahnsinnig aufregend fände. Aber die Angst und Beklommenheit in ihr ließen keine Freude zu.
»Studierst du hier?«, fragte sie ihn.
»Ja. Drittes Studienjahr. Du, hör mal …« Er stockte. »Es ist schwierig. Ehrlich, ich wusste nicht, dass Bella Schwestern hatte. Ich habe sie gefragt, aber sie hat nein gesagt. Sie sei Einzelkind.«
»Hm.« Einen Augenblick lang war Becky gekränkt, doch dann nickte sie. »Typisch Bella. Sie wäre bestimmt gern Einzelkind gewesen.«
»Ja.« Er nickte. »Ich würde es dir jetzt gern erklären. Die Fähre konnte am Sonntagabend wegen des Nebels nicht in Dublin anlegen. Ich hatte mit Bella ein Treffen in Sandymount vereinbart. Ich habe da eine Wohnung. Meine Eltern wohnen ganz in der Nähe, in der Merrison Road«, fügte er hinzu. »Jedenfalls legte die Fähre erst am nächsten Morgen an. Um halb fünf nachmittags ging ich dann zum Sutherland Square – da haben sich Bella und ich regelmäßig getroffen –, aber sie ist nicht erschienen.«

»Warum hast du sie nicht angerufen?«
»Sie wollte das nicht. Sie sagte, ihren Eltern wäre das nicht recht.«
Sie hatte wohl eher Angst, du könntest rausfinden, dass sie Schwestern hat, dachte Becky.
»Am Dienstag bin ich wieder hingegangen, und als sie wieder nicht auftauchte, dachte ich, dass sie vielleicht krank ist. Am Mittwoch habe ich vor St Martin's auf Anne Marie gewartet, aber sie kam nicht, und gestern las ich dann eine Zeitung vom Mittwoch und erfuhr, dass Bella vermisst wird. Ich habe die Zeitung erst gestern Abend gelesen«, rechtfertigte er sich. »Und dann brachten sie in den Nachrichten die Meldung von dem Mädchen, das bei der Bombenexplosion umkam …«
Becky hätte ihn gern gefragt, warum er nicht wenigstens dann angerufen hatte, aber er wirkte so erschüttert.
»Heute Morgen bin ich schließlich zur Polizei gegangen, und am Nachmittag hat mich ein Kriminalbeamter befragt.«
»Was hat er gesagt?«
»Na ja … Er wollte alles ganz genau wissen und ließ sogar durchblicken, ich würde möglicherweise ein Alibi brauchen …«
»Ist doch klar«, hörte sie sich sagen. Sie war selbst überrascht von ihrem Mut. Offenbar war sie nicht bereit, irgendetwas unausgesprochen zu lassen. »Immerhin hat sie sich ja wohl wegen dir am Sonntagabend aus dem Haus geschlichen.«
»Ja, ich weiß. Jedenfalls haben sie überprüft, dass ich zu

diesem Zeitpunkt weit draußen auf der Irischen See auf einer Fähre war, was mich von jedem Verdacht befreit hat. Schließlich waren meine Eltern und Hunderte andere Passagiere dabei.«

»Und warum wolltest du jetzt mit mir reden?«, fragte Becky.

Er schwieg eine Zeitlang.

»Also«, sagte er schließlich, »erstens wusste ich, wie gesagt, nicht, dass du existierst, und war wirklich schockiert. Außerdem ist es so, dass ... Also, ich mag Bella sehr ... Ich mag sie wirklich sehr. Und wenn ich irgendetwas tun kann, möchte ich es tun.«

Er sah ihr in die Augen.

»Ich meine das ganz ernst. Ich kann mir vorstellen, was ihr jetzt durchmacht.«

Bella registrierte, dass er in der Gegenwartsform von Bella sprach. »Ich mag Bella sehr«, hatte er gesagt, nicht »mochte«. Ich glaube nicht, dass er weiß, was mit ihr passiert ist, dachte sie.

»Kannst du irgendetwas beitragen?«, fragte sie.

Er zögerte.

»Ich will dich nicht ängstigen. Du hast schon genug Angst. Aber da sie dich und deine Schwester verleugnet hat, ist mir der Gedanke gekommen, dass sie vielleicht auch über andere Dinge Lügen erzählt hat. Ich wollte mit Anne Marie darüber reden, aber ich habe kein Wort aus ihr herausbekommen. Der Kriminalbeamte, O'Connor heißt er, hat dich und deine Schwester erwähnt, und daraufhin habe ich Anne Marie gebeten, uns miteinander bekannt zu machen.«

Becky nickte.
»Weiter.«
»Ich habe mir überlegt, ob nicht du mit ihr reden könntest – mit Anne Marie. Vielleicht erzählt sie dir etwas. Ist nur so eine Idee.«
»Du bist der ›H‹ in dem Brief, richtig?«
Er reagierte leicht verlegen.
»Der, den sie an Weihnachten bekam?«
»Der, in dem es um Pflanzen ging«, sagte sie, um die Sache zu klären.
Er nickte.
»Ja, das bin ich«, gab er zu. Diesmal sah er sie nicht an, was sie in Anbetracht des etwas obszönen Briefes verstehen konnte.
Er war nett, ein richtiger Kavalier. Als er sie zur Bushaltestelle begleitete, ging er an der zur Straße gewandten Seite und versicherte sie seiner Hilfsbereitschaft; er sei immer für sie da, sie könne ihn jederzeit anrufen. Er gab ihr seine Nummer, und sie fragte ihn, ob er ihre habe.
»Du kannst bei uns anrufen«, sagte sie. »Es ist völlig in Ordnung. Gerade jetzt.«
Im Bus dachte sie, wie viel leichter es doch war, wenn sie reden konnte, wenn sie mit anderen Menschen zusammen war, wenn sie das Gefühl hatte, dass ihre Sorgen geteilt wurden.
Deswegen verschwinden sie zwar nicht, dachte sie, und das, was passiert ist, wird nicht weniger schlimm. Aber Reden hilft. Man fühlt sich nicht mehr so allein.
Durchs Busfenster betrachtete sie die Häuser, an denen sie

vorbeifuhren, und versuchte sich vorzustellen, was sich hinter diesen Mauern abspielte.

Vielleicht wohnen da Menschen, die auch Probleme haben. Nicht so ein Problem wie wir, aber andere, die vielleicht auf ihre Art genauso schrecklich sind. Das hat Mr Jones wohl gemeint, als er vom Reden sprach. Wenn man miteinander redet, ist es nicht mehr ganz so schlimm.

Elftes Kapitel

Als Becky an diesem Abend im Bett lag und an die Decke starrte, kam die Erinnerung an die Ereignisse des Tages zurück. Brona hatte gar nicht erst darauf gewartet, dass sie wieder von einem Alptraum geweckt wurde, sondern hatte sich von vornherein neben ihre Schwester gelegt.

Wie ihre Alpträume wohl sind?, fragte sich Becky. Und wie sind die von Bella? *Sind? Waren?* Hat sie überhaupt Alpträume? Lebt sie überhaupt noch? Bella, wo bist du?

Sie versuchte, nicht mehr an Bella zu denken, und beschäftigte sich stattdessen mit dem zurückliegenden Nachmittag, an dem Mr Jones offenbar nicht in der Schule gewesen war. Aber er hat ja auch nur eine Teilzeitstelle, hatte sie sich getröstet und sich gefragt, was er wohl in der restlichen Zeit machte. Außerdem hätte sie sein Alter brennend interessiert. Aber das Alter eines Erwachsenen zu schätzen war immer schwierig. Auf jeden Fall musste er älter als Hugo sein, schließlich studierte Hugo noch … Aber genauer konnte sie es nicht eingrenzen.

Als sie später an diesem Nachmittag dann auf seinem Knie gesessen war und er den Knoten ihrer Krawatte gelöst hatte,

fragte sie ihn: »Wie alt warst du, als du in St Martin's angefangen hast?«
»Vierundzwanzig.«
»Kaum zu glauben, dass dich die Nonnen eingestellt haben«, sagte sie grinsend.
»Nicht frech werden, ja? Wieso hätten sie mich nicht nehmen sollen – bei meinem Charme?«
»Genau das meine ich«, erwiderte Becky verschmitzt. »Ich hätte nie gedacht, dass Mutter Immaculata diesem Charme erliegen würde. Aber man kann eben nie wissen.«
»Das ist eine lange Geschichte«, sagte er lächelnd. »Im Grunde hat sie mich meiner Reputation und einer Empfehlung wegen eingestellt. Du erinnerst dich doch, dass ich kurz nach Weihnachten kam. Sie suchte gerade verzweifelt jemanden, weil eine Nonne krank geworden war, und eine Cousine von mir hat mich empfohlen. Mein Alter wurde erst erwähnt, als ich mich ein paar Tage vor Schulbeginn mit Mutter Immaculata traf, und da hatte sie praktisch schon zugesagt. Sie war zugegebenermaßen überrascht, als sie sah, wie jung ich war, aber ich hatte ihr einen hervorragenden Lebenslauf geschickt, in dem mein Alter nicht erwähnt wurde. Und ab dem ersten Montag im neuen Trimester brauchte sie unbedingt jemanden.«
»Und du warst genau der Richtige.«
»Ja, es war ideal für mich. Ich wollte mir mehrere Möglichkeiten offenlassen und brauchte eine Arbeit zusätzlich zu meiner Orchestertätigkeit«, erklärte er, während er Beckys Schulbluse aufknöpfte. »Na, was haben wir denn hier?«

Im Dunkel dieser langen Freitagnacht schweiften Beckys Gedanken weiter zu Hugo Mombay Humphries und kehrten von dort ganz allmählich wieder zu Bella zurück.
Morgen rede ich mit Anne Marie, dachte sie. Ich werde sie fragen und vielleicht etwas erfahren.
Sie dachte an die Weihnachtsferien zurück und versuchte, sich an die einzelnen Abende zu erinnern, an denen Bella ausgegangen war.
Sie war doch immer bei Anne Marie und hat dort meist auch übernachtet. Damals, in der ersten Nacht nach Ferienbeginn, als sie nicht heimkam und ich Schwierigkeiten wegen des Schlüssels bekam – o Gott, wenn ich ihr diese Lüge nicht auf dem Silbertablett serviert hätte, wäre das alles vielleicht nie passiert. Dann hätte es vielleicht einen Riesenkrach gegeben, und sie hätte Ausgehverbot bekommen … Andererseits hatte sie ja auch in der Nacht, in der sie verschwand, keine Ausgeherlaubnis. Sie ist einfach gegangen …
Darüber und über ihr Gefühl, verantwortlich zu sein, dachte sie lange nach. Dann kehrten ihre Gedanken wieder zu Bellas Ausgehnächten zurück. Sie erinnerte sich an mindestens zwei weitere Abende, an denen Bella bei Anne Marie übernachtet hatte.
Alle hatten bereitwillig gelogen und sie gedeckt. Dieser Chauffeur der O'Mahonys zum Beispiel. Sie erinnerte sich an seine Lüge, er habe Bella in der letzten Nacht des alten Trimesters heimgebracht. Sie überlegte, ob sie das dem Kriminalbeamten erzählen sollte.

»Was, glaubst du, ist mit ihr passiert?«, fragte Anne Marie am nächsten Tag.
Becky hatte bei den O'Mahonys angerufen. Anne Marie hatte sie sehr kühl empfangen, doch nach und nach taute sie ein wenig auf. Sie saßen in einer Art Bibliothek oder Arbeitszimmer, Becky war sich nicht sicher.
Und ich fand immer, unser Haus sei ziemlich groß, dachte sie. Man lernt wirklich nie aus.
Das Haus der O'Mahonys war wesentlich größer. Es hatte zwar nur zwei Stockwerke, dafür aber einen Keller, und die Grundfläche war riesig.
»Ich weiß nicht«, antwortete sie auf Anne Maries Frage. »Zuerst habe ich gedacht, sie ist abgehauen, aber dann war da die Sache mit dem Fenster, das sie offen gelassen hatte. Sie wollte also auf jeden Fall zurückkommen. Und Hugo … Eigentlich sollte sie sich mit ihm treffen. Sie ist also nicht weggelaufen, wie die Polizei geglaubt hat. Zumindest glaube ich, dass sie das am Anfang angenommen haben. Ach, es ist alles so kompliziert. Jedenfalls liebte es Bella komfortabel und bequem, und das hatte sie zu Hause.«
»Ja, ich weiß. Ich weiß, was du meinst«, sagte Anne Marie. »Eigentlich wollte ich wissen, ob du glaubst, dass sie noch lebt.«
Becky saß reglos da. Es war so fürchterlich, wenn es ausgesprochen wurde. Die Vorstellung, diese Frage zu beantworten, war ihr unerträglich, und sie hätte auch gar nichts zu sagen gewusst.
»Ich weiß es nicht«, sagte sie nach einer Weile. »Was glaubst du?«

»Ich habe Angst. Sie … weißt du, sie hat riskante Sachen gemacht, glaube ich.«

»Was soll das heißen?«

»Ach, ich weiß auch nicht«, sagte Anne Marie ausweichend und schwang ihre Beine über die Armlehne des Sessels. »Ich weiß nicht.«

Sie warf einen Blick auf ihre Armbanduhr. »Ich muss noch einiges erledigen. Willst du noch irgendwas wissen?«

Allerdings, dachte Becky, aber sie sprach es nicht aus.

»Du erinnerst dich doch an die letzte Nacht im alten Trimester«, sagte sie, »die Nacht, die Bella hier verbracht hat. Sie sollte in dieser Nacht nach Hause kommen. Was war da los?«

Anne Marie ließ den Kopf nach hinten fallen, so dass ihr Haar an der Armlehne herabhing, und starrte an die Decke. Becky hob den Blick, um zu sehen, was Anne Marie betrachtete. Die Decke war weiß gestrichen und sehr hoch. Davon abgesehen war nichts zu entdecken, was Anne Maries Aufmerksamkeit wert gewesen wäre.

»Weißt du«, fügte Becky vorsichtshalber hinzu, »wenn ich meinem Dad erzähle, dass euer Chauffeur gelogen hat, um Bella zu decken, ist er sofort hier …«

»Ich sag's dir gleich«, erwiderte Anne Marie hastig. »Ich versuche mich nur gerade zu erinnern, welche Nacht das war. Ach ja … Diese Nacht … Wir sind in die Stadt gefahren, und es wurde wohl ein bisschen spät.«

»Und wohin?«, wollte Becky wissen. »Und mit wem?«

»Mit Hugo, glaube ich. Er war Bellas Freund, weißt du.«

»Ja, ich weiß. Aber ich weiß auch, dass ihr nicht mit Hugo

ausgegangen seid. Er hat mir gesagt, dass er am Morgen dieses Tages nach England gefahren war.« Becky überlief es eiskalt, als sie hörte, dass Anne Marie in der Vergangenheitsform sprach. In diesem Augenblick wusste sie, dass Anne Marie Bella tot glaubte.

»Also, mit wem wart ihr zusammen?«

»Wir hatten ein paar Typen kennengelernt«, sagte Anne Marie langsam. »Ich weiß nicht mal mehr, wie sie hießen. Wir sind zu spät zurückgekommen, und …« Ihre Stimme erstarb.

»Hattet ihr Alkohol getrunken?«

»Ich weiß wirklich nicht, warum ich diese Fragen beantworten sollte«, fauchte Anne Marie.

»Du musst auch nicht. Aber Bella ist deine beste Freundin, und sie ist meine Schwester, und ich weiß nicht, wie es dir damit geht, aber ich halte das, was da gerade passiert, einfach nicht aus, und ich will sie finden. Bitte hilf mir. Bitte!«

Wieder schwieg Anne Marie. Sie schwang die Beine von der Armlehne und setzte sich richtig hin.

»Also gut, ich sag's dir. Aber du musst versprechen, dass du es nicht deinen Eltern erzählst. Die sagen es dann meinen Eltern, und ich kriege Riesenschwierigkeiten.«

Ich verspreche gar nichts, dachte Becky, aber laut sagte sie: »Ich erzähle ihnen nichts, was sie nicht wissen müssen.«

Dann erfuhr sie stückchenweise, was sich abgespielt hatte: Bella und Anne Marie waren in ein Pub gegangen, hatten etwas getrunken, waren von Männern angesprochen wor-

den, die nicht wussten, dass die beiden Mädchen erst siebzehn waren.
»Wir hatten einfach ein bisschen Spaß«, rechtfertigte sich Anne Marie. »Es war nur auf einen Drink … oder zwei.«
Becky fragte nach den Hanfpflanzen. Zuerst schien Anne Marie ahnungslos zu sein, gab dann aber zu, von den Pflanzen zu wissen, und sagte, Bella habe sie von Hugo bekommen.
»Er hatte nicht genug Licht für die Pflanzen, und Bellas Zimmer mit dem Panoramablick hatte sehr gutes Licht. Aber ich habe natürlich nicht gewusst, was es war«, fügte sie rasch hinzu.
Das kannst du jemand anderem erzählen, dachte Becky, schwieg jedoch und hörte freundlich lächelnd weiter zu.
»Da war noch ein zweiter Brief in ihrem Zimmer«, sagte sie.
»Ich weiß, die Polizei hat mich schon danach gefragt. Ich habe keine Ahnung, von wem der ist. Wir haben so viele Typen kennengelernt, weißt du. Die Polizei wollte, dass ich jeden einzelnen Namen, an den ich mich erinnere, aufliste, aber der einzige, den ich noch wusste, war Jasper, und das auch nur, weil Bella gesagt hat: ›Grapschen verboten, Sir Jasper!‹ Es war lustiger als in einer Disco, und wir mussten die Drinks nie bezahlen – na ja, fast nie. Keine Ahnung, von wem der andere Brief ist.«
»Und die anderen Nächte in den Weihnachtsferien, in denen Bella hier war – seid ihr da auch ausgegangen?«
Anne Marie zögerte.
»Ja«, gab sie schließlich zu. »Aber manchmal haben wir uns getrennt. Sie … Ich weiß nicht, wie ich es sagen soll. Ich

glaube, sie hat sich immer mit jemandem getroffen, und ich bin schon mal allein nach Hause gegangen. Wenn sie erst sehr spät nachkam, ist sie entweder durchs Kellerfenster ins Haus gestiegen oder gleich zu sich nach Hause gegangen.«

Wow, dachte Becky. Bella hat offenbar ein Doppelleben geführt. Die süße Bella mit ihrem Meccano-Baukasten, die brave älteste Tochter, war gleichzeitig ein völlig anderer Mensch, der in Pubs Männer aufgabelte.

Sie stellte sich vor, dass Mutter Immaculata davon erfuhr, und hätte einen Moment lang am liebsten losgekichert, aber mehr aus Hysterie denn aus Belustigung.

»Du willst wahrscheinlich ihre Klamotten mitnehmen«, sagte Anne Marie.

»Welche Klamotten?«, fragte Becky.

»Die Sachen, die sie hier hatte – für die Ausgehnächte. Ihre schönen Sachen.«

Becky versuchte, darauf zu kommen, was Anne Marie meinte. Sie konnte sich an keine Kleidungsstücke erinnern, die in Bellas Schrank gefehlt hatten.

»Kann ich sie mal sehen?«, fragte sie.

Sie gingen in Anne Maries Zimmer hinauf, und Anne Marie zeigte ihr die Sachen. Becky versuchte, sich ihr Erstaunen nicht anmerken zu lassen, aber sie war völlig baff. Vor ihr hingen und lagen ein kurzer Pelzmantel, mehrere Röcke, Pullis, Strapse, Strümpfe, teure Dessous. Sie befühlte einige der Kleidungsstücke.

»Woher hatte Bella bloß das Geld für all die Sachen?«, fragte sie Anne Marie.

»Wie meinst du das?«

»Ich sehe das Zeug zum ersten Mal«, erklärte Becky. »Das sind doch teure Sachen, oder?« Qualitätsware wie sie Mummy trägt, dachte sie.
»Keine Ahnung.« Anne Marie wirkte erstaunt. »Ich dachte, eure Eltern hätten ihr das Geld dafür gegeben.«
Becky dachte darüber nach. Es kam ihr ziemlich unwahrscheinlich vor. Gut, sie verwöhnten Bella, das ließ sich nicht leugnen, aber nicht so, nicht in diesem Ausmaß. Das war einfach unmöglich. Sie gingen vernünftig mit ihrem Geld um. Diese Sachen hatten sie ihr bestimmt nicht geschenkt. Und Bella hatte nie als Babysitterin gejobbt, da war sich Becky ganz sicher. Während sie darüber nachgrübelte, fiel ihr ein, dass Bella mit ihrem Taschengeld immer ziemlich gut auskam, wenn man bedachte, dass sie nie babysittete oder jobbte. Becky ließ den Blick über die Kleidungsstücke wandern. Für diese Sachen hätte nicht einmal die Jahressumme von Bellas Taschengeld gereicht.
»Kann ich die Klamotten erst mal hier lassen?«, fragte sie Anne Marie. Sie war sicher, dass ihre Mutter auch diese Neuigkeit nicht verkraften würde.

Bevor Becky an diesem Vormittag zu Anne Marie aufgebrochen war, hatte sie Brona informiert, dass sie in einer Stunde wieder da sei.
»Bitte geh nicht«, hatte Brona gesagt.
»Ich bin doch nur kurz weg und komme direkt zurück.«
»Wohin willst du denn? Ich will nicht, dass du weggehst.«
Becky erklärte, sie wolle Anne Marie kurz besuchen und sich mit ihr unterhalten.

»Kann ich mitkommen?«

»Nein«, sagte Becky sanft. »Du bleibst besser hier bei Mummy und Dad. Außerdem glaube ich nicht, dass Anne Marie sehr viel sagen würde, wenn wir zu zweit kämen. Du hältst hier die Stellung. Ich bin bald wieder da, ganz bestimmt.«

Sie sprachen es nicht an, aber beide hatten bemerkt, dass im Elternschlafzimmer etwas vor sich ging. Offenbar versuchte ihr Vater, mit ihrer Mutter zu reden; hin und wieder erhob er die Stimme, wurde dann wieder leiser, während von ihrer Mutter nichts zu hören war.

»Du legst dich am besten ein bisschen hin, solange ich weg bin«, sagte Becky. »Oder nimm ein Bad. Du darfst die beiden auf keinen Fall stören.«

Sie hörte sich selbst sprechen und fand, dass sie wie eine Erwachsene klang. Sie konnte es nicht verstehen; nichts ergab einen Sinn.

Oben an der Treppe hörte sie deutlich, wie ihr Vater sagte: »Das ist doch lächerlich!« In diesem Tonfall hatte sie ihn noch nie sprechen hören. Wut schwang darin mit, auch Frustration, vielleicht sogar Verzweiflung, aber sie war sich nicht sicher.

Hinter der geschlossenen Tür lag Elizabeth Dunville auf ihrer Seite des Betts.

»Warum um alles in der Welt sagst du so etwas?«, fragte John.

»Ich weiß es nicht. Ich weiß nur … Ich bin absolut sicher, dass Bella tot ist.«

»Gestern hast du gesagt, sie sei am Leben. Du hast hartnäckig behauptet, sie sei nicht das Mädchen, das bei der Bombenexplosion getötet wurde.«

»Gestern habe ich das so gespürt, aber irgendwann in dieser Nacht ist sie gestorben.« Elizabeth schloss die Augen.

»Es ist aus«, sagte sie. »Jetzt ist alles aus.«

Als Becky von Anne Marie zurückkam, saßen Brona und ihr Vater im Frühstückszimmer. An ihren Mienen erkannte sie sofort, dass etwas passiert war.

»Was ist?«, fragte sie. »Habt ihr etwas gehört?«

John schüttelte den Kopf.

»Es geht um Mummy«, sagte Brona.

Becky bemerkte, wie bleich ihr Vater war und dass Brona geweint hatte.

»Was ist passiert?«

»Mummy sagt, dass Bella tot ist«, antwortete Brona.

Becky sah ihren Vater an. Seine Miene verriet nichts. Er wirkte müde und erschöpft.

»Es ist völlig irrational«, sagte er zu ihr. »Deine Mutter hat schlicht und einfach das Gefühl, dass Bella … dass Bella gestorben ist.«

»Aber warum denn? Wie kann sie sich so sicher sein?«

»Ich weiß es nicht. Sie sagt, es sei ihr mütterlicher Instinkt. Ich weiß es nicht.«

»Und glaubst du, dass sie … dass sie tot ist?«, fragte Becky. Sie hasste das Wort »tot«. Sie hasste, wie es klang, wenn sie es aussprach. Sie hasste das, was es bedeutete – die Endgültigkeit, mit der nichts mehr so sein würde, wie es gewesen war. Tot wie ein namenloses Mädchen, das von einer Autobombe getötet worden war. Tot wie ihre Großeltern. Tot und für immer verschwunden.

»Ich weiß nicht. Ich fühle gar nichts«, antwortete John Dunville.

Becky rief Onkel James an und erzählte ihm, was los war.

»Wir kommen sofort«, sagte James Fitzgerald.

Etwa vierzig Minuten später trafen Tante Nancy, Onkel James und Eleanor ein. Brona lag mittlerweile weinend im Bett.

Becky war erleichtert, dass jetzt ihre Tante und ihr Onkel sich um alles kümmerten.

»Ich weiß nicht, wie deine Mutter das macht«, sagte sie plötzlich zu ihrer Cousine.

»Ja, manchmal ist sie wirklich beeindruckend«, erwiderte Eleanor. »Komischerweise hatte ich das bis jetzt nie bemerkt. Vielleicht wusste ich es, aber es war mir nie klar, jedenfalls nicht so klar wie jetzt. Aber sie konnte immer schon gut mit anpacken und organisieren.«

Tante Nancy hatte inzwischen in Erfahrung gebracht, dass Rhona Brophy Bronas beste Freundin war. Sie hatte die Brophys angerufen und einer Art Verhör unterzogen, hatte die Leute »annehmbar« gefunden und durchgesetzt, dass sie Brona die nächsten vierundzwanzig Stunden bei sich aufnahmen, um Brona auf andere Gedanken zu bringen – eine Aufgabe, für die Rhona Brophy bestens geeignet war –, und Becky zollte ihrer Tante einmal mehr Bewunderung für die Art und Weise, wie sie das Problem gelöst hatte.

Onkel James fuhr Brona, die sich die Augen rot geweint

hatte, nach Sandymount und lieferte sie mitsamt den Sachen, die sie für die Übernachtung brauchte, sowie einem neuen Teddybären bei den Brophys ab.

»Die sind ja völlig bekloppt«, sagte Onkel James bei seiner Rückkehr zu Becky.

Becky, die in Onkel James immer nur den Vater ihrer Cousine Eleanor gesehen und ihn für einen alten Kauz gehalten hatte, sah in ihm jetzt eine große Hilfe und fand ihn von Tag zu Tag witziger. Sie kicherte über seine Bemerkung und stimmte ihm aus vollem Herzen zu. Er schaffte es, sie immer mal wieder, wenn auch nur für kurze Zeit, die Situation vergessen zu lassen.

Es wäre schön gewesen, wenn ich ihn besser kennengelernt hätte, als wir alle noch glücklich waren, dachte sie. Andererseits kannte ich ihn ja, als wir alle noch glücklich waren, und habe diese Seite nie an ihm entdeckt. Vielleicht müssen schreckliche Dinge geschehen, damit man sehen kann, wie ein Mensch wirklich ist.

»Der Vater von dieser Rhona Brophy hält sich offenbar für Fred Astaire«, berichtete Onkel James. »Er trug einen Frack, Halbgamaschen und einen Zylinder. Und ein Spazierstöckchen hat er geschwungen.«

»Du«, sagte Brona Dunville bei den Brophys, »warum ist dein Dad eigentlich so angezogen?«

»Wie denn?«, fragte Rhona leicht verwundert.

»Na ja …« Brona stockte. Aber sie hatte Mr Brophy schon oft gesehen und wusste, dass er normalerweise anders gekleidet war. »Na ja … wie ein Pinguin.«

»Ach so!« Rhona lachte. »Bei uns findet heute Abend ein Kostümfest statt – meine Eltern feiern ihren zwanzigsten Hochzeitstag. Er probt schon, seit er gestern Abend von der Arbeit zurück war. Aber du solltest erst mal die rote Perücke von meiner Mutter sehen!«
Genau das Richtige, um auf andere Gedanken zu kommen.
»Wir müssen dich auch kostümieren«, sagte Rhona aufgekratzt.
»Ich habe nichts dabei«, erwiderte Brona. »Aber ich könnte ja mit Essen und Drinks rumgehen«, bot sie an.
»Quatsch!«, sagte der Doppelgänger von Fred Astaire, der gerade in die Küche gesteppt kam, wo die Mädchen standen. »Mit einer blonden Perücke und dem Teddy da … Rhona sucht dir ein paar Sachen raus, und schon halten dich alle für Shirley Temple.«
Zu ihrem eigenen Erstaunen lachte Brona fröhlich los.

Nancy saß in Elizabeths Schlafzimmer auf dem Bett, in dem ihre Schwägerin lag.
»Das ist doch nur so ein Gefühl«, sagte sie.
»Es ist mehr als ein Gefühl«, widersprach Elizabeth. »Ich weiß es einfach. Ich spüre es durch und durch. Bella ist tot. Und jetzt will ich nicht mehr reden.«
Sie rollte sich wieder auf ihrer Bettseite zusammen, zog die Knie an wie ein Embryo und verharrte so, bleich, manchmal aufschluchzend, die meiste Zeit aber schweigend. Nach einer Weile zog Nancy ihr die Bettdecke über die Schultern und ging hinaus.

»Das ist die schiere Verzweiflung«, sagte Nancy im Wohnzimmer zu John und James.
Die Falttür zum Speisezimmer stand einen Spaltbreit offen. Becky und Eleanor belauschten das Gespräch der Erwachsenen.
»Aber was war der Auslöser?«, fragte James.
»Sie sagt, sie habe die ganze Woche über Hoffnung gehabt und sei sicher gewesen, dass Bella am Leben war, allerdings an einem schrecklichen Ort, in einer grauenhaften, gefährlichen Lage, aber jetzt wisse sie ganz genau, dass Bella in der vergangenen Nacht gestorben ist.«
Eleanor und Becky warfen sich einen Blick zu.
»Hat sie sonst noch was gesagt?«, fragte James.
»Ja. ›Die Sünden der Väter werden heimgesucht an den Kindern‹ – aber ich weiß nicht, was sie damit sagen wollte«, erwiderte Nancy.
»Was könnte das nur bedeuten?«, fragte John. »Was habe ich denn getan …? Ich tue doch mein Bestes, ich arbeite schwer, biete meiner Familie ein schönes Haus, eine gute Ausbildung. Ich liebe meine Frau und meine Kinder. Bella wird von uns abgöttisch geliebt … alle unsere Töchter«, fügte er hinzu, als Nancy, was die Mädchen im Speisezimmer nicht sehen konnten, eine ruckartige Kopfbewegung zu der nicht ganz geschlossenen Tür machte, um ihn vor möglichen Lauscherinnen zu warnen.

»Komm, wir machen einen Spaziergang«, schlug Eleanor vor. »Gehen wir ein Stück am Dodder entlang. Ich finde es schön da.«

In ihre Mäntel, Handschuhe und Schals gepackt zogen sie Richtung Ballsbridge los, als Becky plötzlich sagte, sie wolle lieber in die Gegenrichtung, die Lansdowne Road hinunter, über die Eisenbahngleise, bis zum Marian College und wieder zurück.

»Den Weg muss Bella gegangen sein, als sie sich mit Hugo treffen wollte«, sagte sie.

»Wer ist Hugo?«

Unterwegs erzählte Becky Eleanor, was sie herausgefunden hatte.

»Hugo und sie gehen miteinander. Mit ihm wollte sie sich damals treffen. Und das Fenster hat sie offen gelassen, weil sie zurückkommen wollte. Das steht alles fest.«

»Hast du diesen Hugo mal kennengelernt?«

Becky berichtete, wie sie sich tags zuvor am Sutherland Square getroffen hatten, zum Trinity College gegangen waren, um in der Buttery Bar Kaffee zu trinken, und sie beschrieb Eleanor den baumlangen, freundlichen Hugo mit seinem englischen Akzent genau.

»Ich vergesse immer, dass du jünger bist als ich«, sagte sie einige Minuten später zu Eleanor. »Eigentlich bist du ja so alt wie Brona, aber du und ich, wir haben immer schon zusammengesteckt.«

»Das liegt daran, dass ich in meiner Klasse mit Mädchen zusammen bin, die bis zu drei Jahre älter sind als ich«, erklärte Eleanor in ihrer ernsten Art. »Ich habe gelernt, mich jedem Menschen, mit dem ich zu tun habe, anzupassen.«

»Sehr geschickt, muss ich zugeben. Ich würde es in deiner Klasse nicht aushalten, aber du machst das prima.«

Eleanor zuckte mit den Schultern.

»Man passt sich eben an alles an, wenn es nötig ist«, meinte sie philosophisch.

Sich anpassen, dachte Becky, genau das tun wir die ganze Zeit. Wir müssen es tun, weil wir sonst nicht überleben würden. Es war nur ein flüchtiger Gedanke, den sie festzuhalten versuchte, weil er ihr so wichtig erschien. Mehr als wichtig – lebenswichtig.

»Wie war Bella in deinen Augen?«, fragte sie, während sie durch die Lansdowne Road gingen.

»Wir hatten wenig miteinander zu tun«, antwortete Eleanor. »In der Schule hat sie nie mit mir gesprochen, meine Anwesenheit nie zur Kenntnis genommen. Und bei Familienfeiern hat sie mich wohl einfach ignoriert.«

»Wenn du irgendeine Information hättest … Wenn du irgendetwas wüsstest …«, sagte Becky. »Wenn … O Mann, das ist so schwer. Wenn du etwas wüsstest, das wichtig sein könnte, wem würdest du es erzählen?«

»Über Bella? Wenn es etwas wäre, das ich meinen Eltern nicht sagen könnte, würde ich mir jemanden aussuchen, dem ich vertraue, und es ihm erzählen. Einem Erwachsenen, einem Außenstehenden, jemandem mit gutem Urteilsvermögen, der das, was ich ihm erzählt habe, richtig einschätzt. Kannst du es vielleicht mir erzählen?«

Becky schüttelte den Kopf.

Du bist zu jung dafür, dachte sie. Und du stehst mir zu nah.

»Du gehörst zur Familie«, sagte sie und fügte hinzu: »Deine Eltern sind einfach toll.«

»Ja, schon, aber geh bloß nie in ein Restaurant mit ihnen!«, erwiderte Eleanor geheimnisvoll.
»Warum nicht?«
»Frag lieber nicht«, sagte Eleanor schaudernd.

Nancy versuchte Elizabeth zu einem gemeinsamen Kirchenbesuch zu überreden. Sie bat sie inständig darum, flehte sie an. »Tu's mir zuliebe – ich muss einfach in die Kirche.«
Elizabeth lag auf der Seite und sagte immer nur: »Geh weg!«, und nach einer Weile ging Nancy wieder nach unten.
»Er ist ins Krankenhaus gefahren«, antwortete James, als Nancy nach John fragte.
Sie sahen einander an, und dann ging James zu ihr und umarmte sie.
»Ob sie das überstehen …?«
James erwiderte nichts.

Bei den Brophys half Brona das Essen zuzubereiten. Danach gingen Rhona und sie in Rhonas Zimmer. Die eine legte sich auf den Fußboden, die andere aufs Bett, und Rhona sagte, sie sollten versuchen, sich an die lustigsten Erlebnisse zu erinnern, die sie je zusammen gehabt hätten.
»Dein erster Tag in St Martin's«, schlug Brona vor.
»Mann, das war ein Tag, was?«, kicherte Rhona.
»Du bist zu spät gekommen. Der Unterricht hatte schon begonnen, und Rodriguez hat dich angesehen und gesagt: ›Wer bist denn du?‹ Weißt du noch?«

»Und ich habe gesagt: ›Ich bin Rhona Brophy.‹«
»Und ich dachte, ich hasse dich, Rhona Brophy, dein Name klingt ja fast wie meiner.«
»Und Rodriguez hat gesagt: ›Was ist denn das für ein Name?‹«
»Und du hast sie angesehen und gesagt: ›Wie meinen Sie das?‹«
»Und sie hat gesagt … ›Das ist doch kein Vorname!‹«
»Und du hast gesagt: ›Entschuldigung, Schwester, mein Vorname ist Rhona. Mein Familienname ist Brophy.‹«
»Und da hat sie gesagt: ›Werd nur nicht frech. Rhona ist kein Name für einen Christen. Das ist kein gottgegebener Name.‹«
Sie grinsten.
»Und du hast erzählt: ›Mein Dad hat mich damals ganz schnell zur Kirche gefahren und vergessen, bei meiner Mutter nachzufragen, auf welchen Namen ich getauft werden soll, und dann hielt der Priester mich über das Taufbecken und hat meinen Dad gefragt, wie ich denn heißen soll.‹«
»Und da hat Dad verzweifelt die Kreuzwegstationen betrachtet und Veronica gesehen und ›Veronica‹ gesagt. Und Rodriguez hat mit ganz tiefer, lauter Stimme gesagt: ›VERONICA?‹«
»Und du hast dann gesagt: ›Er hätte genauso gut als Erstes Pontius Pilatus sehen können, Schwester, dann würde ich jetzt Pontius Brophy heißen.‹«
»Ich habe damals gedacht, Rodriguez kriegt einen Tobsuchtsanfall. Sie ist ganz rot geworden und hat gesagt, ich wäre blasphemisch.«

Die beiden kreischten vor Lachen.
»Ist das mit Veronica wirklich wahr?«, wollte Brona wissen.
»Es ist eine Familienlegende, und ich bleibe dabei. Und weil Mummy der Name Veronica überhaupt nicht gefiel, hat sie mich Rhona genannt.«
»Rodriguez hat sich aufgeführt, als würde man dich nur deshalb Rhona nennen, um sie zu ärgern, erinnerst du dich?«
»Und sie hat gesagt, ich soll mich neben dich setzen, und du hast mich angelächelt.«
»Freundschaft auf den ersten Blick«, sagte Brona.
»Komisch, dass sie uns in ihrem Unterricht jetzt immer trennt.«
»Die ist doch nur eifersüchtig, weil sie keine beste Freundin hat. Aber stell dir mal vor, sie hätten dich wirklich auf den Namen Pontius getauft. Das wäre doch klasse gewesen.«
»Für mich weniger«, sagte Rhona kichernd.

James und Nancy nahmen Becky am Abend mit. Sie sollte bei ihnen übernachten.
»Kann ich Mummy und Daddy wirklich allein lassen?«, fragte Becky ihre Tante, bevor sie losfuhren.
»Ich glaube, das wird ihnen guttun«, antwortete Tante Nancy. »Dann haben sie ein bisschen Zeit für sich. Vielleicht reden sie miteinander.«
Becky erwiderte nichts. Sie konnte sich nicht vorstellen, was die beiden einander zu sagen hatten. Alles war so hoffnungslos. Ihre Mutter lag im Bett und sprach kein Wort. Ihr Vater ging, grau im Gesicht, im Wohnzimmer auf und ab, wenn er von der Klinik heimkam.

»Weiß man schon, wer das Mädchen war, das bei der Bombenexplosion getötet wurde?«, fragte ihn Becky.
»Zwei Familien liefern heute zahnärztliche Befundkarten ab. Mehr weiß ich nicht.«
»Dann machen also andere Leute dasselbe durch wie wir. Das ist so schrecklich.«
»Jede Geschichte ist anders«, erwiderte er kühl.
Sie hätte am liebsten gesagt: »Gibt es Menschen, mit denen wir über das, was uns passiert ist, reden können? Gibt es für uns irgendwelche Verhaltensregeln? Ich weiß einfach nicht mehr, was ich fühlen soll.« Aber sie schwieg.
Dass ihr Vater unablässig hin und her ging und Unmengen von Zigaretten rauchte, zeigte ihr, dass auch er ihr die Antworten, die sie so dringend brauchte, nicht geben konnte.

Sie aßen im Speisezimmer der Fitzgeralds zu Abend. Nancy redete wie immer über Gott und die Welt.
Das macht es leichter, dachte Becky. Solange ich mich auf ihr Geplapper konzentriere, bin ich abgelenkt.
Nur einmal funktionierte es nicht – als ihre Tante über den nächsten Sommer sprach.
»Brona und du, ihr könntet mit uns Urlaub machen«, sagte sie.
»Ja, das wäre schön«, warf Eleanor hastig ein, wie um vom eigentlichen Inhalt der Bemerkung abzulenken.
»Aber … Aber das klingt, als würdet ihr glauben, dass es bis dahin immer noch nicht vorbei ist«, sagte Becky und sah ihre Tante voller Angst an.

»Bis dahin ist bestimmt längst alles wieder in Ordnung«, versicherte ihr Onkel James. »Und wir haben noch viel Zeit, um die Sache aus diesem Blickwinkel zu betrachten. Aber eigentlich wollte deine Tante nur sagen, dass es uns in jedem Fall freut, wenn ihr mit uns Urlaub macht.«

Doch sie war nun einmal ausgesprochen, war in der Welt: die Vorstellung von langen Winter- und Frühlingsmonaten, in denen sich nichts für die Dunvilles änderte.

Becky versuchte, die Tränen zurückzuhalten, doch ihre Augen füllten sich langsam, und schließlich kullerten ihr die Tränen über die Wangen.

Auch als sie gut zugedeckt in einem der zahlreichen Gästezimmer lag, bemühte sie sich, nicht zu weinen, während Tante Nancy neben ihr auf dem Bett saß und ihre Hand streichelte.

»Es tut mir so leid«, sagte ihre Tante. »Ich wollte nicht, dass du weinen musst. Es tut mir so leid.«

»Du hast mich ja gar nicht zum Weinen gebracht«, erwiderte Becky schluchzend. »Ich weine wegen allem, was gerade ist.«

Und jetzt habe ich einmal damit angefangen, dachte sie, und kann einfach nicht mehr aufhören.

Das Kostümfest bei den Brophys war in vollem Gange. Brona alias Shirley Temple steppte gar nicht ungeschickt mit Fred Astaire und Ginger Rogers durchs Zimmer.

»Gefällt es dir?«, fragte Rhona.

Brona nickte.

»Aber dass irgendwer immer wieder *Go Away Little Girl* auf-

legt, geht mir auf die Nerven«, sagte sie lachend. »Da zeigen dann immer alle mit dem Finger auf mich.«
»Ach, Dad legt bestimmt noch jede Menge Fred-Astaire-Songs auf, er ist heute ganz in seinem Element!«, erwiderte Rhona.
»Was ist denn in der Diele los?«, fragte Brona, als sie durch die offen stehende Tür eine Frau mit langer blonder Lockenperücke sah. Die Dame trug Stiefel und einen Minirock, und aus dem tiefen Ausschnitt ihres Tops quollen die hochgezwängten Brüste hervor. Unter dem üppigen Dekolleté baumelte an einer Kette ein Schild aus Pappkarton, auf dem zu lesen war:

VERMISST
WÜRDEST DU MICH GERN FINDEN?

Fred und Ginger redeten heftig auf sie ein.
Rhona riss vor Schreck die Augen auf und versuchte die Tür mit einem Tritt zu schließen, traf aber nicht richtig.
»Ach nichts. Nur irgendeine blöde Kuh«, sagte sie und packte Brona am Arm.
»Jetzt sag schon – was ist da draußen los?«
Rhonas Eltern wirkten sehr aufgebracht. Brona sah, wie sie in Richtung Wohnzimmer gestikulierten. Rhona trat noch einmal gegen die Tür, die diesmal zufiel, und begann mit Brona zu tanzen. Brona versuchte immer noch, sich ein klares Bild von dem zu machen, was sie gerade gesehen hatte.
»War das … War sie … War diese Frau als Bella verkleidet?«, fragte sie Rhona.

»Mach dir nichts draus«, sagte Rhona und gab damit die Antwort. »Sie ist schon wieder weg. Es tut mir sehr leid. Keiner wollte, dass du das siehst. Sie ist nur eine blöde Freundin von meinen Eltern, das hat nichts zu bedeuten.«

Brona nickte, aber sie war fassungslos.

»So was von geschmacklos«, hörte sie Rhonas Vater vor sich hinmurmeln, als er ins Zimmer trat. Er warf ihr einen Blick zu und sah ihr an, dass sie die Szene in der Diele mitbekommen hatte. Er ging zu ihr und sagte: »Eine dumme, taktlose Frau. Vergiss es! Es hatte nichts zu bedeuten.«

Aber es hatte etwas zu bedeuten, das erkannte Brona, auch wenn sie in diesem Augenblick nicht in Worten ausdrücken konnte, was.

»Morgen Mittag gehen wir in ein Restaurant und feiern deinen Geburtstag«, sagte Tante Nancy im Gästezimmer zu Becky.

»Aber Mummy und Daddy …«

»James ruft sie an und fragt, ob sie mitkommen.«

»Weißt du, dass morgen auch Bellas Geburtstag ist?«, sagte Becky. »Sie wird achtzehn.« Sie zwang sich dazu, es so zu sagen, als würde Bella diese Tatsache irgendwie feiern.

»Ich weiß«, erwiderte Nancy sanft. »Vielleicht tut sich deine Mutter deshalb so schwer an diesem Wochenende.«

»Mir ist nicht wohl bei dem Gedanken, meinen Geburtstag zu feiern.«

»Aber warum denn? Du trägst doch keine Schuld an dem, was passiert ist. Und immerhin ist es dein Geburtstag. Warum sollst du nicht auch ein bisschen Freude haben? Jedenfalls wollen dein Onkel und ich dich ausführen.«

»Mummy und Daddy kommen bestimmt nicht mit«, sagte Becky.

»Mach dir deswegen keine Sorgen. Sie werden tun, was sie tun müssen, um den Tag durchzustehen, aber wir unternehmen etwas Schönes mit dir. Und jetzt versuch zu schlafen. Ab morgen wirst du wieder ordentlich essen.«

Becky erwiderte nichts.

»Du musst mir versprechen, dass du isst, was ich dir sage«, hakte ihre Tante nach.

Becky nickte. Es war schön, loszulassen, einen Menschen zu haben, der alles organisierte, sich Gedanken machte und sich um sie kümmerte, wenn auch nur für kurze Zeit.

Die Bezüge fühlten sich frisch an. Sie riechen nach Frühling, dachte Becky.

»Soll ich das Licht brennen lassen?«, fragte ihre Tante sanft.

Becky merkte noch, dass sich ihre Augen schlossen. Dann kroch in das dunkle Zimmer langsam der Schlaf.

Zwölftes Kapitel

Das Mittagessen im Hibernian Hotel verlief etwas anders, als Becky es sich vorgestellt hatte.

Während Onkel James den Wagen parkte, ging sie mit Nancy und Eleanor die Treppe hoch ins Hotel, und der Erste, den sie sah, war Mr Jones.

Ihre Verblüffung war nichts im Vergleich zu seiner.

Er saß auf einem an der Wand stehenden Louis-Quinze-Stuhl und las Zeitung. Er hatte seine langen Beine übereinandergeschlagen und trug einen Anzug und eine dunkelblaue Krawatte. Becky registrierte zunächst seine Knöchel. Erst als sie den Blick hob, erkannte sie ihn.

Er wirkte völlig perplex. Sein Blick schoss zwischen den Mädchen hin und her und richtete sich schließlich auf Beckys Tante.

Becky dachte, dass er Tante Nancy wahrscheinlich für ihre Mutter und Eleanor für ihre Schwester hielt. Ob er Brona in der Schule schon als drittes Dunville-Mädchen ausgemacht hatte, wusste sie nicht.

Als er die drei sah, erhob er sich, und Becky biss sich auf die Lippen, um ihre Freude zu verbergen. Mr Jones lächelte sie an, ging auf die Gruppe zu und stellte sich vor.

»Ich dachte, Sie wären Rebeccas Mutter«, bemerkte er, als

Nancy erklärt hatte, wer sie war, und zu Becky sagte er, nachdem er Eleanor begrüßt hatte: »Ich wusste gar nicht, dass du eine Cousine in der Schule hast.«

Nancy Fitzgerald nahm ihn schonungslos ins Verhör. Es war ihr deutlich anzumerken, dass sie sehr erstaunt darüber war, dass er in St Martin's arbeitete.

»Als Lehrer?«, fragte sie. »Die Nonnen haben Sie als Lehrer eingestellt?«

»Ja.« Er lächelte sie an.

Becky war das Ganze so peinlich, dass sie rot wurde.

»Und Sie geben meiner Tochter und meinen Nichten Gesangsunterricht?«, hakte sie nach.

»Jawohl.«

»Und – machen sie Fortschritte?«

»Wir stehen erst am Anfang. Eleanor macht sich sehr gut, und von Rebecca lässt sich auf jeden Fall sagen, dass sie die Richtung einschlägt, in die ich sie haben möchte.«

Sie gingen ins Lafayette, den Speisesaal. James Fitzgerald war inzwischen nachgekommen. Als alle am Tisch saßen, gab es für Tante Nancy kein Halten mehr.

»Ein Mann, James!«, sagte sie.

»Was ist daran so schlimm?«

»Ein *junger* Mann! Geh raus ins Foyer und sieh ihn dir an. Ein langer blonder Kerl. Er unterrichtet Gesang.«

Sie bebte vor Fassungslosigkeit.

»Ich bitte dich, Nancy, ich werde doch nicht an die Rezeption gehen und einen verstohlenen Blick auf einen großgewachsenen jungen Mann werfen«, witzelte Onkel James.

»Was würden denn die Leute sagen? Na, wenigstens unterrichtet er Gesang und nicht Biologie!«
Becky und Eleanor kicherten.
»Das ist überhaupt nicht zum Lachen«, erklärte Tante Nancy und bestellte einen Gin Tonic. »Mit einem Eiswürfel und zwei Zitronenschnitzen«, befahl sie dem Kellner. »Aber bitte ohne Kerne, und sorgen Sie dafür, dass die Zitrone vorher gewaschen wird!«
Sie wandte sich an Becky und sagte: »Ich sehe nämlich immer vor mir, wie schmutzige Sizilianerhände meine Zitrone vom Baum pflücken. In Griechenland waschen sich die Leute garantiert nicht die Hände.«
»Mum!«, rief Eleanor, während Becky ihr Grinsen zu verbergen suchte.
»Sizilien gehört meiner Meinung nach zu Italien«, bemerkte Onkel James und griff nach der Speisekarte.
»Italien – Griechenland – ist doch egal. Mir geht es um die Hygiene«, entgegnete seine Frau.
Teufel auch!, dachte Becky. Jetzt verstehe ich, warum Eleanor nicht gern mit ihrer Mutter essen geht.
»Hast du einen Parkplatz in der Nähe gefunden?«, fragte Eleanor ihren Vater, um das Thema zu wechseln.
»Selbstverständlich. Gleich in der Dawson Street. Die Damen werden nicht weit zu laufen haben, es sei denn, ihr wollt einen Spaziergang machen.«
»Einen Spaziergang?«, sagte Becky. »Ach, vielleicht könnten Eleanor und ich hinterher einen Spaziergang zum Trinity College machen. Ich ...«
Sie verstummte. Der Spaziergang, den sie am Freitag mit

Hugo Mombay Humphries gemacht hatte, verklärte sich in ihrer Erinnerung plötzlich zu etwas so Wundervollem, als hätte er in einer anderen Welt stattgefunden. Nicht in ihrer Alltagswelt, nicht in der alptraumhaften Welt, in der sie seit einer Woche lebte, sondern in einer völlig anderen.In einer Welt, in der grüner Rasen selbst im Winter Geborgenheit vermittelte, in der die Collegemauern Sicherheit boten und die schummrige, gemütliche Buttery Bar etwas Geheimnisvolles, Romantisches ausstrahlte.

Ein Zufluchtsort, dachte sie.

Er erinnerte sie an etwas, aber sie kam nicht darauf, an was, denn Tante Nancy hatte die Speisekarte studiert und kehrte nun zum Thema »Lehrer in einer Klosterschule« zurück.

»Er wohnt aber doch wohl nicht im Kloster!«, sagte sie unvermittelt zu Eleanor, die überrascht dreinschaute und erwiderte, sie habe keine Ahnung.

»Natürlich nicht«, sagte Onkel James. »Ich bitte dich, Nancy, warum sollte er im Kloster wohnen?«

»Ich mache mir Sorgen um die Nonnen. Ich meine, sie haben ihn eingestellt! Das ist wirklich unglaublich. Und wenn sie dazu imstande sind, haben sie sich womöglich zu noch ganz anderen Dingen verleiten lassen. So ein junger Mann, der nur das Eine im Kopf hat …«

»Nancy!«, rief James gutmütig lachend. »Ich glaube, es gibt hier nur einen Menschen, der nur das Eine im Kopf hat.«

Die Mädchen hielten sich die Speisekarten vors Gesicht und kicherten.

»Wie bitte? Sie hat *was* gesagt?«, fragte Mr Jones einige Zeit später, während er seine Hand unter Beckys Trägerrock schob.
»Dass Sie nur das Eine im Kopf hätten«, antwortete Becky grinsend.
Seine Finger waren ganz oben an ihren Schenkeln angekommen. »Und damit hatte sie sogar recht.«

Becky betrachtete die Gemälde aus längst vergangenen Zeiten, die in riesigen Goldrahmen an den Wänden hingen. Sie musterte Lafayettes Gesicht und fragte sich, ob der Maler den Mann gut getroffen hatte. Das plötzliche Erscheinen von John Delaware riss sie aus ihren Tagträumen.
»James, Nancy«, sagte er, während er auf sie zuging. »Und Eleanor – schön, dich zu sehen. Und du bist Becky, oder?«
Sie schüttelten ihm die Hand. James fragte ihn, ob er sich dazusetzen wolle.
»Ich möchte das kleine Familientreffen nicht stören«, sagte John.
»Aber du störst doch nicht. Wir feiern den sechzehnten Geburtstag unserer Nichte.«
»Sechzehn? Das ist ja wunderbar.«
Becky lächelte, weil sie nicht wusste, was sie sagen sollte.
»Aber dann störe ich ja wirklich«, sagte John. »Wenn du heute Geburtstag feierst …«
Becky schüttelte den Kopf.
»Überhaupt nicht«, widersprach Onkel James. »Je mehr, umso lustiger.«

»Ich habe in dieser Woche oft an euch gedacht«, sagte John Delaware zu Becky. »Aber das hat wahrscheinlich jeder getan. Die Zeitungen … Radio … Fernsehen … meine Gedanken …« Er machte eine Handbewegung in ihre Richtung und überließ es James, geschickt das Thema zu wechseln.

Becky beobachtete ihn, während sich die Erwachsenen miteinander unterhielten. Er erinnerte sie ein bisschen an ihren Vater. Derselbe englische Akzent, dasselbe Auftreten, dieselben Umgangsformen.

Aber er ist fröhlicher. Weniger … Sie suchte nach dem passenden Begriff und kam nur auf »kalt«, was sie ihrem Vater gegenüber unfair fand.

John Delaware trug ein Tweedjackett, eine graue Hose, ein weißes Hemd und eine hellrote Krawatte.

Genauso schick wie Daddy. Aber ganz anders. Eher … Wieder suchte sie nach dem richtigen Wort. »Extravagant« wäre es gewesen.

Er bot reihum Zigaretten an, auch den Mädchen.

»Um Gottes willen, John«, sagte Nancy. »Sie sind doch noch Kinder!«

»Besser, sie lernen nein zu sagen, als nur abzuwarten, bis sie sich rausschleichen und hinter dem Fahrradschuppen paffen können«, entgegnete er gelassen. »Oder wie seht ihr Mädchen das?«

»Ein wahres Wunder, dass deine Frau dich erträgt«, sagte Nancy und ließ einen Laut folgen, der nach missbilligendem Schnauben klang.

John Delaware zwinkerte Becky zu.

»Tut sie ja eigentlich auch gar nicht.« Er lachte. »Sie hat mich schon vor Jahren verlassen.«

Er wirkt überhaupt nicht traurig, dachte Becky, sondern im Gegenteil, sehr nüchtern und sogar ein bisschen sarkastisch.

Plötzlich kam ihr der Ausdruck »Reden hilft« in den Sinn, und zwar in zweierlei Hinsicht – zum einen, Reden über das Geschehene, und zum anderen, die Art, *wie* man redet, Reden als totale Ablenkung von dem, was sich daheim in der Lansdowne Road abspielte.

»Na, ihr beiden«, sagte John zu Becky und Eleanor, »werfen wir mal einen Blick auf den Vorspeisenwagen? Die Sachen sehen richtig gut aus. Richtig gut, richtig gut.«

»Der ist nett, was?«, flüsterte Becky Eleanor zu, als sie mit gefüllten Tellern zurückkamen.

»Mummy sagt, er ist ein Schuft«, entgegnete Eleanor flüsternd.

Ein Schuft? Becky betrachtete ihr Gegenüber.

In diesem Augenblick zogen drei Personen, die den Speisesaal gerade betreten hatten und zu ihren Plätzen auf der anderen Seite des Restaurants geführt wurden, ihre Aufmerksamkeit auf sich.

Unglaublich, dachte Becky, als sie Hugo Mombay Humphries erkannte. Er war in Begleitung eines Mannes und einer Frau, offenbar seine Eltern. Essen denn heute alle hier zu Mittag?

Sie war nicht sicher, ob er sie gesehen hatte. Sie hoffte es eher nicht. Was Tante Nancy sagen würde, wenn er an ihren Tisch käme, konnte sie sich lebhaft vorstellen. Sie würde garantiert glauben, ich kenne jeden Mann in Dublin, dachte sie. Dabei kenne ich überhaupt keinen. Na ja, nicht ganz …

Sie hätte Eleanor gern auf ihn aufmerksam gemacht, aber am Tisch war das unmöglich. Vielleicht später, dachte sie.

Hugos Vater sah aus wie Hugo, nur eben älter; genauso groß und schlaksig, aber mit graumeliertem, schütterem Haar. Seine Mutter war unglaublich schick in ihrem Kleid mit dazu passender Jacke. Ihren Pelzmantel hatte Becky bereits gesehen, als der Oberkellner ihn ihr abnahm.

Sie behielt Hugos Tisch im Blick und beobachtete, dass dort sehr viel geredet, aber überhaupt nicht gelächelt oder gar gelacht wurde. Sie überlegte, ob Hugo seinen Eltern vielleicht gerade von den Ereignissen der letzten Woche berichtete. Es sah ganz danach aus. Hin und wieder tätschelte seine Mutter seinen Arm, aber was sie miteinander sprachen, konnte Becky nicht hören, dazu war sie zu weit weg.

»Wo ist denn deine kleine Schwester, Becky?«, unterbrach John Delaware ihre Gedanken.

»Ach, Brona – die ist das Wochenende über bei ihrer besten Freundin.«

Am Sonntagvormittag halfen Brona Dunville und Rhona Brophy, die Überreste der Party aufzuräumen.

»Du bist so still, Bro«, sagte Rhona zu ihrer Freundin, während sie von den kalten Speisen naschten, die übrig geblieben waren.

Sie saßen in der Küche. Beide trugen Schlaghosen, Pullover und weite, aufgeknöpfte Hemden.

»Ich ertappe mich ständig beim Beten«, sagte Brona.

»Beim Beten?« Rhona war baff.

»Ja. Ich gehe immer wieder alle Gebete durch, die wir gelernt haben. Ich ertrage die Stille nicht …« Brona sah aus, als würde sie gleich weinen. »Die Stille in meinem Kopf, weißt du.«

»Das ist ja schrecklich. Als Nächstes fühlst du eine Berufung und wirst Novizin und dann Nonne, und dann … Mensch, kannst du dir vorstellen, durchs Kloster zu rauschen und im selben Schlafsaal zu schlafen wie Schwester Rodriguez?«

»Ach, halt die Klappe, Rhona! Es sind doch nur Gebete, mit denen ich die Hoffnung ausdrücken kann, dass alles wieder gut wird.«

»Entschuldige, Bro. Ich wollte dich nicht verletzen. Daddy hat gesagt, ich soll dich auf andere Gedanken bringen, aber wenn du hier inzwischen am Beten bist, habe ich meine Sache nicht gerade gut gemacht …«

Brona erwiderte nichts. Ihr war mit einem Mal klar geworden, dass sie nicht wieder nach Hause wollte, aber das konnte sie nicht sagen. Sie hatte das Gefühl, dass nichts wieder gut werden würde.

»Warum schmeckt eigentlich kaltes Essen besser als heißes?«, fragte Rhona.

»Findest du?«, sagte Brona, die gerade an einem Stück gummiartigem Käse und an einer vertrockneten Kirsche knabberte.

»Das habe ich doch nur gesagt, damit du auf andere Gedanken kommst, Bro«, erklärte Rhona.

Brona warf ihr einen trostlosen Blick zu.

»Leben Sie schon immer in Irland?«, fragte Becky John Delaware.
»Nein, ich bin erst vor etwa sechs Wochen hierhergekommen. Ich arbeite in London. Das heißt, mein Arbeitgeber hat dort seinen Sitz. Aber ich habe mir hier eine Wohnung gekauft und ziehe nächsten Monat ein.«
»Und wo wohnen Sie jetzt?«
»Hier im Hibernian. Es liegt so schön zentral. So, jetzt hakt euch bei mir unter, ihr zwei! Der Boden ist noch immer ziemlich glatt vom Frost.«
Becky, Eleanor und John stiegen die Hoteltreppe hinunter, die auf die Dawson Street führte. »In einer halben Stunde sind wir zurück«, hatte er zu James und Nancy gesagt und augenzwinkernd hinzugefügt: »Ihr könnt in der Zwischenzeit Kaffee trinken und die Rechnung begleichen.«
»Ah, ist das schön!«, sagte er zu den Mädchen, die sich rechts und links bei ihm untergehakt hatten. »Schön, schön, schön! Ich liebe diese kalten, klaren Tage.«
»Ich finde es wahnsinnig kalt«, sagte Eleanor. »Kann ich bitte zurück ins Hotel? Ich erfriere sonst noch. Becky hat sich warm genug angezogen, aber ich nicht.«
Sie kehrte ins Hotel zurück, während Becky und John Delaware die Dawson Street entlanggingen und über die Duke Street in die Grafton Street gelangten.
»Schade, dass Sie die Weihnachtsdekoration von Switzers nicht gesehen haben«, sagte Becky. »Die Schaufenster werden jeden Dezember mit Puppen dekoriert, und man hört Musik. Unsere Familie geht immer gemeinsam hin und schaut sie sich an.«

Wie seltsam, dachte sie, denn sie nahm ganz bewusst wahr, wie außergewöhnlich die Situation war. Da ging sie an einem Winternachmittag mit einem Mann, der ihr Vater hätte sein können, durch die Grafton Street. Sie fragte sich, ob er Bellas Verschwinden ansprechen würde, aber er tat es nicht. Offenbar genügte es ihm, ihr Fragen über Dublin und über ihr normales Leben zu stellen.

Denn so sah sie es inzwischen. Es gab ihr normales Leben, das Leben, das sie vor Bellas Verschwinden geführt hatte, und es gab das »Alptraumleben«, das Leben, in dem sie jetzt steckte. Sie traten durch das Haupttor des Trinity College, und Becky holte tief Luft.

»Wenn ich mit der Schule fertig bin, will ich hier studieren«, sagte sie, als sie über das Kopfsteinpflaster des Front Square gingen, und ihr wurde bewusst, dass dieses Vorhaben erst in den letzten achtundvierzig Stunden in ihr entstanden war.

»Wunderschön ist es hier«, sagte John Delaware. »Wunderschön, einfach wunderschön.«

Sie lächelte ein wenig über seine typische Sprechweise und über die Begeisterung, die er ausstrahlte.

»Weißt du, wie die einzelnen Gebäude heißen?«, fragte er sie.

Sie kannte nur die Buttery.

»Ich besorge dir ein Buch, in dem alles beschrieben ist, und wenn wir das nächste Mal hier sind, kannst du mir alle Namen nennen«, sagte er und tätschelte ihren Arm.

Dass er vom Trinity College sogar noch begeisterter war als sie, hob ihre Stimmung ungemein. Und seine Ankündigung, sie würden hier irgendwann wieder zusammen spazieren gehen, war für sie wie eine Art Ventil, durch das die erstickende Leere daheim entweichen konnte.

John Delaware erzählte ihr vom Krieg, einem Ereignis, das ihr Vater, der Arzt, selten, wenn überhaupt je erwähnte. Sie hatten das Gelände des Trinity College durchquert und gingen durch die Nassau Street zurück.
Er erzählte ihr von Nordafrika, von dem Sand im Essen, von der gnadenlosen Hitze tagsüber und den eiskalten Nächten. Von den Truppen, die bewegt, untergebracht und wieder bewegt wurden, von den jungen Männern, die in der Dunkelheit flohen, von den Datteln auf den Bäumen der Oasen und den Lastwagen, die in der Sonne liegen blieben.
»Mein Flugzeug stürzte bei einem Nachtflug ab. Hier hat mich eine Kugel erwischt.« Er klopfte sich an die Brust. »Damals habe ich deinen Vater wiedergetroffen. Wir kannten uns aus der Schule. Im Lazarett in Alexandria. Wir sind auf demselben Schiff nach Hause gefahren.«
»War er lang dort?«
»Ein paar Jahre. Unseren Schulabschluss hatten wir einundvierzig gemacht, und Anfang dreiundvierzig waren wir dort. Eine tolle Zeit. Eine ganz, ganz tolle Zeit.«
»Und wann hat er Mum kennengelernt?«
»Ach du liebes bisschen, keine Ahnung. Das muss später gewesen sein. Vorher hatten wir keine gemeinsamen Frauenbekanntschaften. Ja, es müsste eine ganze Weile später gewesen sein. Er ist um einiges älter als sie, oder?«

»Das weiß ich nicht«, antwortete Becky. »Über so etwas sprechen wir zu Hause nicht.«
Sie hätte gern mehr über ihn erfahren, doch sie brachte es nicht über sich, weiter zu fragen. In der Welt, in der sie aufgewachsen war, stellte man Erwachsenen keine persönlichen Fragen.
Sie gingen durch die Dawson Street und gelangten zum Hibernian Hotel. Beckys Onkel und Tante saßen noch immer mit Eleanor am Tisch.
»Wir haben schon gedacht, ihr kommt nie mehr zurück«, sagte Eleanor.
Als Becky wieder Platz nahm – nicht ohne festgestellt zu haben, dass die Mombay Humphries immer noch an ihrem Tisch in der Ecke saßen –, wurde, von fünf Kellnern eskortiert, eine Geburtstagstorte mit sechzehn Kerzen hereingetragen und vor sie hingestellt.
O nein!, dachte sie peinlich berührt. Jetzt sieht mich Hugo ganz bestimmt. Nur gut, dass Mr Jones nicht hier zu Mittag gegessen hat.
Sie hob den Blick über die Kerzen und registrierte ihre Verwandten und John Delaware, die »Happy Birthday« zu singen begonnen hatten, sowie einige andere Gäste an den umstehenden Tischen. Weiter hinten sah sie Hugo Mombay Humphries. Er lächelte ihr zu und sagte etwas zu seinen Eltern.
Als das Lied zu Ende gesungen war und sie die Kerzen ausgeblasen hatte, fiel ihr Blick auf Eleanor, die das Gesicht verzog. Becky wusste, dass es auch ihrer Cousine unangenehm gewesen wäre, so viel Aufmerksamkeit zu erhalten.

Im Gegensatz zu Bella und Brona, dachte sie. Die beiden hätten es genossen. Vor allem Bella.

Kurz darauf stand eine Flasche Champagner auf dem Tisch.

»Mit den besten Glückwünschen von Sir Hugh …«, sagte der Kellner und deutete diskret auf den Tisch in der Ecke, an dem die drei Mombay Humphries ihre Gläser erhoben hatten. »Er gratuliert der jungen Dame zum Geburtstag.«

Becky lächelte und errötete abwechselnd, und Eleanor sagte kichernd: »‹Du bist ja röter als die rote Schrift auf der Torte.«

»Kennst du die Herrschaften?«, fragte Onkel James erstaunt.

Sie zögerte mit der Antwort; doch in diesem Moment trat Sir Hugh an ihren Tisch und bat, die Störung zu verzeihen. Man machte sich gegenseitig bekannt. Sir Hugh schüttelte jedem am Tisch die Hand und wandte sich schließlich an James Fitzgerald.

»Mein Sohn und Ihre älteste Nichte sind befreundet«, erklärte er und sagte dann zu Becky: »Unsere Gedanken sind bei euch.«

»Danke für den Champagner«, antwortete Becky.

»Ich hoffe, du darfst auch ein bisschen davon trinken.« Er lächelte sie an.

»Aber selbstverständlich«, versicherte Onkel James.

Woraufhin Sir Hugh sich entschuldigte und zu seinem Tisch zurückkehrte.

Becky schwieg. Ihr war klar, dass Sir Hugh es gut gemeint hatte, aber sie konnte sich nicht des Gefühls erwehren, dass

Bellas Geist mit am Tisch saß und in den Köpfen aller Anwesenden herumspukte.
Wo bist du, Bella?, dachte sie.
Rings um sie herum wurde angestoßen. Sie tat es den anderen gleich und zwang sich zu lächeln.

Daheim hörte Becky, wie ihre Tante ihren Vater daran erinnerte, dass heute Beckys Geburtstag war. Er ging zu ihr, umarmte sie und sagte etwas von einem Geschenk, das sie so bald wie möglich erhalten werde. Becky klopfte auf ihre Tasche, in der eine Zehn-Pfund-Note von John Delaware und fünf Pfund von ihrem Onkel und ihrer Tante steckten.
Aber sie hatte ihre Tante noch etwas sagen hören: »Du musst sie mehr miteinbeziehen in alles, was passiert, John. Sie ist jetzt sechzehn. Und sie ist ein kluges Mädchen. Sie hat uns heute sehr beeindruckt. Sie kennt alle möglichen Leute und weiß sich zu benehmen. Du musst sie wirklich mehr miteinbeziehen.«
Das kann er doch gar nicht, dachte Becky. So funktioniert unsere Beziehung nun mal nicht. Bella hätte er wahrscheinlich miteinbeziehen können, aber mit mir oder Brona schafft er das nicht.
»Und«, sagte Nancy zu ihrem Schwager, »wie geht es Elizabeth?«
»Dr. Moody war vor kurzem hier. Er hat ihr ein Beruhigungsmittel gegeben.«
Er wirkt erschöpft, dachte Becky. Als ob er kein Auge zugetan hätte.

»Soll ich dir Tee machen, Daddy?«, fragte sie ihn.
Er schüttelte den Kopf.
»Was Neues von der Polizei?«, erkundigte sich Nancy.
»Conor O'Connor war kurz hier, um nach uns zu sehen. Zumindest hatte ich diesen Eindruck.«
»Gibt es denn irgendetwas Neues?«, hakte Becky nach.
Wieder schüttelte er den Kopf. »Nein, nichts. Eine Woche ist vergangen, und man könnte glauben, der Erdboden hätte Bella verschluckt.«
Es ist endlos, dachte Becky. Endlos und unerträglich.
Nancy hatte Mrs O'Doody früher nach Hause geschickt und selbst Sandwiches und Tee gemacht. Sie bestand darauf, dass Vater und Tochter etwas davon zu sich nahmen, während James und Eleanor Brona von den Brophys abholten.
»So«, sagte Nancy streng, »ihr zwei esst jetzt mal ordentlich. Ihr müsst Brona ein gutes Beispiel geben, und außerdem braucht ihr viel Kraft, um diese Woche durchzustehen. Das fängt beim ordentlichen Essen an. Drei Mahlzeiten pro Tag. Und keine Miniportionen, Becky!«
Becky und ihr Vater grinsten sich verstohlen an.
»Du bist ja richtig furchterregend, Nancy«, sagte John lächelnd. »Wir werden auch ganz bestimmt essen – nicht wahr, Becky? Versprochen!«

In dieser Nacht dachte sie darüber nach, wie sehr sie sich in der zurückliegenden Woche verändert hatte. Eine Träumerin und Grüblerin war sie gewesen, und noch zu Beginn der Woche hatte sie unglaublich viel gebetet, während ihr jetzt

kein einziges Gebet mehr einfiel. Wort- und Gedankenspiele waren ihre Leidenschaft gewesen. Jetzt sehnte sie sich nur mehr danach, ständig unter Menschen zu sein.
Gemeinschaft, Gespräche, alles, was dazu beiträgt, dass ich nicht nachdenken muss. Sie hoffte, Brona würde kommen und sich neben sie legen.

Aber sie hatten die Rollen getauscht. Brona lag in ihrem Bett, starrte an die Decke und betete so inständig sie nur konnte. Anders als Becky zuvor dachte sie dabei nicht an den Inhalt der Gebete, sondern benutzte sie wie ein Mantra, reihte ein »Gegrüßet seist du, Maria« ans andere, ging von »Ehre sei dem Vater und dem Sohn und dem Heiligen Geist« zum Vaterunser über, ließ ein Kirchenlied aufs andere folgen. Der Wortlaut hatte keine Bedeutung für sie; aber nur so konnte sie ihre Verzweiflung ertragen, denn sie betete zu einem Gott, der keine Antwort gab.

Dreizehntes Kapitel

Was soll das heißen, ein Kostümfest?«, fragte Becky Brona am Montagmorgen, als sie auf den Bus warteten.

»Ach, irgendein Hochzeitstag, ich weiß auch nicht. Alle waren verkleidet. Viele Gäste und so«, erwiderte Brona.

»Und als was hast du dich verkleidet?«

»Als Shirley Temple.«

»Hm.« Becky betrachtete sie. So wie ihre Schwester jetzt aussah, in ihrer Schuluniform, mit den dunkelbraunen, schulterlangen Locken und dem bleichen Gesicht, fiel es ihr schwer, sie sich als Shirley Temple vorzustellen, obwohl das unter anderen Umständen die ideale Verkleidung für sie gewesen wäre.

»War es lustig?«

»Es war okay. Was ist Pans Gefolge?«

»Keine Ahnung. Warum?«

Brona kratzte mit ihrer Schuhspitze auf dem Pflaster hin und her.

»Hör auf damit«, sagte Becky. »Sonst meckert Mutter Immaculata, dass du deine Schuhe nicht geputzt hast. Warum willst du wissen, was Pans Gefolge ist?«

»Rhona war als eine aus Pans Gefolge verkleidet.«

»Wie hat sie denn ausgesehen?«

»So ähnlich wie ein Go-go-Girl.«

»Aha.«

Becky dachte darüber nach.

»Vielleicht ist es etwas aus dem Fernsehen.«

»Wahrscheinlich. Findest du es schade, dass wir keinen Fernseher haben?«, fragte Brona.

»Darüber habe ich erst letzte Woche zum ersten Mal nachgedacht«, antwortete Becky.

»Ich glaube, wir sind die einzige Familie in ganz Irland, die keinen hat«, erklärte Brona theatralisch.

»Ist ja auch eigentlich gar nicht wichtig, oder?«, sagte Becky.

»Nö, eigentlich nicht. Warum hast du letzte Woche darüber nachgedacht?«

»Na, weil wir im Fernsehen waren, Dummerchen.«

»Was? Was soll das heißen?«

»Genau das, was ich gesagt habe. Erinnerst du dich an die Kameras, die am Mittwoch vor dem Haus standen? Das waren Fernsehkameras.«

»Woher weißt du das? Warum habe ich die nicht gesehen? Warum hat mir das keiner gesagt?«

Becky schwieg. Auf die meisten Fragen gibt es keine Antworten, dachte sie.

»Hättest du dich gern im Fernsehen gesehen?«, hakte Brona nach.

»Nein, nicht so. Nicht unter diesen Umständen. Bella …«

Zum ersten Mal an diesem Morgen war Bellas Name gefallen.

Es war ganz still gewesen im Haus. Ihre Mutter war nicht aufgestanden. Mrs O'Doody war früh gekommen und hatte die beiden Mädchen in die Schule verabschiedet. Ihr Vater war bereits in die Klinik gefahren.

»Schaffst du's?«, fragte Becky ihre Schwester.

»Ja, es geht schon«, antwortete Brona.

Sie waren sehr kurz angebunden miteinander, sprachen nur das Notwendigste. Becky hatte das starke Gefühl, dass Brona etwas auf dem Herzen lag, das sie ihr aber nicht sagen wollte. Aber schließlich erzählte sie, Becky, ja auch nichts. Sie hatte beschlossen, den Schultag einfach irgendwie zu überstehen und nicht daran zu denken, was sein würde, wenn sie nach Hause kam, die Atmosphäre daheim, die Leere, als hätte Bellas Verschwinden ihnen allen auch die Seele geraubt.

Dabei war Bella schon einmal weg, dachte sie.

»Du, Brona«, sagte sie, »ich habe mir etwas überlegt …«

»Bringt ja eh nichts«, erwiderte Brona.

»Sei doch nicht so, Brona! Mir ist eingefallen, dass Bella mal aufs Irish College ging und ungefähr einen Monat lang weg war.«

Brona brummte etwas in sich hinein.

»Also, ich habe mir überlegt, dass wir so tun sollten, als ob es wieder so wäre. Denken wir einfach, Bella wäre einen Monat lang auf dem Irish College, und wenn sie früher zurückkommt, ist alles in Ordnung.«

»Und wenn sie nach dem einen Monat nicht zurückkommt?«

»Darüber denken wir nach, wenn es so weit ist«, gab Becky in energischem Ton zurück.

»Ich glaube nicht, dass Mum und Dad das Ganze so sehen«, wandte Brona ein.

»Ich weiß. Aber ich finde, du und ich sollten es so sehen. Betrachten wir das Ganze so, als ob wir vorübergehend eine Pause von Bella hätten, und wenn sie zurückkommt …«

»*Wenn* sie zurückkommt.«

Es ist zu schwer für mich, dachte Becky. Sie versteht mich einfach nicht. Sie kapiert nicht, dass uns nichts bleibt, wenn wir so denken wie sie. Es gibt keine Hoffnung. Wir müssen sein wie Dad …

»Wir müssen so sein wie Dad, Brona.«

»Was soll das nun wieder heißen?«, fragte Brona mürrisch.

Becky sah sich um. Niemand war in der Nähe.

»Jetzt hör mir mal zu.« Becky ließ ihre Schulmappe auf den Gehsteig plumpsen und packte Brona an den Schultern. »Schmink dir diese Einstellung ab und hör mir zu. Du kannst umkehren und nach Hause gehen, dich ins Bett legen und da bleiben. Das ändert aber nichts, außer dass du dich dann beschissen fühlst. Du kannst aber auch wie Dad sein und die Ohren steif halten wie neulich bei der Versammlung. Dad ist in die Arbeit gefahren, hilft seinen Patienten und weiß wenigstens, wenn der Tag vorüber ist, dass er etwas Sinnvolles gemacht hat. Kapierst du das denn nicht?«

Brona starrte sie mit offenem Mund an.

»Was ist jetzt wieder los?«, fragte Becky.

»Hat Rebecca Dunville ›beschissen‹ gesagt oder haben mich meine Ohren getrogen?«, sagte Brona, Mutter Immaculata perfekt imitierend.

Die beiden Mädchen lachten. Der Bus kam. Becky hob ihre Schultasche auf.

So muss ich es also machen, dachte sie. So funktioniert es.

»Ich würde dir gern erzählen, was bei der Party passiert ist«, sagte Brona zögerlich, und Becky wurde bewusst, dass ihre Schwester und sie inzwischen ein so gutes Verhältnis zueinander hatten, dass Brona sich offen zu sprechen traute.

»Schieß los.«

Brona erzählte ihr von der Frau, die als Bella verkleidet erschienen war.

»Das ist schrecklich«, sagte Becky, »ganz schrecklich.«

»Aber *warum* ist es so schrecklich?«, wollte Brona wissen.

»Es hat mich angewidert und mir Angst gemacht, aber ich weiß nicht, warum.«

»Es ist deshalb so schrecklich, weil Bella für einige Menschen offenbar schon zur Vergangenheit gehört, und das macht Angst«, erklärte Becky. Sie betrachtete Bronas Gesicht und sah den panischen Schrecken darin. »Hör zu. Es wird bestimmt noch mehr solch schwierige und fürchterliche Situationen geben, Dinge, mit denen schwer umzugehen ist. Du kannst sie mir alle erzählen. Friss bloß nichts in dich hinein.«

Brona nickte und machte »Hmmm« und sagte nach einer kurzen Pause: »Danke, Becky. Ich weiß nicht, was ich ohne dich tun würde.«

Sie lächelten sich an.

Wir geben einander ein gutes Gefühl, dachte Becky, und das gibt mir Kraft. Obendrein setzte sich Brona im Bus frei-

willig neben sie, obwohl mindestens sechs Klassenkameradinnen von ihr oben saßen.
Sie schwiegen während der Fahrt in die Innenstadt, aber hin und wieder kicherte Brona kurz vor sich hin und stieß Becky einmal kumpelhaft in die Seite. Sie sahen sich in die Augen, und Brona formte mit den Lippen lautlos das Wort »beschissen«.
An der Haltestelle Sutherland Square stiegen sie aus.
»Jetzt geh zu deinen Freundinnen«, sagte Becky.
»Ich will aber bei dir bleiben.«
Becky schüttelte resolut den Kopf.
»Nein. Denk dran: Die Ohren steifhalten! Geh zu ihnen. Es ist besser so, glaub mir.«
»Beschissen ist es«, sagte Brona lachend.
Beschissen für mich, dachte Becky vor sich hin grinsend. Aber hundertprozentig besser für dich.

In der Morgenversammlung betete Mutter Immaculata.
Becky blickte zu Brona hinüber. Sie konnte kaum mehr als ihr Profil sehen. Einen Moment lang fand sie, dass Brona wie Bella aussah. Man müsste ihr nur die Haare färben und ihr Locken machen, dann könnte man sie für Bella halten. Sie hatte den Eindruck, dass es Brona, die neben der schrecklichen Rhona Brophy stand, wieder besser ging. In diesem Augenblick drehte sich Rhona zu Becky um und zwinkerte ihr zu. Obwohl das unglaublich dreist war, empfand Becky es als tröstlich.
»Betet für unsere lieben Verstorbenen«, intonierte Mutter Immaculata, während Becky das Zwinkern zu deuten ver-

suchte. »Für jene, welche uns vorausgegangen sind, für jene, welche bald sterben werden und für jene, die vermisst werden.«

»Amen«, erwiderten Hunderte von Mädchen.

Vermisst?, dachte Becky. Wie viele werden denn vermisst? Sie ließ den Blick über ihre Mitschülerinnen wandern. Viele musterten sie aus den Augenwinkeln. Sie richtete den Blick wieder nach vorn und sah, wie Rhona eine Hand von Brona ergriff und sie drückte. Sie hätte auch gern jemanden gehabt, der ihr die Hand hielt.

»Alles in Ordnung mit dir?«, fragte Mr Jones, der neben ihr den Korridor entlangging.

Becky nickte.

»Hast du eigentlich eine beste Freundin?«, wollte er wissen. »Ich sehe dich immer allein.«

Sie schüttelte den Kopf. Es war ihr peinlich, keine beste Freundin zu haben oder wenigstens eine Clique, aber ihn anzulügen war sinnlos; er hatte sie zu oft allein gesehen.

»Du musst reden«, sagte er nachdrücklich. »Das tut dir gut. Wir treffen uns nach dem Unterricht hinter der Schule. Sagen wir zwanzig Minuten nach Unterrichtsende?«

Der Gedanke daran hielt sie fast den ganzen Tag aufrecht. In der Mittagspause schlich sich Brona im Refektorium zu ihr, bevor die Nonnen zum Essen erschienen waren.

»Meinst du, ich kann nach der Schule kurz zu Rhona gehen?«, fragte sie.

»Klar.« Einen Moment lang empfand Becky Neid darüber, dass es für Brona jemanden gab, zu dem sie gehen konnte, doch dann fiel ihr wieder ein, was sie selbst vorhatte. »Wenn du Daddy anrufst und es ihm sagst, holt er dich auf dem Heimweg ab. Aber ruf auch zu Hause an, damit Mummy sich keine Sorgen macht.«

Brona verzog das Gesicht.

»Du kannst es ihr doch sagen, wenn du heimkommst. Wenn ich anrufe, hole ich sie doch wahrscheinlich nur aus dem Bett.«

Becky nickte, aber tief im Herzen hoffte sie, dass es heute anders war. Dass ihre Mutter heute aufgestanden war und irgendetwas machte; dass sie ein bisschen wie Tante Nancy war.

Dann sah sie Eleanor und ging zu ihr.

Eleanor saß mit mehreren Mädchen aus ihrer Klasse zusammen und sah sie nicht kommen. Sie las irgendetwas unter dem Tisch. Vier Augenpaare blickten zu Becky hoch. Die Mädchen unterbrachen ihr Gespräch. Normalerweise hätte Becky einen Bogen um die Gruppe gemacht, denn sie hatte ziemlich großen Respekt vor Eleanors Freundinnen, doch jetzt war ihr plötzlich egal, was sie sagten oder dachten.

»Eleanor«, sprach sie ihre Cousine an.

Eleanor hob den Blick. »Ach, Becky! Hi!«

»Wie geht's denn so?«, fragte eines der Mädchen.

Die anderen sahen sie nur schweigend an.

Becky zuckte mit den Schultern. Sie wusste nicht, was sie sagen sollte. Es machte sie beklommen, so vor den anderen zu stehen.

»Wird schon wieder«, meinte das Mädchen.

»Es sollte aber mal besser schnell wieder werden«, sagte eine

andere. »Morgens, mittags und abends beten wir für deine Schwester. Also, von mir kriegt sie eine geknallt, wenn sie wieder da ist.«
Becky musste lächeln. Alles war so normal – albernes Gerede und Neckerei, aber nicht unfreundlich. Sie hatte diese Mädchen immer für viel zu eingebildet gehalten, als dass sie eine mickrige kleine Viertklässlerin überhaupt bemerken würden, aber jetzt wirkten sie richtig nett.
Eine der Schülerinnen, ein Mädchen mit langem blondem Zopf und azurblauen Augen, sagte: »Bella Dunville räkelt sich wahrscheinlich gerade in Südfrankreich in der Sonne.«
»Und überlegt, ob sie eine Ansichtskarte an die ganze Schule schicken soll«, fügte eine andere hinzu.
»Wäre schön, wenn sie uns eine nach Hause schicken würde«, warf Becky ein.
»Wird schon wieder«, sagte das Mädchen noch einmal.
Becky spürte, dass ihr die Tränen kamen.
Mit Mitgefühl kann ich offenbar schlecht umgehen, dachte sie und nickte den Mädchen schweigend zu.
»Eleanor«, sprach sie ihre Cousine schließlich noch einmal an, aber diesmal viel leiser. »Kommt deine Mutter heute zu uns?«
»Nur den Vormittag über«, antwortete Eleanor. »Heute Nachmittag hat sie, glaube ich, irgendwas vor. Sie hat es mir gesagt, als Daddy und sie mich gestern Abend herbrachten, aber ich weiß nicht mehr, was es war. Gibt es ein Problem?«
»Nein, nein. Ich wollte es nur wissen. Es ist schön, wenn sie da ist«, sagte sie ausweichend und ging.

Sie nahm wahr, dass die Mädchen ihr nachblickten, als sie den Raum verließ, und sie wusste, dass sie Eleanor sofort fragen würden, was es Neues gab. Aber es gab nichts Neues. Nicht das Geringste.
Seit acht Tagen war Bella verschwunden, seit sieben Tagen wussten sie es. Seither nichts. Nur Leere. Nicht mehr, nicht weniger.
An der Tür warf Becky einen Blick zurück. Alles wirkte so normal. Ein ganz normaler Tag schien dieser Tag im Leben aller anderen zu sein, und er wäre es auch für sie gewesen, wäre Bella nicht verschwunden. Darüber dachte sie nach, während sie den Korridor entlangging.
Morgens sind wir aufgestanden, abends haben wir uns schlafen gelegt, und wir haben getan, was man uns sagte – zumindest Brona und ich. Bella nicht. Und obwohl wir getan haben, was wir tun sollten, ist jetzt alles anders. Nur wegen Bella. Wäre Bella aber damals in der Nacht zurückgekommen, wäre jetzt alles wie immer.
Plötzlich kam ihr der Gedanke, dass Bella sich vielleicht schon öfter nachts aus dem Haus geschlichen hatte und unbemerkt zurückgekommen war.
Wir haben es nicht verhindern können, dachte sie, um die Schuldgefühle, die wieder einmal wegen des geschlossenen Fensters in ihr aufkamen, loszuwerden. Aber sie wünschte, sie hätte das Fenster offen gelassen oder wäre in jener Nacht gar nicht erst nach unten gegangen; dann hätte sie keine Ahnung von dem offenen Fenster gehabt und würde jetzt nicht diese Schuld mit sich herumtragen. Doch dann wurde ihr klar, dass alle diese Wenns endlos zurückreichten.

Wenn Bellas Schritte auf der Treppe sie nicht geweckt hätten – wenn sie überhaupt davon geweckt worden war – oder wenn Brona damals ihren rosa Pulli nicht ruiniert hätte, dann hätte Bella sich vielleicht früher hinausschleichen können und wäre nicht verschwunden.

Und so lässt es sich immer weiter zurückverfolgen, dachte sie. Wenn Brona nicht beschlossen hätte, sich die Haare zu färben, oder wenn Mummy und Dad Bella nicht so verwöhnt hätten, und dann dieses lächerliche Meccano-Spielen – dieser durchsichtige Trick, die Aufmerksamkeit auf sich zu ziehen. Dabei brauchte Bella wirklich nicht noch mehr Aufmerksamkeit.

Sie schüttelte den Kopf. Sie wollte damit aufhören, die Uhr auf der Suche nach dem Anfangspunkt immer weiter zurückzudrehen.

Der Unterricht endete an diesem Montagnachmittag um vier. Becky hatte vorgehabt, noch eine Weile im Garderobenraum zu bleiben, aber gerade an diesem Tag ging Schwester Rodriguez wieder einmal ihrer schulinternen Schnüffeltätigkeit nach, und um drei Minuten nach vier fand Becky sich auf der Straße wieder. Der tiefer gelegene Teil der Sutherland Street war mittlerweile von den Spuren der Bombenexplosion gereinigt worden, so dass Becky gemächlich Richtung Sutherland Square gehen konnte. Als sie sah, dass keines der Mädchen, die aus der Schule kamen, eine Baskenmütze trug, nahm sie ihre schnell ab und stopfte sie in ihre Manteltasche. Ich bin immer so brav, dachte sie. Ein bisschen wie Mum. Die hat auch so was Braves.

Auf dem Weg zum Sutherland Square, wo sie die Wartezeit überbrücken wollte, dachte sie über das Wort »brav« nach. Ich werde frieren, während ich auf Mr Jones warte, dachte sie. Brave Schülerin auf dem Sutherland Square erfroren. Eine dürftige Schlagzeile. Ihre Gedanken wanderten vom Hundertsten zum Tausendsten, vom Brav- und Biedersein zu ihrer Mutter, die früher, in der Nachkriegszeit, wahrscheinlich genau wie sie gewesen war – jung und voller Zuversicht. Und jetzt liegt sie verzweifelt im Bett, und keiner kommt mehr an sie ran.
Sie fragte sich, ob es irgendetwas gab, womit man ihr helfen könnte – außer Bella zu finden, was nun einmal unmöglich war.
Für die Schülerinnen von St Martin's war der Sutherland Square verbotenes Terrain. Na und?, sagte sich Becky Dunville. Ist mir schnuppe. Ist doch völlig egal.
Mit einem triumphierenden Lächeln auf den Lippen dachte sie darüber nach, dass es ihr noch vor zehn Tagen nicht im Traum eingefallen wäre, die Regeln zu missachten und irgendwohin zu gehen, wohin sie nicht gehen durfte. Wir verändern uns, dachte sie. Früher war mir das alles nicht egal. Jetzt war es ihr egal. Die Regeln erschienen ihr lächerlich und sinnlos, obwohl sie wusste, dass sie einen Zweck hatten und es nie so weit gekommen wäre, hätte Bella sie befolgt.

Das Gras wirkte steif und hart vom Rauhreif; weiß überfroren reckten sich die kurzen Halme in die Höhe. Der Gehweg war mit weißen, spiralenförmigen Eisplatten bedeckt, die an diesem kalten Tag nicht schmolzen.

Ein Rotkehlchen mit leuchtend roter Brust – der einzige Farbfleck weit und breit – wagte sich auf dem Gehweg ganz nah an Beckys Füße heran und zwitscherte.

»Wenn ich Brona wäre«, sagte Becky zu dem kleinen Vogel, »hätte ich jetzt Brotstückchen in der Tasche, und die würdest du kriegen. Aber ich bin nun mal ich, und meine Taschen sind natürlich sauber.«

Ich, die alte Langweilerin.

Doch dann dachte sie an Mr Jones und an seine schönen langen Beine und seine grau gesprenkelten Augen und überlegte, worüber er wohl mit ihr reden wollte. Auf ihrer Armbanduhr war es schon zwanzig nach vier. Sie stand hastig auf, verließ den Sutherland Square und ging zur Schule zurück. Jetzt kamen keine Mädchen mehr aus dem Gebäude. Die Straße war menschenleer.

Sein Wagen stand an derselben Stelle wie beim letzten Mal. Er blickte gerade über die Schulter in die andere Richtung und sah sie nicht kommen. Sie klopfte zaghaft ans Fenster. Er drehte sich um und lächelte sie an.

Wie weiß und ebenmäßig seine Zähne sind, dachte sie.

Als sie um halb sechs die Auffahrt zu ihrem Haus hochging, fragte sie sich einmal mehr, was der Sinn und Zweck des Ganzen gewesen war. Wenn sie es richtig verstanden hatte, wollte er ihr seine Hilfe anbieten, ihr sagen, dass er immer für sie da sei, wenn sie das Bedürfnis habe, mit jemandem zu sprechen. Er war mit ihr in die Baggot Street gefahren, und sie hatten Kaffee getrunken.

Sie hatte sich in dem Café nervös umgesehen, aber er hatte

ihr die Hand auf die Schulter gelegt und gesagt: »Keine Angst. Falls uns jemand sieht – ich bin dein Klassenlehrer und mache mir ganz einfach Sorgen um dich. Irgendwer muss sich ja Sorgen um dich machen«, fügte er flüsternd hinzu.

Während sie allein am Tisch saß, bis er den Kaffee brachte, überlegte sie, wie er das gemeint haben könnte.

Die Vorstellung, dass sich jemand Sorgen um mich macht, gefällt mir, dachte sie. Noch nie in meinem ganzen Leben habe ich mich so allein gefühlt. Ich brauche unbedingt Kontakt zu Menschen. Ich muss anderen zuhören und mir immer wieder sagen, dass es ein normales Leben gibt da draußen … hier drinnen … wo auch immer. Ich muss reden, und ich brauche Ansprache.

Aber sie verstand nicht, was er vorhatte. Sie wusste nicht, wie er sie sah und warum er glaubte, niemand würde sich um sie kümmern.

Als er dann mit ihr sprach, hatte sie keine Ahnung, was sie sagen sollte, doch das störte ihn offenbar nicht. Er redete fast ohne Unterbrechung. Wenn er ihr eine Frage gestellt hatte, bemühte sie sich um eine möglichst klare Antwort.

»Was unternimmt denn die Polizei jetzt?«

»Da ist dieser eine Beamte, Mr O'Connor, der hält Kontakt zu uns, ruft an, kommt ins Haus und redet mit uns. Er ist sehr nett. Aber offenbar … Na ja, sie sind überzeugt, dass sie nicht entführt wurde, jedenfalls nicht, um Geld zu erpressen. Das hat Onkel James von Anfang an gesagt. Die Polizei sagt, sie hat das Haus aus freiem Willen verlassen und dann entweder beschlossen, nicht zurückzukehren, oder es ist etwas passiert, und sie konnte nicht zurückkommen.«

Sie trank einen Schluck Kaffee.

Kaffeetrinken kann ich inzwischen schon ganz gut, dachte sie.

Sie bemerkte, dass er sie musterte, und überlegte wieder, was er eigentlich wollte.

Will er einfach nur freundlich zu mir sein?

»Ich habe mir so meine Gedanken gemacht«, sagte Mr Jones. »Was du da gerade durchmachst führt doch bestimmt dazu, dass du dich oft vereinsamt fühlst, oder?«

Becky wusste nichts zu erwidern. Ihr fehlten die Worte, mit denen sie ihre Gefühle hätte beschreiben können.

»Es ist vor allem so unwirklich«, sagte sie schließlich. »Man kann es nicht richtig glauben. Wissen Sie, wir sind ... Ich meine, wir waren eine ganz normale Familie, eine glückliche Familie sogar, und plötzlich ist alles anders.«

Sie wandte den Blick von ihm ab. Jede freundliche Geste trieb ihr die Tränen in die Augen, und sie durfte und wollte nicht vor ihm weinen.

Er langte über den Tisch, nahm ihre Hand und drückte sie sanft.

»Du bist nicht allein.«

Sie betrachtete seine Hände. In der einen hielt er den Henkel seiner Kaffeetasse, in der anderen ihre kleine Hand. Er hatte lange, kräftige Hände mit schlanken, geschmeidigen Fingern und perfekt gefeilten und polierten Nägeln.

Pianistenhände, dachte sie.

»Was machen Sie eigentlich, wenn Sie nicht in St Martin's unterrichten?«, fragte sie ihn. »Ich meine, unterrichten Sie auch noch an einer anderen Schule?«

»Nein.« Er lächelte sie an. »Ich arbeite mit einem Orchester. Ich bin Dirigent.«

»Oh.« Sie wusste nicht recht, was sie sagen sollte. »Das ist aber interessant.«

Sie fragte sich, wer wohl seine Hemden bügelte. Er war immer so gut gekleidet.

Ihr gefiel, dass er seine Krawatte abgenommen und den obersten Hemdknopf offen gelassen hatte. Sie zwang sich, den Blick von seinem Hals abzuwenden, doch er hatte ihn offenbar bemerkt, denn er sagte: »Sobald ich aus der Schule gehe, nehme ich die Krawatte ab.«

Lächelnd ließ er ihre Hand los. Sie fingerte verlegen an ihrer Krawatte herum und überlegte, ob sie es auch so hätte machen sollen.

Sie erzählte ihm von Hugo Mombay Humphries und dem gemeinsamen Spaziergang zur Buttery in der Woche zuvor.

»Einen von den Briefen an Bella hat er geschrieben«, sagte sie. »Er war ihr Freund.«

»Dann machst du besser einen großen Bogen um ihn.«

Becky dachte kurz darüber nach.

»Er ist aber sehr nett, glaube ich«, sagte sie nachdenklich.

»Bestimmt ist er nett. Aber ich fände es nicht gut, wenn du dich mit jemandem einlässt, der einen solchen Brief geschrieben hat.«

Becky wurde rot. Sie wusste, worauf er anspielte. Der Gedanke an den Brief bereitete ihr großes Unbehagen. Die

Vorstellung, dass Mr Jones ihn gelesen hatte und wusste, dass auch sie ihn gelesen hatte, war peinlich, aber auch aufregend. Sie hätte ihn gern gefragt, ob sich der Inhalt des Briefs auf etwas bezog, was unter Erwachsenen gang und gäbe war, aber sie war zu gehemmt, um eine solche Frage zu stellen.

Er fuhr sie heim. Vor dem Haus stieg sie aus dem Wagen.
»Geht es dir jetzt besser?«, fragte er sie.
Sie drehte sich um und betrachtete sein lächelndes Gesicht.
»Sie sind sehr freundlich«, sagte sie und schloss die Tür.
»Bis morgen.« Er winkte und fuhr davon.
Während Becky langsam die Auffahrt hochging, betrachtete sie die Hausfassade und bemerkte, dass aus den Kaminen kein Rauch kam.
Mrs O'Doody ist wohl früher heimgegangen, dachte sie. Das heißt, dass Mum wieder auf den Beinen ist.
Bevor sie den Schlüssel unter dem Blumentopf hervorholte, klingelte sie, um ihre Mutter auf ihr Eintreffen vorzubereiten und sie nicht zu erschrecken.
Unschlüssig stand sie auf der Veranda, trat von einem Fuß auf den anderen und wartete, dass ihre Mutter die Tür öffnete, doch niemand erschien. Nach einer Weile steckte sie den Schlüssel ins Schloss, drehte ihn und legte ihn wieder unter den Blumentopf. Daran sollte sie sich später erinnern. Sie sollte sich daran erinnern, wie die Tür einen Spaltbreit aufging und wie sie sie weiter öffnete, wie sie in die Diele trat und die Tür hinter sich schloss. Während sie ihren

Schulmantel auszog und aufhängte, rief sie: »Hallo, ich bin da.« Dann nahm sie ihren Ranzen und ging in die Küche, um nachzusehen, ob ihre Mutter dort war. Als sie durch das Frühstückszimmer kam, bemerkte sie, dass jemand Feuer gemacht hatte, von dem aber nur noch die letzte Glut übrig war. In der Küche war niemand.

»Hallo«, rief sie noch einmal. Ihre Stimme hallte durch die Speisekammer.

Sie ging zurück in die Diele. Der dicke, über den Teppichboden gebreitete Dielenteppich dämpfte ihre Schritte. An der Treppe blieb sie stehen und sah nach oben.

»Ich bin wieder da«, rief sie. Alles blieb still.

Später dachte sie an diese Sekunden mit derselben Klarheit zurück, die auch ihre Erinnerung an die Bombenexplosion in der Woche zuvor prägte. Sie erinnerte sich, wie sie die ersten sechs Stufen hinaufging und sich auf dem Treppenabsatz umwandte, um die nächsten sechs hochzusteigen. Sie erinnerte sich daran, dass das letzte Tageslicht in Strahlen, die an goldene Bleistifte erinnerten, durchs Fenster schien und sich in den Fotos an der Wand spiegelte. Sie blickte flüchtig auf die Fotos und sah in die großen Augen ihrer vermissten Schwester. Dann stieg sie die nächsten Stufen hoch, blieb auf dem Treppenabsatz stehen und betrachtete noch einmal den Abendhimmel, der, golddurchwirktes Schwarz, so klar und eindrücklich war, als wollte er sich für alle Zeit in ihr Gedächtnis prägen. Aber das wusste sie in diesem Moment noch nicht.

Auf dem Fensterbrett lag ein uraltes Spielzeug von Bella, eine cremefarbene Doppelfigur aus Plastik, Dick und Doof.

Sie hatten ihre Hüte auf, und ihre Münder waren rot angemalt. Sie nahm das Ding und drückte auf die Unterseite, woraufhin die beiden Männer den Hut vor ihr zogen. Als sie die Figur wieder auf das Fensterbrett stellte, fragte sie sich, warum sie eigentlich dort stand, welche Bedeutung dieses Spielzeug aus den fünfziger Jahren für sie alle hatte. Oben registrierte sie, dass alle Türen geschlossen waren, außer die des Elternschlafzimmers.
»Ich bin da«, rief sie noch einmal. »Ich bin's.«
Sie warf ihren Ranzen vor ihrem Zimmer auf den Boden, ging zum Zimmer ihrer Eltern und sagte: »Bist du da, Mum?«

Vierzehntes Kapitel

An diesem Montagmorgen war Elizabeth Dunville aus ihrem dumpfen Zustand herausgetreten und hatte sich innerlich an einen Ort begeben, an dem Dämonen hausten. Sie nahm wahr, dass John aufstand, sich anzog, sie flüchtig auf die Wange küsste und das Zimmer verließ. In ihrer Benommenheit, die sie nicht als solche empfand, sondern als einen Zustand größter Klarheit, der größten, die sie je erlebt hatte, hörte sie, wie ihre beiden jüngeren Töchter aufstanden und das Haus verließen, um zur Schule zu fahren. Sie bekam auch das Eintreffen von Mrs O'Doody mit, die kurz zu ihr hineinschaute. Verbissen hielt sie die Augen geschlossen.

So lag sie da in ihrem weißen Satinnachthemd, den Kopf auf ein Kissen aus zartester Broderie anglaise gestützt.

Die Gedanken kamen in kleinen Wellen.

Hätte ich dich doch nur begraben dürfen, Bella.

Nach einer Weile griff sie in die Nachttischschublade, nahm Bellas Pullover heraus und sog den Duft ein.

Wenn sie dich finden, wirst du neben mir liegen.

Kurz bevor ihre Schwägerin eintraf, sagte sie zu sich: Lieber Gott, vergib mir.

Nancy Fitzgerald fuhr gegen halb zehn vor dem Haus vor. Sie ging hinein und unterhielt sich mit Mrs O'Doody darüber, wie wichtig es sei, dass John und die Mädchen ordentlich aßen, und dass man ein besonderes Auge auf Becky haben müsse, die manchmal schlicht zu essen vergesse, wenn sie nicht daran erinnert werde. Das hatte Nancy während Beckys Wochenendaufenthalt bei ihr bemerkt.

»Und sie hat ja durchaus Appetit, wenn man sie so weit hat, dass sie etwas isst«, sagte sie zu Mrs O'Doody. »Achten Sie also bitte darauf. Wie bei einem kleinen Kind – und jetzt noch einen Löffel für mich.«

Mrs O'Doody lachte.

»Ich weiß noch, wie James zu unserer Tochter Eleanor, als sie ganz klein war, gesagt hat: ›Mach den Mund auf und lass das Schiff in den Hafen‹, nur damit sie etwas aß«, fuhr Nancy fort.

»Ist in Ordnung, Mrs Fitzgerald«, sagte Mrs O'Doody. »Ich achte darauf.«

Nachdem das erledigt war, stieg Nancy die Treppe hoch und trat in Elizabeths Schlafzimmer.

»Guten Morgen, meine Liebe«, begrüßte sie Elizabeth, die noch im Bett lag und vor sich hinmurmelte, sie sei so schläfrig.

»Steh doch ein bisschen auf«, schlug Nancy vor. »Wir könnten ein wenig spazieren gehen. Das macht den Kopf frei.«

»Ich habe gerade etwas genommen, damit ich weiterschlafen kann«, entgegnete Elizabeth. »Heute muss ich schlafen. Morgen vielleicht …«

Nancy betrachtete sie.
»Na gut, dann morgen. Soll ich gehen und dich schlafen lassen oder möchtest du dich unterhalten?« Alle diese Sätze ging Nancy später immer wieder durch, um herauszufinden, ob sie den Lauf der Ereignisse hätte ändern können.
»Lass mich bitte schlafen, Nancy«, flüsterte Elizabeth, die nur darauf wartete, dass ihre Schwägerin endlich ging.
In der Küche unterhielt sich Nancy mit Mrs O'Doody noch einmal über das Essen und fuhr dann los, um den wöchentlichen Einkauf zu machen. Am späten Vormittag kehrte sie zurück und räumte die gekauften Lebensmittel ein. Sie sah nach Elizabeth und fragte sie noch einmal, ob sie nicht mit ihr hinausgehen wolle.
»Ich will nur weiterschlafen. Schlaf ist jetzt das Beste für mich«, versicherte Elizabeth ihrer Schwägerin.
»Ich rufe später mal an«, sagte Nancy. »So gegen sechs, damit ich dich nicht aufwecke. Um sechs, wenn die Mädchen da sind, wirst du ja wohl aufgestanden sein.«
Während sie mit Elizabeth sprach, musterte sie sie skeptisch, sie sagte sich aber, dass ihre Schwägerin, wenn sie den ganzen Tag geschlafen hatte, bei Beckys, Bronas und Johns Eintreffen sicherlich wach sein würde.
»Und morgen früh komme ich wieder«, fügte sie hinzu. »Dann können wir kurz rausgehen, wenn du dich gut genug fühlst – ein bisschen frische, kalte Luft tut dir bestimmt gut.«
»Sag Mrs O'Doody, sie soll Schluss machen und nach Hause gehen.«

Elizabeth hörte die Haustür ins Schloss fallen und stand auf. In Nachthemd und Morgenmantel ging sie zu ihrem Schreibtisch vor dem mit Stores verhängten Fenster, nahm ein Blatt Papier aus der Schublade und begann zu schreiben. *Ich habe gesündigt*, schrieb sie.

Und der Nachhall dieser Sünde war all die Jahre hindurch zu vernehmen. Manchmal war sie bedeutungsvoll, dann gab es wieder Zeiten, in denen sie keine Rolle spielte. Aber ich glaube, dass sie immer bedeutungsvoll war. Ich habe dich betrogen, John. Ich habe mich an Bella versündigt. Und ich habe die Frucht dieser Sünde zur Welt gebracht. Meine Tochter Becky ist nicht dein Kind, John. Ich glaube, du hast das immer gewusst, ich vermute es jedenfalls. Manchmal war ich mir sicher, dass du es wusstest. Dann wieder dachte ich, vielleicht weiß er es doch nicht, oder es spielte vielleicht keine Rolle.
Jetzt aber bin ich mir sicher, dass Bellas Tod die Strafe für meine Sünde ist, und die einzige Möglichkeit, diese Sünde zu sühnen, besteht darin, Bella zu folgen.
Ist das die Wahrheit?
Oder kann ich vielleicht einfach nicht länger leben mit dem Wissen, dass Bella verschwunden ist, meine Sünde aber weiterlebt?

Sie lehnte sich auf ihrem Stuhl zurück und dachte eine Weile darüber nach. Es war ihr jetzt aber nicht mehr sonderlich wichtig.

Sie stand auf, verließ den Schreibtisch, durchquerte das Zimmer und betrachtete das Bett, in dem sie Nacht für Nacht ihres Ehelebens neben ihrem Mann gelegen hatte. Sie dachte daran zurück, wie sie sich tausendmal und mehr in diesem Bett vereinigt hatten, wie sie sich ihm entgegengebäumt hatte und dass er sich vorher immer rasierte, damit die Bartstoppeln am Kinn ihr nicht weh taten, wenn er sie voller Leidenschaft küsste.
Sie ging zum Schreibtisch zurück und schrieb:

Du bist ein guter Mensch, John, und ein guter Ehemann, und möge Gott mir vergeben, was ich vor langer Zeit tat. Ich selbst kann es mir nicht verzeihen. Ich kann nicht mit mir leben.

Sie nahm einen Umschlag aus dem Schreibtisch. Sie war fest entschlossen, den Briefbogen zu falten, in den Umschlag zu stecken und diesen zuzukleben. Doch dann zögerte sie wieder. Ihre Gedanken gingen Wege, auf denen manches einen Sinn ergab, anderes nicht den geringsten. Dann legte sie den Umschlag neben den Brief. Sie wollte das Blatt falten und in den Umschlag schieben, aber ihre Gedanken wanderten in die Vergangenheit und wieder zurück, und sie vergaß es einfach.
Sie hängte ihren Morgenmantel an die Badezimmertür und ließ Wasser in die Wanne. Sie nahm die Klinge aus Johns Rasierer und legte sie auf den Badewannenrand.
Zurück im Schlafzimmer nahm sie Bellas Pullover aus dem Bett, wo er neben ihrem Kissen gelegen hatte, und hielt ihn

sich noch einmal vors Gesicht. Sie war sich nicht mehr sicher, ob er nach Bella roch oder ob Bellas Duft durch den ständigen Kontakt mit ihrer Haut überdeckt worden war. Sie ging ins Badezimmer, verriegelte die Tür und hängte den Pullover an den Handtuchhalter. Dann drehte sie die Hähne zu und stieg in die Wanne.

Etwa zur gleichen Zeit hatte Brona Dunville Rhona Brophys Einladung, wieder mit nach Sandymount zu ihr nach Hause zu kommen, angenommen.

Gut, dachte Rhona Brophy.

»Es wird bestimmt lustig«, sagte sie zu Brona.

Gleich zu Beginn der ersten Nachmittagsstunde führte Schwester Rodriguez eine unangekündigte Durchsuchung der Pulte durch. Mit ihrer einzigartigen Mitleidslosigkeit, für die sie berühmt war, überprüfte sie Brona Dunvilles Schreibtisch und wies Rhona dann zornschnaubend an, Brona zu helfen, das Pult vor das Klassenzimmer zu tragen, wo Brona es aufräumen sollte.

»In meinem ganzen Leben habe ich noch nie einen solchen Anblick erlebt«, teilte sie der bedauernswerten jüngsten Dunville-Tochter mit.

»Vielleicht sollte man das Pult exorzieren, Schwester«, schlug Rhona beflissen vor.

»Rhona Brophy, misch dich bitte nicht ins Werk des Teufels ein«, erwiderte Schwester Rodriguez.

Rhona starrte sie entgeistert an.

»Schwester Rodriguez«, sagte sie so langsam, als bemühte sie sich mit aller Kraft, das eben Gehörte zu verstehen, »soll das heißen, dass Bronas Pult das Werk des Teufels ist? Genau deshalb habe ich die Austreibung nämlich vorgeschlagen. Mutter Immaculata hat es auch schon mal angesprochen.«

Die Klasse saß erwartungsvoll da. Rhona Brophy stand im Ruf, ihre Lehrerinnen langsam und bedächtig, aber überaus erfolgreich auf die Palme zu bringen – insbesondere Schwester Rodriguez. Sie erweckte gelegentlich den Eindruck, leicht beschränkt zu sein, und nutzte das für ihre Zwecke. In Hinblick auf Rhona Brophy war Schwester Rodriguez ein mehrfach gebranntes Kind.

»Was redest du da, Veronica Brophy?«, fauchte sie.

»Na ja, Schwester«, sagte Rhona in schleppendem Tonfall, »wenn Bronas Pult wirklich das Werk des Teufels ist, würde es mein Vater wahrscheinlich nicht gern sehen, dass ich etwas, das dem Teufel gehört, aus dem Klassenzimmer trage. Ich meine …«

Rhona stockte, als könnte sie die Gedanken, die ihr durch den Kopf gingen, nicht länger ertragen. Ihre Augen weiteten sich.

»Ich glaube nicht, dass er einverstanden wäre, wenn ich etwas anfasse, das mit dem Teufel zu tun hat.«

Wenig später standen Rhona und Brona mit dem fraglichen Pult vor der Tür.

»Was ist denn in die gefahren?« Rhona sah drein, als könnte sie kein Wässerchen trüben.

Brona kämpfte mit den Lachtränen.

»Diesmal hast du sie richtig erwischt«, sagte sie kichernd.

Dich aber auch, dachte Rhona. Daddy wäre sehr zufrieden mit mir. Schließlich hat er gesagt, ich soll dich auf andere Gedanken bringen.

»Ich räume das jetzt besser mal auf«, sagte Brona und warf einen Blick in das Pult, wo mehrere Karamelriegel innigste Verbindung mit diversen Schulheften eingegangen waren. Die aufeinandergestapelten Bücher waren mit Bleistiftabfall aus dem Spitzer und abgebrochenen Minen übersät, und der leichte Ciderduft entströmte den Kerngehäusen zweier verfaulter, mit Schimmelpelz überzogener Äpfel.

Zur selben Zeit, als Brona ihr Pult im Korridor vor dem Klassenzimmer ausmistete – wobei ihr Rhona Brophy half, die zwar von Schwester Rodriguez in Mutter Immaculatas Büro geschickt worden war, jedoch beschlossen hatte, diesen Gang erst einmal aufzuschieben –, saß John Dunville an seinem Schreibtisch im Krankenhaus. Ihm gegenüber hatte Doktor von Vecker auf einem Stuhl Platz genommen.

»Nichts Neues?«, fragte von Vecker seinen Kollegen.

»Nichts Neues«, erwiderte John Dunville.

»Du musst lernen zu warten.«

John Dunville nickte.

Bella Dunvilles Pullover hing am Handtuchhalter. Der Badezimmerspiegel war beschlagen. Das Wasser in der Wanne wurde langsam kalt. Elizabeth Dunville lag mit geschlossenen Augen darin. Für sie war die Zeit des Wartens vorbei.

Stunden waren vergangen, als Becky Dunville ihren Schulranzen auf den Treppenabsatz fallen ließ und das Schlafzimmer ihrer Eltern betrat. Sie sah das ungemachte Bett, registrierte die Einbuchtung im Kopfkissen ihrer Mutter und fragte sich, wo ihre Mutter war. Als sie das Zimmer verlassen wollte, bemerkte sie, dass jemand den Stuhl an den Schreibtisch vor dem Fenster gerückt hatte. Sie ging hin, blickte durch den Store aus dem Fenster und sah, dass in den wenigen Minuten seit sie aus dem Treppenfenster geschaut hatte, die Nacht hereingebrochen war. Sie knipste die Lampe an, und ihr Blick fiel auf die Schreibtischplatte, wo der Umschlag und das ungefaltete Blatt Papier lagen. Weil ihr inmitten der Zeilen ihr Name ins Auge stach, begann sie den Brief zu lesen.

Sie las ihn zweimal, um den Inhalt zu erfassen, und dann rannte sie aus dem Zimmer und schrie »Mummy, Mummy, Mummy!«

Einen Augenblick lang dachte sie, ihre Mutter wäre vielleicht oben in Bellas Zimmer, aber die geschlossene Badezimmertür irritierte sie. Sie klopfte laut und rief nach ihrer Mutter. Sie rüttelte am Knauf und stellte fest, dass die Tür verriegelt war. Panisch versuchte sie die grauenhaften Gedanken abzuwehren, die ihr durch den Kopf schossen. Sie lief ins Elternschlafzimmer zurück, packte den Schreibtischstuhl, trug ihn hinaus und versuchte die Badezimmertür damit einzuschlagen. Dabei brach zwar ein Stuhlbein ab, doch die Tür gab nicht nach.

Sie brüllte. Sie hörte ihre eigene Stimme, die nach ihrer Mutter kreischte.

Sie raste die Treppe hinunter, unsicher, ob sie zu den Nachbarn laufen oder telefonieren sollte. Als sie die letzten Stufen hinuntersprang, klingelte es. Sie lief zur Tür und zog sie hastig auf. Draußen auf der Veranda stand John Delaware, groß, gepflegt, gut gekleidet, mit einem Päckchen in der Hand.

Noch während er »Das ist für dich« sagte, fielen ihm ihr kreideweißes Gesicht und der zu einem lautlosen Schrei geöffnete Mund auf, und er erkannte, dass etwas geschehen war.

»Oben, oben«, sagte sie.

Er lief an ihr vorbei und hastete die Treppe hoch, Becky dicht hinter sich. Sie stammelte unablässig irgendetwas über ihre Mutter, über einen Brief und dass das Bad abgeschlossen sei. Er trat mit dem Fuß an die Tür und setzte sein ganzes Gewicht ein. Das alte Holz zersplitterte, das Schloss gab nach, und die Tür ging auf.

Irgendwer schrie »Nein, nein!«.

Er wusste nicht, ob das er war oder Becky.

»Ruf einen Krankenwagen«, rief er Becky zu. »Los, lauf zum Telefon!« Dann trat er an die Wanne, in der das rote Wasser längst kalt geworden war.

Erstarrt bis in ihr tiefstes Innerstes stand Becky Dunville in der Diele. Als sie den Krankenwagen rief, dachte sie an die letzten Sonnenstrahlen, die durchs Treppenfenster gefallen waren, und da wusste sie, wusste tief im Herzen, dass es zu spät war.

Der Krankenwagen traf ein und gleichzeitig Conor O'Connor, der auf dem Nachhauseweg bei den Dunvilles vorbeigekommen war und nicht recht gewusst hatte, ob er hereinschauen sollte oder nicht. Als er jedoch den Krankenwagen sah, stellte er seinen Wagen ab und ging zum Haus. In der Diele stieß er auf Becky, die zitternd dastand und völlig verängstigt wirkte. Er nahm sie wahr, stellte ihr aber keine Fragen, sondern lief die Treppe hoch. Oben sagte ihm ein einziger Blick alles.

»Ich fahre im Krankenwagen mit«, sagte John Delaware zu ihm. »Bringen Sie Becky hin.«

Als sie die Treppe hinunterkamen, hob Becky den Blick.

»Da liegt ein Brief«, sagte sie zu John. »Auf Mummys Schreibtisch liegt ein Brief.«

Aber vielleicht sagte sie es auch zu Conor O'Connor. Sie war sich später nicht mehr sicher.

Irgendwer hielt sie umfangen. Sie wusste nicht, wer. Aber da waren Arme um sie geschlungen, und sie konnte die Sanitäter und die verhüllte Tragbahre nicht sehen, als sie die Treppe hinunterkamen. Sie brauchte sie nicht zu sehen. Sie wusste alles.

»Meine Schuld, meine Schuld«, sollte sie später sagen, und tröstende Stimmen sollten entgegnen: »Aber nein, Liebes, es war nicht deine Schuld. Selbst wenn du gleich nach der Schule heimgegangen wärst, wäre es viel zu spät gewesen. Es ist nicht deine Schuld.« Aber trotzdem sagte und dachte sie es immer wieder: »Meine Schuld, *mea culpa, mea maxima culpa.*«

Im Krankenhaus registrierte sie irgendwann, dass sie auf einem Stuhl saß und jemand ihr heißen, süßen Tee einzuflößen versuchte, aber sie wusste nicht, warum. Sie sah die Tasse vor sich, aber sie hatte keinerlei Bedeutung, keinerlei Bezug zu ihrem Leben.

»Nimm dies und trink davon«, glaubte sie jemanden sagen zu hören.

Fleisch von meinem Fleisch, dachte sie. Wer bin ich? Mummy, wo bist du? Sie hob den Blick zu einem Meer von Gesichtern, Gesichter, die in ihrem Blickfeld auftauchten und wieder verschwanden.

Jemand fragte: »Wo ist denn dein Vater?«

Und sie antwortete mit einer Stimme, die sie nicht erkannte: »Daddy holt Brona auf dem Heimweg vom Krankenhaus bei den Brophys ab.« Der brave, biedere, höfliche Tonfall eines Menschen, den sie einmal, vor sehr, sehr langer Zeit, gekannt hatte.

»Um Gottes willen, das ist ja die Tochter von Dr. Dunville«, sagte die Oberschwester. »Sieht mal bitte einer nach, ob er noch da ist!«

»Ich glaube nicht, dass ich das bin«, sagte Becky.

Sie hatte zu viele Gedanken in ihrem Kopf, zu vieles war geschehen. Ihr war, als hätte sie den Verstand verloren, genau das, was Mutter Immaculata einigen Schülerinnen von St Martins's regelmäßig vorwarf.

Conor O'Connor hielt ihren Arm, und er sagte ganz deutlich: »Es ist gut, Becky. Alles wird gut.«

Sie versuchte seine Augen zu fixieren, weil alles so unverständlich und sein Blick so freundlich war. Schließlich

wandte sie sich ab und sah John Delaware. Und als sie in seine braunen Augen blickte, hatte sie das sichere Gefühl, in einen Spiegel zu sehen, der ihr die eigenen Augen zeigte.
An den Augen erkennt man's, dachte sie in ihrem sonderbaren, tranceähnlichen Zustand.
Dann kam Dr. von Vecker und brachte sie dazu, sich hinzulegen. Und irgendwann kamen Nancy und Onkel James, und dann begann sie zu weinen.

Die Schlagzeilen verkündeten: »BELLA DUNVILLES MUTTER TOT«.
Im Bericht über die Untersuchung der Todesursache stand, dass Elizabeth Dunville sich »in unzurechnungsfähigem Zustand« befunden habe.
Die Gästezimmer in der Villa der Fitzgeralds fanden gute Verwendung, denn Becky und Brona übernachteten fürs Erste dort. Jeder Tag war eine einzige Leere. Die beiden Mädchen taten, was James und Nancy ihnen sagten. Sie aßen, wenn man ihnen zu essen gab. Wie seelenlose Gespenster bewegten sie sich durchs Haus. Manchmal berührten sie einander, aber sie empfanden nichts.
Eleanor Fitzgerald wurde aus der Schule geholt und nach Hause gebracht, um ihren Cousinen Gesellschaft zu leisten. Deren Leben war jetzt von ständigen und kurzzeitigen Besuchern bevölkert. Zu den ständigen Besuchern zählten John Delaware, Conor O'Connor, die Brophys, die von Veckers und natürlich die Fitzgeralds selbst. Die kurzzeitigen Besucher waren mutige Menschen, die kamen und ein bisschen Zeit mit ihnen verbrachten.

Zu diesen Menschen zählte Mutter Immaculata. Sie sprach in sehr entschiedenem Ton mit den Mädchen. Sie sprach von der Zukunft; die Schule werde ihnen Stabilität geben, man werde sie in den Schlafsälen unterbringen, das Lernen werde ihrem Leben wieder ein wenig Sinn verleihen.

»Wenn sie so weit sind«, sagte sie zu Nancy Fitzgerald. »Nächste Woche vielleicht. Ich denke, je eher, umso besser.«

Pater Monaghan kam. Er schüttelte immer wieder den Kopf.

»Der soll sich verpissen«, sagte Becky zu Brona und Eleanor.

Die beiden anderen nickten zustimmend. Der Wunsch war absolut berechtigt. Pater Monaghan erklärte, Elizabeth könne nicht in geweihter Erde bestattet werden. Tante Nancy, sonst die frömmste Katholikin der Welt, eine Glaubensverfechterin in Vollendung, begann fürchterlich mit ihm zu streiten und teilte ihm mit, seine Einstellung sei eine Schande.

»Nicht sehr hilfreich«, bemerkte Onkel James, und es blieb unklar, ob er sich damit auf seine Frau oder den Priester bezog.

William Piper, Pfarrer der Kirche, der John Dunville angehörte, sagte, auf seinem Kirchhof sei eine Grabstelle für Elizabeth.

Mr Jones kam und sprach mit den Mädchen. »Meine Gedanken sind bei euch«, versicherte er.

Von der britischen Botschaft traf ein Brief ein. Die Mombay Humphries bekundeten ihr aufrichtiges Beileid. Hugo

schickte Becky einen Extrabrief. Er schrieb, wie sehr er mit ihr und ihrer Familie mitleide, und bot ihr jede nur mögliche Unterstützung an.
Die Polizei las sämtliche Briefe auf der Suche nach einer Handschrift, die identisch war mit der des zweiten Briefes, der unter Bellas Kopfkissen gelegen und via Brona und Beckys Trägerrocktasche zu Conor O'Connor gefunden hatte.
»Wenn Bella noch leben würde«, sagte Brona beim Abendessen, auf ihren Teller mit dem Lammfleisch, den Bratkartoffeln, den Karotten und Erbsen starrend. Plötzlich richtete sie den Blick auf die Sauciere in ihrer rechten Hand. »Dann wäre sie jetzt zurückgekommen. Mummy zuliebe.«
Keiner erwiderte etwas. Alle wussten, dass sie recht hatte.

Die Medien berichteten über die Beisetzung. Die Mädchen trugen ihre Schuluniform.
»Ich möchte eine Mantille tragen, nicht meine Baskenmütze«, sagte Becky. Sie ließ sich nicht davon abbringen.
Nancy Fitzgerald kaufte jeder der beiden Schwestern eine schwarze Mantille.
Der Sarg wurde an ihrem Haus in der Lansdowne Road vorbeigefahren, in dem die Mädchen seit Montag nicht gewesen waren. Tante Nancy holte die Uniformen für sie; Mrs O'Doody half ihr. Als sie am Haus vorbeikamen, fragte sich Becky, ob das Badezimmer immer noch rot war. Sie sah den Kopf ihrer Mutter vor sich, in einem Meer von Blut. Sie erzählte keinem, was sie sah. Erst sehr viel später erfuhr sie, dass ihre Mutter sich nicht die Kehle aufgeschlitzt, sondern fein säuberlich beide Pulsadern geöffnet hatte.

Auch John Delaware kam zum Begräbnis. Becky, die ihren Vater zwischen sich und Brona genommen hatte, sah ihn zunächst nicht, spürte aber plötzlich jemanden dicht hinter sich stehen. Sie blickte in die gefrorene rechteckige Grube im Erdboden, und ihr wurde flau. Ihre Knie gaben nach, aber da packte sie jemand fest am Arm, und sie sah hinauf in das Gesicht von John Delaware. Er nickte ihr kaum merklich zu, und sie war sicher, dass er den Brief gelesen hatte.

Als sie wieder im Haus der Fitzgeralds waren, fand im Arbeitszimmer von Onkel James eine Besprechung statt.
»Was ist los?«, wollte Brona wissen.
»Mr O'Connor redet mit Onkel John«, erklärte Eleanor. »Mr Delaware und Daddy sind auch dabei.«
»Worum geht es denn?«
»Ich glaube, Tante Elizabeth hat einen Abschiedsbrief hinterlassen«, antwortete Eleanor. »Jedenfalls stand das in der Zeitung. Ich glaube, es geht um den Brief. Ich habe gehört, wie Onkel John Daddy heute Morgen danach gefragt hat.«
Becky schwieg. Sie fragte sich, wo der Brief jetzt war und ob ihr Vater ihn gelesen hatte. Sie konnte keinen klaren Gedanken fassen vor Angst. Sie wusste nicht, wer sie war und wie sie sich verhalten sollte.
Die Tage und Nächte waren leer. Als käme kein Wind auf, um das Geschehene fortzuwehen. Die Zeit stand still. Sie waren umschlossen von den Eiszapfen eines Wintertags, und dieser Winter erschien endlos.

Fünfzehntes Kapitel

Mehrere Wochen waren vergangen. Rebecca und Brona Dunville wohnten inzwischen als Interne in St Martin's in the Fields. Freitagabends fuhren sie zu den Fitzgeralds und verbrachten das Wochenende mit ihnen. Sie glaubten, dass ihr Vater dort unter der Woche wohnte, wussten es aber nicht genau. Es gab Fragen, die sie nicht stellten, Antworten, die sie fürchteten.

Brona fand, dass Becky sich total verändert hatte, und konnte nicht mehr mit ihr reden.

»Ich habe Angst«, gestand sie Rhona Brophy. »Wenn Bella doch zurückkommt und keiner wohnt mehr in unserem Haus, denkt sie vielleicht, wir sind alle weg, und dann geht sie wieder und kommt nie mehr zurück.«

»Glaubst du, dass sie noch lebt, Bro?«, fragte Rhona.

Brona schüttelte den Kopf. »Nein, eigentlich glaube ich es nicht.«

»Und Becky?«

Brona hob die Schultern.

»Ich weiß nicht, was Becky glaubt.«

Auch Becky hatte Angst. Das Beten war ihr unmöglich geworden. Nicht einen einzigen der Sätze, die Teil ihrer

Vergangenheit waren, konnte sie formulieren. Über den Brief hatte niemand mit ihr gesprochen. Seit sie wusste, dass sie keine Dunville war, glaubte sie, das Recht verloren zu haben, jemals in die Lansdowne Road zurückzukehren. Sie sehnte sich danach, mit jemandem zu reden, aber sie wusste nicht, wie sie das, was sie beschäftigte, irgendwem sagen sollte. Von ihren Mitschülerinnen hatte sie sich noch mehr zurückgezogen und war ganz in sich gekehrt. Sie lernte gerade so viel, wie nötig war, um über die Runden zu kommen. Manchmal fragte sie sich, ob der Brief ihrer Einbildung entsprungen war, ob sie das, was darin stand, phantasiert hatte, ob sie in Wirklichkeit doch Rebecca Dunville war. Manchmal ertappte sie ihren Vater dabei, dass er sie betrachtete. Aber er war noch unnahbarer, noch ernster geworden. Sein Haar wurde grau. Er verbrachte die meiste Zeit im Krankenhaus, auch am Wochenende.

Wenn er die Mädchen freitagabends sah, gab er ihnen einen flüchtigen Kuss auf die Wange. Becky konnte nicht sagen, ob er sie anders behandelte als Brona, aber auf jeden Fall behandelte er beide anders als zuvor.

Es war Freitagabend. Onkel James hatte die Mädchen von St Martin's abgeholt und zu seinem Haus gefahren.

»James und ich dachten, dass ihr dieses Wochenende vielleicht in eurem eigenen Haus verbringen wollt«, sagte Tante Nancy zu Becky und Brona.

Ihre beiden Nichten schwiegen.

»Ihr seid jetzt eine ganze Weile nicht dort gewesen, und …

Also, es wäre vielleicht besser. Ihr könntet ein paar Sachen holen«, schlug die Tante vor.
Und so fuhr John Dunville die Mädchen am Samstagvormittag nach Hause. Beklommen saßen sie nebeneinander, sie sahen einander nicht an auf dieser Fahrt. Da war so viel Unausgesprochenes, so viel Selbstbezichtigung, so viel Leid.
In der Diele blieben sie kurz stehen und atmeten die Luft ein. Das Haus wirkte nicht unbewohnt.
»Hast du hier gewohnt, Daddy?«, fragte Brona.
»Ja, natürlich«, sagte er überrascht. »Von Montag bis Freitag. Mrs O'Doody kommt weiterhin, aber nur ein paarmal pro Woche. Am Wochenende muss nicht gekocht werden, und … Ich würde sie ja gehen lassen, aber sie ist schon so lange bei uns …«
»Bleiben wir jetzt hier?«, fragte Brona.
»Wir werden sehen.«
Becky stand in der Diele. Die Gespenster jenes Nachmittags waren wieder da. Das Licht schien jetzt anders herein, weil es Vormittag war und der Winter seinem Ende zuging, doch sie erinnerte sich an das letzte Licht, das durchs Treppenfenster gedrungen und verschwunden gewesen war, als sie das Schlafzimmer ihrer Eltern erreicht hatte.
»Wollt ihr nicht mal in eure Zimmer hinaufgehen?«, fragte er.
Sie gingen langsam auf die Treppe zu.
»Becky.«
Plötzlich wurde ihr bewusst, dass er sie schon seit Wochen nicht mehr beim Namen genannt hatte, und sie fragte sich, warum ihr das nicht aufgefallen war.

»Ja.«
»John Delaware hat vor einiger Zeit ein Geschenk für dich gebracht – ein verspätetes Geburtstagsgeschenk. Er hat es hier abgeliefert und mich darum gebeten, es dir zu geben, wenn du hierher zurückkehrst.«
»Wo ist es?«
»Ich habe Mrs O'Doody gebeten, es in dein Zimmer zu legen.«
Das Päckchen lag auf ihrem Bett. Es war sorgfältig verschnürt; am Geschenkband war eine kleine, vertrocknete Blume befestigt. Während Becky den Knoten löste und Band und Papier entfernte, fiel ihr ein, dass er dieses Päckchen an jenem Nachmittag dabeigehabt hatte. Sie erinnerte sich, dass sie die Haustür geöffnet hatte und er mit dem Päckchen in der Hand dagestanden war. Nach dem Geschenkpapier kam Seidenpapier zum Vorschein, in das ein Buch über das Trinity College eingeschlagen war.
Sie nahm es aus der Verpackung und sah es sich an. Es enthielt viele Fotos und geschichtliche Darstellungen, und sie dachte daran zurück, wie sie an John Delawares Arm über das Kopfsteinpflaster spaziert war.
Zu diesem Zeitpunkt wurde Bella schon vermisst, dachte sie. Und ich glaubte, das wäre das Schlimmste, was je passieren konnte.
Sie legte das Buch auf den Schreibtisch und faltete das Papier zusammen. Das Band und die Blume tat sie in die Schreibtischschublade.
Weiß er, dass ich keine Dunville bin? Sie war sich nicht mehr sicher, ob er an jenem Nachmittag den Brief gele-

sen hatte. Sie sehnte sich danach, mit jemandem zu reden.
Ich möchte dazugehören, dachte sie. Immer habe ich geglaubt, ich würde dazugehören, aber ohne dass ich es wusste, habe ich nie richtig dazugehört. Und jetzt ist nicht mal mehr mein Name mein Name.
Sie setzte sich unbeholfen aufs Bett.
Meine Tagesdecke, dachte sie und strich mit den Fingern über die Stickerei. Ich habe sie mit Mum ausgesucht. Sie war auch meine Mutter. Das kann mir keiner nehmen.
Sie öffnete den Schrank und betrachtete ihre Kleider. Die Sachen, die Anne Marie ihr gezeigt hatte, fielen ihr wieder ein, und sie fragte sich, woher sie stammten. Sie fragte sich, ob ihre Eltern Bella nicht doch das Geld dafür gegeben hatten.
Wenn sie Bella mehr liebten, gehörte dazu vielleicht auch, dass sie ihr teure Klamotten kauften. Und warum hätten sie sie nicht mehr lieben sollen? Sie war ja schließlich ihre leibliche Tochter.
Während sie auf dem Bett saß und über all das nachdachte, begann sie plötzlich zu überlegen, ob sie auch Brona Extrasachen gekauft hatten, ohne dass sie es bemerkt hatte.
Sie stand auf und warf einen Blick in den Schrank. Als sie ihre ordentlich aufgehängten Sachen sah und an Bellas schicke Kleider in Anne Maries Zimmer dachte, verzog sie wütend das Gesicht.
In meinem Kopf sind zu viele Dinge, mit denen ich nicht fertig werde, dachte sie.
Sie dachte an Mr Jones.

Nachdem sie ins Internat gezogen war, hatte Mr Jones ihr gesagt, er würde sie gern einmal auf einen Kaffee einladen, aber von der Schule verwiesen zu werden sei jetzt wohl das Letzte, was sie im Augenblick brauche. Dabei hatte er sie sanft angelächelt.

»Es wäre mir egal«, hatte sie erwidert.

»Mir aber nicht. Trotzdem sollst du wissen, dass ich immer für dich da bin, wenn du mit jemandem reden willst.«

Hin und wieder dachte sie über sein Angebot nach. Aber sie war so aufgewühlt, dass sie tagsüber unmöglich reden konnte; erst wenn abends im Schlafsaal das Licht gelöscht war, dachte sie daran, wenigstens einen Teil ihrer Probleme mit jemandem zu besprechen, und dann war es oft sein Gesicht, das sie dabei vor sich sah.

Ihr Tagebuch fiel ihr wieder ein. Sie nahm es aus der Schreibtischschublade, griff in den Kamin, zog den kleinen Schlüssel hervor und schloss es auf.

Ich habe kaum etwas hineingeschrieben, dachte sie. Es kommt mir vor, als wäre es eine Ewigkeit her …

Sie blätterte darin, warf einen Blick auf das, was sie Anfang Januar geschrieben hatte, las es aber nicht. Schließlich begann sie zu schreiben.

Liebes Tagebuch,
so viel Zeit ist vergangen, und so viel ist geschehen. Ich bin jetzt Interne, und Mummy ist tot, und Bella ist verschwunden und nie zurückgekommen. Jetzt sind nur noch Brona und ich da und

Sie hörte auf.

Dad kann ich ihn ja wohl nicht nennen, oder? Eine halbe Ewigkeit lang starrte sie die leere Seite an. Dann verschloss sie das Buch und legte es in die Schublade zurück.

»Becky!«, rief ihr Vater.

Sie trat vor ihr Zimmer und sah ihn an.

»Hast du mich gerufen?« Sie hörte ihre eigene Stimme. Sie klang gelangweilt, geradezu ungezogen. So hatte sie früher nie gesprochen.

Was ist nur los mit mir? Warum kann ich nicht einfach wieder freundlich sein?

Sie hätte ihn gern aufgemuntert oder ihm irgendwie geholfen, aber sie wusste ja nicht, was in ihm vorging.

Sie bemühte sich zu lächeln und zog ermunternd die Augenbrauen hoch.

»Ich wollte dich fragen«, sagte er gedehnt, »ob du, wenn ich saubere Handtücher aus dem Trockenschrank hole, sie ins Bad legen könntest.«

Sie blickte zur Seite, auf die Badezimmertür, und auf einmal bemerkte sie, dass dort – anders als das letzte Mal, als sie diese Stelle gesehen hatte – eine komplette Tür war, ohne zersplittertes Holz, ohne herabhängendes Schloss, ohne herausgerissene Angeln.

Sie schluckte und betrachtete die Tür genauer, und einen Moment lang dachte sie, dass vielleicht gar nichts passiert war, dass dieser Moment in Wirklichkeit früher war, vor … vor … vor dem Tag, der keinen Namen hatte und den sie nicht aussprechen konnte. Doch dann erkannte sie, dass es eine neue, frisch lackierte Tür war.

»Ja, Dad.«

Er reichte ihr die frischen Handtücher aus dem Wäschetrockenschrank und blieb dann in dem kleinen Raum, damit sie sie in Ruhe ins Bad bringen konnte.

»Und sieh nach, ob wir da drin noch mehr brauchen, ja?«, bat er.

Sie drehte den Knauf; die Tür ließ sich ganz leicht öffnen – wesentlich leichter als die alte. Sie stieß sie auf und sah hinein. Ein neuer Teppichboden war verlegt worden, und auch die Wände waren frisch gestrichen. Das Bad war weiß und sauber, und am Fenster hing ein neuer Plastikvorhang.

Sie legte die Handtücher über den Handtuchwärmer und blieb noch stehen, unschlüssig, ob sie die Erinnerungen aufsteigen lassen oder zurückdrängen sollte. Dann hörte sie draußen ihren Vater.

»Hast du Lust, in einem Restaurant zu Mittag zu essen, Becky?«, fragte er, als sie aus dem Bad kam.

Sie nickte.

Es hätte sie so gefreut, wenn er sie umarmt und an sich gedrückt hätte, aber er tat es nicht.

Er sagte nur: »Ruf Brona und holt eure Mäntel.«

Sie verbrachten diese Nacht im eigenen Haus. Am Sonntagabend nahm Becky das Buch über das Trinity College mit ins Internat. Sie hatte es immer noch nicht richtig durchgesehen, aber hin und wieder schlug sie es auf und betrachtete eines der Fotos. Dann dachte sie daran zurück, wie sehr sie sich danach gesehnt hatte, dort zu studieren, und wie sie

über den Front Square gegangen und an den Sportplätzen vorbeispaziert war.
Das war dein Traum, sagte sie sich. Der Spaziergang mit Hugo nach Bellas Verschwinden war das einzig positive Ereignis in jener Woche gewesen. Das Aufblitzen einer Möglichkeit, etwas, das sie nie zuvor in Erwägung gezogen hatte. Doch den ganzen zurückliegenden Monat hindurch hatte sie kein einziges Mal mehr daran gedacht. Sie war zu niedergeschlagen, um einen Ausweg aus ihrem Kummer zu sehen. Sie blätterte noch ein bisschen in dem Buch, dann klappte sie es zu und legte es in ihren Spind.
Nach diesem Schuljahr sind es noch zwei Jahre, dachte sie. Es erschien ihr wie eine Ewigkeit, aber dann sah sie es einen Augenblick lang in aller Klarheit. Sie sah, dass nicht mehr nötig war, als am Ball zu bleiben, nicht aufzufallen und Schwierigkeiten zu vermeiden.

»Rebecca Dunville«, rief Mr Jones sie in der ersten Pause am Montag nach dem Wochenende, das Brona und sie daheim in der Lansdowne Road verbracht hatten. Sie blieb stehen und wartete auf ihn. Sie hatte in den Garten gehen wollen.
»Komm mal kurz hier rein.« Er führte sie in ein leeres Klassenzimmer. »Setz dich.« Er nickte in Richtung eines bestimmten Pults.
Sie setzte sich und wartete. Manchmal brachte sie ein bisschen Kraft auf, aber die meiste Zeit über war sie völlig teilnahmslos und hätte sich am liebsten ins Bett gelegt und geschlafen.

»Hör zu, Rebecca«, sagte er, »ich möchte mich nicht einmischen – du hast so viel durchgemacht, und ich will wirklich nicht wieder alles aufrühren, aber hat eigentlich jemals irgendwer mit dir geredet?«
Sie schüttelte den Kopf.
»Sprichst du mit einem Priester?«, hakte er nach.
»Nein, die kann ich nicht ausstehen. Die wollten Mum nicht in einem katholischen Friedhof begraben.«
»Ich weiß.« Seine Stimme klang neutral. »Die Wochenenden verbringst du doch zu Hause, oder?«
Sie nickte.
»Dann könnten wir uns am Wochenende auf einen Kaffee treffen. Wir könnten miteinander reden. *Du* könntest reden. Ich höre zu.«
»Ja«, sagte sie und dachte: Ich habe nichts zu verlieren. Schlimmer kann es nicht werden.
»Im Venetian Café in Ballsbridge«, sagte sie schnell, um zu verhindern, dass er den Vorschlag im Vagen belassen und nicht wieder darauf zurückkommen würde.
»Okay. Aber behalt es besser für dich. Und wenn wir uns dort treffen, tun wir so, als wäre es rein zufällig.«
Sie nickte. Es erstaunte sie immer wieder, wie bereitwillig er ihretwegen ein solches Risiko auf sich nahm.
Warum ist ihm das so wichtig?, dachte sie. Sie empfand sich selbst nur mehr als langweilig, erschöpft, ausgelaugt – fast als leblos. Sie sah nicht den geringsten Grund, weshalb irgendwer, ganz zu schweigen von einem so attraktiven Mann wie Mr Jones, auch nur zwei Minuten mit ihr verbringen wollte.

Auch in dieser Woche verhielt sie sich wie immer unauffällig. Manchmal wurde ihr bewusst, dass sie Brona gar nicht mehr richtig wahrnahm. Als wäre Brona in den Hintergrund gerückt. Aber, überlegte sie, im Grunde nahm sie überhaupt keinen Menschen mehr richtig wahr. Die meisten gingen ihr einfach nur auf die Nerven. Sie brauchte bloß einen Blick auf Schwester Rodriguez zu werfen, schon überkam sie die Lust, ihr ins Gesicht zu schlagen. Und für Pater Monaghan hatte sie nur noch Verachtung übrig. Mutter Immaculata ging sie, soweit das möglich war, aus dem Weg. Ihr war bewusst, dass die Oberin nach dem Tod ihrer Mutter alles ihr Mögliche für sie getan hatte. Der Besuch bei den Fitzgeralds hatte sogar einen kleinen Hoffnungsschimmer gebracht. Aber er wurde nicht greifbar, und Becky empfand maßlose Wut darüber, dass nicht eine Nonne zum Begräbnis erschienen war.

»Ich weiß nicht, warum sie nicht gekommen sind«, sagte sie am Samstag im Venetian Café zu Mr Jones. »Ich weiß nicht, ob sie gestört hat, dass die Totenmesse nicht in der einen, heiligen, katholischen und apostolischen Kirche stattfand oder ob es daran lag, was Mum getan hat. Sie wissen schon … Es ist ja eine Sünde.«
»Vielleicht konnten sie einfach nicht kommen«, wandte er ein. »Warum auch immer. Du darfst nicht verbittern, Rebecca!«
»Ich bin … Ach, ich weiß auch nicht … Ich bin so wütend auf die Nonnen. Auf alle Leute eigentlich.«
»Aber was deine Mutter getan hat, ist keine Sünde. Oder bewertest du es als Sünde?«

»Ich weiß nicht, wie ich es bewerten soll. Uns hat man jedenfalls beigebracht, dass Selbstmord eine Sünde ist.«

»Hör zu«, sagte Mr Jones sanft. »In der Zeitung hieß es, dass sie sich ›in unzurechnungsfähigem Zustand‹ befand. So steht es in der gerichtlichen Untersuchung der Todesursache. Es war keine Sünde. Sie war so unendlich traurig.«

»Aber wo bleibt das Mitgefühl der Nonnen? Wo bleibt ihre Christlichkeit? Wie kann es sein, dass Mum nicht auf einem von ihren Friedhöfen liegen darf?«

»Ich weiß. Es tut mir sehr leid. Es ist wirklich unverständlich. Ich an deiner Stelle wäre froh, dass sie *nicht* auf einem dieser Friedhöfe liegt, sondern auf einem, in dem sie willkommen ist.«

»Froh? Willkommen?«

»Falsche Wortwahl«, gab Mr Jones zu. »Natürlich meine ich nicht ›froh‹, ganz und gar nicht. Und auch nicht ›willkommen‹. Das sind die falschen Wörter.«

Becky wischte sich mit dem Handrücken die Tränen aus den Augen.

»Weiß du was?«, sagte Mr Jones. »Wir machen jetzt einen Spaziergang durch den Herbert Park. Danach können wir ja noch mal Kaffee trinken, wenn du willst.«

Wie in einem Tunnel, dachte Becky, als sie die baumgesäumte Herbert Park Road hinuntersah.

Mr Jones riss sie aus ihren Gedanken. »Hast du den Abschiedsbrief deiner Mutter gelesen?«

Becky fühlte sich in die Wirklichkeit zurückgeschleudert.

»Ja«, murmelte sie. »Woher wissen Sie davon?«
»Stand in der Zeitung. Nicht der Inhalt, nur, dass es einen Abschiedsbrief gibt.«
Sie senkte den Kopf, und die Tränen ließen sich nicht länger zurückhalten. Er nahm sie am Arm und führte sie von dem ausgetretenen Pfad zu den Bänken hinter dem Ententeich.
Er zog ein Taschentuch hervor und versuchte, ihre Augen trockenzutupfen, aber es kamen immer wieder neue Tränen.
»Erzähl's mir. Erzähl's mir, du armes Kind. Du musst reden.«
Das Mitleid machte es noch schlimmer; Becky weinte noch mehr. Doch dann erzählte sie ihm schluchzend, was in dem Brief stand.
»Ich bin gar nicht die Tochter meines Vaters – deshalb hat sie es getan. Sie hat geschrieben, dass *ich* eine Sünde bin und dass Bella deshalb sterben musste und dass sie nicht weiterleben kann, weil ihre Sünde lebt.«
Mr Jones hörte erstaunt zu.
»Da komme ich nicht mit«, sagte er, als sie zu Ende gesprochen hatte.
»Verstehen Sie denn nicht? Mum hat geglaubt, dass Bella sterben musste, weil sie, Mum, diese Sünde begangen hat. Und dass ich aus dieser Sünde hervorgegangen bin …«
»Aber das ist doch Unsinn«, erklärte Mr Jones. »Becky, das ist genau das, was mit ›unzurechnungsfähigem Zustand‹ gemeint ist!«
»Was soll das heißen?«

»Das ist doch kein logisches Denken. Das ist irrational, verrückt. Unzurechnungsfähig eben.«

»Dass ich nicht Dads Tochter bin?«

»Nein, nein, darüber weiß ich doch gar nichts. Ob das stimmt oder nicht, ist völlig unwichtig. Das heißt, natürlich ist es wichtig, aber in einem anderen Zusammenhang. Du bist keine Sünde.« Er tupfte ihr noch einmal die Augen ab. »So, und jetzt putz dir die Nase.« Er reichte ihr das Taschentuch.

»Was deine Mutter getan hat, hat nicht das Geringste mit dir zu tun. Und was mit Bella passiert ist, ebenso wenig. Du bist das Opfer einer Verkettung unglücklicher Umstände, aber das, was passiert ist, hat mit dir nichts zu tun und sagt nichts über dich aus. Du kannst nichts dafür, dass das alles geschehen ist. Diese Ereignisse berühren dich natürlich, aber du bist in keiner Weise die Ursache oder der Grund dafür. Verstehst du das denn nicht?«

Sie sah ihn erwartungsvoll an, doch er schüttelte den Kopf.

»Hör zu. Bella ist verschwunden. Sie hat das Haus damals, in jener Nacht, aus freien Stücken verlassen. Sie ist dafür verantwortlich, dass sie wegging und etwas mit ihr passiert ist. Und was deine Mum getan hat, hat *sie* getan, weil sie so verzweifelt war wegen Bellas Verschwinden. Und *nicht* wegen einer Sache, die ihr Schuldgefühle machte und die sie in typisch katholischer Manier, von Schuldbewusstsein zermartert, wieder ausgegraben hat. Mit dir hat das nichts zu tun.«

Becky saß da und schwieg.

Mr Jones nahm sie in den Arm, und sie schmiegte sich an

ihn. Seit Weihnachten hatte sie sich nicht mehr so geborgen gefühlt. Sie wünschte sich nichts mehr, als so an seine Brust gelehnt dazusitzen. Sein Mantel war aufgeknöpft, und ihre Wange lag auf dem Revers seines Jacketts. Er roch so gut. Sie hob das Gesicht, um ihm zu danken, und als sich ihre Lippen öffneten, beugte er sich zu ihr hinunter und gab ihr, von ihrer Verletzlichkeit zutiefst gerührt, einen Kuss auf den Mund.

Es war ein zärtlicher Kuss. Doch dann umfing sie ihn mit den Armen, und der Kuss wurde leidenschaftlich.

»Das ist keine gute Idee«, sagte er. »Das ist ganz und gar keine gute Idee.«

Er strich ihr übers Haar und zog sie wieder an sich, so dass sie sein Herz schlagen hörte.

Sie fand, dass es eine ganz hervorragende Idee war.

»Küssen Sie mich noch mal?«, fragte sie ihn.

Sie saßen Seite an Seite in Jury's Coffee Dock.

»Hier ganz bestimmt nicht«, erwiderte er.

Sie rückte ein Stück näher an ihn heran, so dass sich ihre Knie berührten.

»Ich meinte ja auch nicht hier, sondern …«

Sie wusste nicht genau, was sie meinte; nur, dass sie noch einmal von ihm geküsst werden wollte. Sie wollte, dass ihr Herz wieder wie rasend pochte und ihr heiß und kalt wurde und ihr Mund sich anfühlte, als würde er sich auflösen, und dass aller Schmerz einfach verschwand.

»Trink deinen Kaffee, Rebecca Dunville«, befahl er in gespielt strengem Ton. »Ich dulde solchen Unsinn nicht.«

Becky kicherte.
»Na, das Lachen hast du also nicht verlernt.«
Da musste sie wieder lachen.
Auf dem Heimweg ging es ihr schon wesentlich besser, obwohl sie keine Ahnung hatte, wie er das Ganze sah und ob er sie noch einmal küssen würde. Auf jeden Fall aber hatte es sie auf andere Gedanken gebracht, und als sie den Schlüssel unter dem Blumentopf hervorzog und das Haus betrat, war ihr leichter ums Herz.
»Wo warst du?«, fauchte Brona sie an.
»Spazieren«, antwortete Becky ausweichend. »Warum fragst du? Ist das etwa verboten?«
»Ich wollte es einfach nur wissen, das ist alles«, sagte Brona mürrisch.
»Hast du Angst, ich könnte abhauen wie Bella?«, fragte Becky mit zusammengekniffenen Augen.
Brona gab keine Antwort.
John Dunville hob den Blick von seiner Zeitung und sagte: »Ich will nicht, dass du so etwas sagst!«
Sie saßen im Frühstückszimmer. »Sei ein bisschen netter zu deiner Schwester«, fügte er hinzu.
Halbschwester, dachte Becky. Verdammte Halbschwester. Und das weißt du auch. Du bist ja nicht mal mein Vater.
»Müssen wir noch lange in St Martin's wohnen?«, fragte sie ihn.
Er ließ die Zeitung sinken und sah Becky an.
»Ich halte es für das Beste, wenn ihr mindestens bis zum Ende des Sommertrimesters dortbleibt. Danach können wir darüber reden.«

»Aber warum?« Ihre Stimme hatte einen jammernden Unterton, den sie selbst deutlich heraushörte und sehnlichst wegwünschte.
Ihr Vater seufzte auf und legte die Zeitung beiseite.
»Weil euch die Schule Stabilität gibt. Wenn ihr dort seid, muss ich mir die Woche über keine Sorgen um euch machen. Ihr seid dort gut aufgehoben.«
»Ich hasse es, dort zu wohnen«, sagte Becky.
»Ich auch«, warf Brona ein. »Vermisst du uns denn gar nicht, Daddy?«
»Ich gehe morgens um acht aus dem Haus und bin fast jeden Tag zwölf Stunden weg. Wir belassen es fürs Erste so, wie es ist.«
Dann bot er ihnen an, ihn am Nachmittag zu begleiten. Er wolle einen Fernseher kaufen.
Die beiden Mädchen strahlten vor Begeisterung.
»Wirklich?«, fragte Brona.

Lieutenant Calley wurde der Prozess gemacht, und Becky, die in der Schule keine Zeitung lesen durfte, saß vor dem neuen Fernseher der Dunvilles und sah sich eine Dokumentation über Calley an.
»Können wir nicht auf etwas Interessanteres umschalten?«, nörgelte Brona.
»Das ist interessant«, erwiderte Becky. »Letztes Jahr an Weihnachten – kurz vor Weihnachten – war ich bei den Robinsons babysitten, und da brachten sie in den Nachrichten etwas über ihn. Ich will das unbedingt sehen.«

»Ist doch total langweilig.« Brona stand auf, um in ihr Zimmer zu gehen.

»Die nächste Sendung darf ich aussuchen!«, rief sie noch, bevor sie das Zimmer verließ.

Becky richtete ihre Aufmerksamkeit wieder auf den Bildschirm und hörte Lieutenant Calley zu ihrer Verwunderung sagen, falls My Lai der Welt zeige, wie Krieg wirklich sei, werde ihn das immer mit Stolz erfüllen.

Es hat etwas mit Verantwortung zu tun, dachte sie, und ihr fiel wieder ein, dass Mr Jones gesagt hatte, jeder Mensch sei für seine Handlungen verantwortlich. Das Problem sei nur, dass man in die Handlungen anderer Menschen verstrickt werden könne. Allmählich verstand sie, was er damit gemeint hatte. Die Geschworenen berieten sich noch, und Becky war gespannt, ob sie Lieutenant Calley schuldig sprechen würden.

Als Becky am Montag wieder in der Schule war, dachte sie fast ständig über Lieutenant Calley nach. Die Sache brachte ihr den Abend in Erinnerung, an dem sie zum letzten Mal die Kinder der Robinsons gehütet hatte.

Wie hat Bella Mr Robinson genannt? Es war irgendeine witzige Bezeichnung gewesen, aber sie kam nicht mehr darauf. Sie hatte das Gefühl, das alles gehörte einer ganz anderen Welt an. Aber es hängt irgendwie zusammen, dachte sie. Lieutenant Calley hat sich damals in Schwierigkeiten gebracht und wird jetzt die Konsequenzen tragen müssen, und zwischen damals und heute ist sein Leben ohne Unterbrechung weitergegangen. Und mit unserem Leben muss es wohl auch so gewesen sein – aber weil das alles geschehen ist, kann ich mein Leben nur mehr in kleinen Abschnitten sehen. Zuerst die fünfzehn Jahre bis zu der Nacht, in der Bella verschwand. Und dann habe ich gewissermaßen einen anderen Raum betreten, in dem dann eine Woche lang mein Leben – wenn man es so nennen kann – in dieser bis ins Mark getroffenen Familie stattfand. Da war ich nicht mehr einfach nur Becky, genau wie Brona nicht mehr einfach nur Brona war. Wir wurden zwei andere, die Schwestern eines innig geliebten Menschen, der verschwunden war. Und dann war diese Woche plötzlich vorbei, und wir wurden zu Kindern, die keine Mutter mehr haben, aber nur ich wurde damit zur Waise.

Ihr war bewusst, wie dramatisch das klang, aber sie schaffte es einfach nicht, eine klare Linie in diese Gedanken zu bringen. Sie sehnte sich danach, wieder mit Mr Jones zu reden. Und mich von ihm küssen zu lassen, dachte sie.

In diesem Moment erblickte sie durch die offene Tür des Klassenzimmers Mr Jones draußen im Korridor. Sie wurde knallrot und betete inständig, dass er ihr nicht ansah, welch unkeusche Gedanken ihr gerade durch den Kopf gegangen waren.

»Guten Morgen, alle miteinander«, grüßte er beim Betreten des Klassenzimmers. Die Schülerinnen, die noch im Korridor gestanden hatten, trotteten hinter ihm her.

Becky spielte während des Gesangsunterrichts die Akkorde. Mr Jones ließ weder erkennen, dass er sich erinnerte, was am Samstag zwischen ihnen geschehen war, noch dass er sich wünschte, es würde sich wiederholen.

Kurze Zeit darauf kreisten ihre Gedanken wieder um Lieutenant Calley.
Das Radio im Aufenthaltsraum war aufgrund eines Vorfalls, der mit Schwester Rodriguez und dem Lied »Je t'aime« zusammenhing, konfisziert worden, so dass Becky keine Nachrichten hören konnte. Radio Luxemburg war, nachdem die Nonnen nunmehr von der Existenz dieses Senders wussten, verboten worden. Da Zeitungslektüre in der Schule nicht gern gesehen wurde, beschloss Becky, draußen in Erfahrung zu bringen, ob die Geschworenen mittlerweile zu einem Urteil gekommen waren.
Gleich nach Unterrichtsschluss verließ sie das Schulgebäude, weil sie annahm, dass ihre Abwesenheit um diese Zeit am wenigsten auffallen würde. Sie eilte die Sutherland Street entlang, überquerte den Sutherland Square und ging bis ans andere Ende des Platzes, wo, wie sie wusste, ein Zeitungsverkäufer den *Evening Herald* und die *Evening Press* verkaufte. Er befestigte immer weiße Pappschilder mit den Schlagzeilen an den Gitterstäben, und sie dachte, durch diese Schilder vielleicht erfahren zu können, was sich im Prozess getan hatte.
Doch ihre Vermutung war falsch. Auf den Schildern stand nichts von Lieutenant Calley. Niedergeschlagen eilte sie zurück in die Schule und wurde prompt in der Eingangshalle von Schwester Rodriguez erwischt.

»Ich wollte doch nur wissen, welche Strafe er bekommen hat«, erklärte sie der Nonne.
»Was geht dich das an!«, fauchte Schwester Rodriguez.

»Aber ich wollte nun mal wissen, ob sie ihn zur Verantwortung ziehen«, fuhr Becky unbeirrt fort. »Das ist doch kein Verbrechen. Das Radio ist weg, und ich kann keine Nachrichten hören.«

»Jetzt sage ich dir mal etwas, Mädchen«, verkündete Schwester Rodriguez. »Wenn es auf dieser Welt Gerechtigkeit gibt, dann wird er freigesprochen. Er hat nur Befehle befolgt und ist unschuldig, das kannst du mir glauben.«

Becky sah die Nonne voller Verachtung und Abneigung an, kniff die Augen zusammen und öffnete den Mund, um ihr zu sagen, dass sie noch nie etwas so Verantwortungsloses gehört habe.

Doch zu Beckys Glück tauchte genau in diesem Moment Mr Jones in der Eingangshalle auf und trat, nachdem er Schwester Rodriguez' frommen Gesichtsausdruck und Beckys in die Hüften gestemmte Hände gesehen hatte, geschickt zwischen die beiden.

»Rebecca Dunville, ich wollte dich fragen, ob du neue Noten mit den Liedern für die nächste Woche brauchst.«

Schwester Rodriguez fiel ihm ins Wort. »Ich habe diese Schülerin auf frischer Tat ertappt. Sie hat die Schule ohne Erlaubnis verlassen, weil sie sich etwas kaufen wollte – eine … eine … eine Zeitung!« Sie spie das Wort geradezu aus.

»Ach, du meine Güte!«, sagte Mr Jones, ehe Becky Einwände erheben konnte. »Du darfst doch nicht einfach ohne Erlaubnis weggehen, Rebecca. Darauf muss ich als dein Klassenlehrer bestehen. Aber weil du es in letzter Zeit so schwer gehabt hast, können Schwester Rodriguez und ich diesmal ein Auge zudrücken. Es darf allerdings nie wieder vorkommen.«

Und ehe Schwester Rodriguez begriff, was da vor sich ging, bugsierte er Becky durch den Korridor, wobei er sehr laut und deutlich über Noten sprach und behauptete, sie lägen im Klassenzimmer.

»Du schuldest mir ein Dankeschön«, sagte er zu Becky.

»Ich hasse sie.«

Er schüttelte streng den Kopf. »Du bist nun mal hier drin. Du willst die Schule abschließen. Du willst hier raus. Du weißt genau, dass du nur so bekommst, was du im Leben haben willst. Also spar dir solche dämlichen Aktionen. Du kannst nun mal mit einer Nonne nicht so sprechen, wie du es meinem Eindruck nach eben tun wolltest.«

»Ich hasse sie«, sagte Becky noch einmal. »Sie hat gesagt, Lieutenant Calley sei für das, was er in My Lai getan hat, nicht verantwortlich.«

»Was?« Mr Jones wirkte verblüfft.

»Ich wollte doch nur eine Zeitung kaufen und lesen, wie es für Lieutenant Calley ausgegangen ist.«

»Ach so. Na, dann habe ich das missverstanden. Ich dachte, Schwester Rodriguez würde auf etwas Pornographisches anspielen.«

Becky senkte den Blick und machte ein grimmiges Gesicht.

»Hör zu, Rebecca«, fuhr Mr Jones fort. »Hör mir gut zu. Wenn du es für dich selbst nicht tun kannst, tu es für mich. Sorg dafür, dass du keine Probleme bekommst. Die Probleme, die du in letzter Zeit hattest, reichen eine ganze Wei-

le. Also, keine Scherereien! Sonst wirst du noch der Schule verwiesen.«
»Ist mir egal. Ich will, dass sie mich der Schule verweisen.«
»Ich meine es ernst – wenn du es nicht für dich selbst tun kannst, dann tu es für mich. Oder glaubst du, ich würde hier noch gern unterrichten, wenn du nicht mehr zu meinen Schülerinnen zählst?«
Becky blieb abrupt stehen. Sie strahlte vor Freude.
Jetzt sieht die Welt ganz anders aus, dachte sie abends im Bett. Und selbst wenn er es nur gesagt hat, damit ich mich ordentlich benehme, ist es immer noch ein schöner Gedanke. Und er muss diesen Gedanken gehabt haben, um ihn aussprechen zu können. Denn immerhin hat er ihn ausgesprochen.
Ein warmes Gefühl durchströmte sie. Sie dachte daran, wie er ihr mit der Hand übers Haar gefahren war. Wie ein Vater, dachte sie schläfrig, und wie ein Liebhaber …

Brona lag in ihrem Bett in dem länglichen Schlafsaal der Drittklässlerinnen und hatte die Augen geschlossen. *Sei gegrüßt, o Königin! Mutter der Barmherzigkeit, unser Leben, unsere Süßigkeit, unsere Hoffnung, sei gegrüßt.* Die Worte sagten ihr nichts. Es war ihr nicht bewusst, aber in ihrem tiefsten Inneren wusste sie, dass es keine Hoffnung gab. Sie wusste, dass da nur der sterile weiße Schlafsaal war und die nächtliche Dunkelheit, und trotzdem suchte sie nach Worten, die ihr helfen könnten, die Stunden bis zum Morgen zu überstehen, bis Rhona in die Schule kommen und in der Morgenversammlung neben ihr sein würde und ihre Finger zufällig ihre Hand berühren würden, während sie schweigend dastanden. Sie sehnte sich nach ihrer Mutter und wünschte sich die vergangene Weihnachtszeit herbei. *Im Stall in der Krippe, eine Wiege aus Heu*, betete sie. *O Mutter, du reine … Bei dir find ich Zuflucht … Du Hoffnung der Sünder, du Licht meines Grabs.*

Sie sah das offene Grab vor sich und wollte dieses Bild mit weiteren Gebeten vertreiben. *Guter König Wenceslas* … Sie versuchte sich an die Melodie zu erinnern, aber da war nichts – nur Satzfetzen und die endlose Nacht.

Sechzehntes Kapitel

»Sie haben gesagt, dass ich Ihnen etwas schulde«, sagte Becky am nächsten Tag zu Mr Jones, als er ihr eine Zeitung überreichte. »Und jetzt schulde ich Ihnen noch mehr«, fügte sie hinzu und nahm sie entgegen.

»Wenn du das nächste Mal rausgehst, um dir Zeitungen zu holen, in denen Neuigkeiten aus Amerika stehen, denk dran, dass die mindestens fünf Stunden hinter unserer Zeit sind«, stichelte er.

»Hoppla, daran habe ich überhaupt nicht gedacht.«

Sie überflog die Titelseite.

»Zufrieden?«, fragte er.

»Ja. Schuldig. In den ersten beiden Anklagepunkten schuldig gesprochen. Schuld an der Ermordung von zwanzig Vietnamesen.« Sie las die Meldung flüchtig durch. »Der vierte Anklagepunkt wurde zu Körperverletzung mit Tötungsabsicht abgeschwächt … Todesstrafe oder lebenslange Haft. Zwei seiner Untergebenen wurden freigesprochen, das Verfahren gegen neunzehn weitere wurde eingestellt.«

Sie blickte hoch zu Mr Jones.

»Wie denken Sie darüber?«

»Warum ist dir das so wichtig?«, fragte er verwundert.

»Ich weiß auch nicht genau. Es ist mir einfach wichtig.«
»Hängt es mit dem Thema Verantwortung zusammen?«
»Ja, ich glaube, genau das interessiert mich daran so. Wir sind für unsere Taten verantwortlich … Sie selbst haben das auch gesagt.«
»Ja, ich erinnere mich. Ich habe es gesagt und auch so gemeint.«
»Ende der Woche beginnen die Osterferien«, sagte Becky und sah hoffnungsvoll zu ihm hoch.
»Und?«
»Nichts.« Es klang leicht gekränkt. »Ich dachte nur …«
»Wie wär's mit einem Spaziergang?«
»Durch den Herbert Park?«
Er lächelte.

Als sie am folgenden Wochenende wieder zu Hause war, holte sie ihr Tagebuch und begann, Gedanken, die ihr die Woche über durch den Kopf gegangen waren, aufzuschreiben – Gedanken über Mr Jones und über das, was er sagte. Es dauerte eine Weile, bis sie alles notiert und dann so angeordnet hatte, dass es passte.
Kein Gedicht, dachte sie. Ein Lied. Unser Lied.
Sie las es sich durch.

Ich denke an die Zukunft
An unsere gemeinsamen Pläne
Blicke zurück ins Gestern
Auf die schönen, längst vergangnen Zeiten

Wir müssen reden
Wir müssen reden
Gib Wasser in den Kessel
Gleich geht's los
Jetzt will ich dich hören

Wir müssen reden

Vergiss die Zeit
Wir reden, bis der Tag zu Ende ist
Und dann
Reden wir, bis die Morgensonne kommt

Ich will mit dir reden

Ich will hören
Was in dir vorgeht
Die neckischen Kinderspiele

Der schönen Tage
Und der schlimmen Zeiten
Liebe und weniger
Großes Leid

Wir müssen reden

Über das, was wirklich zählt

Wir müssen reden

Wir müssen reden

Von Mäusen und Menschen
Und so einigem mehr
Das uns zum Lachen bringt

Wir müssen reden

Über die Liebe und das Leben
Und, lieber Gott im Himmel
Ich will alles
Hören
Und dann noch ein bisschen mehr

Wir müssen reden

Wir müssen reden

Wir spazieren durch den Park
Und tanzen im Dunkeln
Aber ich will es wirklich wissen

Und deshalb werden wir reden.

Darunter schrieb sie gewissenhaft: *Rebecca Dunville, April 1971.*

Ob Mr Jones es vertonen würde?, überlegte sie. Wenn er es in Noten fasst, könnte ich es singen.

Nachdem sie ihr Tagebuch wieder versteckt hatte, kehrten ihre Gedanken immer wieder zu dem Lied zurück. Sie holte das Tagebuch wieder hervor, las sich den Text ein weiteres Mal durch und überlegte, ob sie ihn nicht noch etwas verändern sollte.

Ich frage Mr Jones. Er kennt sich mit so etwas aus.

Beim Abendessen fragte John Dunville, ob sie für den nächsten Tag jemanden zum Abendessen einladen wolle.

»Mich besucht Rhona«, sagte Brona.

»Nein, ich möchte niemanden einladen«, erklärte Becky und dachte gleichzeitig: Obwohl es natürlich wunderschön wäre, wenn Mr Jones mich besuchen würde.

»Du könntest Gabriela einladen«, schlug John vor.

»Ich kann sie nicht ausstehen«, erwiderte Becky.

Brona und er sahen sich an, sagten aber nichts. Becky registrierte den Blick und wusste, dass sie fürchterlich geklungen hatte, aber es war ihr egal.

Ich kann sie alle miteinander nicht ausstehen, dachte sie. Ich sehe nicht ein, warum ich Leute einladen soll, die mich zu Tode langweilen.

In ihrem Zimmer warf sie sich aufs Bett.

Das Ganze ist doch eine reine Farce, sagte sie sich. Von vorn bis hinten eine Farce. Eine einzige Heuchelei. Da sitzen wir beim Abendessen und benehmen uns wie perfekte Menschen – eine einzige Heuchelei. Die perfekte Familie – Bella ist abgehauen, und Mummy ist durchgedreht. Kein Wunder. Und ich gehöre nicht mal dazu, aber keiner will darüber reden.

»Vielleicht wissen sie nicht, dass du den Brief gelesen hast«, sagte Mr Jones am nächsten Tag im Herbert Park.
»Natürlich wissen sie es«, entgegnete Becky.
»Nun reg dich nicht auf. Vielleicht wissen sie es wirklich nicht. Oder sie wissen es und denken, du willst nicht darüber reden, weil du noch nicht so weit bist. Oder sie denken, du hättest nicht kapiert, was da stand.«
»Was soll ich denn nur tun?«
»Ich finde, du solltest ihnen sagen, dass du darüber reden willst.«
»Vielleicht will ich ja gar nicht darüber reden.«
»Du weißt offenbar nicht, was du willst. «
»Und wie ich das weiß!«, widersprach sie, den Blick auf seinen Mund gerichtet.
»Na, jetzt kann ich dich ja wohl küssen«, sagte er lächelnd.
Sie sah ihn erstaunt an. Seine Stimme hatte einen Unterton, der deutlich machte, dass sich alles verändert hatte.
»Was ist denn los?«, fragte Becky. Sie wurde plötzlich nervös. »Hat sich etwas verändert?«
Er nahm ihre Hand und hielt sie, während er sprach.
»Ich kann dich jetzt küssen, weil ich nicht mehr dein Lehrer bin.«
»Was?« Becky sprang entsetzt auf. »Was soll das heißen?«
»Nur keine Panik. Setz dich hin, ich erzähle dir alles.«
Becky setzte sich auf die Kante der Bank. Sie zitterte.
»Ich komme nach Ostern nicht wieder.«
»Aber Sie müssen. Sie müssen! Ich könnte es nicht ertragen.«

»Wenn ich wiederkäme, könnte ich dich nicht küssen. Außerdem werde ich nicht weit weg sein.«
Becky packte die nackte Angst. Sie erfasste nur, dass er von St Martin's wegging, Sie fühlte sich von ihm verlassen.
»Sie verlassen mich«, sagte sie. Es klang wie ein Winseln.
»Ach, überhaupt nicht, Dummerchen. Ganz im Gegenteil. Ich verlasse nicht dich, sondern St Martin's, damit ich mit dir zusammensein kann.«
»Das verstehe ich nicht.«
»Komm mal her.« Er zog sie an sich. »Ich werde halbtags in einer anderen Schule unterrichten. Deshalb ziehe ich um und wohne dann näher bei dir. Ich verspreche dir, dass ich dich nicht verlassen werde.«
»Ich will nicht, dass Sie mich verlassen!«
»Aber ich verlasse dich doch nicht«, wiederholte er. »Alles wird anders …«
»Ich mag keine Veränderungen«, sagte Becky traurig.
»Ja, das weiß ich. Aber das ist eine Veränderung zum Besseren, ich verspreche es dir. Wir können dann mehr Zeit miteinander verbringen.«
»Ich geh da nicht wieder hin, wenn Sie nicht da sind.«
Es brauchte zehn Minuten, um sie zu beruhigen.
»Dein Problem ist, dass du nicht redest«, sagte er.
»Aber ich rede doch. Ich rede mit Ihnen.«
»Ach, du liebes bisschen!« Er legte ihr den Arm um die Schulter und zog sie an sich. Während er weitersprach, dachte sie an ihr Lied. »Du musst einen Menschen finden, den du nach dem Brief fragen kannst, den deine Mutter hinterlassen hat«, sagte er. »Und du musst reden.«

»Wohin ziehen Sie?«, fragte Becky, um das Thema zu wechseln. »Und wo haben Sie bis jetzt gewohnt?«
»In Sandymount. Ich ziehe in eine Souterrainwohnung am Sutherland Square.«
»In Sandymount? Sie haben ganz in meiner Nähe gewohnt, ohne dass ich das wusste? Wann kann ich Sie in Ihrer neuen Wohnung besuchen?«
»Erst wenn du mit jemandem geredet hast«, sagte er. »Es ist mir ernst. In etwa acht Wochen hast du deine Zwischenprüfung. Du wirst erst mal büffeln und gute Noten erzielen und diese andere Sache klären.«
Sie schlenderten um den Weiher herum.
»Darf ich Ihre Hand halten?«, fragte sie ihn.
»Nein, wir werden unsere Beziehung weiterhin geheim halten. In meine Wohnung kannst du gefahrlos kommen, während du das alles erledigst.«
Er ist sich seiner Sache so sicher, dachte Becky. Ob ich wohl jemals so sein werde? Das ist wohl der Unterschied zwischen mir und einem Erwachsenen.
Der Begriff »Kindfrau«, auf den sie vor kurzem gestoßen war, fiel ihr ein; genauso fühlte sie sich. Weder das eine noch das andere, dachte sie. Aber ich hätte so gern Selbstvertrauen wie die Mädchen in der fünften und sechsten Klasse. Selbst Eleanor strahlt mehr Selbstvertrauen aus als ich.
Wieder in ihrem Zimmer, dachte sie noch einmal darüber nach und schrieb dann in ihr Tagebuch:

Vielleicht liegt es daran, dass ich mich fühle, als hätte ich meine Identität verloren. Als würde ich zwischen verschie-

denen Welten schweben, ohne zu wissen, ob ich überhaupt irgendwohin gehöre. Ich war die mittlere Schwester und bin es nicht mehr. Ich hielt mich für eine Dunville und weiß jetzt, dass ich keine bin. Und ich war ein Kind und fühlte mich geborgen …

Nichts ist sicher, nichts bleibt gleich, dachte sie. Ich durchschreite eine Lebensphase nach der anderen, lerne aus jeder und muss das Beste daraus mitnehmen, wenn ich zur nächsten weitergehe.

Aber was kann ich schon mitnehmen?, fragte sie sich, während sie ihre Lateinbücher hervorholte. Ich habe getan, was man mir gesagt hat. Ich war ein braves Mädchen – und was hat es mir gebracht?

Sie dachte an Mr Jones' Rat, zu lernen und es hinter sich zu bringen, und machte sich ans Werk. Zum ersten Mal, seit ihre Welt zusammengebrochen war, bereitete ihr das Lernen wieder Freude, aber sie sah es jetzt in einem neuen Licht. Sie arbeitete mehrere Stunden ohne Pause und stellte dann erstaunt fest, wie viel Zeit vergangen war.

Muss ich es so machen? Ist das die richtige Methode für jemanden wie mich? Sich in die Arbeit verkriechen, lesen und lernen? Den Kopf mit anderen Gedanken füllen? Sich einen Weg ins Trinity College bahnen?

Es erschien ihr plausibel. Sie dachte kurz über Brona nach, fragte sich, wie sie mit all dem fertig wurde, gelangte aber zu der Erkenntnis, dass sie sich um Bronas offensichtliche Bedürftigkeit und Hilflosigkeit jetzt nicht kümmern konnte.

Erst sehr viel später sah sie ein, dass ihre eigene Hilflosigkeit fast genauso groß war wie Bronas und dass sich Brona, die zu diesem Zeitpunkt noch nichts von dem Brief und seinem Inhalt wusste, zutiefst abgelehnt fühlte, denn Becky hatte sich von ihr zurückgezogen, ohne dass ihre Schwester wusste, weshalb.

In den Osterferien 1971 begann Becky wieder zu lernen. Sie lernte, wie sie noch nie gelernt hatte. Manchmal ging es gut, manchmal konnte sie sich schlecht konzentrieren. Sie spazierte allein durch den Herbert Park und dachte an Mr Jones. Sie wäre so gern bei ihm gewesen, aber er hatte gesagt, er wolle, bis sie die Prüfungen abgelegt habe, ihr Mentor sein, und sie müsse sich mit gelegentlichen Küssen zufriedengeben.

Gelegentlich?, dachte sie. Wenn diese Küsse gelegentlich sind, dann soll mir gelegentlich recht sein.

»Gelegentlich gefällt mir«, sagte sie lächelnd zu Mr Jones und näherte sich seinem Mund.

»Wir haben viel Zeit«, sagte er beschwichtigend.

Sie sehnte sich nach den Treffen mit ihm, er aber war die Beherrschung in Person.

Brona verbrachte inzwischen fast ihre gesamte Freizeit bei den Brophys. Rhonas Eltern hatten sie gern bei sich.

»Liebe Brona, du weißt, unser Tisch ist immer für dich mitgedeckt«, sagte Rhonas Mutter.

»Und ein Bett steht auch immer für dich bereit«, fügte Rhonas Vater hinzu.

Brona ließ den Blick zwischen den beiden hin und her wandern. Sie wusste, dass sie es ehrlich meinten; Rhona sagte es ja oft genug. »Meine Eltern nehmen dich wirklich gern bei sich auf. Sie sagen, dass du einen Einfluss auf mich hast oder so ähnlich.«

»Was soll das heißen?«

»Keine Ahnung«, antwortete Rhona. »Aber ich glaube, es bedeutet was Gutes«, fügte sie leicht skeptisch hinzu.

Doch obwohl Brona die familiäre Umgebung genoss und den Brophys dankbar war, wünschte sie sich ihre eigene Familie zurück – ein Mutter, die zu Hause war, wenn sie aus der Schule kam, die nach teurem Parfum duftete, die neben ihrem Vater im Wohnzimmer vor dem Kamin saß, Sherry oder Gin Tonic trank und lächelte, wenn ihre Tochter den Raum betrat. Im Wohnzimmerkamin wurde inzwischen nur noch selten Feuer gemacht. Selbst jetzt, in den Osterferien, kam ihr Vater immer sehr spät nach Hause und war dann so müde, dass er, nachdem er mit Becky und ihr ein paar Worte gewechselt hatte, ins Bett ging. Und Becky war ganz mit Lernen oder was auch immer beschäftigt. Brona hätte gern gewusst, was Becky dachte; ihre Schwester gab nichts mehr von sich preis. Sie war entweder völlig teilnahmslos oder zeigte ihrer Familie gegenüber eine extrem negative Haltung. Brona suchte nach dem zweiten Tagebuchschlüssel, doch er war im Chaos ihres Zimmers verschollen, und sie konnte ihn nicht finden.

»Ach, Rhona«, sagte sie seufzend, »das Leben ist echt uncool.«

»Und dann stirbt man«, bemerkte Rhona.

Sie sahen sich an. Rhona stand das Entsetzen über sich selbst ins Gesicht geschrieben.
»Ich habe es nicht so gemeint«, versicherte sie Brona. »Wirklich nicht.«
»Ich weiß. Ist doch nur so ein Ausdruck.« Sie dachte an Pfarrer William Piper. »Staub zu Staub«, hatte er gesagt, und dann hatten sie die klaffende rechteckige Grube zugeschüttet. Und ihr Bett in dem länglichen weißen Schlafsaal erschien ihr wie ein Sarg. *Am Anfang war das Wort*, dachte sie, *und das Wort war bei Gott …*

»Also, hast du inzwischen darüber nachgedacht, ob du mit jemandem über den Brief reden willst?«, wollte Mr Jones von Becky wissen.
Die Osterferien neigten sich ihrem Ende zu. Er nahm sie zum ersten Mal in seine Wohnung mit.
Sie zuckte mit den Achseln.
»Ich habe immer mal wieder darüber nachgedacht.«
»Und mit wem willst du darüber sprechen?«, hakte er nach.
»Die Einzigen, die in Frage kommen, sind Dad …« Sie unterbrach sich. Unmöglich, ihn nicht Dad zu nennen, aber es fiel schwer. »Und Tante Nancy … Und vielleicht noch Onkel James – andere kommen nicht in Frage. Mr O'Connor, der Kriminalbeamte – na ja, er weiß zwar von dem Brief, er hat ihn auch gelesen, aber er wird wohl kaum wissen, wer mein richtiger Vater ist. Mr Jones«, sagte sie plötzlich und sprach einen Gedanken aus, der ihr immer wieder durch den Kopf gegangen war. »Was, wenn niemand weiß, wer mein Vater ist?«

»Vielleicht weiß es wirklich niemand, diese Möglichkeit sehe ich durchaus. Ich habe schon vor einiger Zeit darüber nachgedacht. Vielleicht haben sie nicht den kleinsten Anhaltspunkt. Aber du verstehst immer noch nicht, worum es eigentlich geht.«
»Nämlich?«, fragte sie erstaunt.
»Es geht darum, dass du reden musst. Das ist der springende Punkt. Nur so können die Menschen miteinander auskommen und ihr Leben meistern und mit Problemen umgehen. Je mehr du redest, umso größer wird deine Chance.«
»Welche Chance?«
»Die Chance, mit dir ins Reine zu kommen, ausgeglichen zu sein und mit anderen zu kommunizieren.«

Er stieß das Gatter auf, das von der Straße ins Kellergeschoss führte. Sie gingen die Treppe hinunter, die vor seiner Wohnungstür endete. Der winzige Flur war gefliest; auf dem Boden lag eine Rattanmatte. Er nahm ihr den Mantel ab und hängte ihn an einen Wandhaken. Ihr Herz klopfte vor Aufregung. Er öffnete die Wohnzimmertür, und sie gingen hinein.
»Ach, ist das schön hier!«, sagte sie, während sie sich in dem gemütlich eingerichteten Raum umsah. Im Kamin brannte ein Kohlenfeuer, rechts und links davon stand je ein Sessel. Dann gab es noch ein etwas durchgesessenes Sofa und vor dem Fenster einen Tisch mit zwei Stühlen.
Er zeigte ihr die restliche Wohnung – das Schlafzimmer mit dem Doppelbett, dem Kleiderschrank und der Frisierkom-

mode. Beim Anblick des Betts wurde sie rot, und als sie hinterher nach Hause ging, dachte sie wieder an dieses Bett, das so groß gewirkt hatte in dem kleinen Raum, und ihr fiel ein, dass sie so gern etwas darüber gesagt hätte, dazu aber einfach nicht in der Lage gewesen war.

O Gott, dachte sie. Schon allein die Vorstellung …

Aber sie sagte nichts.

Auch von dem kleinen Bad fühlte sie sich peinlich berührt, während es ihm nicht das Geringste auszumachen schien. Er wies sie auf das ein oder andere hin, auf die Enten, die einige Fliesen zierten, und auf das hoch oben an der Wand angebrachte Heizgerät. Dann nahm er sie an der Hand, führte sie ins Wohnzimmer zurück und küsste sie noch einmal.

»Darf ich hierherkommen?«, fragte sie. »Ich meine, auch außerhalb der Ferien?«

»Völlig ausgeschlossen. Du bist Internatsschülerin. Du weißt doch, was passiert, wenn sie dich erwischen. An den Wochenenden kannst du herkommen. Und was die Zukunft betrifft, warten wir erst einmal ab.«

Vor dem Kamin küsste er sie. Er hob ihr Kinn mit dem Finger an, sah ihr sanft lächelnd in die Augen und näherte sich langsam ihren Lippen. Ihr Herz pochte wie wild. Es war noch aufregender als der erste Kuss im Herbert Park, und da hatte sie schon geglaubt, sie würde vor Aufregung sterben.

Zu Hause ging sie Brona um Hilfe an. Sie tat es aus rein egoistischen Motiven, aber Brona ließ sich sofort darauf ein.

»Hey, Brona.« Sie klopfte an Bronas Tür.
»Was ist?«, tönte es gelangweilt aus dem Zimmer.
»Ich will dich was fragen.«
»Komm rein.«
Becky öffnete die Tür. Sie fühlte sich jetzt immer unbehaglich, wenn sie Türen öffnete, weil sie nicht wusste, was sie dahinter erwartete.
»Ich dachte, Rhona wollte kommen. Ist sie noch nicht da?«
»Nö«, sagte Brona und beäugte ihre Schwester vom Bett aus.
»Soll ich dir aufräumen helfen?«
»Findest du, dass das nötig ist?«, fragte Brona verwundert.
»Na ja …« Becky ließ den Blick über den Boden wandern, auf dem Kleidungsstücke, Bücher und, wie sie erstaunt registrierte, Bellas Meccano-Baukasten herumlagen.
Sie wollte eine Bemerkung über den Baukasten machen, besann sich aber anders.
»Ich habe mir überlegt …«, sagte sie langsam.
»Hoffentlich hat's nicht wehgetan«, warf Brona ein.
Becky ging schweigend darüber hinweg. Im Grunde konnte sie Brona nicht übel nehmen, dass sie so feindselig war. Schließlich habe ich sie fast überhaupt nicht an mich rangelassen, seit … Becky hatte immer noch kein Wort für das, was geschehen war.
»Brona, du wohnst doch nicht gerade gern im Internat …«, setzte Becky an.
»Stimmt.« Bronas Interesse war geweckt.
»Also, ich habe mir überlegt, wenn wir es geschickt anstel-

len, können wir Dad vielleicht davon überzeugen, dass es besser für uns wäre, nur tagsüber in der Schule zu sein.«

»Aber er hat doch nein gesagt«, wandte Brona ein.

»Ja, ich weiß. Wir müssen es eben anders anpacken. Nicht herumjammern, sondern ihm klarmachen, dass es viel sinnvoller wäre. Dass wir beide dann viel zusammen wären. Du musst bedenken, dass er die Nonnen nicht gerade heiß und innig liebt. Wir müssten ihm nur ein paar Argumente liefern …«

»Hört sich gut an«, sagte Brona, und ihre Miene hellte sich noch ein bisschen mehr auf.

»Dad«, sagte Brona an diesem Samstagabend beim Essen, nachdem Mrs O'Doody, die an den Wochenenden wieder für die Dunvilles kochte, die Vorspeise abgeräumt hatte. »Ich ertrage es einfach nicht, morgen Abend wieder ins Internat zu gehen.«

»Fang bloß nicht damit an«, erwiderte John Dunville.

»Doch, wirklich«, sagte Brona. »Ich fühle mich so einsam ohne dich und Becky. Die Nonnen erlauben nicht, dass wir miteinander reden.«

»Kein einziges Wort«, warf Becky ein.

»Und ich brauche jetzt meine Familie um mich.«

»Ist nicht das Kloster eine einzige große Familie?«, fragte John Dunville seine flehende Tochter.

»Sie kennen doch das Motto unserer Schule«, bemerkte Rhona Brophy, die zur Mithilfe verdonnert worden war.

»*Humanitas et Virtus*«, sagte Becky, um ihr unter die Arme

zu greifen, fragte sich aber, worauf Rhona damit hinauswollte.

»›Teile und herrsche‹ heißt das«, erklärte Rhona.

Becky und ihr Vater lächelten sich an.

»Jetzt aber mal ernsthaft, Dad«, sagte Becky. »Wir werden dort voneinander isoliert …«

»Nun, in diesen Ferien hatte ich eher den Eindruck, dass du gar nicht viel Zeit für Brona übrig hattest«, erklärte John und zog dabei eine Augenbraue hoch.

»Das liegt nur daran, dass ich es nicht mehr gewohnt bin, mit ihr zu reden oder überhaupt Zeit mit ihr zu verbringen«, entgegnete Becky. »Das ist nicht gesund«, fügte sie in der Hoffnung hinzu, es würde in den Ohren ihres Vaters ganz besonders alarmierend klingen. »Außerdem kann ich hier besser lernen. Du weißt doch, in ein paar Wochen beginnen die Prüfungen …«

»Und wir wären da, wenn du abends nach Hause kommst«, gab Brona zu bedenken. »Wie eine richtige Familie.«

»Aber ihr kommt häufig zu unterschiedlichen Zeiten aus der Schule«, erwiderte John. »Und mir ist nun mal nicht wohl bei dem Gedanken, dass Brona ganz allein hier ist, bis du heimkommst, Becky.«

»Aber«, sagte Rhona so höflich sie konnte, »an diesen Tagen könnte Brona doch zu mir mitkommen. Meine Eltern würden sich sehr freuen. Sie sagen ständig, dass wir mehr für Bro tun sollten. Das wäre so schön! Außerdem war sie fast die ganzen Osterferien über bei mir, weil Becky gebüffelt hat. Und meine Eltern haben gesagt, dass sie immer willkommen ist.«

»Ich werde es mir überlegen«, sagte John.
»Du sagst nicht nein?«, fragte Brona.

»Er sagt ja«, sagte Becky danach zu Brona. »Wir müssen nur eine gute Show hinlegen. Wir müssen ihm beweisen, dass wir verantwortungsbewusst sind und dass es so einfach besser ist.«
In ihrem Zimmer dachte Becky über den Meccano-Baukasten nach, dessen Teile über Bronas Fußboden verstreut waren, und plötzlich wusste sie, warum er dort lag. Am liebsten hätte sie geweint.
Brona versucht damit eine Verbindung herzustellen, dachte sie. Sie glaubt, wenn sie mit dem Meccano spielt, kann sie Bella in den Augen von Dad ersetzen und die Vergangenheit irgendwie wiederherstellen.
Nachdem Rhona nach Hause gegangen war, klopfte Becky an Bronas Tür.
»Kann ich reinkommen?«
»Nur zu.«
»Soll ich dir jetzt aufräumen helfen?«, fragte Becky. Brona saß auf dem Boden und betrachtete das Chaos.
Brona antwortete nicht. Becky sah, dass sie geweint hatte.
Brona blieb sitzen, während Becky sich daranmachte, die zwischen den Kleidungsstücken verstreuten Teile einzusammeln und in die Schachtel zu legen.
»Bro«, sagte sie und benutzte zum ersten Mal den Namen, mit dem Rhona ihre Schwester immer ansprach, »du brauchst nicht mit diesem Ding zu spielen, weißt du.«
»Ich dachte …« Brona konnte den Satz nicht vollenden.

»Ich weiß, was du gedacht hast. Aber du bist nicht Bella – Gott sei Dank. Und du musst auch nicht wie sie sein, weder jetzt noch irgendwann.«
»Wie meinst du das?«, fragte Brona mit brüchiger Stimme.
»Ach, ich weiß nicht«, sagte Becky zögernd. »Es klingt so … Ja, so grausam, aber ich finde nicht, dass Bella wahnsinnig nett war. Und ich meine nur, dass du nicht wie sie zu sein brauchst.«
»Warum findest du, dass sie nicht nett war?«, wollte Brona wissen.
»Ich weiß noch nicht genau, warum. Es ist nur so ein Gefühl.«
Den Bruchteil einer Sekunde lang sah sie Bella vor sich, wie sie vor einigen Monaten das Geld, das sie von Mr Robinson bekommen hatte, hämisch in die Höhe hielt.
»Aber das würde ich keinem anderen sagen, kapiert?«, fügte sie rasch hinzu. »Nur dir. Weil wir beide im selben Boot sitzen.«
»Ja, genau, wir sitzen im selben Boot, oder?«
Becky fand es erbärmlich, wie Brona sich an alles klammerte, noch nach dem kleinsten Krümelchen Bestärkung gierte, das man ihr hinhielt.
Dabei ist es doch wirklich nicht viel, dachte sie. Ich sage ja nur, dass sie nicht alleine ist, mitten in dem Mist, in dem wir stecken. Aber das bestärkt sie dann. Wie sie wohl reagieren wird, wenn sie herausfindet, dass wir nur Halbschwestern sind …
Während Becky die Meccano-Teile aufhob und in die Schachtel legte, war ihr bewusst, dass sie von Brona beob-

achtet wurde. Sie sah sich selbst vor sich, sah ihr bleiches Gesicht, das von ihrem dunklen, schweren Haar umrahmt wurde, und zum ersten Mal sah sie auch die dunklen Ringe unter ihren Augen.

»Komm, wir sehen uns mal zusammen im Spiegel an«, sagte sie zu Brona.

»Wieso das denn?«

»Komm schon! Ich möchte, dass wir uns im Spiegel ansehen.«

Brona erhob sich schwerfällig vom Boden, und dann stellten sich die beiden vor die Frisierkommode. Becky schaltete die Lämpchen ein, die den Spiegel umrahmten. Sie betrachteten sich.

»Du und ich«, sagte Becky, erst ein wenig zaghaft, dann in entschiedenerem Ton und mit festerer Stimme, »wir beide müssen unbedingt wieder mehr auf uns achten. Schau mal, wie wir aussehen! Völlig fertig.«

Brona starrte schweigend in den Spiegel.

»Im Sommer«, sagte Becky, »gehen wir ganz viel an die Sonne und schlafen lang und essen gut. Dann kommen wir gestärkt aus dem Ganzen heraus.«

Sie wusste selbst nicht, woher das kam. Sie wusste nur, dass sie sich danach sehnte, in Mr Jones' Wohnung zu sein, das Kinn nach oben zu recken und von ihm geküsst zu werden. Aber sie hörte ihn wie aus weiter Ferne sagen: »Ich helfe dir, und du hilfst Brona.«

Warum ist ihm das so wichtig?, dachte sie. Dann konzentrierte sie sich wieder auf den Spiegel und auf Bronas bleiches Gesicht.

»Du lässt dir die Haare wieder stufig schneiden, und wenn wir wirklich mit den Fitzgeralds wegfahren, werden wir braun wie noch nie und liegen stundenlang am Strand und lachen.«

»Wir sehen grauenhaft aus«, sagte Brona plötzlich, als hätte sie ihre Augenringe erst jetzt bemerkt.

»Wie Pandas.«

»Ich mag Pandas.«

»Ja, aber man will doch nicht wie einer aussehen, oder? Wir müssen uns zusammenreißen. Komm, wir sehen doch eigentlich gar nicht so schlecht aus. Wir haben einfach nur eine Menge Scheiße durchgemacht.«

»Wir stecken immer noch mitten drin in der Scheiße«, sagte Brona.

»Ich weiß. Aber sieh mal, wenn wir nicht mehr im Internat sind, müssen wir uns nicht mehr mit dem ewigen Kohl herumschlagen, zumindest nicht am Abend. Und besseres Essen ist schon ein erster Schritt. Dann sehen wir nicht mehr so käsig und müde aus.«

»Glaubst du?« In Bronas Stimme schwang leise Hoffnung mit.

»Ja, das glaube ich«, erwiderte Becky bestimmt. »Und du wirst dein Zimmer in Ordnung halten, dann geht es dir gleich viel besser. Dann hast du das Gefühl, Verantwortung für dein Leben zu übernehmen.«

»Wir sehen uns eigentlich gar nicht ähnlich, oder?«, sagte Brona, den Blick auf den Spiegel gerichtet.

»Du siehst mehr wie Bella aus. Dein Glück.«

»Sie war wirklich schön, was?«

»Du siehst netter aus. Du strahlst so, wenn du lächelst oder lachst.«
»Sie sah wunderschön aus, wenn sie lächelte«, sagte Brona.
»Du siehst besser aus. Bei dir wirkt es nicht so, als würdest du dich über die Menschen lustig machen, sondern als würdest du mit ihnen zusammen lachen. Das ist viel sympathischer … liebenswerter. Glaub's mir.«
Brona lächelte.
»Wirklich?«
»Ja, verdammt, wirklich.«
»Deine Sprache ist vor die Hunde gegangen«, sagte Brona in Mutter Immaculatas Tonfall. »Rebecca Dunville, du gehörst in einen Hundezwinger!«
Sie lachten.

Sie ist immer noch ganz die kleine Schwester, dachte Becky. Daran hat sich nichts geändert. Nur dass sie jetzt weniger Schwestern hat als vorher.
Und sie hat keine Mutter mehr, fügte sie nach kurzem Überlegen hinzu. Aber darüber wird jetzt einfach nicht nachgedacht. Und eigentlich hat sie ja auch gar keine echte Schwester mehr, aber darüber wird jetzt auch nicht nachgedacht!
Solche Gedanken hatte sie bisher immer beiseitegeschoben.
»Von einem Tag zum nächsten«, hatte Mr Jones gesagt. »Und wenn das klappt, dann von einer Woche zur nächsten.«
Damals habe ich es kaum von einer Stunde zur anderen geschafft, dachte Becky. Da war ich ganz im Augenblick

gefangen. Sich immer nur auf einen Mensch konzentrieren, das war gut. So wie vorhin auf Brona. Es war positiv, und danach ging es mir besser.

Während des Gesprächs mit Brona hatte sie glauben können, was sie sagte, aber jetzt verlor sie wieder den Kontakt zu ihren Gefühlen und zu den Überzeugungen, die sie ausgesprochen hatte.

Vielleicht sollte man einfach an bestimmten Dingen festhalten und von diesem Fundament ausgehen.

Aber es gab so viel Ungewissheit; und als sie sich zum Schlafen zurechtmachte, war der Optimismus, den sie zuvor verspürt hatte, wie weggefegt.

In dieser Nacht träumte sie von Salome, von einer Salome mit goldenem Haar – einen Traum, den sie lange nicht verstand. Die ganze darauffolgende Woche über erinnerte sie sich immer wieder bruchstückhaft daran – an die tanzende Salome, wie sie wunderschön, wenn auch ziemlich knapp bekleidet, um einen Weihnachtsbaum wirbelte, dessen matt schimmernde Lämpchen ihre goldenen Locken zum Leuchten brachten. Und in dem Traum – wenn das das richtige Wort dafür war – wurde kein Truthahn aus dem Ofen geholt und auf eine Platte gelegt, sondern ein Kopf in einer Blutlache.

Dann veränderte sich der Traum, die Szenerie verlagerte sich ans Rote Meer, an dessen Stränden sich zwei Heere versammelten. Auf der einen Seite stand ein Bataillon Nonnen, jede mit einem Kreuz in der rechten Hand. Ihnen gegenüber standen Menschen, die sie zu kennen glaubte, aber sie konnte ihre Gesichter nicht sehen. Plötzlich packte sie eine Angst, deren Ursache sie nicht kannte. Irgendeine Gefahr drohte und ergriff ihren ganzen Körper. Sie suchte hinter sich nach Bronas Hand. Eine der Nonnen stimmte ein Kirchenlied an.

»Teile und herrsche«, riefen die Nonnen unablässig wie aus einem Munde. Dann teilte sich das Rote Meer, und die zurückweichenden Wellen gaben einen Weg frei, der sich mitten hindurchzog. Brona und sie liefen, so schnell sie konnten, durch das Meer. Je weiter sie liefen, umso langsamer bewegten sich ihre Füße, und keine Küste war zu sehen. Da wusste Becky mit Gewissheit, dass die Wellen jeden Augenblick umkehren und über sie hinwegrollen würden.

»Lieber Gott, hilf uns!«, schrie Brona.

Da blieben Beckys Beine, die immer träger geworden waren, stehen, und sie hörten jemanden rufen: »Es gibt keinen Gott!«

Als sie aufwachte, war im Haus alles still. Ihr Herz pochte. Es pochte so laut wie der Schrei, der sie geweckt hatte. Sie stieg leise aus dem Bett, ging zur Treppe und lauschte. Sie hatte das Gefühl, im Stockwerk über ihr wäre jemand, und davon wäre sie wach geworden, und so ging sie in Bellas Zimmer hoch.

Oben begrüßte sie das Schild mit der Aufschrift BEI EINTRITT TOD, aber ihr Blick war vom Schlaf noch so getrübt, dass sie es nicht richtig lesen konnte. Zitternd drehte sie den Knauf, öffnete die Tür und trat einen Schritt zurück, als sie aufschwang. Alles war still. Sie atmete hastig und in schmerzhaften Zügen.

»Ist da wer?«, rief sie.

Sie trat die Tür weiter auf, knipste das Licht an, ging hinein, und plötzlich war sie über und über mit Blut bedeckt, als brächen die Fluten des Roten Meers über sie herein. Sie wollte schreien, aber ihr Schrei wurde vom Blut erstickt. Ich ertrinke, ich ertrinke, dachte sie.
Dann wachte sie auf, diesmal wirklich. Sie lag verschwitzt in ihrem Bett. Das Laken war voller Blut; sie hatte plötzlich und unerwartet ihre Periode bekommen. Grauenhafte Bilder stiegen in ihr hoch, während sie aus dem Bett kroch, zum Waschbecken in ihrem Zimmer ging und den Wasserhahn aufdrehte.

Siebzehntes Kapitel

Am Montag nach den Osterferien fuhren Becky und Brona gemeinsam von der Schule nach Hause. Becky hatte eigentlich vorgehabt, zur Wohnung am Sutherland Square zu gehen und Mr Jones zu erzählen, dass ihr Vater am Sonntag in der Schule angerufen und die Unterbringung für das nächste Trimester gekündigt hatte. Aber weil sie Brona weder allein lassen wollte noch mitnehmen konnte, hatte sie das auf den nächsten Tag verschieben müssen.

Sie stiegen in den Bus, und Becky erinnerte ihre Schwester daran, dass sie sich, wenn ihr Vater heimkam, anstrengen musste. Er hatte nämlich gesagt, dass sie ihn, wenn sie es für besser hielten, nicht mehr im Internat zu wohnen, davon überzeugen müssten.

Beim Aussteigen rempelten sie sich spielerisch an.

»Kein Bratenfett und Haferschleim heute Abend!«, sagte Becky.

»Jedenfalls nicht für uns«, erwiderte Brona lachend.

»Abgesehen von allem anderen, esse ich viel lieber abends warm«, sagte Becky. »Das warme Mittagessen habe ich wirklich gehasst.«

»Ich auch. Ich finde es viel besser, mittags mitgebrachte Sandwiches zu essen.«

»Wir müssen nur früher aufstehen, damit wir sie machen können.«
»Und wir wechseln uns ab, ja?«
»Ja«, antwortete Becky mit ihrer neuen, sporadisch auftretenden Entschiedenheit. »Und einmal in der Woche machen wir eine ausführliche Einkaufsliste, damit wir alles haben, was wir brauchen.«
»Das hat Mummy auch immer gemacht.«
»Ja. Und jetzt machen wir es.«

So starteten sie in die neue Woche. Christus war auferstanden. Christus war gestorben. Christus war wiedergeboren. Ostern war vorbei. Am Sonntag vor dem Ferienende hatte Becky nicht in die Messe gehen wollen. Als John am Samstagmorgen gefragt hatte: »Wann wollt ihr morgen in die Messe, Mädchen?«, hatte sie nur gemurmelt: »Mir ist nicht danach«, und keiner hatte etwas gesagt.
Doch dann hatte sie sich überlegt, dass sie ihrem Vater bei dieser Gelegenheit die Hilfsbereitschaft und Großherzigkeit, die jetzt zwischen Brona und ihr bestanden, vor Augen führen könnte und sie deshalb die Mühe vielleicht doch auf sich nehmen sollte.
»Wann möchtest du denn gehen, Bro?«
Brona hatte sich sichtlich gefreut.
»Wie wär's mit zwölf Uhr in der Westland Row? Wir könnten mit dem Bus hin, dann muss Daddy uns nicht fahren.«
Becky dachte darüber nach, ob Brona auch ohne sie hingegangen wäre, aber es war ihr nicht wichtig genug, um sie danach zu fragen.

Ich muss einfach nur nett zu ihr sein. Und sie musste zugeben, dass es leichter ging und sie sich besser fühlte, wenn sie nett war. An der Tatsache, dass es ihr schwerfiel, änderte aber auch diese Erkenntnis nichts.

Am nächsten Tag ging Brona mit zu Rhona. Becky wartete eine Weile, bis sie sicher sein konnte, dass die beiden weg waren, und eilte dann auf einem Umweg zum Sutherland Square. Sie hatte Angst, von Mitschülerinnen gesehen zu werden. Plötzlich kam ihr der Gedanke, dass Mr Jones vielleicht gar nicht zu Hause war, und sie geriet in Panik.

Was mache ich, wenn er nicht da ist? Und schon folgte der ebenso beängstigende Gedanke: Was mache ich, wenn er da ist und jemanden zu Besuch hat? Es kam ihr zum ersten Mal in den Sinn, dass er in ihrer Abwesenheit ein Privatleben hatte. Sie konnte es sich zwar nur schwer vorstellen, weil er in ihren Gedanken so präsent war, aber sie musste damit rechnen.

Als sie bei seinem Haus ankam, sah sie im Wohnzimmer Licht brennen. Sie blieb am Treppengeländer stehen und blickte mit pochendem Herzen hinunter.

Ich klopfe, und wenn noch jemand da ist, sage ich einfach, ich würde Nummer achtundsiebzig suchen.

Doch er war allein, wie sie feststellte, nachdem sie geklingelt hatte.

»Was machst du denn hier?«, fragte er, packte sie am Arm und zog sie in die Diele. »Wenn die Nonnen dich sehen …«

»Ich habe aufgepasst, dass niemand auf der Straße war, als

ich runtergegangen bin«, erklärte sie hastig. »Ehrlich, niemand hat mich gesehen. Und ich wohne auch nicht mehr im Internat.«

Während er Kaffee machte, erzählte sie ihm, wie sie John überredet hatte, Brona und sie wieder zu Hause wohnen zu lassen.

»Wie hat Mutter Immaculata reagiert?«

»Daddy hat sie am Sonntag angerufen. Ich glaube, es lief ganz gut. Er hat nichts Genaues erzählt. Nach dem Telefongespräch ist er zu ihr gegangen, und als er heimkam, hat er nur ›Das wäre erledigt‹ gesagt. Also lief es wohl ganz gut.«

Sie setzten sich vor den Kamin und tranken Kaffee. Becky betrachtete die flackernden Flammen und die von den Kohlen aufsteigenden Rauchwölkchen und fühlte sich zutiefst geborgen.

»Ich würde so gern hierbleiben.«

»Na, na, na! Du hast dich aus dem Internat befreit – jetzt mach mal langsam.«

»Es ist einfach so schön hier. Ein richtiger Zufluchtsort. Genauso habe ich mich im Trinity College gefühlt – ich habe dir doch erzählt, wie ich mit Hugo, Bellas Freund, Kaffee trinken war. Das war genau wie hier. Ein sicherer Ort.«

Mr Jones stand auf und ging zum Kaminsims.

»Ich habe etwas für dich. Ich wollte es dir eigentlich nächsten Samstag im Herbert Park geben, aber du sollst es schon jetzt bekommen.«

Er setzte sich wieder in den Sessel und legte einen Schlüssel auf die Armlehne.

»Wir müssen allerdings ein Abkommen treffen.«

Becky betrachtete schweigend den Schlüssel und blickte dann zu Mr Jones auf.

»Das Abkommen besagt«, fuhr Mr Jones fort, »dass du ihn nur dann benutzt, wenn Brona bei Rhona ist, und dass er unser Geheimnis bleibt.«

Becky lächelte.

»Ich bringe Brona dazu, Rhona jeden Tag zu besuchen!«, sagte sie lachend.

»Nein, das geht nicht. Das hier soll dein Zufluchtsort sein, aber du musst klug und vorsichtig damit umgehen. Ursprünglich war es nur für die Wochenenden gedacht, aber du darfst ab jetzt ein bisschen öfter herkommen.«

»Ich will immer hier sein!«

Er schüttelte den Kopf.

»Wenn du ständig hier bist, ist es nichts Besonderes mehr. Außerdem würde das die Wahrscheinlichkeit erhöhen, dass du gesehen wirst, und dann säßen wir in der Patsche. Und ich bin ja auch nicht immer zu Hause.«

»Okay. Aber wenn ich mal herkomme und Sie sind nicht da, kann ich dann hier meine Hausaufgaben machen?«

»Ja. Und jetzt komm her und hol dir deinen Schlüssel.«

So lernte Becky wieder zu lächeln und noch einiges mehr. An manchen Tagen saß sie allein am Tisch unter dem Fenster und arbeitete fleißig. An anderen Tagen fuhr sie mit Brona nach Hause und war lieb zu ihr. Und an den Tagen, an denen Mr Jones zu Hause war, setzte sie sich auf sein Knie, und er öffnete nach und nach alle Knöpfe an ihrer Bluse. Er erforschte ihren Körper, verwandelte ihn von einem Hort des Schmerzes in einen Tempel der Leidenschaft und Lust. Er ging langsam und methodisch vor, fing mit zarten Liebkosungen und neckenden Berührungen an, bis sie bereit, mehr als bereit war, sich auf den Rücken zu legen und die Beine für ihn zu spreizen. Er belebte sie. Während sie all das tat, versuchte sie nicht an die Leere in ihrem Leben zu denken. Dann wurde es Sommer, und sie machte ihre Abschlussprüfungen, schrieb mit gesenktem Kopf Seite um Seite mit Wörtern und Zahlen voll.

»Das war's«, sagte sie zu Mr Jones, nachdem sie die Tür aufgeschlossen hatte. »Ich hab's geschafft.«

»Und jetzt?«, fragte er, während er mit den Fingern kreisend um ihr Knie strich.

Sie setzte sich auf seinen Schoß und lehnte sich an ihn. »Ich wollte es Ihnen schon lange sagen, aber ich habe es immer wieder aufgeschoben. Onkel James und Tante Nancy fahren mit Eleanor, Brona und mir Ende des Monats nach Italien.«

»Und warum hast du mir das nicht gesagt?«, fragte er, während er ihren Hals küsste.

»Ich weiß auch nicht … Irgendwie habe ich diesen Urlaub die ganze Zeit weggeschoben. Ich habe es nicht geschafft, an den Urlaub, die Prüfungen, an Sie und an alles andere gleichzeitig zu denken, und da habe ich einfach überhaupt nicht mehr daran gedacht.«

»Freust du dich darauf?«

»Ja, schon. Aber ich gehe nur ungern von Ihnen weg. Es fällt mir richtig schwer. Ich komme so gern her. Ich bin so gern bei Ihnen und rede und mache das, was wir immer so machen …«, sagte sie, während er ihr die Bluse von den Schultern streifte.

»Ich bin auch fast den ganzen Sommer nicht da. Es ist also gar nicht so schlimm, dass du wegfährst.«

»Wohin fahren Sie?«, fragte sie bestürzt. Sie hatte sich ausgemalt, wie er die ganze Zeit über in seiner Wohnung sitzen und auf ihre Rückkehr aus Italien warten würde.

»Ich fahre nach England und arbeite ein bisschen mit dem Orchester«, erklärte er. »Es passt terminlich genau in die Sommerferien.«

»Hätten Sie mir das überhaupt irgendwann gesagt?«, fragte sie gekränkt und auch ein bisschen fassungslos. So wie er darüber sprach, musste es bereits fest geplant gewesen sein, aber er hatte nie ein Wort darüber verloren.

»Aber natürlich. Ich wollte damit bis nach den Prüfungen warten, genau wie du. Vor den Prüfungen wollte ich nichts sagen, was dich möglicherweise aufgeregt hätte. Ist doch keine große Sache – du bist weg, und ich bin weg, und der Sommer ist schnell vorbei. Wir haben alle Zeit der Welt – ich bin kurz nach dir wieder da.«

Becky schwieg.

Sie wusste, dass es unsinnig war, in Dublin zu bleiben und auf ihn zu warten, und sie wollte ja auch weg – sie wollte Sonne, und sie wollte die Versprechungen erfüllen, die sie Brona gemacht hatte.

»Und du musst noch etwas tun«, sagte Mr Jones.

»Meinst du *das?*«, fragte sie und bedeckte seinen Hals mit Küssen.

»Nein, das weißt du ganz genau. Aber du kannst das erst mal weitermachen.«
»Mmmm, was soll ich denn tun?«, fragte Becky, schob die Hand zwischen seinen Hemdknöpfen durch und strich mit den Fingern über seine Brust.
»Du musst mit irgendwem über den Brief reden. Das ist jetzt unser Sommerprojekt.«
Sie verzog das Gesicht und hörte so hastig auf, ihn zu streicheln, dass ein Knopf an seinem Hemd absprang.
»Da siehst du, was du davon hast!«, sagte sie.
»Ach, jetzt bin ich daran schuld, ja? Wie war das noch mit der Verantwortung für die eigenen Handlungen?«

Onkel James, Tante Nancy, Eleanor Fitzgerald und die beiden Dunville-Mädchen verbrachten eine Woche in Florenz und anschließend sieben Tage am Meer, südlich von Livorno.
»Zu viele Bilder«, urteilte Brona über Florenz. »Noch eine Kreuzigung, und ich sterbe.«
Eleanor, Becky und Brona lagen gut eingeölt und mit hochgestecktem Haar am Strand. Eleanor trug wegen ihrer hellen Haut einen Hut und verzog sich immer wieder unter den Sonnenschirm. »Wie ein Einsiedlerkrebs in seine Muschel«, sagte Brona boshaft.
»Ich bin eben lieber ein ungekochter Einsiedlerkrebs, der ist dazu wenigstens noch in der Lage«, entgegnete Eleanor lachend.
Sie aßen Fisch und Tomaten und unendlich viel Pizza. Die Tage vergingen wie im Flug.

»Ich fühle mich wie im Traum«, sagte Becky eines Abends. »Alles ist so weit weg von … Ihr wisst schon.«

Die anderen wussten.

Es ist so wunderbar, dachte Becky, während sie sich den Sand zwischen den Zehen wegduschte.

»Bist du bald fertig?«, rief Eleanor vor der Badezimmertür. »Ich bin ganz klebrig von der Sonnencreme und dem Salzwasser – ich will endlich unter die Dusche!«

Die drei Mädchen teilten sich ein Hotelzimmer. Brona, die bereits geduscht hatte, lag, nur von einem Badetuch bedeckt, nackt auf dem Bett.

Becky trat ins Zimmer. Sie hatte sich ein Handtuch um die Hüften geschlungen und rubbelte mit einem zweiten ihr nasses Haar trocken.

»Na endlich«, sagte Eleanor. »Also, morgen gehe ich als Erste ins Hotel zurück, damit ich auch als Erste duschen kann.«

»Ein tolles Gefühl, was?«, sagte Brona zu Becky, als sich die Badezimmertür hinter ihrer Cousine geschlossen hatte.

»Das beste überhaupt«, erwiderte Becky, die sich nicht nur gesäubert, sondern geradezu geläutert fühlte, und fügte hinzu: »Wir haben wirklich Glück. Na ja, Glück vielleicht nicht, aber – doch, hier zu sein, ist ein Glück.«

»So abgelegen, findest du nicht auch?«, sagte Brona.

»Abgelegen?«

»Wie in einer anderen Welt. Manchmal denke ich, ach, das würde ich jetzt gern Mum zeigen. Aber ganz oft, eigentlich die meiste Zeit, denke ich gar nicht an sie und an Bella. Und du?«

»Ich weiß nicht. Irgendwie sind sie ständig da, aber es ist anders, weil wir nicht daheim sind. Hast du das mit ›abgelegen‹ gemeint?«

Brona nickte. »Ich bin ganz erfüllt von der Sonne und vom Meer und von den vielen Geräuschen. Ich habe fast Schuldgefühle, weil es mir so gut geht …«

»Du brauchst dich nicht schuldig zu fühlen. Nächste Woche sind wir wieder zu Hause, und alles wird wieder so, wie es war. Genieß den Augenblick! Und fühl dich um Himmels willen nicht schuldig.«

Sie waren sich wieder sehr nahe, fast so wie unmittelbar nach Bellas Verschwinden und vor dem Tod ihrer Mutter. Brona musterte Becky vom Bett aus.

»Ich würde dir gern etwas erzählen«, sagte sie.

Becky nahm auf einem Stuhl Platz und begann sich zu kämmen.

»Erzähl!«

»Als Bella verschwunden war – ich weiß nicht mehr genau, wann, wahrscheinlich nachdem Onkel James und Tante Nancy den Vorschlag gemacht hatten, dass wir mit ihnen in Urlaub fahren –, da ist mir der Gedanke gekommen, dass … Ach, ich weiß auch nicht.« Brona unterbrach sich und starrte an die Decke.

»Weiter«, forderte Becky sie auf. »Sag schon!«

»Ich habe mir immer vorgestellt, dass Bella irgendwo ist, wo es warm ist – du weißt doch, wie gern sie es immer warm und bequem hatte, und der Winter war doch so kalt. Da habe ich mir vorgestellt, dass ich hier in Italien irgendwann aufblicken und sie am Meer sehen würde. Dann würde ich zu ihr laufen, aber plötzlich würde ich Angst kriegen. Ich habe mir diese schreckliche Leere vorgestellt, die bei uns zu Hause herrscht. Die Vorstellung, dass sie sich umdreht, uns ansieht, und das wäre auch schon alles, weißt du.«

»Wie meinst du das?«

Brona verzog das Gesicht. Nur mit Mühe konnte sie diese Angst beschreiben.

»Es ist schwer zu erklären. Die Vorstellung, dass ich sie am Meer stehen sehe, zu ihr gehe, und sie ist tatsächlich da – das würde doch bedeuten, dass sie nicht mehr bei uns sein wollte, dass sie mit ihrer Familie gebrochen hat, dass sie einfach weggegangen ist. Und das hat mir solche Angst gemacht ...«

Becky hörte zu. Sie verstand, worauf Brona hinauswollte – wenn sie Bella gesehen hätten, dann nur durch Zufall und gegen Bellas Willen.

»Ich verstehe, was du meinst«, sagte sie.

Am nächsten Tag lag Becky am Strand auf ihrem Badetuch und sah Brona und Eleanor beim Tretbootfahren zu. Lachend fuhren die beiden Mädchen hinaus. Sie hatten sie gebeten mitzukommen, doch Becky hatte schmunzelnd gesagt: »Das ist mir zu anstrengend.«

Sie legte den Kopf wieder auf das Badetuch, streckte sich und dachte darüber nach, was Brona am Abend zuvor gesagt hatte. Manches empfand sie genauso, und Bronas Erwähnung der Leere hatte sie tief erschüttert. Wie gut sie diese Leere kannte! Sie war nur nie auf die Idee gekommen, dass es Brona genauso ging wie ihr.

Sie stützte sich auf die Ellbogen und hielt Ausschau nach ihrer Schwester und ihrer Cousine. Aber es waren inzwischen so viele Tretboote auf dem Meer, dass sie nicht erkennen konnte, in welchem die beiden saßen.

»Wo ist Onkel James?«, fragte sie ihre Tante, die neben ihr auf einer Liege lag und las.

»Er wollte Eis holen, glaube ich. Aber wenn er damit ankommt, ist es wahrscheinlich längst geschmolzen.« Tante Nancy vertiefte sich wieder in ihr Buch.

Becky richtete den Blick zum Meer und sah ein großgewachsenes Mädchen in einem knappen hellgrünen Bikini mit toller Figur und langem, blondem, lockigem Haar. Verblüfft starrte sie das Mädchen an, richtete sich auf und kniete sich hin, um besser zu erfassen, was sie sah.

Plötzlich schoss ihr der Gedanke durch den Kopf, dass das Mädchen weggehen und fort sein würde, wenn sie nicht sofort etwas unternahm. Sie stand auf, rief »Bella! Bella!« und lief aufs Meer zu.

Das Mädchen in dem hellgrünen Bikini stand breitbeinig da, ließ sich die Knöchel vom Wasser umspülen und blickte aufs Meer hinaus.

Becky lief ins Wasser, dass es nur so spritzte. »Bella«, sagte sie. Das Mädchen wandte sich zu ihr um.

Becky blieb erschrocken stehen. Von hinten hatte das Mädchen genau wie Bella ausgesehen, aber als sie jetzt neben der jungen Frau stand und ihr ins Gesicht blickte, war jede Ähnlichkeit verschwunden. Das Gesicht war breiter und flacher, und sie hatte braune Augen.

Ein paar Sekunden lang blieb Becky stehen und betrachtete

das Mädchen; dann wandte sie sich ab, murmelte »Entschuldigung« und kehrte zu ihrem Badetuch zurück.
Tante Nancy stand neben ihrer Liege und wartete auf sie. Sie warf ihr schweigend einen langen Blick zu.
»Ich dachte …«, sagte Becky.
»Ich auch. Genau dasselbe.«
Becky schüttelte den Kopf. Sie war zu erschüttert, um weiterzusprechen.
»Mir ging es wie dir«, sagte Nancy noch einmal. »Als du ihren Namen gerufen hast, habe ich hingesehen, und habe das Gleiche gedacht wie du …«
Beckys Kehle war wie zugeschnürt. Sie ließ sich auf das Badetuch fallen und schluchzte so, dass ihre Schultern zuckten.
Nancy ging neben ihr in die Hocke, legte ihr den Arm um die Schultern und wartete, bis sie wieder sprechen konnte.
»Ich war mir ganz sicher.« Becky versuchte zu schlucken, aber es ging nicht.
»Es ist so entsetzlich schwer, ich weiß«, sagte Nancy. »Ich weiß, wie es für mich und für James ist, aber für dich und Brona muss es tausendmal schlimmer sein.«
»Die vielen Fragen, auf die wir keine Antwort kriegen«, sagte Becky. »Diese Sinnlosigkeit …«
»Erzähl mir davon. Wenn ich dir Antworten geben kann, helfe ich gern.«
»Der Brief«, platzte es aus Becky heraus. »Du weißt doch, Mums Brief …«
In diesem Augenblick war das Tretboot am Strand gelandet,

und das Gespräch wurde durch die Rückkehr von Brona und Eleanor unterbrochen.
»Sie hat einfach zu viel Kraft«, jammerte Eleanor.
»Und du bist viel zu schwach«, entgegnete Brona lachend. »Zum Schluss sind wir nur noch im Kreis gefahren, weil sie so stark in die Pedale getreten ist.«
Onkel James kam mit einem ganzen Eis-Sortiment an, und sofort drehte sich das Gespräch um wesentlich banalere Themen.

Nachdem sie Siesta gehalten hatten und Eleanor, Brona und Onkel James zum Hotelpool gegangen waren, unternahm Tante Nancy mit Becky einen Einkaufsbummel. Danach setzten sie sich in eine Bar in der Nähe des Hotels.
»Espresso, zwei«, rief Tante Nancy dem Barmann zu und hielt zwei Finger in die Höhe, um sich verständlich zu machen.
»Warum die hier kein Englisch sprechen, ist mir ein Rätsel«, sagte sie zu Becky.
Darüber hatte sie den ganzen Urlaub hindurch gemeckert. Becky verkniff sich ein Grinsen und nickte dem Barmann zu, der freundlich blieb.
»Also«, sagte Nancy energisch. »Was ist damit?«
Becky tat verwundert, aber sie wusste genau, worauf ihre Tante anspielte.
Nancy half nach. »Mit dem Brief deiner Mutter.«
»Ach so, das …«
»Ja, dieser Brief.«

Und mit einem Schlag war es klar. In einer Bar in Livorno, an der Westküste Italiens, war Becky sich plötzlich sicher, dass sie eine Antwort erhalten würde, und sie bekam Angst. Sie wusste nicht mehr, was sie sagen sollte. Sie wusste nicht, welche Fragen sie stellen sollte. Von einer Sekunde auf die andere war sie zu einer sehr verletzbaren Sechzehnjährigen geworden, die auf erwachsen machte, indem sie vor sich auf dem Tisch einen Espresso hatte und in einer Wohnung am Sutherland Square einen Liebhaber.

Das ist aber auch schon das einzige Erwachsene an mir, dachte sie.

Nancy betrachtete Beckys Gesicht und sagte sanft: »Willst du über den Brief reden?«

»Ich weiß nicht, was ich sagen soll.«

»Dann fangen wir doch einfach mal mit der Frage an, ob du ihn gelesen hast.«

Becky nickte.

»Ganz?«

Wieder nickte Becky.

»Weißt du noch, was drin stand?«

»Ja, natürlich. Wie könnte ich das je vergessen!«

»Wir haben geglaubt, du würdest dich nicht mehr daran erinnern. Wir dachten, entweder hättest du den Brief nicht richtig gelesen oder nicht richtig verstanden oder die Erinnerung daran wäre ausgelöscht wegen dem, was unmittelbar darauf passiert ist«, sagte Nancy vorsichtig.

»Nein, ich habe ihn gelesen. Es war ein Abschiedsbrief von meiner Mutter, in dem sie mir … die Schuld gab, sozusagen.«

»Nein«, widersprach Nancy. »Ich finde überhaupt nicht, dass sie dir die Schuld gab. Ich glaube, sie hat sich selbst die Schuld gegeben.«
»In ihren Augen war ich eine Sünde.«
»Nein, du warst ein Kind der Liebe für sie, das Resultat einer Handlung, die sie nicht hätte begehen sollen.«
Es klang wie gut geprobt. Becky wurde klar, dass ihre Tante auf dieses Gespräch gewartet hatte.
»Ich bin also nicht die Tochter von Dad?«, fragte sie.
Und während sie die Frage stellte, spürte sie, dass sie tief im Herzen die ganze Zeit gehofft hatte, es wäre alles nur ein schrecklicher Irrtum. Sie heftete den Blick auf die Kaffeetasse und den sämigen schwarzen Kaffee mit dem schmalen gelblichen Schaumrand.
»Sie hat dich geliebt, Becky. Sie hat euch alle geliebt. Als Bella verschwand, stürzten wohl alle Ängste, die eine Mutter haben kann, auf sie ein, und deshalb …«
»Weißt du, wer mein wirklicher Vater ist?«
»Ja. Aber bevor wir weiter darüber reden, sollst du erfahren, dass er warten wollte, bis du die Frage stellst, bis du dazu bereit bist.«
»Er weiß es? Und Dad, weiß Dad es auch?«
»Beide wissen es.«

Brona lag neben Eleanor am Pool und sah ihre Cousine an.
»Ist Becky dir heute Nachmittag auch irgendwie komisch vorgekommen?«
»Komisch?«

»Ja, irgendwie geistesabwesend. In sich gekehrt …« Brona machte sich Sorgen. Sie genoss die Nähe zu Becky, eine Nähe, die verschwand und wiederkehrte und die sie offenbar mehr brauchte als Becky.
»Ist mir nicht aufgefallen«, sagte Eleanor. »Wahrscheinlich war ich zu sehr hiermit beschäftigt.« Sie deutete auf das Geschichtsbuch, das sie gerade las. »Ich bin mir inzwischen ziemlich sicher, dass ich nächstes Jahr nach der Schule Geschichte studiere. Das ist für mich das Tollste, was in diesem Sommer passiert ist – dass ich jetzt weiß, was ich will. Weißt du schon, was du mal machen willst?«
Brona schüttelte den Kopf.
»Na ja, du hast noch drei Jahre vor dir. Du kannst dir Zeit lassen mit deinen Entscheidungen.«
Brona sah das etwas anders. Sie wollte keine Entscheidungen treffen. Eigentlich wollte sie überhaupt nicht nachdenken. Für sie war das Beste an diesem Urlaub die ständige Gemeinsamkeit, das Lachen beim Baden, die Mahlzeiten an der warmen Luft, das gemeinsame Quatschen im Mädchenzimmer, die große Distanz zur Stille in ihrem Haus in Dublin. Trotzdem bekam sie Heimweh, wenn sie nachzudenken begann; und deshalb versuchte sie möglichst gar nichts zu denken.
»Hast du noch keine Vorstellungen?«, hakte Eleanor nach.
»Ich will, glaube ich, einfach nur heiraten und Kinder kriegen.«
»Also, Kinder habe ich nicht geplant.«
Schweigend dachten beide darüber nach.
»Ach, wenn doch nur …«, sagte Brona, aber sie fand nicht

die richtigen Worte. Die Worte zu suchen, bedeutete die Gedanken zu denken, und sie wollte nicht über all das Verlorene nachdenken, das sie ersehnte.
Onkel James, der hinter ihnen in einem Liegestuhl saß und die *Herald Tribune* las, blätterte um und tat, als wäre er in seine Lektüre vertieft, während er in Wahrheit den Mädchen zuhörte.
»Was Becky wohl vorhat, wenn sie fertig ist?«, sagte Eleanor. »Sie ist so vielseitig begabt, dass man gar nicht vorhersehen kann, welche Richtung sie einschlagen wird.«
»Ich weiß es auch nicht«, erwiderte Brona. »Wir reden eigentlich nie über die Zukunft.« Als sie »Zukunft« sagte, sah sie das Wort wie einen Abgrund vor sich, und sie schauderte.

Becky war aufgewühlt. Beim Abendessen konnte sie sich auf nichts konzentrieren. Sie entschuldigte sich und ging allein ans Meer, blieb aber im Blickfeld der anderen, die an dem Restauranttisch im Freien sitzen geblieben waren.
Und jetzt?, fragte sie sich. Wir glauben unsere eigenen Träume zu spinnen und haben dabei letztlich gar nichts zu melden. Jemand ganz anderer spinnt unser Schicksal, und wir können nur hoffen. Hätte ich etwas Besseres für mich erhoffen können? Ja, natürlich. Mum und Dad und Bella und Brona und ich, das wäre besser gewesen. Und wenn Bella schon verschwinden und Mum sterben musste, wäre es das Nächstbeste gewesen, wenn ich Dads Tochter und Bronas richtige Schwester wäre. Ja, das wäre das Nächstbeste gewesen. Aber irgendwer da draußen hat diesen Teppich aus Be-

trug und Lügen und all den Kränkungen gewoben, die einem das Leben zufügt, damit die Bäume nicht in den Himmel wachsen. Und wir, was machen wir?
Sie betrachtete die kleinen Wellen, wie sie übereinander hinweg endlos an den Strand schwappten.
Wir machen das Beste draus, antwortete sie sich selbst. Jedenfalls sagt das Tante Nancy. Jeder hat sein Schicksal und macht das Beste daraus. Und mein richtiger Vater hätte ja auch ein schrecklicher Mensch sein können, der mir zuwider gewesen wäre. Aber er ist jemand, den ich mag, und das ist doch in Ordnung, oder?
Nun wurde von Italien aus telefoniert. James sprach mit John Dunville. Der telefonierte seinerseits, und Beckys Rückflugticket wurde umgebucht. Als die anderen von London nach Dublin weiterflogen, blieb sie in London. Es gab eine Menge nachzuholen.

»Du sagst es Brona, ja? Wenn ihr nach Dublin fliegt, sagst du es ihr!«, bat Becky ihre Tante.
»John sagt es ihr.«
»Irgendwer muss es ihr erklären, und ich kann nicht – jedenfalls jetzt noch nicht. Ich muss es erst mal selbst verarbeiten.«
»Keine Sorge, John sagt es ihr.«
»Ist er wütend?«, wollte Becky wissen.
»Nein«, sagte James, »er sorgt sich um dich. Du bist im Moment am wichtigsten.«
»Hat er es denn gewusst, Onkel James? Hat er es die ganze Zeit gewusst?«

»Darüber musst du mit ihm selbst reden«, erklärte ihr Onkel. »Das kann nur er dir sagen.«

»Wieso bleibt Becky in London?«, fragte Brona erstaunt, als man ihr von den geänderten Rückflugplänen erzählte.
»Diese eine Woche wird ihr guttun«, antwortete Tante Nancy.
»Ich will aber nicht allein nach Hause!«
»Du bist nicht allein, wir sind alle bei dir. Und wenn wir wieder in Dublin sind, kannst du gern bei uns wohnen, wenn du willst.«
»Ich kapiere das einfach nicht«, sagte Brona. Die Vorstellung, allein mit ihrem Vater in dem Haus in der Lansdowne Road zu sein, machte sie fassungslos.
»Es ist doch nur für ein paar Tage«, sagte Becky zu ihr. Doch ihre Schwester wirkte gedankenverloren, und Brona war nicht im Geringsten beruhigt.

Sie flogen nach London, und John Delaware holte Becky am Flughafen ab. Sie war schüchtern und verlegen, er freundlich, galant, witzig, genau so, wie sie ihn in Erinnerung gehabt hatte, genau so, wie er bei dem Spaziergang durchs Trinity College gewesen war.
»Ich habe mich nie für das Buch über das Trinity College bedankt«, sagte sie. »Es gefällt mir sehr gut, ich blättere oft darin.«
»Ich möchte, dass du dort studierst. Es ist eine schöne Vorstellung, dass meine Tochter eines Tages aufs Trinity geht.«
Es war geschehen. Es war ausgesprochen. Mit diesen beiden

Wörtern – »meine Tochter« – hatte er es zu einer anerkannten Tatsache gemacht.

Er wohnte in der Nähe des Sloane Square. Das Gästezimmer hatte er kurz zuvor – eigens für sie, wie er ihr zu verstehen gab – renovieren lassen. Es war hübsch eingerichtet, ein bisschen altmodisch, aber passend zum Rest der Wohnung. In der Diele und im Wohnzimmer hingen vorwiegend Porträts in schweren Goldrahmen, aber am auffälligsten fand sie das Foto eines Bombenflugzeugs, dessen Besatzung sich daneben postiert hatte, und ein silbernes Zigarettenetui, das auf einem Tischchen hinter dem Chesterfield-Sofa lag.

»Du hast mal erwähnt, dass du verheiratet warst«, sagte sie an diesem ersten Abend beim Essen.

»Ja, das stimmt. June und ich waren acht Jahre verheiratet. Dann gingen wir getrennte Wege. Ich habe zwei Söhne«, fügte er hinzu. »Deine Halbbrüder. Ich glaube, du wirst sie mögen.«

Becky war erstaunt. Damit hatte sie nicht gerechnet.

Zwei Brüder, dachte sie. Und ich habe immer geglaubt, ich hätte zwei Schwestern.

»Wusstest du, dass ich deine Tochter bin?«

»Erst als ich den Brief gesehen hatte … Ich habe ihn im Krankenwagen gelesen. Und dann im Krankenhaus … Weißt du noch? Du hast zu mir aufgeblickt, und von diesem Moment an war ich völlig sicher, dass du meine Tochter bist.«

Es fiel ihr wieder ein. Ganz klar sah sie diesen einen Moment jetzt vor sich – wie sie zu ihm hochblickte und dachte: Das sind meine Augen. Dann war der Moment tief in ihr

Unbewusstes gesunken, die schockierenden Ereignisse hatten ihn ausgelöscht.
»Ich weiß nicht, wie ich dich nennen soll«, sagte sie.
»Du kannst mich nennen, wie du willst. Ganz wie es dir beliebt, ganz wie du möchtest.«
»Wie nennen dich deine Söhne?«
Seine Söhne, Henry und Rupert, neunzehn beziehungsweise siebzehn Jahre alt, nannten ihn »Dad«.
»Dad kann ich dich, glaube ich, nicht nennen. So habe ich … So nenne ich … Du weißt schon …«
Noch ein Mensch mehr, für den sie keinen Namen hatte. Sie hatte keine Bezeichnung für Bellas Verschwinden und für den Tod ihrer Mutter, hatte keinen Namen für den Mann, von dem sie großgezogen worden war, und keinen für ihren biologischen Vater.
Er griff nach dem Zigarettenetui. Fasziniert betrachtete Becky den Einsatz aus Holz, in dessen Fächern schön geordnet Zigaretten verschiedener Sorten lagen.
»Wie viele Sorten sind das?«, fragte sie.
»Ach, nur ein paar. Deine Tante Nancy würde es bestimmt nicht gutheißen, dass ich dir eine anbiete«, sagte er, während er ihr das Etui reichte.
Becky schmunzelte.
»Nein, bestimmt nicht«, sagte sie und lehnte das Angebot ab.
»Du könntest mich John nennen.« Er nahm sich eine filterlose Zigarette.
»Es ist wunderschön«, sagte sie, den Blick auf das Etui gerichtet.

»Ein Geschenk meines Regiments«, erklärte er und zeigte ihr die eingravierten Unterschriften vieler seiner Kameraden.

Sie schlief erstaunlich gut in dieser Nacht, nachdem sie an den Geschmack des Portweins zurückgedacht hatte, den sie nach dem Abendessen getrunken hatte, und an die Fotoalben, die sie durchgegangen war. Sie hatte ihm zugehört, als er vom Krieg und von der Nachkriegszeit erzählte, und sie hatte ein klareres Bild von ihm gewonnen – das Bild eines Mannes, der das Erlernte nach dem Krieg genutzt hatte, um sich eine Karriere in der Luftfahrt aufzubauen.

»Betrachte das hier als deine zweite Wohnung«, sagte er.

Meine dritte Wohnung, dachte sie. Meine zweite ist die von Mr Jones am Sutherland Square.

Doch das behielt sie für sich.

Sie fragte sich, ob die Gefühle, die sie Mr Jones entgegenbrachte, denen ähnelten, die ihre Mutter einst für John gehegt haben musste. Es fiel ihr schwer, sich ihre Mutter als eine so leidenschaftliche Frau vorzustellen. Sie hätte gern danach gefragt, erkannte aber, dass sie es eigentlich gar nicht wissen wollte, weil sie sich vor der Antwort fürchtete.

Am nächsten Morgen frühstückten sie in einem nahe gelegenen Hotel. Auf dem Weg dorthin – sie hatte sich bei ihm untergehakt – fragte sie ihn zaghaft: »Hast du meine Mutter geliebt?«

»O ja«, antwortete er. »Ja, ich habe sie geliebt.«

Wieder in Dublin, schrieb sie in ihr Tagebuch:

Er hat meine Mutter geliebt, hatte sich aber in eine Situation manövriert, aus der er nicht mehr herauskam. Er sagte, ich sei ein Kind der Liebe und der Leidenschaft gewesen, was nicht jedes Kind von sich behaupten könne. Er bedauert, dass er nicht für mich da war, aber jetzt sei er da, wann immer ich ihn brauche. Das Nachhausekommen war schwierig – Dad gegenüberzutreten. Er ist so unnahbar. Ich glaube, er hat sich gefreut, mich zu sehen, aber man kann ja mit ihm nicht richtig reden; mit John dagegen schon.

Brona hatte Becky nicht vom Flughafen abgeholt und war bei ihrer Ankunft daheim nicht da. Als sie von Rhona zurückkam, sah sie Becky ständig an, wie um herauszufinden, ob sich irgendetwas verändert hatte. Becky wusste nicht, wie sie sich ihr gegenüber verhalten sollte. Alles war so schwierig.

Eigentlich wollte ich gar nicht nach Hause, schrieb sie. *Aber John sagte, es muss sein, ich müsse die Schule hier zu Ende machen, schließlich spiele sich mein Leben hier ab. Und dann gibt es hier ja auch noch Mr Jones. Aber von Mr Jones habe ich John nichts erzählt.*

Nachdem die von Rhona zurückgekehrte Brona gegen ein paar Möbelstücke getreten war und ein paar Türen zugeknallt hatte, erkannte Becky, die jede dieser Aktionen mit einer Grimasse kommentierte, dass sie etwas sagen musste.

»Hey, Brona.«
»Was gibt's?«
»Wenn du wegen irgendwas sauer bist, dann sei sauer – das macht mir nichts aus. Aber ich habe keine Lust, wieder ins Internat gesteckt zu werden. Also sieh zu, dass Dad nichts davon mitkriegt.«
Sie hörte sich »Dad« sagen. Und sie wusste, dass Brona es auch gehört und sehr wohl registriert hatte.
Brona erwiderte nichts, doch ihre Stimmung schien sich etwas zu bessern, und sie sah Becky zum ersten Mal seit deren Rückkehr in die Augen.
Ein paar Stunden später ging Brona auf ihre Schwester zu.
»Es tut mir leid.«
»Was tut dir leid?«
»Dass ich so mies drauf war, als du heimgekommen bist.«
»Ist schon in Ordnung«, erwiderte Becky. »Es ist nicht leicht, für keine von uns beiden. Aber ich finde nicht, dass sich deshalb irgendetwas zwischen uns ändern sollte. Wir hatten so tolle Ferien und haben uns so gut verstanden, wir zwei … Wir sind doch die einzigen beiden Menschen auf der Welt, die voneinander wissen, was sie durchgemacht haben.«
»Ich fand es so unerträglich, dass du nicht meine richtige Schwester bist.«
»Ich glaube schon, dass ich deine richtige Schwester bin.«
Brona lächelte sie strahlend an.
»Es war so schrecklich, so schrecklich, als Dad es mir erzählt hat. Zuerst dachte ich – nein, ich *wusste* es, ich war ganz, ganz sicher –, dass es ein Irrtum ist. Wie hätte das denn sein

können, dass du nicht meine richtige Schwester bist! Du warst doch mein ganzes Leben lang da.«

»Ich weiß.«

»In der Nacht habe ich geweint. Ich habe so geweint wie seit Mummys Tod nicht mehr. Als wäre jetzt alles verloren. Keiner war mehr da. Aber irgendwann ist mir der Gedanke gekommen, dass du immer noch meine Schwester bist, dass sich daran nichts geändert hat. Tante Nancy hat es auch gesagt. Sie hat gesagt, wenn du adoptiert gewesen und seit meiner Geburt dagewesen wärst, wärst du auch meine Schwester. Und das jetzt wäre dasselbe. Und wenn ich die Wahrheit erst mal akzeptiert hätte, würde ich erkennen, dass du etwas Beständiges in meinem Leben bist und sich nichts geändert hat.«

Becky lächelte.

»Tante Nancy ist schon unglaublich lebenstüchtig, was?«

»Mindestens so lebenstüchtig, wie wir zu wirken versuchen«, meinte Brona.

Sie lächelten.

Es war ein wehmütiges, trauriges Lächeln.

»Glückspilze sind wir nicht gerade …«, sagte Brona.

»Größere Glückspilze als die meisten anderen«, entgegnete Becky. »In der zweiten Hälfte des zwanzigsten Jahrhunderts in Westeuropa geboren – in einer Zeit und einer Region, in der es Narkosemittel gibt.«

»Das ist das Entscheidende für dich?«

»Narkose? Ja, klar. Ich bin nicht scharf auf Schmerzen.«

»Wie war das damals, als du die Badezimmertür aufgemacht hast?«

»Damals? Du meinst, an dem Tag, als Gott starb?«
Sie berührten sich an den Fingern. Keine sagte ein Wort.

Mr Jones kehrte aus England zurück, und Becky machte sich beklommen auf den Weg zu ihm. Sie hatte Angst, er könnte sich verändert haben, nachdem sich so vieles verändert hatte. Sie überlegte genau, was sie anziehen würde, und entschied sich für einen getupften Maxirock aus Baumwolle und ein weißes T-Shirt, das ihre gebräunte Haut zur Geltung brachte. Das dunkle Haar, das sie jetzt länger trug, fiel offen auf die Schulter. Sie wollten sich um vier Uhr am Sutherland Square treffen, so hatten sie es an jenem Sommernachmittag vor ihrem Abschied vereinbart. Sie war zu früh dort und zwang sich, einmal um den Platz herumzugehen, weil sie nicht dasitzen und auf ihn warten wollte. Auf dem Rückweg machte sie eine Abkürzung über den Rasen und sah ihn, als sie aus dem Gebüsch hervorkam, auf »ihrer« Bank sitzen. Er lümmelte mit lässig ausgestreckten Beinen auf der Bank, und ihr Herz tat einen Sprung und pochte vor Aufregung. Er war braun gebrannt. Sein Haar war heller geworden, und die kurzen Hemdsärmel gaben den Blick auf die goldenen Härchen an seinen Unterarmen frei. Er wirkte völlig entspannt. Sie fragte sich, wie er sie finden würde.
»Du siehst toll aus«, sagte er. »So braun und gesund – und erwachsener.«
Er trat einen Schritt zurück, um sie eingehend zu betrachten.
»Ja, du wirkst älter. Oder selbstbewusster?«

Sie hatte keine Ahnung, was sie darauf erwidern sollte. Sie fühlte sich tatsächlich anders, aber ob das am neu gewonnenen Selbstbewusstsein lag oder mit einer anderen Form von Sicherheit zusammenhing, die sie jetzt hatte, weil manche Fragen beantwortet waren, wusste sie nicht.

»Gehen wir zu Ihnen?«, fragte sie hoffnungsvoll.

»Du nimmst mir die Worte aus dem Mund. Komm!«

Er legte ihr den Arm um die Schulter.

»Gewachsen bist du ja auch!«, sagte er lächelnd.

»Jetzt muss ich beim Küssen den Hals nicht mehr so recken.«

»Ach, Küssen steht offenbar ganz oben auf der Tagesordnung …«

Allerdings.

Als sie auf seinem Knie saß und er ihren Rock hochschob, um ihre Beine zu betrachten, kamen ihre Schuhe mit den Plateausohlen zum Vorschein, die ihre plötzliche Größe erklärten.

»Die hat John mir in London gekauft.«

»Ich habe deinen Brief bekommen«, sagte Mr Jones. »Gestern, als ich zurückkam. Jetzt hast du zumindest schon mal eine Antwort. Das macht bestimmt vieles leichter.«

Becky erzählte ihm von London, von John Delaware und ihrer Rückkehr nach Dublin.

»Das Heimkommen war schwierig. Ich wollte … Ach, ich weiß nicht, was ich wollte. Ich glaube, ich wollte irgendwem alles erzählen, und dann habe ich dir geschrieben. Brona ist anders geworden. Alles ist anders geworden.«

»Und dein Vater?«

»Dad? Er ist an dem Abend, als ich heimkam, mit mir essen gegangen. Er ist kein großer Redner – nicht mehr. Ich habe ihn gefragt, ob er es gewusst hat. Ob er es die ganze Zeit gewusst hat, seit meiner Geburt.«
»Und?«
»Er hat nein gesagt.«

Am Abend nach ihrer Rückkehr aus London hatten Becky und John Dunville auf dem Heimweg vom Flughafen in einem Restaurant haltgemacht. Becky war zum ersten Mal allein geflogen – was sie später noch oft tun sollte –, und hatte den ganzen Flug hindurch aus dem winzigen Fenster gestarrt und gegrübelt, worüber »Dad« und sie wohl sprechen würden.
Beim Essen fragte sie ihn, ob er es gewusst habe.
»Nein«, sagte er.
Sie überlegte, ob er traurig geklungen hatte oder ob sie sich das nur eingebildet hatte.
»Aber«, sagte sie zögerlich, »du hast mich immer anders behandelt als die anderen.«
»Das glaube ich nicht. Inwiefern denn?«
»Zu mir warst du strenger.« Sie hob den Blick von der Speisekarte und sah ihn an.
»Das will ich nicht hoffen. Es lag nicht in meiner Absicht.«
»Ich hatte immer das Gefühl, nie genug tun zu können, nichts gut genug zu machen – nicht mal meine Zeugnisse. Du warst streng zu mir, obwohl sie gut waren.«
Sie wollte schon sagen »besser als die von Bella«, überlegte es sich aber im letzten Moment anders.

»Du warst die Intelligenteste«, entgegnete er. »Deshalb haben wir von dir auch mehr erwartet als von den beiden anderen.«

Aber ich war doch selbst schon so streng mit mir, dachte Becky. Da hättest du nicht auch noch streng sein müssen.

Sie sprach es nicht aus.

Wie soll man so etwas ausdrücken? Wenn er behauptet, er sei mit mir nicht strenger umgegangen als mit den beiden anderen, wie kann ich da widersprechen oder beweisen, dass es doch so war?

»Er hat mich aber strenger behandelt!«, sagte Becky zu Mr Jones. »Und deshalb weiß ich nicht, ob er wirklich die Wahrheit sagt … Mit der Behauptung, er habe nicht gewusst, dass ich nicht seine Tochter bin, meine ich.«

»Manchmal behandeln Eltern ihre Kinder einfach unterschiedlich«, erwiderte Mr Jones nachdenklich. »Sie tun das wahrscheinlich gar nicht mit Absicht. Aber vielleicht stimmt ja auch, was er gesagt hat, und er wollte, dass du alle deine Möglichkeiten ausschöpfst. Oder du bildest dir nur ein, dass er dich strenger behandelt hat.«

Becky dachte darüber nach. »Nein«, sagte sie schließlich, »er wollte immer das Beste aus mir herausholen. Ich glaube, das war es. Aber diese Einstellung mir gegenüber hat wehgetan.«

Mr Jones strich ihr übers Haar.

»Erzähl weiter.«

»Und dann hat er noch gesagt, ein Baby sei wie eine Zwiebel.«

»Wie eine Zwiebel? Eine Speisezwiebel?«

»Nein, nicht wie eine Speisezwiebel, wie eine Tulpenzwiebel oder so was. Wenn man sie bekommt, muss man sie hegen und pflegen, damit sie sich voll entfalten kann. Man weiß dann noch nicht viel über die Möglichkeiten des Kindes, hat er gesagt, aber man muss sich so sorgsam darum kümmern, als wäre es eine Blumenzwiebel. Und wenn man es richtig macht, wird die Blume ihre volle Größe erreichen und die Blüte hervorbringen, die in ihr angelegt war.«

Mr Jones betrachtete sie. Sie spürte seinen Blick auf sich ruhen, während sie ihm zu erklären versuchte, worauf sie hinauswollte.

»John hat dasselbe gesagt. John, mein richtiger Vater. Aber Dad sagt, ich hätte zwar Johns Gene, aber ich sei trotzdem ich. Genau wie Brona oder Bella. Jede von uns war eine Blumenzwiebel, die in die Obhut von ihm und Mum kam, und sie hätten ihr Möglichstes getan.«

Becky hielt inne. Sie dachte daran zurück, wie ihr Vater ausgesehen hatte, als er das alles sagte. Seine Worte hatten sie einerseits beruhigt, hatten sie ihrer Wurzeln versichert, ihrer Dunville-Wurzeln, als wäre sie von ihren Eltern adoptiert worden. Sie hatten sie großgezogen, und sie gehörte für immer zu ihnen. Aber diese Gedanken formten sich erst allmählich. Es würde lange dauern, bis sie alles klar sehen könnte.

»Hat er von Bella gesprochen?«, wollte Mr Jones wissen.

»Ja, im Zusammenhang mit der Blumenzwiebel. Es war das erste Mal, dass er von ihr gesprochen hat, seit … seit Mum … Sie wissen schon.«

»Was hat er noch gesagt?«
»Nicht viel. Er hat traurig geklungen. Aber das ist ja verständlich. Ist kein sehr lustiges Thema. John – Delaware, meine ich – hat zu mir gesagt, ich muss lieb zu mir selbst sein, aber einsehen, dass auch andere sehr viel verloren haben. Dad zum Beispiel hat genauso viel verloren wie ich, aber anderes: seine Frau und zwei Töchter.«
»Und als wessen Tochter fühlst du dich nun?«, fragte Mr Jones und liebkoste ihr Haar.
Becky lächelte.
»Ich weiß nicht. Das habe ich noch nicht herausgefunden.«
»Sprich weiter«, sagte Mr Jones. »Du machst das sehr gut.«
»Gib Wasser in den Kessel / Gleich geht's los! / Jetzt will ich dich hören«, flüsterte Becky.

Achtzehntes Kapitel

Es kam immer noch vor, dass Brona nachts zu Becky ins Bett kroch.

»Ich habe Angst«, sagte sie dann, und Becky machte ihr Platz, und sie schliefen Seite an Seite.

Manchmal spielte Becky mit dem Gedanken, sich spätnachts aus dem Haus zu schleichen, um mehr Zeit mit Mr Jones zu verbringen, doch dann fiel ihr jedes Mal ein, dass Bella sich aus dem Haus geschlichen hatte, um Hugo zu besuchen, und sie ließ es bleiben. In manchen Nächten schlief Brona tief und fest in ihrem Bett; dann überlegte Becky, ob sie nicht doch hinuntergehen und aus dem Fenster im Frühstückszimmer verschwinden sollte. Sie überlegte, ob sie, wenn sie es täte, vielleicht herausfinden würde, was mit Bella geschehen war, denn sie erkannte, wie sehr ihr eigenes Verhalten jetzt dem von Bella glich.

Bella hat ein Doppelleben geführt, und ich mache das jetzt auch, obwohl ich eigentlich ganz anders bin als sie. Es wäre einfach gewesen, sich hinauszuschleichen; sie fürchtete weniger den Zorn ihres Vaters, aber wenn sie sich vorstellte, dass Brona aufwachte und ihr Verschwinden bemerkte, dann machte ihr die Tatsache Angst, dass sie den beiden damit weiteres Leid zufügen würde. Sie haben schon genug gelitten, dachte sie. Keiner von uns verdient oder braucht noch mehr Schmerz.

In ihren letzten beiden Schuljahren störte es sie nicht mehr, dass sie keine richtige Freundin unter den Mitschülerinnen hatte. Sie war sehr isoliert in dieser Zeit, aber sie hatte in ihrer so gänzlich unsicheren Welt doch zu einer gewissen inneren Sicherheit gefunden.

John Delaware kam einmal im Monat nach Dublin und erhielt Unterkunft im Haus der Dunvilles in der Lansdowne Road.

Als er Becky dort zum ersten Mal abholte, bat Beckys Vater ihn herein.

Später im Hotel, als Becky und er zu Abend aßen, sagte sie: »Ich konnte mir nicht vorstellen, wie das sein würde, wenn ihr, Dad und du, euch begegnet – ob es peinlich sein würde oder so …«

Er tätschelte ihr väterlich die Hand.

»Dein Dad und ich sind immer Freunde geblieben. Das mag in Anbetracht der Beziehung zwischen Elizabeth und mir schwer verständlich sein, aber es ist so. Und nach Elizabeths Tod haben John und ich ihren Abschiedsbrief gelesen, in dem so viel erklärt wurde, dass wir einfach miteinander reden mussten. Dein Dad ist ein sehr kultivierter Mensch. Obwohl ihn das, was ihr – er und du und Brona – durchmachen musstet, am Boden zerstört hat, standen deine Interessen für ihn immer an vorderster Stelle. In dem Trimester, das Brona und du im Internat verbracht habt, haben wir regelmäßig miteinander gegessen, oft bei euch zu Hause. Mrs O'Doody hatte ganz viele Fasane tiefgefroren – die haben wir innerhalb von acht oder zehn Wochen nach und nach verspeist, guten Wein dazu getrunken und geredet.«

»Über mich?«

»Ja, über dich. Wir wussten nicht, ob du den Brief gelesen hattest – an dem Tag selbst hattest du zwar mal davon gesprochen, aber dann nie wieder etwas gesagt. Wir glaubten, du hättest ihn vergessen, und weil du damals mit so vielem fertig werden musstest, meinten wir alle, dass der richtige Zeitpunkt noch nicht gekommen war.«

»Wer ist ›wir alle‹?«

»Dein Dad, Nancy, James und ich.«

Becky dachte darüber nach. Es war eine merkwürdige Vorstellung, dass in jenem langen, kalten Internatswinter Menschen zusammengesessen und über sie gesprochen hatten. Aber es machte ihr kaum etwas aus, denn sie erkannte und spürte, dass diese Menschen wirklich ihr Bestes gewollt hatten. Schwer verständlich war für sie allerdings, dass niemand mit ihr geredet hatte. Mr Jones fiel ihr ein und das Lied, das sie über das Reden geschrieben hatte. »Du musst reden«, hatte er gesagt. »Wenn alle mehr geredet hätten, wäre das alles nicht passiert«, sagte sie.

»Das musst du mir erklären«, bat John Delaware sanft.

»Ach, ich weiß nicht«, sagte sie ausweichend. »Die vielen Dinge, über die in Familien nicht geredet wird, die ganze Heuchelei …«

Die Ferien waren zu Ende, die beiden Mädchen gingen wieder in die Schule, und das Trimester verlief ohne irgendwelche dramatischen Zwischenfälle.

»Was hast du denn?«, wollte Rhona Brophy von Brona wissen, die auf dem Boden lag, während Rhona auf dem Bett fläzte und halb über der Kante hing, um ihre Freundin sehen zu können.

»Mir graust vor Weihnachten«, sagte Brona. Sie war seit dem Sommer gewachsen und mittlerweile gut zehn Zentimeter größer als Becky.

»Was ist so schlimm an Weihnachten?«

»Weiß auch nicht.«

»Weißt du noch, letztes Jahr an Weihnachten – die Schokoanhänger?«, sagte Rhona und schlug sich sofort die Hand vor den Mund. »O Gott, entschuldige, Bro! Was rede ich denn da!«

Brona zuckte mit den Schultern.

Sie wusste, dass Rhona es nicht absichtlich gesagt hatte, und auch, dass es ihr ehrlich leidtat. Sie konnte nicht entscheiden, was sie besser fand. Anfangs hatten die Leute Rücksicht genommen, wussten von den schrecklichen Dingen, die den Dunvilles zugestoßen waren, und behielten sie im Bewusstsein, aber irgendwann vergaßen sie es, als glaubten sie, die Geschehnisse des letzten Januars wären einfach verschwunden. Brona merkte es in der Schule. Es war, als wären die Ereignisse für alle anderen Menschen abgeschlossen, und man könnte zur Tagesordnung übergehen.

»Ich habe Angst, dass Becky Weihnachten in London verbringen will«, platzte es schließlich beim Abendessen am Tisch der Brophys aus Brona heraus. Es geschah ganz unvermittelt, denn Rhonas Vater hatte gerade einen Versuch beschrieben, den er am Nachmittag bei einem Rugbyspiel gesehen hatte.

Mr Brophy legte ihr eine Hand auf die Schulter. «Wenn du davor Angst hast, sag es ihr einfach.«

»Ich kann nicht«, murmelte Brona mit schamrotem Gesicht. Sie hatte eigentlich gar nichts sagen wollen, aber plötzlich war ihr klar geworden, was sie so beunruhigte, und schon hatte sie es herausgesprudelt. Zum ersten Mal war es ihr gelungen, einen vollständigen Gedanken auszusprechen.

»Aber natürlich kannst du«, widersprach Mr Brophy. »Vielleicht kommt etwas ganz Unerwartetes dabei heraus – gut möglich, dass sie nicht weiß, wo sie Weihnachten verbringen soll, und wenn du es ihr sagst, hilft das vielleicht beiden.«

Weihnachten rückte bedrohlich näher. Brona schlich um Becky herum, ging oft in ihr Zimmer, wo Becky saß und lernte, warf sich aufs Bett und sah sie an.

Schließlich sagte Becky: »Was ist los? Was bedrückt dich?«

»Ich will nicht, dass du Weihnachten in England verbringst«, gestand Brona endlich.

Becky starrte sie an.

»Du fährst doch nicht nach England, oder?«, flehte Brona. »Du bleibst hier bei mir, ja?«

Tante Nancy und Onkel James hatten die beiden Mädchen zum Weihnachtsfest eingeladen, während John Delaware Becky angeboten hatte, zu ihm nach London zu kommen.

»Bitte flieg nicht hin«, sagte Brona, als Becky beharrlich schwieg.

»Ich fliege nicht hin«, sagte Becky nach einer Weile. »Ich bleibe bei dir und Dad, und zum Abendessen gehen wir zu den Fitzgeralds.«

»Jetzt wird alles gut, ja?«

»Wie meinst du das?«

»Dass alles gut wird mit uns. Dass wir jetzt in Sicherheit sind …«

Becky antwortete nicht gleich. Sie dachte daran, wie Brona nach dem letzten Weihnachtsfest begonnen hatte, sich ihr unterzuordnen und ihre Meinung zu allem und jedem zu erfragen. Als ob ihr Selbstvertrauen erschüttert wäre, dachte sie. Aber war das verwunderlich? Natürlich war es erschüttert, sie war ja erst vierzehn.

»Ja«, sagte sie. »Ja, wir sind jetzt in Sicherheit.«

Irgendwann hatten sie Worte gefunden, mit denen sie bestimmten Ereignissen einen Platz in ihrem Leben zuordnen konnten. *Letztes Jahr an Weihnachten* bedeutete das Ende ihrer Kindheit in der bis dahin existierenden Form. *Das Verschwinden* stand dafür, dass Bella aus dem Fenster im Frühstückszimmer gestiegen und nie wieder gesehen worden war. *Mummy, du weißt schon …* bezog sich auf den Tod der Mutter. *Mein erster Besuch in London* war das erste Treffen zwischen Becky und John Delaware, nachdem sie herausgefunden hatte, dass er ihr Vater war. Und *Als die Delawares da waren* bezeichnete den Dublin-Besuch von John und seinen beiden Söhnen an Silvester 1972.

»Wisst ihr eigentlich, dass ihr mit mir verwandt seid?«, sagte Brona zu Henry und Rupert Delaware im Wohnzimmer des Hauses in der Lansdowne Road.
Die beiden Jungen grinsten sie an.
»Genau dasselbe habe ich auf dem Weg hierher zu Henry gesagt«, erwiderte Rupert. Beide hatten dunkles Haar und braune Augen wie ihr Vater und wie Becky.
»Wenn Becky meine Halbschwester ist und ihr ihre Halbbrüder seid, dann seid ihr meine Viertelbrüder.«
Becky lächelte John an, der ihr zuzwinkerte. Sie hatte dem Treffen besorgt entgegengesehen, weil sie befürchtete, Brona könnte sich ausgeschlossen fühlen, aber Brona sah das offensichtlich völlig anders.
Sie fragte sich, ob John Delaware seine Söhne gezielt vorbereitet hatte.
»Ihr habt wirklich Glück«, fuhr Brona fort. »Becky ist schwer in Ordnung als Schwester.«
»Ein schöneres Kompliment lässt sich nicht denken«, sagte ihr Vater in die Runde.
James, Nancy und Eleanor Fitzgerald waren auch da. Eleanor, die einst gefunden hatte, Becky und sie sähen sich ähnlich, erkannte klar, wem Becky in Wirklichkeit glich. Henry und Rupert waren genauso feingliedrig wie sie und hatten dieselbe blasse Haut.

Sie machten Tagesausflüge, besichtigten die Stadt, gingen ins Kino und ins Theater. Und Brona kam immer mit.
»Danke, dass ich dabei sein durfte«, sagte sie zu Becky, als die Delawares nach England zurückgefahren waren.

»Du darfst immer dabei sein«, entgegnete Becky. »Schließlich sind wir eine Familie.«
Ihr war bewusst, dass sie, die sich im Haus der Dunvilles monatelang als Außenseiterin empfunden hatte, jetzt Brona in Bezug auf die Delawares beruhigte.

Becky absolvierte ihre letzten beiden Schuljahre »mit guter Beteiligung am Unterricht«, wie Mutter Immaculata regelmäßig in ihren Zeugnissen vermerkte, besuchte Mr Jones in seiner Souterrainwohnung mit dem sonnenbeschienenen Bett, und sorgte mit Hilfe von Mrs O'Doody und Brona dafür, dass der Haushalt in der Lansdowne Road reibungslos lief.
»I once was lost, but now am found«, so hieß es im Lied, und Becky spielte weiterhin Klavier und suchte nach passenden Akorden für die Balladen, die sie für Mr Jones verfasst hatte.
»Jetzt sind wir in Sicherheit«, hatte Brona gesagt. »Schlimmeres kann uns nicht passieren, oder?«
Becky versicherte es ihr immer wieder, ihr und sich selbst.

Die nächste Tragödie in ihrem Leben kam aus dem einzigen Bereich, den sie für unbedroht gehalten hatte.

Es geschah im Juni 1973. Sie hatte endlich ihren Schulabschluss. Brona, die eine Klasse unter ihr war, hatte sich offensichtlich gefangen, und allmählich schwand die Angst, die Becky um sie gehabt hatte. Sofort nach der letzten Prüfung packte Becky in der Schule all ihre Sachen zusammen und ging. Auch in den letzten Schuljahren hatte sie keine Freundschaften geknüpft. Sie hatte durchgehalten, indem sie lernte und Mr Jones »besuchte«. Sie wusste, dass sie gute Prüfungsergebnisse erzielt hatte, und jetzt war es ausgestanden. Mr Jones hatte sie zuletzt am vergangenen Wochenende gesehen. Sie hatten sich bei offenem Fenster, im Sonnenschein, auf seinem Bett geliebt.

Becky war jetzt achtzehneinhalb. Ziemlich alt für eine Schulabgängerin, aber da John Dunville unumstößliche Ansichten darüber besaß, wie lange seine Kinder die Schulbank drücken sollten, hatte er sie spät eingeschult und bis zum achtzehnten Lebensjahr in der Schule belassen, zumindest die, die nicht verschwunden waren.

Jetzt winkten das Trinity College und, wie Becky sich vorstellte, lange Nachmittage und Abende im Bett von Mr Jones in der Wohnung am Sutherland Square, unterbrochen von Bibliotheksbesuchen, Vorlesungen und einer ganz neuen Freiheit. Eleanor studierte in Cambridge Geschichte, während Becky, die zunächst mit dem Gedanken gespielt hatte, Architekturgeschichte zu belegen, sich von John Delawares silbernem Zigarettenetui und ihrer Begeisterung für Kunstwerke und Kunst im Allgemeinen dazu inspirieren ließ, Kunstgeschichte zu studieren. Aufgrund ihrer Prüfungsergebnisse hatte sie einen Studienplatz bekommen und sah der Zukunft zuversichtlich entgegen.

Das Federmäppchen in der Hand, eilte sie fast im Laufschritt durch die Sutherland Street. Sie fühlte sich unbeschwert; auf ihrem Gesicht lag ein Lächeln. Diesmal warf sie keinen Blick zurück, um zu überprüfen, ob sie von jemandem gesehen wurde. Das Ende der Schulzeit hatte sie frei gemacht. Am Geländer blieb sie stehen und blickte ins Souterrain hinunter. Weil die Fensterscheiben von der Sonne beschienen waren, konnte sie nicht durchsehen. In den vergangenen zwei Jahren hatte sie sich, seinen Anweisungen gemäß, der Wohnung stets vorsichtig genähert. Immer war nur er in der Wohnung gewesen, und sie hatte stets dafür gesorgt, dass niemand sie dabei beobachtete, wie sie hineinging. Sie öffnete das Gatter, lief die schmalen Steinstufen hinunter und nahm ihren Schlüssel aus dem Federmäppchen. Während sie aufsperrte, drückte sie auf den Klingelknopf.

Er war im Wohnzimmer. Irgendetwas war anders als sonst, das spürte sie sofort. Er umarmte sie wie immer und führte sie zum Tisch.

»Wie ist es gelaufen?« Er meinte die letzte Prüfung.

»Bestens. Was ist los?«

Es war wie an dem lang zurückliegenden Tag im Herbert Park, als er ihr mitteilte, dass er von St Martin's weggehen werde, und sie panische Angst bekam. Nur dass er diesmal aus Irland weggehen wollte.

»Aber warum denn?«, fragte sie und sah sich schon einen Studienplatz an einer britischen Uni suchen. Ihre Gedanken eilten weit voraus. John würde enttäuscht sein, dass sie nicht aufs Trinity ging. Aber sie tröstete sich mit der Vorstellung, dass es ihn wiederum freuen würde, sie näher bei sich zu haben, denn obwohl er in Dublin eine Wohnung hatte, kam er sehr selten. Sie hoffte nur, dass es nicht zu spät war, für das kommende Studienjahr einen Platz in England zu finden.

»Wir machen Schluss«, teilte ihr Mr Jones sanft mit. »Du musst jetzt unter Gleichaltrige, und die hast du am Trinity. Du willst dich doch nicht an einen alten Knacker wie mich binden.«

»Was soll das heißen? Ich kapiere überhaupt nichts!«

»Ich ziehe weg. Ich habe einen Job in England, und du wirst bald am Trinity studieren.«

Sie redete auf ihn ein, flehte ihn an, und dabei kam die Angst erst richtig in ihr hoch.

»Ich ertrage es nicht, dich zu verlieren!«

Wieder und wieder fragte sie ihn, warum.

Und er erklärte ihr wieder und wieder, dass für sie jetzt der Zeitpunkt gekommen sei, sich weiterzuentwickeln.

»Ich will mich aber nicht weiterentwickeln«, sagte sie. »Es ist so toll, dass ich mit der Schule fertig bin. Das habe ich durchgestanden, aber nur, weil wir zusammen waren, weil du mir geholfen hast, mich unterstützt hast, mich getragen hast. Ja, du hast mich wirklich durch die letzten zweieinhalb Jahre getragen. Wie kannst du jetzt Schluss machen?«

»Alles ist vergänglich. Wir müssen weiter.«

»Und was ist mit den Gefühlen, die wir füreinander empfinden? Zählen die gar nicht?«

Doch er sprach nur von Übergangsriten, von ihrer Jugend, von den Beziehungen, die sie jetzt zu Gleichaltrigen eingehen müsse.

»Ich will keine Beziehungen zu Gleichaltrigen. Ich will mit dir zusammen sein. Mit Mädchen meines Alters habe ich noch nie Beziehungen oder gar Freundschaften aufbauen können.«

»Jetzt wirst du es können«, gab er zurück. »In einer neuen Umgebung, in der du ganz von vorn und mit dem Selbstbewusstsein anfängst, das du inzwischen hast.«

Als sie in dieser Nacht allein im Bett lag, dachte sie über den Begriff »Übergangsritus« nach und fragte sich, ob es wirklich so etwas gewesen war. Ihr war es nie so erschienen. Für sie war es Liebe und Geborgenheit gewesen, Wärme und Leidenschaft in einer Welt, in der sie sich völlig verlassen gefühlt hatte.

Ich habe sowieso nie verstanden, warum er mit mir zusammen sein wollte, dachte sie, während sie sich unendlich traurig unter der Decke zusammenrollte und die Tränen fortwischte, die ihr unablässig die Wangen hinunterliefen. Sie wunderte sich über seine Gefühlskälte; nur so konnte sie es sehen, da sie nun erneut mit dem Gefühl des Verlassenwerdens konfrontiert war. Er hatte sie doch bisher nie gefühllos behandelt, so kannte sie ihn einfach nicht. Sie war am Boden zerstört, und sie konnte mit niemandem darüber sprechen, weil niemand wusste, was sie in den vergangenen zweieinhalb Jahren gemacht hatte. Sie fühlte sich völlig isoliert. Als sie sich klargemacht hatte, dass es wirklich aus war, dass er es ernst meinte, dass er tatsächlich weggehen würde und nicht die Absicht hatte, zurückzukommen oder sie mitzunehmen, fragte sie ihn, wie er seine Beziehung zu ihr gesehen habe.

»Ich war so eine Art Schutzengel für dich.«

»Aber Schutzengel verlassen ihre Schützlinge nicht«, wandte sie ein.

»Ich habe mich schlecht ausgedrückt. Meiner Meinung nach brauchen Mädchen nur bis zum achtzehnten Lebensjahr einen Schutzengel.«
»Das verstehe ich nicht.«
»Ich wollte immer nur dein Bestes. Das glaubst du mir doch, oder?«
Sie nickte.
»Dann musst du mir jetzt vertrauen. Daran hat sich nichts geändert. Ich tue es für dich.«
Es war vorbei, einfach so. In den früheren Situationen des Verlassenwerdens hatte sie gelernt, dass es Kräfte gibt, die so stark in eine bestimmte Richtung wirken, dass man nicht gegen sie ankämpfen kann. Manche Wendungen des Lebens sind unabänderlich.
Noch beim Abschied hegte sie die schwache Hoffnung, er würde es sich anders überlegen, würde ihr schreiben mit der Bitte, zu ihm zu kommen. Sie hoffte, dass ihre Beziehung mehr gewesen war als nur ein Übergangsritus, als den er sie bezeichnet hatte. Aber es kam nie ein Brief, und es kam nie ein Anruf. Der Kontakt brach völlig ab.

Zuerst war sie schockiert und traurig; dann empfand sie Wut darüber, dass er nicht verstand, was es für sie bedeutete, verlassen zu werden – wieder einmal.
Einen Teil des Sommers verbrachte sie bei den Delawares in London. Auf der Straße blickte sie aufmerksam umher, in der Hoffnung, dieses eine vertraute Gesicht zu entdecken, obwohl sie keine Ahnung hatte, in welchen Teil Englands er gezogen war.

Zumindest ist er irgendwo da draußen, er lebt und arbeitet, dachte sie. Es ist nicht so wie Bellas Verschwinden, das uns bis heute hoffen und doch ganz ohne Hoffnung sein lässt. Doch sie hoffte immer noch – monatelang hoffte sie auf ein Lebenszeichen von ihm, auf irgendetwas, das ihr zeigen würde, dass sie ihm noch etwas bedeutete. Sie riss sich zusammen und begann, einsam und innerlich leer, zu studieren. Von da an bewegten sich Brona und sie in zwei verschiedenen Welten. Brona besuchte noch die Schule und verbrachte ihre Freizeit am liebsten bei den Brophys oder zu Hause, während Becky sich im Trinity College aufhielt und in den Ferien nach London flog.

»Du lässt mich einfach zurück«, sagte Brona, die, mit ihrer Schuluniform bekleidet, in der Küche stand, während Becky das Geschirr abtrocknete.

»Nein«, entgegnete Becky. »Aber die Semesterferien dauern eben länger als die Schulferien.«

»Ich will aber nicht allein hier sein. Ständig fliegst du rüber, und ich muss dableiben.«

»Ach, Bro, du bist doch nicht allein. Dad ist da und Mrs O'Doody auch fast immer und …«

»Aber …« Brona rang nach Worten.

»Schau mal, was ich für dich habe«, sagte Becky lächelnd. Sie kramte in ihrer Handtasche und zog einen dünnen Umschlag hervor.

Brona griff danach, öffnete ihn und entnahm ihm Rückflugtickets nach London.

»Für mich?«

»Ja, für dich. In zwei Wochen bist du mit der Schule fertig

und kommst nach. Henry ist in Österreich, aber John hat gesagt, dass Rupert da ist. Du magst ihn doch, oder?«

Becky und Brona gingen getrennte Wege, aber sie blieben sich nah und halfen einander, so gut sie konnten. Manchmal spielte Becky mit dem Gedanken, Brona zu erzählen, was ihr geschehen war, sich ihr anzuvertrauen und um Hilfe zu bitten. Aber sie ließ es jedes Mal bleiben. Brona war jünger als sie, war selbst sehr verletzlich, und die Mitteilung, dass Becky in den zurückliegenden quälenden Jahren eine Affäre mit Mr Jones gehabt hatte, hätte sie möglicherweise ungemein gekränkt. Und Becky liebte sie zu sehr, als dass sie ihr weiteren Schmerz zufügen wollte.

Das Lächeln, mit dem Brona die Tickets entgegennahm, war schon mehr, als Becky erhofft hatte. Sie konnte nichts weiter tun, als das Band, das zwischen den Schwestern existierte, so gut es ging zu bewahren. Sie hatte Mr Jones versprochen, ihrer Schwester beizustehen, so wie er ihr beigestanden hatte.

Und dann hat er mich verlassen, dachte sie, und die Traurigkeit, die genauso intensiv war wie die Liebe, die sie für ihn empfand, brach wieder über sie herein. Brona werde ich so etwas nie antun.

Neunzehntes Kapitel

Ein ums andere Jahr brachten Becky und Brona hinter sich, immer innerhalb der Strukturen verbleibend, die ihnen genug Sicherheit gaben, ihren Lebensweg fortzusetzen. Die Ferien verbrachten sie mit den Fitzgeralds und den Delawares, und dann berührten sie einander manchmal mit den Fingerspitzen, so wie einst in Bewleys in der Grafton Street an jenem kalten, grauenhaften Dienstag im Januar 1971. Die Teenager wuchsen zu Frauen heran. Brona heiratete und bekam zwei Kinder. Becky bildete sich kontinuierlich weiter, gründete aber keine Familie. Sie arbeitete für diverse Auktionshäuser, widmete sich zeitlos schönen Kunstwerken, die, bei pfleglicher Behandlung, ewig Bestand haben würden. Sie entdeckte für sich die Lyrik neu, die in ihrer Kindheit eine so große Rolle gespielt hatte.

Die Zeit zersticht der Jugend grüne Flur,
Gräbt Linien in die Stirn, wo Schönheit lag

Menschen altern, verfallen und sterben, dachte Becky, während silberne Zigarettenetuis die eigene Geschichte in sich trugen. Sie konnten einem nicht weh tun. Über Kunstgegenstände konnte man objektiv oder aber mit Leidenschaft sprechen. Jedes dieser Objekte ließ sich katalogisieren und beschreiben, und sein Weg durch die Welt zwischen Kauf und Verkauf ließ sich zurückverfolgen. Die Gemälde, die sie sich ansah, klassische Werke in irgendeinem Museum, konnte man zu anderen Ausstellungen transportieren und dann wieder zurückgeben. Sie waren auffindbar, aufspürbar, sichtbar, und ihre Schönheit war in Beckys Augen unveränderlich.

Die Zeit verging. Dann kam das Jahr, in dem Becky und Brona beschlossen, gemeinsam Urlaub zu machen.

In der Schlange vor den Uffizien in Florenz überflog Becky noch einmal die Liste der Gemälde, die sie unbedingt sehen wollte. Brona beobachtete sie dabei. Die Liste enthielt auch die Nummern der Räume, in denen die Bilder jeweils hingen. Becky war schon oft in den Uffizien gewesen und wollte Brona ganz bestimmte Gemälde zeigen.

»Warum sind wir eigentlich nie zusammen weggefahren, nur du und ich?«, fragte Brona.

»Du wolltest nicht. Ich hatte es schon einige Male vorgeschlagen, aber du wolltest nie.«

»Die Kinder …«, sagte Brona. »Wahrscheinlich wegen der Kinder.«

»Und diesmal? Was war diesmal anders?«

»Weißt du das nicht?«

»Nicht genau«, sagte Becky. »Ich hatte ja nie ein Kind – ich weiß es nicht genau.«

»Sie sind jetzt älter, als Bella damals war – ich habe sie großgekriegt. Rupert hat mich darauf aufmerksam gemacht. All die Ängste, die ganze Teenagerzeit hindurch – nie genau zu wissen, was sie machen … Wie Bella, du weißt schon.«

Ja, Becky wusste es. Sie verstand. Sie wusste auch, dass ihre Entscheidung, keine Kinder zu bekommen, auf dieser Angst basierte. Angst vor Dingen, die sie nicht benennen konnte, Dingen, die sich in Nebelnächten irgendwo dort draußen abspielten, vor offen gelassenen Fenstern.

»Du hast Glück mit deinem Rupert«, sagte sie.

»Ja, ich weiß. Er versteht das alles.«

Na klar, dachte Becky. Schließlich habe ich ihm ja alles erzählt.

»Bist du wirklich nie einem Mann begegnet, den du gern geheiratet hättest?«, platzte Brona heraus.

»Nein, eigentlich nicht.«

Sie dachten an die diversen Freunde, die Becky von Zeit zu Zeit gehabt hatte. Kurzlebige Beziehungen. Genau das mochte sie.

»Meine Arbeit hat mich immer ganz in Anspruch genommen«, sagte Becky.

»Das ist nur ein Vorwand.«

»Ich weiß.«

Sie schwiegen eine Zeitlang, während sich die Menschenschlange ein Stück vorwärts bewegte.

»Mir ist gerade klargeworden, warum du Rupert geheiratet hast«, sagte Becky zu ihrer Schwester. »Damit wolltest du uns beide miteinander verbinden, stimmt's?«

»Ich habe mich in ihn verliebt«, entgegnete Brona und fügte nach einer kurzen Pause hinzu: »Nein, wahrscheinlich hast du recht. Darüber habe ich eigentlich nie nachgedacht. Ich wollte eine glückliche Familie, und die Ehe mit deinem Halbbruder brachte uns alle irgendwie zusammen. Und ich liebe ihn ja wirklich. Ich habe ihn von Anfang an geliebt. Wir sind sehr glücklich miteinander.«

»Und so wurde ich nicht nur deine Halbschwester, sondern auch deine Schwägerin.«

Brona lachte. »Na ja, ich wollte eben unbedingt dafür sorgen, dass ich so oder so mit dir verwandt bin. Du bist mir immer so perfekt erschienen, während ich mir wie ein Schatten vorkam.«

»Du hast es toll gemacht«, versicherte Becky ihr. »Ganz toll.«

»Wirklich? Wirklich? Mir ist klar, dass ich deshalb so schnell wie möglich geheiratet habe, weil ich eine möglichst große Distanz zwischen mich und das Ende unserer Kindheit bringen wollte. Und wahrscheinlich ist mir dadurch einiges entgangen.«

»Dafür hast du anderes bekommen«, sagte Becky. »Ist doch so. Schau mal, was du alles hast – einen Mann, der dich über alles liebt, zwei gesunde Kinder, ganz zu schweigen von einem Haufen angeheirateter Verwandtschaft«, fügte sie lachend hinzu.

»Ich dagegen«, fuhr sie fort, »hatte seinerzeit die Absicht, mich auf die Suche nach Hugo Mombay Humphries zu machen. Ich dachte, das Zusammensein mit ihm würde die Vergangenheit irgendwie neu erschaffen.«

»Ernsthaft?« Brona zeigte sich erstaunt. »Ich wusste gar nicht, dass es dir so ging. Du hast immer so kontrolliert gewirkt, so konzentriert und entschlossen, als alles zusammenbrach.«

»Dazu gibt es eine Geschichte«, sagte Becky mit Blick auf Mr Jones. Sie spielte mit dem Gedanken, Brona davon zu erzählen, doch obwohl sie einander gerade so viel Vertrauliches mitteilten, schien es ihr nicht der richtige Zeitpunkt zu sein.

»Eine Geschichte?«

»Ach, nichts Besonderes«, sagte Becky. »Es hat eigentlich nur damit zu tun, dass ich nicht zu Rande kam und nicht weiterwusste und versuchte, Boden unter die Füße zu kriegen.«

»Nach außen hin hast du toll gewirkt«, versicherte ihr Brona. »Ich habe dich maßlos bewundert. Und erst recht, als ich dann ein bisschen älter war und das Ganze aus deiner Perspektive betrachtete. Wir haben so viel verloren, was?«

Becky stimmte ihr leise zu und ließ ihre Gedanken in die Vergangenheit zurückkehren.

So viel verloren? Mein Gott, du hast ja keine Ahnung. Im Grunde lebten wir in völligem Schweigen. Für die Außenwelt waren wir eine vollkommen zufriedene, glückliche Familie – eine Mutter, ein Vater und drei kleine Mädchen. Und in Wahrheit? Wahrscheinlich waren wir nicht anders als die meisten Familien. Wir lebten und akzeptierten unser Schicksal – was blieb uns übrig? Aber Mum und Dad glaubten, sie hätten uns im Griff, könnten unser Verhalten und unsere Handlungsweise kontrollieren. In Wahrheit war es eine Art Verschwörung des Schweigens. Da glaubt man zu reden und sich alles mitzuteilen, aber wer hat es in Wahrheit getan? Ich und Mr Jones, Bella und ihr Doppelleben, Mum und John Delaware … Wir alle führten ein Leben an der Oberfläche, und darunter brodelten die Wahrheit und die Wirklichkeit, bis das Ganze eines Tages in die Luft flog …

»Nein«, sagte sie, als sie das Museum betraten, »wir fangen bei Botticelli an, und dann möchte ich dir ein Werk von Filippo Lippi zeigen, damit du die Gesichter der Engel vergleichen kannst.«

Brona musste lächeln. Sosehr sie Beckys Enthusiasmus bewunderte, fand sie ihn doch auch belustigend.

Vor der *Primavera* warf Brona Becky einen Blick zu. »Erinnern dich die drei Grazien an irgendwen?«

Becky schüttelte den Kopf. »Nein, eigentlich nicht. Warum?«

»An dich und mich und Bella vielleicht?«

Beckys Interesse war geweckt. Sie betrachtete das Bild noch einmal. »Welche bist du? Und welche bin ich? Nein, ich kann da keinen Zusammenhang erkennen.«

»Sollte auch nur ein Witz sein. Die vielen Engel, die wir gesehen haben, diese vielen schönen Gesichter … Also, ich glaube, der Cupido gefällt mir am besten, mit seinem Pfeil und Bogen und dem Unfug, den er sichtlich vorhat. Aber die Grazien haben mich an uns erinnert, ich weiß auch nicht, warum.«

»Ich auch nicht«, sagte Becky fast verächtlich. »Du und ich vielleicht. Aber mit Bella haben wir nie harmonisch zusammengelebt.«

Ihr Blick wanderte zur rechten Bildhälfte. Aber das – das zieht mich immer wieder hierher, dachte sie und betrachtete den Windgott Zephyros, der sich einen Weg in das Gemälde bahnte auf der Jagd nach der Nymphe Chloris, hinter der, in den Vordergrund drängend, Flora die Blumen des Frühlings verstreute. Zephyrs Hände griffen nach der schönen Nymphe, und wie immer hatte Becky das Gefühl, als würde Chloris im nächsten Moment von ihm aus dem Bild gerissen werden und für immer verschwinden.

Sie versuchte Chloris' Miene zu deuten. Hatte sie Angst? Hatte sie den Gott verführt und ihr Schicksal somit selbst verschuldet?

»Flora gefällt mir«, sagte Brona. »Sie widmet sich so hingebungsvoll ihrer Arbeit.«

»Gleich zeige ich dir die Statue, die als Vorlage für sie gedient haben soll«, sagte Becky. »Sie heißt *Hore des Herbstes*. Du wirst staunen, wie sehr sie ihr in Haltung und bildlicher Darstellung ähnelt.«

»Du kennst dich so gut aus«, sagte Brona. »Darum beneide ich dich. Was du alles gelernt hast …«

»Nichts spricht dagegen, dass du jetzt noch aufs College gehst, schließlich sind die Kinder groß. Es würde dir guttun.« Becky hatte sich das schon oft gedacht.

»Ich weiß nicht«, sagte Brona ausweichend. »Ich werde daheim gebraucht …«

Becky bedrängte sie nicht, sondern hoffte nur, dass ihre Schwester die Idee irgendwann aufgreifen würde. Aber sicher war sie sich nicht.

Nachmittags am Hotelpool wandte sich Brona ihrer Schwester auf der Liege neben ihr zu. »Erinnerst du dich noch an diese Weihnachtsbaumanhänger – die in der Folie, die wir damals beim letzten Weihnachtsfest hatten? Die mit Nougat gefüllt waren, weißt du noch?«

Becky, die auf dem Rücken liegend in der Sonne briet, ging in Gedanken die Jahre zurück, um den Moment zu finden und festzuhalten.

»Nein. Wann soll das gewesen sein? Am Weihnachtstag?«

»Nein, es muss ungefähr eine Woche vor Weihnachten gewesen sein. Jede von uns hatte eine Freundin zum Abendessen eingeladen … Deine hieß Gabi von irgendwas. Erinnerst du dich?«

»Ja, das muss in dem Jahr gewesen sein. Ich habe sie nämlich nur einmal zum Abendessen eingeladen. Ja, genau, es war an diesen letzten Weihnachten, in den Ferien. Ein Samstag muss das gewesen sein. Wir mussten uns schön anziehen, erinnerst du dich?«

Brona lächelte.

»Mein Gott, war das immer peinlich, wenn wir unseren Freundinnen von den Abendessen erzählen mussten, und dann noch Mrs O'Doody, und bitte nicht in Hosen, wir sind Damen.«

Sie lachten.

»Und der Gong! Erinnerst du dich an den Gong?«, fuhr Brona fort. »Was aus dem wohl geworden ist? Hast du eine Ahnung?«

»Nein.« Becky drehte sich auf die Seite. »Ich könnte dir haargenau aufzählen, was in jedem Zimmer stand und wo sich jeder Gegenstand befand, aber was aus den Sachen wurde, weiß ich nicht.«

»Dad hat bei seinem Umzug einiges mitgenommen, den Rest haben wir verkauft«, sagte Brona. »Du warst damals wahrscheinlich gerade in London. Rupert wollte es so. Er meinte, wenn wir nach der Hochzeit in unserem alten Haus wohnen wollten, sollten wir es völlig neu einrichten, damit es wirklich unser Haus werden würde.«

»Du hast mich damals gefragt, ob ich etwas von den Sachen haben möchte, aber offensichtlich wollte ich nichts.«

»Und jetzt tut es dir leid, dass du nichts genommen hast?«

»Nein. Ich brauchte nichts. Aber ich glaube, ich war froh, dass du dort geblieben bist.«

Sie sahen sich an. Beide wussten genau, was die andere gerade dachte: dass Brona dort geblieben war für den Fall, dass Bella zurückkam.

Beide schwiegen eine Weile. Eine Eidechse kroch auf der Rinde des Baums hinter Beckys Liege umher. Sie beobachtete ihre Bewegungen, bewunderte ihre Trittsicherheit, fragte sich, wie sie mit der Hitze zurecht kam, obwohl sie wusste, dass sie in einem anderen Klima gar nicht leben konnte.

Schließlich kam sie wieder auf die Möbel im Haus zu sprechen. »Das ist so merkwürdig«, sagte sie gedehnt. »Alle diese Dinge sind einfach verschwunden und mit ihnen so viele Erinnerungen. Ist schon komisch. Ich erinnere mich an die Möbel und an die Menschen, und wir haben uns ja unendlich viel miteinander unterhalten, und alle diese Worte sind auch weg, sind einfach in die Zeit hineinverschwunden.«

»Mr Jones – erinnerst du dich an Mr Jones?«, fragte Brona. »Du erinnerst dich bestimmt an ihn. Er kam nach Weihnachten an die Schule – nach diesen letzten Weihnachten …«

»Ja, ich erinnere mich an ihn«, anwortete Becky. »Sehr gut sogar.«

»Er hat bei uns in der Klasse irgendwas von einem Physiker erzählt, der eine Wortgedächtnismaschine konstruieren wollte. Er sagte, wenn es ihm gelingen würde, könnte man Millionen historischer Fragen beantworten.«

»Das kapiere ich nicht. Wie funktionierte diese Maschine denn?«

»Sie wurde nie hergestellt. Es war wohl nur so eine Idee. Er sagte, normalerweise würden Fragen in Form von Worten beantwortet werden, und die wahrsten Worte seien die, die man zuerst ausspricht, während alle anderen nur wie Gerüchte seien …«

»So wie ›Stille Post‹? Da werden die Wörter auch immer länger und immer verzerrter?«

»Ja, genau. Jedenfalls sagte Mr Jones, dass man einiges rauskriegen würde, wenn diese Maschine je konstruiert werden würde und sie dann alle Worte, die jemals gesprochen wurden, sammeln würde. So könnte man dann Fragen in die Maschine eingeben und plötzlich etwas über Dinge erfahren, über die man sich schon immer den Kopf zerbrochen hat.«

»So was wie die Sache mit dem Nougat, von der du gerade gesprochen hast?«, fragte Becky.

»Nein.« Brona schüttelte den Kopf. »Die Sache mit dem

Nougat war mir immer klar. Ich habe etwas anderes gemeint.«

»Ja, ich weiß.« Becky legte sich wieder hin und schloss die Augen. Ihre Lippen umspielte ein Lächeln. Ja, jetzt erinnerte sie sich ganz deutlich an den Nougat.

Brona gab dem Gespräch eine neue Wendung. »Hättest du etwas geändert, wenn es möglich gewesen wäre?«

»Wie meinst du das?«

»Würdest du irgendwas anders machen?«

Da erinnerte sich Becky, während sie in Gedanken die Jahre zurückging, an den Kohlgeruch im Refektorium und daran, wie ein Mädchen mit großen Brüsten, deren Name ihr nicht mehr einfiel, sich über den Tisch beugte, um nach einem Krug Wasser zu greifen, und daran, wie sie von jemandem freundlich nach etwas gefragt wurde und ihr plötzlich bewusst war, dass sie anderen Menschen am Herzen lag, und wie ihre Cousine Eleanor mit ihren sanften Augen und dem glänzenden braunen Haar einmal erschrocken von dem Buch aufblickte, das sie gerade unter dem Tisch gelesen hatte.

»Anders machen? Wenn wir die Uhr zurückdrehen könnten, meinst du? Aber man kann nichts verändern. Ist doch alles irgendwie vorherbestimmt. Morgens sind wir aufgestanden und abends zu Bett gegangen, und dazwischen haben wir getan, was wir sollten. Na ja, du und ich jedenfalls. Bella war da wohl ein bisschen anders.«

»Aber wir haben doch gar nicht getan, was wir sollten!«, wandte Brona ein. »Es gab Regeln, die sollten wir befolgen. Und wir haben sie wahrscheinlich zum größten Teil auch befolgt, weil es vernünftige Richtlinien waren, mit deren Hilfe man vom frühen Morgen bis zur Schlafenszeit gut durch den Tag kam. Aber ich habe doch nicht alles getan, was ich hätte tun sollen. Was ich nicht mochte, habe ich im Schnelldurchgang erledigt oder umgangen. Du nicht?«

»Ich glaube nicht«, sagte Becky. »Ich war die Musterschülerin, bis Bella … Bis zu jener Woche … Bis zu jenem Montag …«

Fast täglich sprachen sie über ihre Erinnerungen. Sie besichtigten Florenz noch einmal, so wie damals mit den Fitzgeralds, jetzt aber mit dem Wissen der Erwachsenen. Am Nachmittag lagen sie am Pool, während die Italiener Siesta hielten. Sie schwammen und aßen und ließen sich von der Nachmittagssonne bescheinen, immer ein Buch neben sich, dessen Seiten aber nur selten umgeblättert wurden. Während sie in der Hitze brieten, kam der einen ein Gedanke, den sie sofort der anderen mitteilte. Das Wasser im Pool schwappte sanft gegen den Beckenrand, so wie Erinnerungen, die einander überlappen, auftauchen und wieder verschwinden.

»Weißt du noch, wie wir damals durch die Grafton Street gegangen sind – das muss der Dienstag gewesen sein. Du hattest dir gerade die Haare färben lassen. Erinnerst du dich?«

»Und ob!« Brona lächelte. »Du hast mir bei Bewleys Mary Cakes gekauft. Zwei Stück habe ich gekriegt. Ich glaube, seither habe ich nie wieder einen gegessen. Ob die noch hergestellt werden? Diese dicke Schokoladenglasur! Und du warst so lieb zu mir. Du warst der einzige verlässliche Mensch für mich, das weiß ich noch … Nein, eher so: Alles stürmte an mir vorbei, und ich konnte mich an nichts mehr halten – außer an dich.«

»Ich habe diesen Tag so klar vor Augen«, sagte Becky. »Du sagtest, für dich sei alles so unwirklich, und genau dasselbe hatte ich mir auch gedacht. Es muss ein sehr kalter Tag gewesen sein, weil die Leute Handschuhe und Schals trugen, aber ich spürte eigentlich gar nichts. Es war, als würden wir alles mechanisch tun, ohne zu wissen, warum – immer nur in der Hoffnung …«

»Ja«, sagte Brona, »immer in der Hoffnung …«

»Wir haben gelernt uns anzupassen, was?«

Sie betrachtete die Eidechse auf der Baumrinde.

»Ob die bei uns überleben würde?«, fragte sie sich laut. »Könnte sie sich anpassen? Ich glaube schon. Nur so kann man überleben. Man passt sich an oder man geht drauf.«

Brona, die auf ihrer Liege lag, Kopf und Oberkörper vom Sonnenschirm verdeckt, stimmte ihr nickend zu.

Als sie am Abend nebeneinander im Bus nach Fiesole saßen, wo sie sich eine Opernaufführung ansehen wollten, sagte Brona zu Becky: »Auf der Busfahrt nach Hause sind wir damals nebeneinandergesessen an dem Tag, als wir in die Stadt fuhren, weil ich zum Friseur musste. Daran erinnere ich mich. Ich glaube, es war das erste Mal, dass wir das freiwillig machten.«

»Sind wir auf der Hinfahrt nicht nebeneinandergesessen?«, fragte Becky.

»Ich weiß nicht. Ich kann mich nicht erinnern. Wahrscheinlich schon. Wir hatten ja solche Angst. Aber ich weiß es nicht mehr. Ich weiß nur noch, dass ich auf der Rückfahrt am Fenster saß und mich so sicher fühlte, weil dein Arm gegen meinen drückte. Ich habe dich gefragt, was die anderen in der Schule wohl gerade machen.«

»Und was habe ich gesagt?«

»Dass ein paar von den Nonnen wohl wegen Mr Jones ihre Berufung verlieren würden. Ich musste wahnsinnig lachen. Das war für mich das Lustigste, was ich je gehört hatte.«

»Ich empfand es als eine unglaubliche Erleichterung, dich so lachen zu hören – nachdem du mir erklärt hattest, worüber du so lachen musstest«, sagte Becky schmunzelnd. »Zuerst war ich ziemlich verwirrt. Ich hatte keine Ahnung, was so witzig sein sollte.«

»Aber dann bekam ich Schuldgefühle, weil doch Bella verschwunden war.«

»Ja, ich erinnere mich. Und die Vorstellung von Mummy und Dad, die daheim fast umkamen vor Sorge.«

»Haben sie dir auch zusätzliche Sachen gekauft?«, fragte Becky, als ihr plötzlich die Kleider einfielen, die sie bei Anne Marie gesehen hatte, und sie sich an die Eifersucht erinnerte, die sie damals Bella gegenüber empfand.

»Wer? Wie meinst du das?«

»Bella hatte bei Anne Marie O'Mahony ganz viele Kleider deponiert – teure Sachen –, und ich habe mich gefragt, ob Mum und Dad dir auch solche zusätzlichen Dinge gekauft haben.«

Brona sah sie erstaunt an.

»Wie kommst du denn darauf! Wir haben zwar beide das Gefühl, dass sie Bella bevorzugt haben, aber in dieser Hinsicht waren sie eigentlich immer gerecht. Gut, du hast die Sachen von Bella auftragen müssen und ich dann deine, aber im Großen und Ganzen hat jede von uns gleich viel bekommen. Was soll das heißen, dass Bella Kleider bei Anne Marie hatte?«

Becky runzelte die Stirn und sah Brona an.

»In Anne Maries Schrank waren ganz viele Kleider, die Bella gehörten. Ich weiß auch nicht … Ich habe seit Jahren nicht mehr daran gedacht. Anne Marie fragte mich noch, ob ich sie mit nach Hause nehmen wolle, aber ich dachte, besser nicht. Ich war damals wohl ziemlich durcheinander und sagte mir, dass es Mummy und Dad aufregen würde, wenn ich mit den Klamotten auftauche. Später habe ich Anne Marie gesagt, sie soll sie selbst tragen oder sie irgendwie entsorgen. Ich weiß nicht mehr genau.«

»Aber woher hatte Bella die Sachen?«

»Ich weiß nicht. Ich habe keine blasse Ahnung.«

»Was für Kleider waren das denn?«, fragte Brona nachdenklich.

»Ein kurzer Pelzmantel, mehrere Röcke und Oberteile und so ein kleiner schwarzer Fummel, wenn ich mich recht erinnere, und tolle Unterwäsche. Nach heutigen Maßstäben sicherlich mehrere tausend Pfund wert. Ich weiß noch, dass ich damals dachte, bestimmt mehrere hundert. Aber damals konnte ich die Preise von Kleidern noch nicht richtig abschätzen. Jedenfalls hatte ich den Eindruck, dass es teure Sachen waren.«

»Warum hast du niemandem davon erzählt?«, fragte Brona. »Mensch, vielleicht wäre das wichtig gewesen! Woher sie das Zeug hatte, womit sie es bezahlt hat und was sie damit gemacht hat … Wo um alles in der Welt konnte sie das denn anziehen?«

Becky seufzte.

»Sie hat es angezogen, wenn sie mit Anne Marie in Pubs und Nachtclubs ging, um Männer aufzugabeln. Zumindest habe ich mir das so zurechtgelegt. Aber wie sie es bezahlt hat, weiß ich auch nicht.«

»Vielleicht hat sie das Zeug verkauft, das sie in ihrem Zimmer angebaut hat.«

»Nein, das war bestimmt nur für den Eigenverbrauch bestimmt.«

»Warum erzählst du mir erst jetzt von den Kleidern?«, hakte Brona nach.

»Ich weiß auch nicht. Nein, falsch – du warst erst vierzehn, und ich dachte, es wäre bestimmt ein Schock für dich, zu erfahren, was Bella nachts so trieb.«

»Hast du es Dad erzählt?«

»Nein, niemandem. Ich dachte, wenn er ihr das Geld dafür gegeben hat, warum soll ich ihm dann sagen, dass ich es weiß? Es hätte doch nur eifersüchtig gewirkt oder so. Und wenn er nichts davon wusste, warum sollte ich seinen Kummer vergrößern? Was hätte er schon tun können? Er wusste ja bereits, dass Bella ein Doppelleben führte, dass sie auf Abwegen war – damals wurde ja nach und nach ein völlig anderes Leben enthüllt. Ich fand einfach, dass es besser war, nichts zu sagen. Und dann passierte das mit Mummy …«

Sie schwiegen eine Zeit lang. Brona versuchte das Gehörte zu verarbeiten. Dann sagte Becky: »Bella war knallhart.«
»Willensstark.«
Egoistisch, dachte Becky.
»Dad hätte strenger mit ihr sein sollen«, sagte sie.

In Fiesole tranken sie in einer Bar Kaffee und gingen dann zum Amphitheater, um sich die Oper anzusehen. Wieder kamen sie auf ihren Vater zu sprechen. Brona sagte: »Mein Gott, ich fand es so schrecklich im Internat.«
»Was hätte er anderes tun können? Danach, nachdem Mummy, du weißt schon ... Als uns ins Internat zu geben, meine ich. Er hat ja auch getrauert und sich in seiner Trauer verbarrikadiert, könnte ich mir vorstellen.«
»Wahrscheinlich hast du recht. Er war immer so unnahbar, findest du nicht? Kein Wunder, dass er noch verschlossener wurde.«
»Nicht gerade in gutem Kontakt zu seinen eigenen Gefühlen«, sagte Becky. »Aber wer ist das schon.«
»Kannst du dir vorstellen, wie das für ihn gewesen sein muss – Maler für die Wände im Bad kommen lassen, und der Teppichboden ... Kannst du dir das vorstellen?«
»Das hat Tante Nancy gemacht. Sie hat es mir einige Zeit später gesagt.«
Beide dachten schweigend daran zurück, wie Nancy und James sie durch diese Zeit geführt hatten.
Becky dachte daran, wie Nancy ihr persönlich geholfen hatte. Sie dachte an all die unbeantworteten Fragen, an die Angst, das Leid, daran, wie Nancy mit dem Grauen des

Badezimmers und dem blutroten Wasser in der Wanne fertiggeworden war, und schob die Erinnerung schaudernd von sich.

»Wir gehen jetzt besser rein und setzen uns auf unsere Plätze«, sagte Brona. »Alles in Ordnung mit dir?«
Becky nickte. Sie standen auf und überquerten, umringt von anderen Opernbesuchern, die Straße.
»Als wir klein waren«, sagte Brona, »hätte ich mir nicht vorstellen können, dass wir, du und ich, eines Tages zu so etwas Lust hätten.«
»Wozu?«
»Gemeinsam Urlaub zu machen, noch dazu hier. Kultur. Viel Zeit miteinander zu verbringen. All so was.«
Becky lächelte. Sie sah es genauso.
»Und da heißt es immer, die Kindheit sei die schönste Zeit im Leben.«
Brona lachte. »Kommt auf die Kindheit an.« Sie hakte sich bei Becky unter.
»Ich glaube, dass du deinen Kindern eine perfekte Kindheit geschenkt hast«, sagte Becky.
Jetzt sagt sich das leicht, dachte Brona. Damals war es mühsam. Die vielen Sorgen, die vielen Ängste. Nie zu wissen, was sie wirklich dachten, wirklich machten. Nachts aufzustehen, als sie noch Bellas waren, und nachzusehen, ob sie noch atmeten. Und später nachts aufzustehen und nachzusehen, ob die Fenster geschlossen und die Kinder wohlbehalten im Haus sind.
»Danke, Becky.«

»Wofür?«
»Dass du das gesagt hast. Ich habe getan, was ich konnte. Rupert und ich – wir haben getan, was wir konnten.«
Becky nickte. Auch ihre Eltern hatten getan, was sie konnten.

Ihre Plätze befanden sich am Ende einer Sitzreihe. Unter dem Abendhimmel nahm Puccinis Oper *Turandot* ihren Lauf. Becky und Brona lauschten gebannt. Als die Stimme des Tenors mit *Non piangere, Liù* in den nächtlichen Himmel schwebte, schossen Becky die Tränen in die Augen. Sie versuchte sie wegzublinzeln.
Nach dem zweiten Akt sagte Becky: »Wir haben Zeit für einen Drink, Bro. Hast du Lust?« Brona nickte. Während sie das Theater verließen, sprachen sie über die Rätsel, die Turandot gestellt hatte.
»Mein Lieblingsrätsel ist ›Was wird jede Nacht geboren und stirbt im Morgengrauen?‹«, sagte Brona.
»Ich glaube, weder du noch ich hätten die Lösung gewusst. Die Hoffnung wäre wohl kaum auf meiner Liste möglicher Antworten gewesen.«
»Also, ich hätte die Lösung gewusst«, erwiderte Brona. »In den ersten Tagen nach Bellas Verschwinden, bevor Mummy, du weißt schon … Da bin ich jede Nacht voller Hoffnung schlafen gegangen.«
»Wirklich?«, sagte Becky erstaunt.
Brona überlegte kurz. »Nein, eigentlich doch nicht. Aber wenn ich zu dir ins Bett kam, dann hatte ich jedes Mal Hoffnung. Dann habe ich immer tief und fest geschlafen

und beim Aufwachen darauf gewartet, dass du rausfindest … dass du nachsiehst … dass du in Erfahrung bringst …«

Sie gingen wieder in die Bar, setzten sich und tranken Weißwein.
»Bro«, sagte Becky, »würde es dir etwas ausmachen, wenn ich nicht gleich ins Theater zurückgehe …« Sie beendete den Satz nicht, doch Brona nickte. Sie wusste plötzlich instinktiv, dass Becky nicht mitansehen wollte, wie Liù sich im nächsten Akt mit dem Dolch umbrachte.
»Geh du zurück«, sagte Becky. »Entweder komme ich etwas später nach oder bleibe einfach hier sitzen. Macht es dir auch wirklich nichts aus?«
»Trink mein Glas leer, wenn du mit deinem Wein fertig bist«, sagte Brona. »Komm nach, wenn dir danach ist, und wenn nicht, bleib hier sitzen. Ich hole dich dann ab.«
Brona stand auf, strich ihren Rock glatt, beugte sich zu Becky hinunter und küsste sie auf die Wange. Dann machte sie sich auf den Weg.
Becky sah ihr nach und fühlte sich an Bella erinnert.
Wahrscheinlich würde ich sie nicht mehr erkennen, dachte sie, während Brona, die das schulterlange Haar mit den blonden Strähnchen hochgesteckt trug, auf ihren langen Beinen davoneilte.
Becky hob den Blick zur Spitze des Sonnenschirms über ihr. Alle Speichen trafen sich in diesem Punkt und hielten den Schirm aufrecht.
Wenn auch nur eine Speiche bräche, dachte sie, würde das

ganze Ding in sich zusammenfallen. Sie ließ den Blick über den Platz schweifen, den die vielen Menschen, Italiener und Touristen, in Richtung Theater überquerten.
Vielleicht ist Bella eine von ihnen. Eine dieser Frauen könnte sie sein, elegant gekleidet, mit einem eigenen Leben, völlig abgeschnitten von uns. Sie versuchte, Brona in der Menge auszumachen, aber ihre Schwester war schon verschwunden.

»Entschuldigung.« Die Stimme eines Mannes riss sie aus ihren Überlegungen. »Becky Dunville?«
Sie sah auf. Sie erkannte das Gesicht, obwohl sie es so viele Jahre nicht gesehen hatte.
»Mr O'Connor«, sagte sie überrascht. »Das stimmt doch, oder?«
»Conor. Conor O'Connor. Wie schön, Sie wiederzusehen! Ich habe Ihre Schwester und Sie schon vorhin entdeckt.«
»Und uns erkannt? Nach so langer Zeit?«
»Es war damals mein erster Fall. Ihre Familie vergesse ich bestimmt nie.«
Becky wies auf den Stuhl neben ihr.
»Bitte setzen Sie sich doch.«
Sie betrachtete ihn genau. Jetzt wurde ihr bewusst, dass der Kriminalbeamte damals noch ziemlich jung gewesen sein musste und sie, erst fünfzehn, nie auf den Gedanken gekommen war, sein Alter zu schätzen.
Er war damals für sie einfach ein Erwachsener. Aber er ist noch keine sechzig.

Er hatte zugenommen, und sein Haar war graumeliert, doch das Gesicht war unverkennbar dasselbe – ein gutgeschnittenes Gesicht, freundlich, mit lächelnden Augen.
Er setzte sich neben sie.
»Kann ich Ihnen etwas bestellen?«, fragte sie. »Ein Bier oder irgendetwas anderes?«
Er schüttelte den Kopf.
»Nein, im Augenblick nicht, danke. Ich möchte nicht lange stören.«
Sie machten Konversation – wie lange sind Sie schon hier? Wann fliegen Sie zurück? Gefällt es Ihnen?
Er war schon eine Woche länger als Becky und Brona in Italien und wollte am übernächsten Tag zurückfliegen, während Becky und Brona noch eine Woche vor sich hatten.
»Sind Sie allein hier?«, fragte Becky.
»Mit ein paar Freunden. Meine Ehe ist vor einiger Zeit in die Brüche gegangen, und ... Na ja, Sie wissen schon. Sind Sie, Brona und Sie, verheiratet?«
»Nur Brona – sie hat einen meiner Halbbrüder geheiratet. Ich weiß nicht, ob Sie sich erinnern ...« Es fiel ihr schwer, das Thema anzuschneiden.
»Ja, ich erinnere mich«, sagte Conor O'Connor. »Nichts, was mit diesem Fall und seinen traurigen Auswirkungen zu tun hat, werde ich je vergessen.«
Becky nickte. »Brona und Rupert haben zwei Kinder, einen Jungen und ein Mädchen, beide mittlerweile über zwanzig.«
»Ein schönes Alter, könnte ich mir vorstellen.«

»Älter als Bella damals war«, sagte Becky zustimmend.
Viel Ungesagtes lag in der Luft, aber Becky hatte das Gefühl, dass er verstand.
»Haben Sie Kinder?«
»Nein. Nein.«
Er brachte es nicht über sich, ihr zu sagen, dass er durch das entsetzliche Schicksal der Dunvilles kinderlos geblieben war; die Vorstellung war unerträglich, eines Morgens aufzuwachen und zu entdecken, dass eines seiner Kinder verschwunden war, und nie zu erfahren, warum und wie und wohin.
Becky trank einen Schluck Wein und machte eine Kopfbewegung zur Straße hin. »Brona sieht sich den letzten Akt an. Sollten Sie nicht besser auch zurückgehen?«
»Ich habe ihn schon mal gesehen. Letzte Woche, genauer gesagt. Ich glaube, ich bleibe lieber hier sitzen und unterhalte mich mit Ihnen. Warum sehen Sie ihn sich nicht an?«
»Tod durch den Dolch«, sagte Becky sarkastisch, zuckte kaum merklich mit den Schultern und verzog das Gesicht. »Erinnert mich an die Kehle meiner Mutter.«
»Also, wenn Sie wirklich nicht ins Theater zurückgehen, darf ich dann doch etwas mit Ihnen trinken?« Er winkte den Kellner herbei und bestellte Wein.

»Also, wie geht es Ihnen?«, fragte Conor O'Connor. »Wie hat Sie das Leben behandelt?«
»Es geht mir gut«, anwortete Becky, inspiriert von der vertraulichen Atmosphäre, die plötzlich am Tisch herrschte.

»Ich hatte ein schönes Leben, ein auf seine Art sehr erfülltes Leben. Geheiratet habe ich nicht, auch keine Kinder bekommen. Ich liebe meine Nichte und meinen Neffen – Bronas Kinder – und verbringe viel Zeit mit ihnen. Obwohl sie inzwischen praktisch erwachsen sind, haben wir immer noch eine gute Beziehung zueinander.«

»Dad ist gestorben, weißt du«, erzählte sie weiter und duzte ihn einfach. »Er hatte vor einigen Jahren einen schweren Schlaganfall. Es war besser so – er war doch immer ein so beschäftigter, aktiver Mensch. Es war schwer für uns, aber Brona und ich wussten beide, dass es so besser war.«

In ihrer Stimme schwangen Traurigkeit, aber auch Pragmatismus mit.

»Das tut mir leid«, sagte Conor. »Ich war damals nicht in Dublin und erfuhr erst nach meiner Rückkehr davon. Ich wollte euch schreiben, aber ich konnte mir nur schwer vorstellen, wie es euch damit ging.«

Becky nickte. »Und John – mein leiblicher Vater, John Delaware – ist einfach wunderbar«, fuhr sie fort. »Er hat zusätzlich zu seiner Wohnung in London ein Apartment in Dublin, so dass wir uns oft sehen.«

»Ja, ich erinnere mich an ihn. Ich habe ihn damals kennengelernt.«

Das Gespräch berührte die Vergangenheit, eine Zeit und einen Ort wie ein fremdes Land, aber zu Beckys Erstaunen hatte diese Vergangenheit auch ihm offenbar keine Ruhe gelassen.

Hin und wieder entstand eine Pause, in der sie die Situation einzuschätzen versuchten, sich fragten, wie viel bei einem

zufälligen Treffen während eines Sommerurlaubs gesagt werden konnte.
»Ich würde Brona und dich gern morgen Abend zum Essen einladen.«
»Sehr gern«, sagte Becky.
Sie unterhielten sich noch eine Weile über seinen Urlaub. Schließlich sagte er: »Ich gehe mir jetzt den Schluss ansehen. Ich liebe die Dramatik bei Puccini, ich möchte dahinschmelzen, wenn Prinzessin Turandot sagt, der Name des Fremden sei Liebe. Möchtest du wirklich nicht mitkommen?«
Becky schüttelte den Kopf. Sie wollte sitzen bleiben und nachdenken und sagte ihm das auch. »Nein, danke, wirklich nicht.«
»Dann sehen wir uns morgen. Ich hole euch um acht ab.«
Becky saß da und blickte in den Nachthimmel. Die Sterne funkelten in der Dunkelheit. Sie trank ihr Glas leer und wartete auf Brona. Sie dachte an Prinzessin Turandot und an die Art, wie Conor O'Connor von seiner Liebe zu Puccini gesprochen hatte, und lächelte, als ihr bewusst wurde, dass er sie überrascht hatte. Nicht nur mit seinem Auftauchen aus der Nacht, als er plötzlich an ihrem Tisch stand, sondern auch damit, wie sehr er in sich ruhte und wie wohl sie sich in seiner Gegenwart gefühlt hatte und wie interessant das Gespräch geworden war. Und ihr wurde bewusst, dass sie sich darauf freute, ihn wiederzusehen.

Am nächsten Tag übertrieb Brona es mit dem Sonnenbaden und ging früh ins Bett, während Becky sich für das Abendessen mit Conor schick machte.

Sie trafen sich im Hotelfoyer und fuhren mit dem Taxi ins Stadtzentrum. Nachdem sie ausgestiegen waren, hakte sie sich bei ihm unter, und sie gingen die wenigen Meter zu der Treppe, die vom Gehsteig zu dem Restaurant hinabführte, in dem er einen Tisch bestellt hatte. Sie setzten sich ins Freie, an einen der Tische hinter dem Lokal mit Blick auf eine belebte Piazza und die unablässig vorbeiströmenden Touristen. Die Dämmerung wurde von den weißen Glühbirnchen an der Holzpergola des Restaurants erhellt, und auf den Tischen flackerten in kleinen Glasschüsseln Kerzen.

»Schön ist es hier«, sagte Becky anerkennend. »Wir sind offenbar daran vorbeigegangen, ohne es zu bemerken, weil es so versteckt liegt.«

»Schade, dass Brona nicht da ist. Willst du mit ihr mal hierhergehen?«, fragte Conor.

»Ja, auf jeden Fall.«

Das Essen war köstlich, das Gespräch herzlich und stellenweise sehr intensiv.

Sie sprachen über alle Menschen, die mit »dem Fall«, wie Conor Bellas Verschwinden nannte, in Verbindung standen.

»Hugo Mombay Humphries wurde verhaftet«, erzählte er ihr. »In irgendeinem exotischen Land – Mosambik oder so. An die Einzelheiten erinnere ich mich nicht genau. Wegen Schmuggels.«

»Tante Nancy ist im Pflegeheim«, berichtete Becky. »Und meine Cousine Eleanor ist mit einem Deutschen verheiratet – einem Trapezkünstler.«

»Mit einem Trapezkünstler? Das ist aber ungewöhnlich.«

»Na ja, er ist eigentlich gar kein Trapezkünstler, aber Brona nennt ihn so. Er ist nämlich Diplomat und bewegt sich laut Brona auf einem schmalen Grat zwischen unglaublicher Rüpelhaftigkeit und aalglatter Diplomatie. Wie du bemerkt haben wirst, kann Brona ihn nicht besonders ausstehen, aber Eleanor und er sind glücklich, und nur das zählt. Zurzeit leben sie in Mittelamerika, aber nächstes Jahr wird er versetzt. Eleanor hat eine Teilzeitstelle an der Uni und forscht viel und sagt, es sei ihr egal, wohin sie als Nächstes ziehen. Sie hat sich überhaupt nicht verändert, ist nett geblieben, freundlich. Eine Intellektuelle. Vielleicht erinnerst du dich.«

»Und euer Onkel?«

»Onkel James geht es gut. Er ist stark gealtert, wie du dir denken kannst, aber es ist unglaublich lustig mit ihm. Brona und ich gehen wahnsinnig gern mit ihm aus und tun das ziemlich oft.«

Sie arbeiteten die ganze Liste ab, plazierten all die alten Figuren neu. Becky war erstaunt darüber, wie genau Conor sich an jeden Einzelnen erinnerte.

»Erinnerst du dich an die Brophys? Rhona Brophy war mit Brona befreundet. Sie war ihre beste Freundin. Ist es sogar immer noch.«

»Ja, ich erinnere mich. Ich habe die Familie beim Begräbnis kennengelernt.«

»Rhona hat geheiratet und drei Kinder bekommen. Sie ist wahnsinnig witzig. War sie schon als Kind. Ich glaube, ich war neidisch auf Brona, weil sie eine so gute Freundin hatte, und auf Bella, weil sie Anne Marie hatte. Erinnerst du dich an Anne Marie?«

»Aber sicher. Ein hoch aufgeschossenes Mädchen, ziemlich durchtrieben ...«

»Sie war nicht gerade eine große Hilfe, als bei uns alles zusammenbrach«, sagte Becky nachdenklich. »Ganz im Gegensatz zu den Brophys.«

»Ich glaube, sie war ziemlich verantwortungslos«, meinte Conor.

Bei dem Wort musste Becky an Lieutenant Calley denken. »Was wohl aus Lieutenant Calley geworden ist?«

»Calley – das My-Lai-Massaker? Meinst du den Calley«, fragte er, verblüfft von ihrem Gedankensprung.

»Ja. Über den habe ich im Lauf der Jahre immer wieder nachgedacht. Aber eine Zeit lang war ich von ihm und seinem Verhalten geradezu besessen.«

Conor betrachtete sie interessiert. »Warum denn? Worin bestand dieses Interesse? Wo ist der Zusammenhang?«

»Ich weiß nicht genau«, sagte Becky langsam. »Nachdem Mummy, du weißt schon ... bekamen wir einen Fernseher, und ich glaube, da lief gerade der Prozess. Jedenfalls las ich irgendwo, dass er gesagt hat, wenn My Lai der Welt zeigen würde, wie Krieg wirklich ist, würde ihn das sein Leben lang mit Stolz erfüllen.«

»Und?«

»Da gibt es kein ›und‹. Es hatte etwas mit Verantwortung zu tun. Irgendwer sagte mir, dass jeder Mensch für seine Taten selbst verantwortlich ist, und dann habe ich darüber nachgedacht. Er wurde schuldig gesprochen, weißt du noch? Zu lebenslanger Haft verurteilt, glaube ich. Ich habe mich nur gefragt, was aus ihm geworden ist.«

»Er wurde zu lebenslanger Haft mit Zwangsarbeit verurteilt«, bestätigte Conor. »Aber er saß nur etwa eineinhalb Jahre und wurde neunzehnhundertfünfundsiebzig oder so entlassen. Er arbeitet jetzt irgendwo in einem Juwelierladen. In Georgia, glaube ich.«

»Danke.«

»Wofür?« Conors Verblüfftheit war echt.

»Dafür, dass du mir für diese Geschichte ein Ende gegeben hast.«

Er sah sie eindringlich an. »Einen Abschluss?«

»Ja. Glaube ich zumindest.«

»Ich war dort. In My Lai. Ist schon einige Jahre her. In dem Dorf befindet sich ein Museum, in dem man die Namen der über fünfhundert Menschen lesen kann, die getötet wurden.«

Sie sah ihn verwundert an. »Warum bist du dorthin gefahren? Warum um alles in der Welt bist du dorthin?«

»Das ist ein merkwürdiger Zufall – ich war nämlich auch von Calley fasziniert. Er war erst einundzwanzig, man hatte ihm ein Gewehr und Macht gegeben … Ich kann nicht über ihn urteilen, ich war nicht dabei. Ich war nicht der mit der Knarre, mit der Möglichkeit, über Leben und Tod zu entscheiden. Aber es hat mich interessiert – und wohl auch schockiert.«

»Wir haben nur zwei Menschen verloren«, sagte Becky. »Dieses Dorf hat Hunderte …«

Sie sprach den Satz nicht zu Ende. Sie wollte nicht vergleichen. Trauer war Trauer, Verlust war Verlust. Mehr, als sich der Situation anzupassen und sich dreinzufinden, konnte man nicht tun. Der Unterschied ist wahrscheinlich der, dass sie wussten, was mit ihren Leuten geschehen war, dachte sie, und dass sie deshalb auch wussten, woran sie sich anpassen mussten.

»Ich wollte dich gestern etwas fragen«, sagte er zögerlich. Das gegenseitige Vertrauen erschien ihm jetzt groß genug, um das, was ihm so viel Kopfzerbrechen bereitet hatte, anzusprechen. »Und verzeih, falls die Frage indiskret sein sollte – das heißt, ich weiß, dass sie indiskret ist …«

»Frag nur!«, bat Becky ihn. Seine unvermittelt aufgekommene Zaghaftigkeit machte sie neugierig. »Nur zu!«

»Bei deiner Bemerkung, dass sich *Turandot* erdolcht, wusste ich nicht, was du damit sagen wolltest, als du von der Kehle deiner Mutter sprachst.«

Becky sah ihn an. Erst nach langem Schweigen fand sie die Worte.

»Ich meinte damit nur die Tatsache, dass meine Mutter sich in der Badewanne die Kehle aufgeschlitzt hat. Ich wollte plötzlich in der Oper diesen Tod nicht sehen, das ist alles.«

Conors Miene veränderte sich. Er wirkte zutiefst erschüttert. Er langte über den Tisch und ergriff Beckys Hände.

»Becky. Mein Gott, Becky …«

Sie saß da und starrte auf seine Pranken, die ihre kleinen Hände umfingen.

»Sieh mich an, Becky!«

Sie hob den Blick zu seinem Gesicht und erkannte die

Freundlichkeit und Fürsorge, die sie schon als Kind darin gesehen hatte.

»Deine Mutter hat sich nicht die Kehle aufgeschlitzt, Becky. Mein Gott, du Arme! Sie hat sich nicht die Kehle aufgeschlitzt.« Sein Tonfall gab das Grauen seiner Worte wieder. »Becky, Liebes, sie hat sich nicht die Kehle aufgeschlitzt.«

Becky starrte ihn an.

»Aber ich habe es doch ... Ich habe doch ihren Kopf gesehen und das Blut ...«

»Becky, es ist zwar unerheblich, weil sie so oder so tot ist, aber sie hat sich nicht die Kehle aufgeschlitzt. Sie hat sich die Pulsadern geöffnet.«

Er bestellte ihr einen Brandy und zwang sie, davon zu trinken.

»Ich weiß, dass es einerseits unerheblich ist«, sagte sie. »Aber in anderer Hinsicht ist es nicht unerheblich. Irgendwie erscheint es weniger schockierend, wenn sich jemand die Pulsadern öffnet, obwohl es natürlich genauso schockierend ist. Entschuldige, aber ich habe geglaubt, ich werde ohnmächtig.«

Es fiel ihr schwer, ihre Gedanken in Worte zu fassen.

»Schon gut«, sagte er sanft. »Ist ja gut. Das ist ein mehrfacher Schock für dich – nicht zuletzt, weil du dreißig Jahre lang geglaubt hast, sie wäre auf diese Art gestorben. Und manche Selbstmordarten sind in unserer Kultur und für unsere Psyche nun mal akzeptabler als andere ... Ich meine nicht akzeptabler ... Ich will damit, glaube ich, sagen, dass wir sie irgendwie eher akzeptieren können.«

Der Austausch von Informationen, der Prozess der allmählichen gegenseitigen Aufklärung brachte sie einander näher, zog Becky zu ihm hin und ließ die Hemmungen schwinden. Während sie sich mit Hilfe des Brandys nach und nach beruhigte, sprachen sie weiter über das, was geschehen war.

»Und ihr habt nie herausgefunden, von wem der zweite Brief stammt?«, fragte sie.

»Der O-Brief«, sagte er nachdenklich. »Nein. Dieses Rätsel haben wir nie gelöst.«

»Warum hast du ihn eben als O-Brief bezeichnet?«, fragte Becky und trank einen Schluck Rotwein.

»Den anderen nannten wir den H-Brief, und der war eben der O-Brief.«

»Aber du hättest ihn doch C-Brief nennen müssen«, sagte Becky irritiert.

Conor sah sie verwundert an.

»Das verstehe ich nicht. Der H-Brief war von Hugo Mombay Humphries. Wir sind immer davon ausgegangen, dass der O-Brief von jemandem stammt, dessen Name mit O beginnt.«

»Aber es war ein C«, sagte Becky.

»Was war ein C?«

Becky sah ihn verwirrt an.

»Der zweite Brief war mit dem Buchstaben C unterschrieben.«

»Nein, da irrst du dich. Es war ein O.«

»Also«, sagte sie halb lachend, »ich werde mich jetzt nicht beim Essen mit dir streiten – vor allem nicht, wenn du bezahlst –, aber es war ein C, Conor!«

Er dachte eine Weile nach.
»Hier werden wir die Sache nicht klären können«, meinte er schließlich. »Einer von uns beiden irrt sich. Wir überprüfen das, wenn wir wieder in Dublin sind.«
Becky stimmte ihm zu. Aber sie war erstaunt und auch ein bisschen verärgert – warum lag er in diesem einen Punkt falsch, obwohl er sich an alle anderen Einzelheiten so genau erinnern konnte? Ihrer Ansicht nach hätte er sich an etwas so Wichtiges wie den Brief besser erinnern müssen. Sie war sich vollkommen sicher, recht zu haben, und sah gleichzeitig, dass er ebenso überzeugt war, richtig zu liegen.
Aber in diesem Punkt irrte er sich.
»Ach«, sagte sie, »da fällt mir wieder ein, worüber Brona und ich gesprochen haben – gestern oder vorgestern. Soll ich es erzählen?«
Sie berichtete ihm von den Kleidern, die Anne Marie für Bella bei sich zu Hause aufbewahrt hatte.
»Brona meinte, es sei vielleicht wichtig. Weißt du, Mum und Dad sind mit Geld immer sehr sorgsam umgegangen. Und diese Kleidungsstücke waren teuer. Zumindest sind sie mir so in Erinnerung geblieben.«
»Anne Marie hat bei ihrer Befragung kein Wort davon gesagt.« Conor wirkte nachdenklich.
»Ich glaube nicht, dass sie die Sachen als wichtig einschätzte. Auf mich machte sie den Eindruck, als würde sie ehrlich glauben, dass unsere Eltern Bella das Geld dafür gegeben hatten.«
»Das ist wirklich interessant. Und du hast es nie irgendwem gegenüber erwähnt?«

»Nein. Ich hatte erst an jenem letzten Wochenende davon erfahren, und Mum und Dad waren so fertig, da dachte ich, es würde sie nur noch fertiger machen … Und dann kam der Montag, als Mummy, du weißt schon … Danach habe ich es völlig vergessen. Um Ostern herum hat mich Anne Marie dann noch einmal gefragt, was sie mit den Sachen tun soll. Ich habe ihr gesagt, sie soll sie verkaufen oder selbst behalten, es sei mir egal.«
»Ich verstehe.« Conor klang noch immer nachdenklich.
»Wichtig?«
»Möglicherweise.«

Sie beendeten das Essen und fuhren zu Beckys Hotel zurück, wo sie sich auf einen letzten Drink an die Bar setzten.
»Schade, dass ich euch nicht schon früher entdeckt habe«, sagte Conor. »Das war mit Abstand der schönste Abend meines gesamten Urlaubs. Vielleicht hast du ja Lust, noch mal mit mir auszugehen, wenn du wieder in Dublin bist?«
»Ja, gern.« Becky lächelte. »Mir hat es auch gefallen, obwohl wir so viel über die Vergangenheit gesprochen haben. Und du vergisst nicht, dir den Brief anzusehen, ja?«
»Das mache ich garantiert als Allererstes, wenn ich wieder zu Hause bin. Du hörst von mir«, sagte er und gab ihr einen Gutenachtkuss.

»Er ist wunderbar«, sagte Becky zu Brona.
»Er muss doch uralt sein.«
»Nein, überhaupt nicht! Vielleicht zehn, zwölf Jahre älter

als ich – jedenfalls nicht wesentlich mehr. Er sieht aus wie Sean Connery.«
»Fährst du jetzt auf ältere Männer ab?«, neckte Brona sie.
»Ich mochte ältere Männer schon immer.«
Sie dachte an Mr Jones, an blondes Haar und grau gesprenkelte Augen und daran, mit welch innerer Reife sie umgangen hatte, was ihr an der Universität begegnet war – junge Männer, die sie ausführen wollten, die sie küssten und befummelten und nichts von der aufregenden Beziehung wussten, die sie mit einem »älteren Mann« gehabt hatte.
Es hatte ihr jahrelang zu schaffen gemacht und sie beunruhigt. Sie war intelligent genug, um zu wissen, dass sie im Grunde etwas Unwirkliches gefunden hatte, das aber zum damaligen Zeitpunkt für sie sehr wirklich gewesen war. Er hatte sie durch den Alptraum und aus dem Alptraum hinausgeführt, auch wenn er sie dann verlassen hatte.
Und ständig war sie auf der Suche nach diesem Gefühl gewesen – nach der Sicherheit, der Geborgenheit, dem Trost. Manchmal glaubte sie, es gefunden zu haben, aber es entglitt ihr immer wieder.

»Erinnerst du dich an die beiden Briefe, die du gefunden und mir gegeben hast?«, fragte Becky Brona.
Brona erinnerte sich daran.
»Es war so schrecklich – ich hatte sie schon zwei Tage in meiner Tasche. Wir sind ja nicht in die Schule gegangen, weißt du noch? Wir sind in die Stadt gefahren, und ich habe mir wegen Mutter Immaculata eine neue Frisur machen lassen.«

»Hast du sie wirklich nicht gelesen, bevor du sie mir gegeben hast?«
»Nein.« Brona schüttelte den Kopf. »Ganz bestimmt nicht. Ich habe sie dir gegeben, gleich nachdem ich sie gefunden hatte. Ich hatte solche Angst.«
»Und du hast dir nie Gedanken darüber gemacht, was darin stehen könnte oder von wem sie sein könnten?«
»Ich weiß nicht.« Brona war sich nicht sicher. »Ich kam an dem Tag von der Schule nach Hause, und irgendwer – vielleicht Mr O'Connor – hat mich noch mal gefragt, ob Bella einen Freund oder mehrere Freunde hätte.«
»Du hast dir die Briefe nie angesehen?«
»Nein. Ich dachte, es wären Liebesbriefe, so wie alle darüber sprachen. Was stand denn nun drin?«
»Es ist ein bisschen mysteriös«, sagte Becky. »Der eine war ein eindeutig unanständiger Brief von jemandem, der mit dem Buchstaben H unterschrieben hatte und sich als Hugo herausstellte. Problematisch ist der andere – obwohl er damals ganz harmlos wirkte.«
Becky erzählte ihr, dass sie überzeugt war, dieser Brief wäre mit einem C unterschrieben, während Conor O'Connor den Buchstaben für ein O hielt.
»Aber sie haben nie rausgefunden, vom wem er ist, oder?«, sagte Brona.
»Nein. Es geht nur darum, dass ich im Recht zu sein glaube und er auch.«
»Das lässt sich doch nachprüfen«, sagte Brona pragmatisch. »Die werden die Akte ja wohl nicht vernichtet haben.«
»Nein, die Akte gibt es sicherlich noch. Aber es ist komisch.

Ich erinnere mich, dass ich Onkel James nach den Briefen fragte, und er sagte, ich solle mir keine Sorgen machen, es sei alles in Ordnung. Und ich wusste, dass die Erwachsenen wegen des Inhalts nicht mit uns darüber sprachen und sie uns nicht zeigten … Für die waren wir eben alle Kinder, auch noch nach Bellas Täuschungsmanövern. Oder vielleicht gerade deswegen. Die hatten ja keine Ahnung.«

Zwanzigstes Kapitel

Nach dem Rückflug aus Florenz umarmten sich Becky und Brona, erholt und getröstet, am Flughafen. Brona ging hinaus, um ihre Familie zu begrüßen. Becky blieb am Gepäckkarussell stehen. Sie wollte noch ein bisschen allein sein, bevor sie in ein Taxi stieg und zu ihrer Wohnung fuhr. Zu Hause angekommen, hörte sie als Erstes ihren Anrufbeantworter ab. Die Nachricht, auf die sie gewartet hatte, war da. Leise, aber deutlich sagte Conor O'Connor: »Ruf mich an, wenn du zurück bist. Wir müssen miteinander reden.« Auch eine Nummer hatte er hinterlassen.

Sie rief ihn sofort an.

»Ich habe mir die Akte besorgt«, sagte er. »Ich halte es für das Beste, wenn wir uns treffen.«

»Wann?«

»Ginge es morgen?«

Sie sagte sofort ja. Etwas stimmte nicht, das hörte sie an seiner Stimme. Während sie auspackte, die Kleidungsstücke für die Waschmaschine sortierte und den Koffer verstaute, dachte sie immer wieder an diesen Tonfall und grübelte, was er bedeuten mochte.

Ihr war klar, dass sie in dieser Nacht nicht würde schlafen können, aber als sie etwas zu essen eingekauft, getankt und die Autowäsche erledigt hatte, war es schon Abend. Sie schenkte sich ein Glas Wein ein und überlegte, auf welche der anderen Nachrichten sie antworten sollte. Sie wollte Brona anrufen und ihr erzählen, dass Conor sich bereits gemeldet hatte; doch dann beschloss sie, damit zu warten, bis sie mit ihm gesprochen hatte.

Vielleicht stellt sich heraus, dass ich falsch liege. Dass ich mich geirrt habe. Außerdem, redete sie sich ein, will Brona sich heute Abend bestimmt um ihre Familie kümmern. Es kann bis morgen warten.

Brona lag mit Rupert im Bett. Er hielt sie im Arm.

»Braun bist du, und erholt siehst du aus, und du fühlst dich so warm an!«, sagte er.

»Es ist schön, wieder daheim zu sein.«

»Hast du mich vermisst?«

Sie umschlang ihn mit den Armen und drückte ihn fest an sich. »Na, was glaubst du?«

»Ich glaube, das könnte ja bedeuten.«

Becky setzte sich, nahm einen Stift zur Hand und hörte noch einmal alle Nachrichten auf dem Anrufbeantworter ab, auch die, die sie beim ersten Mal übersprungen hatte. Von Eleanor war ein Ferngespräch eingegangen – »Hallo, geht's dir gut?« –, und Onkel James hatte Brona und Becky für Sonntag zum Mittagessen eingeladen. Eine weitere Nachricht stammte von John Delaware und enthielt die Frage, ob sie in der folgenden Woche nach London kommen werde.

Das muss vielleicht aufgeschoben werden, dachte sie. Auch ihn rufe ich erst morgen an, nach dem Gespräch mit Conor.
Sie war unruhig, richtig zappelig. Kaum hatte sie sich hingesetzt und einen Schluck Wein getrunken, schon stand sie wieder auf, ging in die Küche und stellte die Waschmaschine von Waschen auf Trocknen um. Ständig dachte sie darüber nach, was Brona wohl gerade machte und ob sie auf Neuigkeiten wartete.
Es hat Zeit, sagte sie sich noch einmal. Bis morgen.

Und dann war der Morgen da. Um zehn Uhr betrat sie die Eingangshalle des Gebäudes, das Conor O'Connor ihr als Treffpunkt genannt hatte. Er kam gerade aus einem Aufzug, in den er sie, nachdem sie sich mit einer Umarmung begrüßt hatten, hineinführte. Sie fuhren hinauf.
Ihr Herz klopfte, denn sie sah an seinem Gesichtsausdruck, dass er etwas entdeckt hatte.
Er brachte sie in ein Büro und bat sie, Platz zu nehmen. Auf dem Schreibtisch lag eine dicke Aktenmappe.
»Wir sehen uns das Ganze jetzt gemeinsam an«, sagte er und entnahm der Mappe ein Blatt Papier. Es sah mittlerweile alt aus, war nicht mehr das neue Blatt Papier, das sie vor so vielen Jahren gesehen hatte, doch als er es ihr reichte, gab es nicht den geringsten Zweifel, dass es sich um ein und dasselbe handelte. Ihre Gedanken kehrten zurück zu jenem Tag, an dem Brona ihr in St Martin's die beiden Umschläge gegeben hatte. Der Brief enthielt folgende Mitteilung:

Liebe Bella,
ich habe dir meine Telefonnummer gegeben – ruf mich an. Ich denke oft an das, was wir gemacht haben. Machen wir es doch wieder!
Alles Liebe,
O

Es war derselbe Brief – mit einem kleinen Unterschied: dem Buchstaben O.
Sie las ihn noch einmal.
»Ich weiß, dass es ein C war, Conor. Ich schwöre, es war ein C!«
Er nickte.
»Und du hast recht damit. Zumindest glauben wir, dass du recht hast. Ich habe den Brief untersuchen lassen. Das C wurde geschlossen, und zwar mit demselben Stift. Mit bloßem Auge ist es nicht zu sehen, aber die Überprüfung hat eindeutig ergeben, dass entweder die Person, die das O geschrieben hat, dabei immer so vorging, dass sie zuerst ein C schrieb und den Buchstaben dann abrundete – was bedeuten würde, dass du dich geirrt hast –, oder dass es ursprünglich ein C war, das nachträglich geschlossen wurde.«
Becky bekam eine Gänsehaut. Plötzlich hatte sie Angst. Tief im Herzen wusste sie, was geschehen war, und es war entsetzlich. Sie fühlte sich, als blicke sie in ein Kaleidoskop und sähe all die kleinen Teilchen zu einer grauenerregenden Form zusammenfallen.
Sie hob den Blick und sah Conor an.

»Gibt es noch etwas?«

Sie hörte ihre eigene Stimme, hörte, wie normal sie klang, aber sie gab nicht das Geringste von dem wieder, was in ihr vorging, während sich die letzten Mosaiksteinchen aneinanderfügten.

»Das Notizbuch.«

Er nahm es aus der Aktenmappe und gab es ihr.

»Das sehe ich zum ersten Mal«, sagte sie. »Kann ich es anfassen? Ich meine … Fingerabdrücke und so …«

»Kein Problem. Wirf einen Blick hinein und sag mir, was du davon hältst.«

Becky schlug das Notizbuch auf und betrachtete die Ziffern, mit denen die Seiten beschrieben waren. Neben manchen standen Großbuchstaben, neben anderen Daten oder Fragezeichen. Mit einer einzigen Ausnahme waren sämtliche Fragezeichen durchgestrichen. Am rechten Rand der Seiten befanden sich verschiedene Symbole, vorwiegend Häkchen und Kreuzchen.

Ihr Blick flog die Seiten hinauf und hinunter.

Eine Seite sah beispielsweise so aus:

JL	*10*	*8*	*11*	*?*✓
PC	*20*	*15*	*11*	*?*✗
DV	*10*	*22*	*11*	*?*✓

»Geldbeträge?«, fragte sie.

»Ja, das glaube ich jetzt auch. Damals wusste ich nicht, was es bedeuten sollte. Und – kannst du dir das irgendwie erklären?«

Er nahm ihr das Notizbuch aus der Hand und schlug die vorletzte Seite auf.

Becky las sich die Eintragungen von oben nach unten durch.

In der letzten Zeile stand:

CR 10 19 12 ✓

»Neunzehn, zwölf«, sagte sie. »Könnte neunzehnter Dezember heißen. Das wäre plausibel«, fügte sie nachdenklich hinzu.

»Erklär es mir.«

»Am Sonntag vor Weihnachten fand bei uns eine Party statt – vor jener letzten Weihnacht, meine ich. Es könnte der neunzehnte gewesen sein.«

»Das lässt sich überprüfen. Weiter!«

»Bella hat an diesem Tag Geld aus Mr Robinson herausgeholt – Charlie Robinson, Attaché der australischen Botschaft. Er schuldete mir noch etwas fürs Babysitten. Das ist eine lange Geschichte. Er hatte mich abgeknutscht, und Bella holte sich bei ihm das Geld für mich – ein Pfund. Aber dann sprach sie den Kuss an, den er mir gegeben hatte, und bekam zusätzlich einen Zehner. Das war damals eine Stange Geld. Als sie mir davon erzählte, erschien es mir wie Erpressung, daran erinnere ich mich gut. Und den Zehner hat sie natürlich behalten.«

»Aha«, sagte Conor nachdenklich. »Ja, das passt.«

»Da ist ja einiges zusammengekommen«, sagte Becky, in dem Notizbuch blätternd. »Ziemlich viel Geld.«

»Sie ist sehr methodisch vorgegangen. Es ist schon lange her, wir werden die Initialen nicht mehr zuordnen können. Außerdem hat sie oft gar keine Initialen notiert, sondern nur ein Datum und eine Zahl. Und manchmal nur eine Zahl und ein Fragezeichen. Blätter mal um und sieh dir an, was auf der nächsten Seite steht.«

Becky blätterte um, las und nickte.

»Ich kann damit nur sehr schwer umgehen«, sagte sie.

Sie schluckte vor Unbehagen. Allein bei dem Gedanken wurde ihr übel.

»Wir müssen alles durchgehen«, sagte Conor O'Connor. »Und dann wirst du wohl etwas dazu sagen müssen.«

Becky nickte und warf noch einmal einen Blick auf die letzte Eintragung. Sie enthielt kein Datum. In der Hauptspalte stand die Zahl »20«, gefolgt von den beiden Initialen.

»Glaubst du«, fragte sie zögerlich, »meinst du, dass sie von … dass sie zwanzig Pfund wollte, und …«

Sie schaffte es nicht, den Satz zu beenden.

»Sagen wir so: In den vorhergehenden Zeilen mit einem Fragezeichen wurde das Fragezeichen jedes Mal entweder mit einem Symbol versehen oder durchgestrichen. Gut möglich, dass der Eintrag eines Symbols bedeutete, dass Bella die Summe erhalten hatte. Dann hat sie das Datum dazugeschrieben. In manchen Einträgen mit Fragezeichen, aber ohne Symbol, hat sie die ganze Zeile durchgestrichen, als hätte sie es aufgegeben, Geld von der jeweiligen Person zu bekommen. In diesem Fall stand die Bezahlung noch aus, deshalb fehlt das Datum, und das Fragezeichen wurde nicht durchgestrichen. Nehmen wir einfach mal an, dass sie die zwanzig Pfund erwartete und die Person, die sie zu erpressen versuchte, ihr das Geld verweigerte.«

»Ja, ich verstehe. Und jetzt?«

»Jetzt erzählst du mir, was mit diesem Brief passiert ist. Wie du an ihn gekommen bist und was du mit ihm gemacht hast. Alles.«

»Brona kam an jenem Vormittag zu mir«, sagte Becky langsam. »Es hatte gerade eine außerordentliche Versammlung stattgefunden, weil du angekündigt hattest, in die Schule zu kommen und mit Bellas Freundinnen zu reden.«

»Weiter.«

»Während der Versammlung fiel mir ein, dass das Fenster unten offen gewesen war und ich es am Sonntag spätnachts geschlossen hatte. Ich kam aus der Aula und war wegen dieser Erinnerung völlig schockiert, weil es doch bedeutete, dass Bella auf jeden Fall vorgehabt hatte, zurückzukommen und ihr deshalb entweder etwas zugestoßen war oder ich sie ausgesperrt hatte. Dann sprach mich Brona an. Sie hatte auch entsetzliche Angst, weil sie die beiden Briefe in ihrer Tasche gefunden hatte – sie hatte sie aus Bellas Zimmer mitgenommen, um sie irgendwann später zu lesen, und sie dann völlig vergessen.«

»Hatte sie sie gelesen?«

»Sie behauptete nein, und ich habe ihr geglaubt. Ich bin sicher, dass sie sie nicht gelesen hat. Sie hätte den Inhalt garantiert erzählt, wenn er ihr bekannt gewesen wäre, und auch als wir uns im Urlaub darüber unterhielten, hat sie die Frage, ob sie die Briefe gelesen habe, verneint.«

»Gut. Weiter.«
»Ich glaube, ich ging mit den Briefen in den Garderobenraum und las sie dort. Ich bemerkte, dass sie von zwei verschiedenen Personen stammten. Die eine war H und die andere C.«
»Und was hast du dann gemacht?«
»Ich wollte sie dir geben, aber ich wusste, dass Mutter Immaculata bei jeder Befragung dabeisaß, und wollte nicht, dass sie erfuhr, was in den Briefen stand. Und wenn ich sie gebeten hätte, mit dir reden zu dürfen, hätte sie gefragt, warum. Dann hätte sie die Briefe sehen wollen, aber ich konnte doch niemanden die Briefe lesen lassen. Wegen Hugos Brief, du weißt schon.«
»Schon klar. Ich verstehe.«
»Deshalb gab ich sie Mr Jones. Er sollte sie an dich weiterleiten. Er sicherte mir das auch zu.«
»Das entspricht exakt meiner Erinnerung. Er gab sie mir irgendwann an diesem Tag.«
Becky schwieg.
»Weißt du, wie er mit Vornamen heißt?«
Becky nickte und betrachtete die Seite mit den Buchstaben CJ. Ihre Hände zitterten.
»Er heißt Christopher«, sagte sie leise. »O Conor, das ist so schrecklich. Du weißt ja nicht …«
»Erzähl es mir.«
Eine Zeitlang saß sie stumm da. Wieder überkamen sie Angst und Trauer. Sie rang nach Worten.
»Nach Mums Tod hatte ich eine … eine Beziehung mit Mr Jones. Sie dauerte über zwei Jahre, bis ich aufs Trinity

College ging. Ich war ihm immer so dankbar. Er stand mir damals bei, sorgte dafür, dass ich nicht durchdrehte, dass ich mich konzentrierte, hörte mir zu in dieser furchtbaren, grauenhaften Zeit …«

Becky kämpfte mit den Tränen.

Conor stand auf, ging zu ihr und legte ihr den Arm um die Schulter.

»Es tut mir sehr leid. Ich kann verstehen, dass das für dich alles noch viel schlimmer macht.«

Er holte ihr einen Kaffee, den sie schweigend in seinem Büro trank. Er ging noch einmal kurz hinaus, um ihr Gelegenheit zu geben, sich zu fassen.

Als er zurückkam und sich hingesetzt hatte, sagte er: »Ich habe alles Notwendige veranlasst. Noch heute ergeht ein Haftbefehl gegen ihn.«

»Was? Ach so, ja.« Sie wusste nicht, was sie dazu sagen sollte.

»Er lebt in England. Heute oder morgen werden sie ihn schnappen. Gute Zusammenarbeit. Das klappt auf jeden Fall.«

»Lässt es sich denn überhaupt beweisen?«

»Aber sicher. Da sind wir ganz zuversichtlich.«

Einige Tage später – Becky und Brona saßen im Wohnzimmer – kam Conor O'Connor in das alte Dunville-Haus in der Lansdowne Road. Sie begrüßten einander. Rupert kam hinzu. Ab und zu berührten Becky und Brona gegenseitig ihre Fingerspitzen, gerade so wie beim ersten Mal, vor langer Zeit, an einem Dienstagnachmittag in Bewleys bei Mary

Cakes und Kaffee, und so, wie sie es all die Jahre hindurch immer wieder getan hatten.
»Wisst ihr was?«, sagte Conor O'Connor zu den erwartungsvoll dasitzenden Frauen.
»Hat er gestanden?«, fragte Brona.
»Ja. Wir haben jetzt mehr oder weniger die ganze Geschichte, und was wir nicht wissen, können wir uns zusammenreimen. Wir haben mit Anne Marie gesprochen. Sie erinnert sich zwar nicht, an welchem Tag es war, lieferte aber einige Details. Gehen wir zurück in die Zeit unmittelbar vor den damaligen Weihnachtsferien.«

Etwa drei Wochen vor jener verhängnisvollen Nacht, in der Bella Dunville aus dem Fenster des Frühstückszimmers stieg, saßen Bella und Anne Marie in einem Pub in der Duke Street. Anne Marie hatte genug und sagte, sie gehe jetzt nach Hause. Sie war schon die ganze Woche über erkältet gewesen und wollte ins Bett.
»Na, dann geh mal schön heim«, sagte Bella Dunville und schnipste ein Klümpchen Asche von ihrem Minirock. »Aber lass das Kellerfenster für mich offen, ja?« Bella hatte ein Talent dafür, sich überall irgendwelche offenen Fenster zu verschaffen.
»Macht es dir wirklich nichts aus, dass ich dich allein lasse?«, fragte Anne Marie.
Der Abend hatte nichts Auffälliges für sie gehabt; später erinnerte sie sich nur daran, dass sie fröstelnd zu Hause ankam und froh war, ins Bett kriechen zu können. Sie war schon zuvor das ein oder andere Mal ohne Bella heimge-

gangen, aber da war Bella immer in Begleitung eines Mannes gewesen. An diesem einen Abend ließ sie sie allein zurück. Kaum hatte Anne Marie den Pub verlassen, gabelte Bella einen großen, blonden jungen Mann Mitte zwanzig auf, dessen Augen grau gesprenkelt waren.

»Darf ich dich auf einen Drink einladen?«, fragte Christopher Jones.

»Gern«, sagte Bella Dunville. »Ich nehme ein Guinness.«

»Kommst du aus Dublin?«

Sie bejahte die Frage und wollte von ihm wissen, woher er kam.

»Ich stamme auch von hier, lebe aber in England. Ich bin gerade dabei, mir hier einen Job und eine Wohnung zu suchen.«

Er hatte ein Auto und bot ihr an, sie nach Hause zu fahren. Auf dem Weg zu Anne Maries Haus und dem offenen Kellerfenster machten sie einen kleinen Abstecher zum Sandymount Strand, wo Bella Dunville ihre Lippenkünste an ihm vollführte, und Christopher Jones fuhr stöhnend mit den Fingern durch ihr langes blondes Haar, bis er schließlich laut aufseufzte.

Einige Details ließ Conor O'Connor aus, während er den beiden überlebenden Dunville-Schwestern die Geschichte erzählte.

Dann fuhr Christopher Jones sie zu Anne Marie, und Bella sagte: »Das war lecker!«

»Hör mal, ich würde dich gern wiedersehen«, erwiderte er. »Kann ich dich anrufen?«

»Nein, das geht nicht. Du gibst mir deine Nummer, und

ich rufe dich an. Ist nicht so günstig, wenn ich zu Hause angerufen werde.«
Er schrieb die Nummer auf ein Stück Papier.
»Wohnst du hier?«, fragte er mit einer Kopfbewegung zum Haus der O'Mahonys.
»Nein«, antwortete Bella lässig. »Ich übernachte heute bei Freunden. Ich wohne drüben in der Lansdowne Road.«
Sie gaben sich einen flüchtigen Kuss. Bella grinste ihn an, stieg aus dem Wagen und ging zum Kellerfenster der O'Mahonys.
Als Christopher Jones nach ein paar Tagen nichts von ihr gehört hatte, sah er im Telefonbuch nach. Es gab nur eine Familie Dunville in der Lansdowne Road. Er schrieb Bella den Brief, den Brona im Januar fand und an Becky weiterreichte; diese wiederum gab ihm sein eigenes Schreiben zurück, woraufhin er aus dem C ein O machte.
Am letzten Schultag vor den Weihnachtsferien ging Bella während des Unterrichts zu ihrem Spind, um ein Buch zu holen, das sie darin vergessen hatte.
Im Korridor stieß sie auf Mutter Immaculata und Christopher Jones, der gerade eingetroffen war, um ein kurzes Bewerbungsgespräch wegen des Jobs zu führen, den ihm eine Verwandte besorgt hatte.
Bella Dunville warf einen Blick auf die Nonne und den Mann, mit dem sie am Sandymount Strand zugange gewesen war, und fragte sich, was um alles in der Welt das zu bedeuten hatte.
Christopher Jones warf einen Blick auf Bella in ihrer Schuluniform, und ihm fielen fast die Augen aus dem Kopf.

»Ganz ehrlich – ich schwöre bei Gott –, ich hatte sie für Mitte zwanzig gehalten«, sagte er zu dem Kriminalbeamten, der ihn nach seiner Festnahme verhörte.
Bella ging kaltblütig lächelnd auf die beiden zu.
Mutter Immaculata spürte Bellas Anwesenheit, machte auf dem Absatz kehrt und sagte: »Ah, Bella Dunville. Warum bist du nicht in deinem Klassenzimmer?«
»Ich hole nur schnell ein Buch, Mutter«, antwortete Bella mit feinem Lächeln, richtete den Blick auf Christopher Jones und riss ihre großen blauen Augen weit auf.
»Das«, sagte Mutter Immaculata zu Christopher Jones, »ist Bella Dunville. Mr Jones«, fügte sie an Bella gewandt hinzu, »wird euch Gesangsunterricht geben.«
»Ja, Mutter«, erwiderte Bella. »Schön, Sie kennenzulernen, Mr Jones.« Sie streckte ihm die Hand entgegen.
Sehr schön sogar, sagte sich Bella Dunville. Ich brauche für Weihnachten unbedingt ein paar neue Klamotten.
»Ich freue mich schon auf die Gesangsstunden, Mr Jones.« Sie fixierte ihn mit ihren strahlend blauen Augen.
Als sie am Abend aus der Schule nach Hause gekommen war, rief sie ihn an.
»Zwanzig Pfund«, sagte sie.
»Wofür?«, fragte er.
»Sagen wir als Anzahlung.«
»Als Anzahlung worauf?«
»Man muss doch schließlich auf seinen Ruf achten, oder nicht?«
»Was soll das heißen?«
Er klang jetzt leicht angespannt.

»Na, du bist doch mein Gesangslehrer. Und jetzt stell dir mal vor, es kommt raus, wozu du mich verleitet hast.«
Sie klang wie ein schnurrendes Kätzchen, als sie es sagte, sanft und leise, aber sehr entschieden und unerbittlich.
»Ich hatte doch keine Ahnung, dass du noch Schülerin bist«, entgegnete Mr Jones. »Darauf wäre ich nie gekommen. Und überleg mal, wie es aussehen würde, wenn herauskäme, dass du mich erpressen willst.«
»Erpressen?«, entgegnete Bella gelassen. »Was für ein hässliches Wort. Aber vielleicht ist dir dein beruflicher Werdegang ja nicht wichtig. Vielleicht brauchst du ja gar keinen Job in St Martin's.«
»Das soll wohl ein Witz sein.« Er war wütend. »Ich habe hart gearbeitet, um so weit zu kommen. Und den Job in St Martin's möchte ich gern behalten. Immerhin ist das ein Gehalt zusätzlich zu dem, was ich vom Orchester bekomme, und die Stelle lässt mir alle Möglichkeiten offen.«
»Mutter Immaculata wird das wohl ein bisschen anders sehen«, wandte Bella Dunville ein. »Du solltest ein paar Tage darüber nachdenken. Ich gebe dir Zeit, bis die Schule wieder beginnt.«
Mit diesen Worten legte sie auf.

»Ich wusste nicht, was ich tun sollte«, sagte Christopher Jones, als er nach seiner Festnahme verhört wurde. »Ich überlegte mir schon, die Stelle in St Martin's nicht anzutreten, aber ich war nun mal darauf angewiesen, und Teilzeitstellen an Schulen waren schwer zu kriegen. Außerdem hatte ich gerade eine Wohnung gefunden. Mein englischer

Freund hatte sie gemietet, wir teilten uns die Kosten. Alles war unter Dach und Fach. Ich hatte mich auf den Januar gefreut – alles hatte wie am Schnürchen geklappt, und dann das! Mir war klar, wenn ich ihr einmal Geld gab, würde sie nicht lockerlassen. Dann fand ich heraus, dass Hugo – mein Mitbewohner – mit ihr ausging. Er erwähnte einmal eine Freundin namens Bella. Können Sie sich vorstellen, wie erstaunt ich war, als mir klar wurde, dass es sich bei Bella um Bella Dunville handelte? Dann zeigte er mir ein Foto von ihr. Da waren wir gerade über Weihnachten in London. Ich überlegte, wie ich dieser Erpresserei ein Ende bereiten könnte, und kam zu dem Ergebnis, dass ich ihr nur zu sagen bräuchte, ich würde Hugo davon erzählen.

An diesen Weihnachtstagen in London räumte ich die letzten Sachen aus meiner dortigen Wohnung. Ich traf mich ein paarmal mit Hugo und erfuhr, dass er sich am Sonntagabend mit Bella treffen wollte. Am Samstag kehrte ich nach Dublin zurück, richtete meine neue Wohnung ein und grübelte fast den ganzen Sonntag darüber, was ich tun sollte. Ich rief bei ihr zu Hause an, aber jemand anderer ging dran, und ich konnte ja nicht nach ihr fragen oder meinen Namen hinterlassen, es durfte doch niemand wissen, dass wir uns kannten. Der Montag rückte immer näher.

Am Sonntagabend kam der Nebel, und ich dachte, dass Hugo es vielleicht nicht nach Dublin schaffen würde. Er kam ja mit der Fähre. Ich rief im Hafen an, und tatsächlich, die Fähre lag vor dem Hafen fest. Da fuhr ich in die Lansdowne Road und wartete in der Nähe der Dunvilles. Kurz bevor ich aufgeben wollte, kam Bella aus dem Haus. Ganz plötzlich tauchte sie aus dem Nebel auf und ging Richtung Eisenbahngleise. Ich ließ ihr einen kleinen Vorsprung und fuhr dann hinterher.«

Der Wagen fuhr an den Bordstein heran, das Fenster wurde heruntergekurbelt.
»Kann ich dich mitnehmen«, fragte Christopher Jones.
»O ja, gern. Man sieht ja kaum was.« Bella Dunville ließ sich auf dem Beifahrersitz nieder. »Hast du das Geld dabei?«
»Darüber sollten wir uns erst mal ein bisschen unterhalten«, erwiderte er und schwenkte auf die Fahrbahn.

»Ich habe noch nie einen Menschen so wütend gesehen. Sie konnte offenbar überhaupt nicht damit umgehen, dass ihr jemand einen Strich durch die Rechnung machte«, erklärte er beim Verhör. »Aus meiner Sicht war die Angelegenheit beendet. Sie konnte mich nicht erpressen, weil ich etwas gegen sie in der Hand hatte. Ziemlich dumm von mir, muss ich zugeben. Als ich sie zum ersten Mal sah, hatte sie in meinen Augen etwas wunderbar Katzenartiges – mal war sie wie ein Kätzchen, schnurrend und weich … schwer zu erklären, und dann wieder wie eine Katze, so geschmeidig, wendig … Im Auto verwandelte sie sich von so einer Katze in ein Tier mit gefährlichen Krallen. Sie war fuchsteufelswild. Sie sagte, sie wolle das Geld, und wenn ich noch so eine Nummer abziehen würde, hätte ich eine Anzeige wegen Vergewaltigung am Hals. Es sei ihr völlig egal, wenn ich

Hugo davon erzählen würde, durch die Telefonnummer habe sie längst herausgefunden, dass wir zusammenwohnten. Ich sagte, sie solle endlich erwachsen werden – da begann sie mich anzuschreien und drosch auf mich ein und brüllte immer wieder: »Vergewaltigung! Vergewaltigung!« Ich verlor fast die Kontrolle über den Wagen. Ich konnte nur anhalten und mich wehren. Ich wollte sie nicht umbringen, wirklich nicht. Wir kämpften miteinander – sie versuchte mir wehzutun, und ich, sie davon abzuhalten. Ich drückte ihre Hände von meinem Gesicht weg und wollte sie schütteln ... Und dann schüttelte ich sie, und sie knallte mit dem Kopf sehr heftig gegen das Fenster, und plötzlich sackte sie auf dem Sitz zusammen. Ein paar Sekunden lang glaubte ich, sie wäre nur bewusstlos, aber dann merkte ich, dass etwas nicht stimmte. Sie war tot.

Ich wollte sie nicht töten. Das hatte ich überhaupt nicht vor«, beteuerte Christopher Jones noch einmal. »Ich wollte nur mit ihr reden und ihr erklären, dass ich nichts Unrechtes getan hatte, sondern dass sie mich aufgegabelt hatte und die Verantwortung für ihre Handlungen übernehmen musste, und dass ich mich auf keinen Fall erpressen lassen würde.

Aber sie hörte einfach nicht zu und verstand überhaupt nicht, was ich sagte. Es war fürchterlich. Ich sah mein ganzes Leben vor mir. Ich hatte mein Studium abgeschlossen, hatte zwei Stellen in Dublin bekommen – jetzt sollte es losgehen. Ich hatte nur den einen Fehler begangen, einem Mädchen in einem Pub einen Drink zu spendieren ... Sie sagte, sie würde mich ruinieren, wenn ich nicht zahle.«

»Und was haben Sie mit der Leiche gemacht?«

»Ich fuhr hinauf in die Dublin Mountains – bis über die Featherbeds. Da oben war es zwar nicht neblig, aber stockfinster. Ich hüllte sie in eine Plastikplane aus dem Auto.«

»In eine Plastikplane? Sie hatten sich also vorbereitet, ehe Sie losfuhren?«

»Nein, die Plane diente als Schutz, wenn ich Kohle oder Torf für den Kamin kaufte. Ich wickelte sie darin ein und ließ sie dort oben in den Featherbeds liegen.«

»Sie wurde nie gefunden.«

»Ich weiß. Dabei nahm ich an, dass man sie ziemlich bald finden würde. Aber es schneite in dieser Woche. Ich weiß nicht, was mit ihr passiert ist. Ich dachte ständig, dass man sie bestimmt bald finden würde.«

»Würden Sie die Stelle wiederfinden?«

»Ich weiß nicht. Ich bin damals im Frühling einmal raufgefahren – ich kann Ihnen nicht schildern, wie es mir dabei ging. Ich wollte ihre sterblichen Überreste irgendwie sichtbar machen. Es war mir ein Bedürfnis, dass sie gefunden wurde. Die Familie war doch aufgrund des Geschehens am Boden zerstört. Ständig dachte ich, wenn Bella gefunden würde, könnten sie sie wenigstens bestatten und ihr Leben wieder in den Griff bekommen. Ich bin doch kein herzloser Mensch. Zu diesem Zeitpunkt hatte ich Rebecca schon monatelang zugehört und sie in der Schule beobachtet. Ich konnte das, was geschehen war, nicht wiedergutmachen.«

»Und – haben Sie damals im Frühling die Stelle gefunden, an der Sie die Leiche abgelegt hatten?«

»Nein. Als ich schließlich dort war, suchte ich gar nicht richtig danach. Ich war hochgefahren, um sie zu finden, aber dann wurde mir bewusst, dass das vielleicht gar nicht der wahre Grund gewesen war. Ich glaube, ich bin dort raufgefahren, weil ich gewissermaßen meinen Frieden mit ihr machen wollte. Es klingt absurd, ich weiß, aber ich denke, ich bin raufgefahren, um mich von ihr zu verabschieden. Ich weiß auch nicht …«

»Würden Sie die Stelle jetzt wiederfinden?«

»Wie gesagt – ich weiß es nicht. Ich weiß nur, dass ich in der Nacht, in der ich sie dorthinbrachte, auf dem Rückweg die Entfernung maß – die Anzahl der Meilen zwischen der Stelle, an der sie lag, und dem Waldrand. Wenn man da hochfährt, kommt man durch einen Wald und danach auf die Military Road. Ich weiß, wie viele Meilen es vom Wald bis zu der Stelle waren, an der ich sie abgelegt hatte. Aber es ist lange her, und das Einzige, was ich mit Sicherheit sagen kann, ist, dass sie dort oben liegt. Als ich noch einmal hinfuhr, konnte ich vor lauter Angst nicht richtig suchen.«

»Bella liegt also oben in den Featherbeds. Vielleicht finden wir sie jetzt«, sagte Conor O'Connor.

Becky und Brona saßen eng beieinander.

»Wir müssen also noch ein bisschen länger warten«, sagte Becky.

»Nur noch ein bisschen.«

»Was sollen wir jetzt empfinden?«, fragte Brona.

Niemand gab eine Antwort darauf.

»Dort oben hat sich doch alles verändert«, meinte Becky. »Die Wegmarken, der Wald und so weiter.«
»Ja«, stimmte ihr Conor O'Connor zu. »Aber wir besorgen uns Luftbildkarten und amtliche topographische Karten aus den Jahren einundsiebzig und zweiundsiebzig.«
Die beiden Schwestern nickten.
Rupert stand auf, um Kaffee zu machen. Becky und Brona blieben schweigend sitzen, während ihnen das Gehörte allmählich bewusst wurde.
»Eines verstehe ich nicht«, sagte Brona gedehnt. »Es hat mit Mum zu tun.«
»Ja?«
»Wenn Mr Jones Bella sonntagnachts getötet hat, dann – ach, ich weiß nicht.«
»Ich weiß, was du meinst«, sagte Becky. »Mir ist der Gedanke auch gekommen. Mum war sicher, dass Bella diese ganze Woche über noch lebte. Erst am Freitagabend sagte sie, Bella sei tot.«
»Ich glaube nicht, dass das etwas zu bedeuten hat«, warf Conor ein. »Ich habe mich daran erinnert und Christopher Jones gefragt, ob es möglich wäre, dass Bella noch nicht tot war, als er sie in den Featherbeds liegen ließ. Aber in den Bergen herrschte Frost. Ihr wisst bestimmt noch, wie kalt und neblig es unten in Dublin war, und dort oben war es noch wesentlich kälter.«
»Aber wenn Bella doch noch gelebt hat …«, wandte Brona ein.
Becky hörte den schmerzlichen Unterton in ihrer Stimme. Er gab ihre eigenen Gefühle wieder.

»Christopher Jones ist sich absolut sicher, dass sie tot war. Aber trotzdem kann ich euch versichern, dass kein Mensch auch nur eine Nacht, geschweige denn fünf oder sechs Nächte, dort oben in den Bergen überlebt hätte.«
»Nicht mal in Plastik gehüllt?«
»Nein«, erwiderte Conor entschieden. »Auf keinen Fall. Bella war sofort tot, das kann ich euch versichern.«
»Und die Plastikplane hätte sie ohnehin erstickt«, fügte Becky hinzu, wie um seine Beteuerung noch zu verstärken.
Brona begann leise zu weinen. Rupert ging zu ihr und nahm sie in den Arm.

»Wie war dir beim Verhör zumute?«, fragte Becky Conor. »Er wurde doch von dir verhört?«
»Ja. Es wird dir vielleicht nicht gefallen, wie mir dabei zumute war. Aber er fühlte sich wirklich dafür verantwortlich, und ich empfand echtes Mitleid für ihn. Ja, ich glaube, das Wort trifft es. Seine Tat hat ihn sein ganzes weiteres Leben lang verfolgt. Er hat mit Schuld und Scham gelebt. Ist nirgendwo zur Ruhe gekommen.«
»Meinst du das mit dem Verfolgtsein wörtlich? So, als hätte ihr Geist ihn verfolgt?«
»Nein, verfolgt von etwas, das er getan hatte – von einem von ihm begangenen Verbrechen und den daraus resultierenden Konsequenzen. Und du warst ihm wirklich wichtig, glaube ich.«
»Ich weiß nicht, was ich jetzt fühlen soll«, sagte Becky tieftraurig. »Er hat uns zerstört. Meine Mutter hat sich das Leben genommen, unsere Familie zerfiel. Das hat er angerich-

tet. Aber gleichzeitig half er mir weiterzuleben. Und Bella war … schlimm? Darf ich dieses Wort benutzen? Ich will nicht sagen, dass sie böse war, aber …«

»Sie hat Ärger gemacht«, sagte Conor, um ihr zu helfen. »Und für Christopher Jones war es ein schwarzer Tag, als er auf sie traf.«

»Und er war Hugos Mitbewohner?«, fragte Becky ungläubig. »Wieso wusste das keiner?«

»Es wurde einfach nie erwähnt. Christopher Jones stand zu keinem Zeitpunkt in Verdacht. Hugo hatte die Wohnung erst kurz zuvor, im November, angemietet, hielt sich aber immer noch ziemlich oft im Haus seiner Eltern auf. Und bei seiner Befragung nannte er uns die Adresse seiner Eltern. Christopher zog erst im Januar richtig ein.«

»Mein Gott, an dem Tag, als wir in *The Hibernian* zu Mittag aßen, bevor Mum … Du weißt schon … Da saß Christopher an der Rezeption – er hat auf irgendwen gewartet. Vielleicht auf die Mombay Humphries.«

»Ja, das ist gut möglich. Und als er dich sah, verließ er das Hotel. Er durfte sich nicht mit ihnen sehen lassen. Irgendwer hätte zwei und zwei zusammenzählen können.«

»Aber es war doch unglaublich riskant, das C auf dem Brief in ein O umzuschreiben«, sagte Becky.

»Richtig. Aber es ist nie aufgeflogen. Du hattest den Brief als Einzige gelesen. Wahrscheinlich habe ich dich gefragt, ob du eine Ahnung hättest, wer ihn geschrieben haben könnte, und zufälligerweise sprach keiner von uns beiden darüber, ob es ein C oder ein O war. Er hätte sich mit der Behauptung herausgeredet, du hättest dich verlesen. Immerhin hatte er den Buchstaben mit demselben Stift verändert. Er hätte sagen können, dass du zu durcheinander warst, um es richtig zu lesen.«

»Aber was, wenn Brona sich den Brief angesehen hätte? Sie hätte bestätigt, dass es ein C war.«

»Offenbar hat er dich gefragt, wer den Brief außer dir noch gelesen hat.«

Becky nickte. Das alles war durchaus möglich. Christopher Jones hatte sich gründlich abgesichert.

»Und seine Liebschaft mit mir? War die nicht auch riskant?«

»Sie taten mir leid, alle beide, Rebecca und Brona. Das waren nette Mädchen«, sagte er beim Verhör zu dem Kriminalbeamten. »Rebecca mochte ich wirklich. Deshalb verließ ich damals auch St Martin's. Ich wollte es ihr gegenüber wiedergutmachen. Ich wollte ihr helfen. Sie war buchstäblich am Boden zerstört, und ich wusste, dass ich daran schuld war. Ich hatte solche Schuldgefühle. Ich wollte nicht, dass sie vor die Hunde ging, und das sah ich bereits kommen. Wäre ich weiterhin Lehrer in St Martin's geblieben, hätte ich ihr nicht richtig helfen können. Ich hatte das Gefühl, außerhalb der Schule mehr für sie tun zu können.«

»Aber warum mussten Sie gleich etwas mit ihr anfangen? Sie war doch noch fast ein Kind.«

»Sie war wunderbar. Sie hatte einen wachen Verstand, war eine richtige Leseratte und als Einzelgängerin völlig isoliert. Sie wurde von nichts und niemandem aufgefangen. Ich hatte nicht vorgehabt, eine Liebesbeziehung mit ihr zu beginnen. Es kam einfach so, weil ich ihr helfen, ihr beistehen, ihr Orientierung geben wollte.«

»Das ist Ihnen gelungen.«

»Was hätte ich machen sollen? Ich mochte sie wirklich. Nach der Begegnung mit ihrer älteren Schwester wollte ich mit frühreifen Mädchen nichts mehr zu tun haben. Ich war ein gebranntes Kind. Ich hielt es sogar für möglich, dass ich nie wieder etwas mit Frauen zu tun haben würde – aber dann war plötzlich Rebecca da und brauchte mich. Sie war so … verletzbar. Ja, ich glaube, das ist das richtige Wort. Sie war zerbrechlich und auf ganz merkwürdige Weise vernachlässigt. Und ich hielt mich für schuldig am Selbstmord ihrer Mutter, und dann auch noch diese furchtbare Sache, dass ihr Vater gar nicht ihr Vater war … Sie ahnen nicht, wie schuldig ich mich gefühlt habe.«

»Und jetzt?«, sagte Brona.

»Jetzt leben wir einfach weiter«, sagte Becky.

Sie waren wieder im alten Dunville-Wohnzimmer, saßen sich gegenüber, trösteten einander.

»Wenn sie Bella finden, begraben wir sie im Grab von Mum und Dad«, sagte Becky. »Conor glaubt offenbar, dass sie gefunden wird. Es ist zwar schon lange her, aber Mr Jones hilft dabei, so gut er kann.«

»Es ist so sonderbar – dass jetzt alles vorbei ist. All die vielen Jahre des Nichtwissens. Wir haben unser Leben nicht vergeudet, oder?«

Becky schüttelte den Kopf.

»Nein, wir haben es nicht vergeudet. Wir haben Schaden

genommen, schweren Schaden, durch das, was passiert ist, aber vergeudet haben wir unser Leben nicht.«

»Aber wir haben so viel verloren«, wandte Brona ein. »Das wird mir erst jetzt klar, seit wir wissen, dass eine Kraft von außen das alles bewirkt hat.«

»Bei einem Erdbeben hätten wir noch mehr verlieren können. Und das wäre wirklich eine Kraft von außen gewesen. Bella war dagegen zumindest teilweise verantwortlich für das, was passiert ist.«

»Aber denk doch mal an Dad – er hat Mum verloren«, gab Brona zu bedenken. »Und er ist gestorben, ohne zu wissen, was mit Bella geschah.«

»Irgendwelche Mächte haben sein Schicksal in die Hand genommen, das kommt vor. Aber er hat sein Leben wieder in den Griff bekommen, jedenfalls so gut er konnte. Er hatte ein erfülltes Leben. Er hat weitergelebt, und genau das muss man nach einer Tragödie tun.«

Aber ganz so einfach war es natürlich nicht. Die Vorstellung, dass Mr Jones aus Mitleid eine Beziehung mit ihr eingegangen war, nagte an ihr.

Sie sprach sich bei Conor O'Connor darüber aus. Sie erzählte ihm, wie wütend Brona auf Mr Jones war und wie sehr sie trauerte. Dann thematisierte sie ihre eigene Situation.

»Unser Leben war zerstört«, sagte sie im Widerspruch zu dem, was sie kurz zuvor Brona versichert hatte.

»Umgeleitet«, entgegnete Conor.

»Aber die Beziehung zwischen Mr Jones und mir hätte es

ohne die Sache mit ihm und Bella nie gegeben. Ich hatte seitdem keine richtige Beziehung mehr.«

»Vielleicht hast du einfach nie den richtigen Mann kennengelernt«, sagte Conor und berührte mit seinen Fingerspitzen über den Tisch hinweg ganz zart die ihren.

Brona saß mit Rupert in der Küche und hieb mit der Faust auf den Tisch, während sie die Tränen zurückzuhalten versuchte.

»Sag's doch«, bat er sie. »Sag's mir doch!«

»Vergeudet … Ich wollte … Mein ganzes Leben habe ich darauf gewartet, dass sie zurückkommt«, sagte sie wütend.

»Das stimmt nicht. Das ist überhaupt nicht wahr. Du hast geheiratet und eine Familie gegründet. Du hast geliebt und bist geliebt worden. Und du hast noch dein restliches Leben, auf das du dich freuen kannst.«

»Ich weiß doch vielleicht gar nicht, wie man lebt, ohne zu warten!«

»Ich glaube, es ist an der Zeit, dass du ein Studium anfängst«, sagte er vorsichtig.

Brona sah erstaunt zu ihm hoch.

»Das hat Becky im Urlaub auch gesagt.«

»Na dann …«

Am Sonntag führte Onkel James Becky und Brona zum Essen in sein Lieblingshotel aus, in dem man sich rührend um ihn kümmerte. Sie begrüßten ihn an dem Tisch, an dem er immer saß, und er umarmte beide mit unverhohlener Freude.

Das Gespräch drehte sich um den erst kurz zurückliegenden gemeinsam verbrachten Urlaub auf Sizilien, um Eleanor und den Trapezkünstler und natürlich auch um Bella Dunville, die noch immer in den Featherbeds lag.
»Da sind wir als Kinder immer hingefahren«, sagte Brona. »Weißt du noch, Becky?«
»Ja. Ich fand es immer schön, da hochzufahren – im Auto sitzen, Lachssandwiches aus der Blechdose und selbst gebackener Englischer Kuchen …«
»Und wie die Berge aufragten …«
»Und diese völlige Stille …«
Plötzlich erschien die Gegend ihnen gar nicht so schlecht als der Ort, an dem Bella die vielen Jahre hindurch gelegen hatte. Für Becky und Brona waren die Featherbeds jetzt ein weicher, Geborgenheit spendender Ort.

»Das kommt wieder ins Lot«, prophezeite Onkel James. »Alles wird gut.«
»Du hast ein solches Gottvertrauen, Onkel James«, sagte Becky.
Er tätschelte ihre Hand.
»Na, das ist doch alles, was wir haben.«
»Das Gottvertrauen und das Lachen«, sagte Brona.
Sie aßen und lachten und redeten, und Becky sah ihn unablässig an und dachte: Ja, ihn können wir uns alle zum Vorbild nehmen. Und obwohl ich kein Gottvertrauen habe, kann ich seinem Beispiel folgen.
Er ging mit den beiden durchs Restaurant zu dem Tisch an der Tür, um die Rechnung zu begleichen. Da dort gerade

niemand war, setzte er sich auf einen Stuhl, lächelte seine Nichten an und wartete, dass jemand kam.

Zwei ältere Damen erhoben sich von ihren Stühlen und gingen ebenfalls zu dem Tisch, um zu bezahlen.

Er begrüßte sie. Sie sagten ihm, sie wollten zahlen, weil sie ihn für den dafür zuständigen Herrn hielten.

Onkel James lächelte auf seine boshafte Art. »Das geht heute auf Kosten des Hauses, meine Damen!«

Brona und Becky wandten sich ab, um ihr Lachen zu verbergen.

»Vielen herzlichen Dank«, sagten die beiden Damen und schritten von dannen.

»So kann man Menschen glücklich machen«, sagte Onkel James.

»Ach, Onkel James!« Becky kicherte so sehr, dass sie ihn fast vom Stuhl stieß, als sie ihn umarmte.

»Das war so lustig!«, sagte Brona.

Auf dem Parkplatz ergriff er die Hände der beiden Schwestern und nahm sie in seine.

»Die nächste Zeit könnte schwierig werden. Aber ihr dürft nie vergessen, dass es immer etwas zu lachen gibt. Das wird euch durch diese Zeit hindurchhelfen. Und ich bin immer für euch da.«

Am Montagnachmittag rief Conor O'Connor Becky an. Sie wusste sofort, dass etwas passiert war. Sie hörte es seiner Stimme an.

»Ich wollte dich eigentlich für heute Abend zum Essen einladen.«

»Aber?«
»Aber vor zwanzig Minuten haben sie Bella gefunden.«
Becky schwieg eine Zeitlang.
»Wir können trotzdem zum Essen gehen«, sagte sie schließlich.
»Die Medienmeute wird da sein«, warnte er.
»Möchtest du zu mir kommen? Ich koche uns etwas – Pasta vielleicht.« Ihre Stimme klang tonlos, aber sie musste, sie wollte ihn bei sich haben. Sie konnte jetzt nicht allein sein.
»Ich bin in einer Stunde bei dir«, sagte er. »Du rufst am besten gleich Brona an und teilst es ihr mit, und sag ihr, sie soll weder ans Telefon noch an die Haustür gehen. Sobald die Meldung raus ist, werden die Medien hinter euch her sein.«
»Musst du es heute bekanntgeben?«
»Nein, aber es könnte irgendwie an die Öffentlichkeit dringen.«

Becky rief Brona an. Sie verloren nicht viele Worte.
»Sie haben sie gefunden.«
»Wann?«
»Vor ungefähr einer halben Stunde.«
»Sind sie sicher?«
»Conor sagt ja, aber sie wollen erst noch den Zahnstatus überprüfen.«
»Hast du das Gefühl, dass es Bella ist?«
»Ja … Ja.«
Sie schwiegen.

»Alles in Ordnung mit dir?«
»Ja. Und mit dir?«
»Auch.«
Sie schwiegen.
»Willst du herkommen?«
»Nein, danke. Conor kommt zum Essen. Er hat gesagt, du sollst nicht ans Telefon und nicht an die Haustür gehen. Könnte sein, dass die Medien heute Wind davon bekommen.«
»Ja, gut.«
»Bist du allein?«
»Nein, Rupert und die Kinder sind da.«
»Rufst du Onkel James an? Ich rufe John an. Er wird bestimmt aus London herfliegen.«
»Gut. Dann sprechen wir uns morgen.«
»Wir sprechen uns morgen.«

Epilog

Mittwoch, 17. Oktober 2001

Eine Woche später ging es in der Schlagzeile der Zeitung um Nordirland, aber auch ein Foto war auf der Titelseite abgedruckt, zusammen mit den Zeilen:

Bella Dunville endlich bestattet.
Bericht im Blattinneren.

Sabine Kornbichler

GEFÄHRLICHE TÄUSCHUNG

Kriminalroman

Als die Kinderbuchillustratorin Emma an einem strahlenden Spätsommertag zu einer Radtour aufbricht, ahnt sie nicht, dass ein Alptraum beginnt: Ein Unbekannter lauert ihr auf und entführt sie. Fünf Tage bleibt sie in der Gewalt des Mannes, der sein Gesicht hinter einer Maske verbirgt. Als Emma endlich freikommt, ist das noch nicht das Ende ihres Schreckens. Zwar beginnt die Polizei mit intensiven Ermittlungen, stößt dabei jedoch auf einen Hinweis, der den Verdacht auf Emma lenkt: Hat sie ihre Entführung etwa selbst inszeniert? Emma bleibt kein anderer Weg, als von sich aus Nachforschungen anzustellen …

Knaur Taschenbuch Verlag

Susan Hill

DER MENSCHEN DUNKLES SEHNEN

Roman

Im englischen Städtchen Lafferton war die Welt bislang noch in Ordnung. Doch innerhalb weniger Tage verschwinden immer mehr Menschen – Junge, Alte, Frauen, Männer –, und ganz langsam kriecht das Böse in die heimeligen Gässchen. Die junge Kommissarin Freya Graffham lässt nicht locker, bis sie schließlich entdeckt, was all diejenigen verbindet, die niemals von Laffertons idyllischem Hügel wiederkehren …

»Ich liebe dieses Buch! Meisterlich zeichnet und führt Susan Hill ihre Charaktere, und genau das ist es, was hervorragende Kriminalliteratur ausmacht.«
Ruth Rendell

Knaur Taschenbuch Verlag

Vena Cork

AUGEN IN DER NACHT

Psychothriller

Als ihr Mann bei einem tragischen Unfall stirbt, nimmt Rosa Thorn eine Stelle als Lehrerin an und hofft, ihr Leben wieder in den Griff zu bekommen. Doch die Probleme reißen nicht ab. Bald darauf schließt ihre vierzehnjährige Tochter Anna Freundschaft mit einem rätselhaften älteren Mann – und dieser besorgt sich umgehend einen Job als Gärtner in dem Park, der dem Haus der Thorns direkt gegenüberliegt. So kann er Rosas Familie zu jeder Tages- und Nachtzeit beobachten …
Als der unheimliche Stalker immer präsenter wird und man schließlich ein Mädchen aus der Nachbarschaft tot auffindet, wendet sich Rosa an die Polizei und stößt dort auf Unverständnis. Aber dann ist Anna plötzlich verschwunden. In ihrer Panik macht sich Rosa allein auf die Suche und muss sich der entsetzlichsten Situation ihres Lebens stellen …

»Sie werden von diesem Thriller nicht lassen können,
bis zu seinem schrecklichen Ende!«
Marie Claire

Knaur Taschenbuch Verlag